民國文化與文學 研究文叢

十七編

李 怡 主編

第 4 冊

戰時經濟生活與抗戰文學的「國難財」書寫

廖 海 傑 著

花木蘭文化事業有限公司

國家圖書館出版品預行編目資料

戰時經濟生活與抗戰文學的「國難財」書寫／廖海傑 著 --
初版 -- 新北市：花木蘭文化事業有限公司，2024〔民 113 〕
目 2+212 面；19×26 公分
（民國文化與文學研究文叢 十七編；第 4 冊）
ISBN 978-626-344-844-5（精裝）

1.CST：戰時經濟 2.CST：抗戰文藝 3.CST：文學評論

820.9   113009390

特邀編委（以姓氏筆畫為序）：

丁　帆	王德威	宋如珊
岩佐昌暲	奚　密	張中良
張堂錡	張福貴	須文蔚
馮　鐵	劉秀美	

民國文化與文學研究文叢
十七編 第四冊   ISBN：978-626-344-844-5

戰時經濟生活與抗戰文學的「國難財」書寫

作　　者	廖海傑
主　　編	李 怡
企　　劃	四川大學中國詩歌研究院
總 編 輯	杜潔祥
副總編輯	楊嘉樂
編輯主任	許郁翎
編　　輯	潘玟靜、蔡正宣　美術編輯　陳逸婷
出　　版	花木蘭文化事業有限公司
發 行 人	高小娟
聯絡地址	235 新北市中和區中安街七二號十三樓
	電話：02-2923-1455 ／傳真：02-2923-1452
網　　址	http://www.huamulan.tw 信箱 service@huamulans.com
印　　刷	普羅文化出版廣告事業
初　　版	2024 年 9 月
定　　價	十七編 11 冊（精裝）台幣 28,000 元

戰時經濟生活與抗戰文學的「國難財」書寫

廖海傑　著

作者簡介

廖海傑（1992～），重慶合川人，經濟學學士（西南財經大學，2014）、文學博士（四川大學，2019）。現為重慶師範大學文學院副教授、碩士生導師，主要研究方向為中國現當代小說。自2015年以來，先後在《文學評論》《中國現代文學研究叢刊》等刊物發表學術論文二十餘篇。

提　　要

　　全面抗戰爆發後，通貨膨脹開始在大後方蔓延並於1940年前後轉向惡性，直到1949年中華人民共和國成立後才得到控制，中國現代文學的最後十年是戰爭環境中的十年，也是惡性通貨膨脹狀態下的十年。本書著重考察1940年代通貨膨脹與文學的關係，將「國難財」理解為一種通貨膨脹境遇中的現象，並將研究焦點聚集於這一核心議題的文學表達，試圖以小見大地透視戰時社會文化心理變遷。「國難財」的文學圖景以知識分子、商人和工業資本家三種人物形象建構起來，溢出了既有文學史敘述中的「暴露與諷刺」模式。在批判問題上，文學圖景中出現了社會中下層的「國難財」灰色空間，其間凝聚著寫作者置身現代經濟災難中的震驚體驗。「國難財」議題也引來了國共兩黨文化人在闡釋權上的爭奪，後方社會的分裂使人們更容易接受高層存在一個利益集團的陰謀式「國難財」想像，官方對這一議題的介入遭遇失敗。總體而言，戰時經濟生活體驗與「國難財」書寫，在一破一聚兩方面成為抗戰文學由前期抗戰建國的民族話語轉向後期民主鬥爭的階級話語的一個「中間物」。但「國難財」書寫中蘊含的經濟意識、倫理態度卻常常返回到前現代文化模式中，這也是現代市場、貨幣制度建構失敗時一種自然的文化反應。

答范玲問：「文史對話」的文學立場
——《民國文化與文學研究文叢‧十七編》代序

李　怡

一、「文史對話」的歷史來源

　　范玲（以下簡稱「范」）：李老師您好，八年前您曾以「文史對話」替換「文化研究」這一概念，並用以指涉新時期以來中國現當代文學研究界逐漸興起的某種研究趨向。〔註1〕我注意到，您在當時的討論中傾向於將「歷史」「文化」視為一個詞組而並未對二者作出明確的區分。請問這樣一種處理是否有特別的原因？

　　李怡：（以下簡稱「李」）：從 1980 年代到 1990 年代，一直到新世紀的今天，文學研究實質上一直在試圖走出「純文學」的視野，希望在更廣大的社會文化領域開闢新的可能性。但與此同時，中國之外的西方文學世界也正在發生一個重大的變化，也就是我們今天看到的所謂「文化研究」的興起。這一研究趨向也在這個時候開始逐漸在我們的學術領域裏產生重要的影響，不僅文學研究界，歷史學界也在發生著重要的變化。

　　文學界的變化就是越來越強調從歷史文獻中尋覓文學的意義解讀，而不是對文學理論的某種依賴。這裡的歷史文獻包括文字形態的，當時也包括對文學發生發展背後的一系列社會史事實的瞭解和梳理。

　　在歷史學界，就是所謂後現代歷史觀的出現，以及微觀史學這樣一個方法

〔註 1〕參見李怡：《文史對話與中國現當代文學研究》，《中國社會科學》2016 年第 3 期。

的出現，它們都在很大程度上改變了我們過去習慣的那套思維方式——不再局限於將歷史認知僅僅依靠於一系列的「客觀的」歷史事實，如文學這樣充滿主觀色彩的文獻也可以成為歷史的佐證，或者說將主觀性的文學與貌似客觀的歷史材料一併處理，某種意義上，歷史研究也在向著我們的文學研究靠近。

這個時候，整個文學思維和文學研究的方法也開始面臨一個特別複雜的境況。正是在這樣的背景下，當我們需要探討從 1980 年代中期的「方法熱」到 1990 年代再至新世紀，這一二十年圍繞文學和社會歷史這一方向所發生的改變，就不得不變得特別謹慎和小心。所以你說我八年前在使用這些相關概念時，顯得特別謹慎，我想原因就在於，當時無論是用「文史對話」來替代「文化研究」，還是在不同的意義上暗含著對「歷史」「文化」的不同的理解，都包含了我對這樣一個複雜的文學研究狀態的一個更細緻的理解。

范：那麼在這樣一種複雜的背景下，我們應該如何更好地理解和界定「文史對話」這一概念呢？能否談談用這一概念替換「文化研究」的原因還有這種替換的有效性？

李：實質上，在《文史對話與中國現當代文學研究》這篇文章裏，我涉及到了好幾個概念。所謂 1980 年代中後期的學術方法，我其實更傾向於認為它既不是今天的「文史對話」，也不是我們 1990 年代所說的「文化研究」，我把它稱為「文化視角」的研究。什麼是「文化視角」的研究呢？就是從不同的文化角度解釋文學現象，這是和 1980 年代初期到中期的方法論探討聯繫在一起的。而這個方法論，它本質上是為了突破新中國建國後很多年間構成我們文學研究的一個最主要的統治性的研究方法，也就是所謂的社會歷史研究。

當然，我們曾經從社會歷史的角度來研究、解釋文學，這是沒有問題的，但在那個特殊的年代，這幾乎被作為我們解釋文學的唯一方法，一種壓倒性的，甚至是和政治正確緊密聯繫在一起的方法。而 1980 年代初期和中期開始的方法論更新，則意味著我們開始可以從不同的角度認知文學，解釋文學。一個評論家擁有了解釋的權利，而且能夠通過這樣的解釋發現文學更豐富的內涵，那麼所謂從社會歷史或者社會文化的角度來解釋文學，那就只是其中的一個方法，而且在當時就出現了比如從不同的文化方向解釋文學發生、發展規律的一些重要嘗試。

著名的「二十世紀中國文學」概念中專門就有一部分是談「文化視角」的。他們仍然認為「二十世紀中國文學」中一個非常重要且不能被取代的角度，就

是從文化角度研究、分析並解釋我們中國文學的發展問題。所以那個時候，這個所謂的「文化視角」研究是非常重要的一個思路。隨著 1980 年代後期，比如尋根文學思潮的出現，文化問題再一次成為了我們學界關注的一個重心。那個時候，是所謂「文化熱」。這個「文化視角」實際上是伴隨著人們那時對整個文化問題的興趣而出現的，這是 1980 年代。

范：也就是說，我們其實是需要回到學術史發展的整體脈絡當中去重新梳理其中變化的軌跡，才能夠更好地理解和把握「文史對話」這一概念的，對嗎？

李：對的。事實上，到了 1990 年代中期，情況就發生了一個變化。這裡面有一個標誌性的事件，那就是 1994 年汪暉與美國加州大學洛杉磯分校的李歐梵教授在《讀書》雜誌上發表的系列對話。他們從西方學術史的角度出發，追問什麼是「文化研究」，「文化研究」與地區研究的關係等問題。這個在學術史上被看作新一輪「文化研究」的重要開端。值得注意的是，像汪暉、李歐梵所介紹和追問的「文化研究」，其實不同於我剛才說的中國學者在 1980 年代借助某些文化觀點分析文學的這樣一種研究方法。

英國學者雷蒙‧威廉斯和霍加特的「文化研究」是對歷史文化本身的各種文化元素的研究，而不再是我們討論文學意義時的簡單背景。1980 年代，我們強調通過社會歷史文化背景來進一步解釋文學產生過程的基礎問題，但是在「文化研究」裏，這些所謂的社會歷史文化元素，不再是背景，他們本身就成為了研究考察的對象。或者說，那種以文學文本為研究中心，而其他社會歷史文化都作為理解文本意義的這樣一個模式，是被超越了，突破了。整個社會文化被視作一個大的「文本」。

范：那這樣一種「文化研究」的範式是怎樣逐步被中國文學研究界接納並最終獲得較為廣泛的發展和影響力的呢？

李：其實在 1990 年代首先意識到這種重大變化的並不是我們的現當代文學研究界，而是文藝學研究界。那時可以說是廣泛地介紹和評述了這個所謂的「文化研究」。1990 年代中期以後，一大批學者成為了「文化研究」的介紹者、評述者，包括像是李陀、羅崗、劉象愚、陶東風、金元浦、戴錦華、王岳川、陳曉明、王曉明、南帆、王德勝、孟繁華、趙勇等基本都是以文藝理論見長的學者。他們的意見和介紹，在某種意義上，是將正在興起的「文化研究」視為了超越中國文藝學學科自身缺陷的一個努力的方向。

這種來自文藝學界的對「文化研究」的重視，發展至 1990 年代後期已相當有聲勢，並且開始對中國現當代文學研究界造成衝擊和影響。一些中國現當代文學研究界的學者也開始提出文學的「歷史化」問題，正是在這個時候，新歷史主義的歷史闡釋學和福柯的知識考古學被較多地引入到了中國現當代文學研究界。洪子誠老師的《中國當代文學史》被公認為中國當代文學學術化與知識化研究的開創之作。這本書的一個基本觀點可以說改變了中國當代文學研究的格局，那就是：「本書的著重點不是對這些現象的評判，即不是將創作和文學問題從特定的歷史情境中抽取出來，按照編寫者所信奉的價值尺度（政治的、倫理的、審美的）做出臧否，而是努力將問題『放回』到『歷史情境』中去審察。」〔註2〕

范：中國當代文學研究格局變化了以後，是否也對中國現代文學研究產生了直接的影響呢？

李：如果我們對百年來中國文學研究的變化作一個更細緻的區分的話，我覺得中國現代文學研究和中國當代文學研究的內部可能還存在一些差異。當代文學研究是最早提出「歷史化」這個問題的，這與當代文學這個學科一開始就存在爭議有關。1980 年代，人們其實仍然在討論當代文學應不應該寫史的問題，到了 1990 年代後期，當代文學研究界便提出了「歷史化」的問題。這其實就讓當代文學是否應該寫「史」成為了過去，而這個「史」從什麼時候開始，怎樣才能寫「史」，就是重新再「歷史化」的一個過程。這是對文學背後所存在的巨大的歷史現象加以深刻的、整體關注和解讀的結果。

那麼現代文學呢，它的反應沒有當代文學那麼急切。但是，可以說從 1990 年代後期到新世紀開始，現代文學研究界同樣也提出了在不同社會文化背景中進一步深挖現代文學的歷史性質種種可能性。包括我自己在內的一些學者對「民國文學」的重視。「民國文學」作為文學史的概念最早是張福貴教授完整論述的，後來又有張中良老師，丁帆老師等等，我們所探索的民國文學史的研究方法，其實都是和這個歷史事實的追尋聯繫在一起的。

范：感覺這種「歷史化」的訴求以及對歷史材料的關注發展到今天似乎已經非常廣泛而深入地嵌入進了中國現代文學和當代文學研究的內部。在您看來，這種研究趨向的興盛依託的核心動力是什麼呢？它和 20 世紀 90 年代以來愈發強烈的「回到歷史現場」的訴求是怎樣一種關係？

〔註2〕洪子誠：《中國當代文學史》，北京大學出版社，1999 年，第 5 頁。

李：所有這些變化背後最重要的動力，我覺得還是尋找真相。其實文學研究歸根結底就是為了尋找真相。過去為什麼我們覺得真相被掩蓋了，是因為我們很多所謂的研究方法和理論，最後在成熟的過程當中，越來越成為凌駕於文學作品之上的一個固定不變的原則，甚至在一段時間裏邊兒，這種原則與政治正確還聯繫在一起，這裡面當然充滿了人們對「方法」和「理論」的誤解。

所謂「回到歷史現場」，其實是這個大的文化潮流當中的一個具體的組成部分。「歷史化」是當代文學經常願意使用的一個概念，而現代文學呢，則更願意使用「回到歷史現場」的表述。所謂「回到歷史現場」，意思就是說，我們過去的很多解釋是脫離開歷史現場，從概念或者某種理論的方法出發得出的結論。那麼，「回到歷史現場」重要的其實就是破除這些已經固定化的方法對我們的思維構成的影響，重新通過對具體現象的梳理，來揭示我們應該看到的真相。當然這裡邊兒有很多東西可以進一步追問，比如「現場」是不是只有一個？回到這個「現場」是否就是一次性的？……其實只要有方法和外在理論束縛著我們，我們就需要不斷回到歷史現場。歸根結底，這就是我們發揮研究者自身的主體性，用自己的眼光，自己的心靈來感受這個世界的一個強大的理由。

二、「文」與「史」的相異與相通

范：您此前曾談到，「文史不分家」本就是「中華學術的固有傳統」，史學家王東傑教授也曾撰寫《由文入史：從繆鉞先生的學術看文辭修養對現代史學研究的「支持」作用》一文，對中國「文史結合」的學術傳統進行了重申與強調。〔註3〕而新文化史研究興起以後，輕視文學資料的成見亦逐漸在史學界得到改變，不僅文學作品、視覺形象等被發掘為了史料，甚至一些歷史學者亦開始嘗試文學研究的相關課題。請問史學界的這一研究轉向與前面討論的文學研究界的變化是否基於同一歷史背景？兩者的側重點是否有所不同？它們的核心區別在何處？

李：今天文學研究在強調還原歷史，回到歷史情境，並希望通過歷史和文化來解讀文學的現象。同樣的，歷史研究也在尋求突破，也在向文學靠近。特別是在後現代歷史觀的影響下，歷史研究已經從過去的比較抽象、宏大的歷史

〔註3〕參見王東傑：《由文入史：從繆鉞先生的學術看文辭修養對現代史學研究的「支持」作用》，《四川大學學報（哲學社會科學版）》2014年第6期。

敘述轉向微觀史、個人生活史、日常生活史的敘述，而並不僅僅局限於對客觀歷史文獻的重視，當前人的精神生活也被納入進了歷史分析的對象當中。那麼這個時候，歷史研究和文學研究是不是就成了一回事呢？兩者是否最終就交織在一起，不分彼此了呢？

這就涉及到歷史學的「文史對話」和文學的「文史對話」之間微妙的差異問題。在我看來，今天我們強調學科的交叉和融合，固然是一個值得注意的傾向，但是在交叉、融合之後，最終催生的應該是學科內部的進一步演變和發展，而不是所有學科不分彼此，都打通連成了一片。當然，交叉、融合本身可能是推動學科進一步自我深化的一個重要過程或路徑，這就相當於《三國演義》裏面，我們都很熟悉的那句話——「天下大勢，分久必合，合久必分」。我們因為某種思維的發展，需要有合的一面，需要有學科打破界限，相互聯繫的一面；但是，另外一個歷史時期，我們也有因為那種聯合，彼此之間獲得了啟示，又進一步各自深化，出現新一輪的個性化發展的一面，我覺得這兩種趨勢都是存在的。

在這個意義上，我們回頭來看其實會發現，歷史學的「文史對話」實質還是通過調用文學材料，或者說是人主觀精神世界的一些感受來補充純粹史學材料的不足，或者說通過對人的精神現象、情感現象的關注，來達到他重新感受歷史的這樣一個目的。他最終指向的還是歷史。眾所周知，歷史學家陳寅恪是「文史互證」的著名的提出者，在前人錢謙益治學方法的基礎上，陳寅恪先生要做的就是用文學作品來補充古代歷史文獻的欠缺，唐代文獻不足，但是先生卻能夠從接近唐代的宋、金、元的鶯鶯故事中尋覓重要的歷史信息：崔鶯鶯的出生門第，唐代古文運動與元白的關係等等，這是「以文證史」。而文學研究中的「文史對話」走的路徑則正相反，它是通過重塑歷史材料來重建我們對歷史的感覺，重建研究者對歷史的感受，通過重新進入文學背後的歷史空間，我們獲得了再一次感受和體驗文學所要描述的那個世界的重要機會，從中也真正理解了作家的用意與精神狀態。換句話說，他最根本的目標還是指向文學感受的，是「以史證文」。一個是重建「歷史」，一個是重建「文學」，這就是史學的「文史對話」和文學的「文史對話」之間很微妙但又很重要的一個差異。當然，今天由於這兩個學科都在向著對方跨出了一步，所以往往在很多表述方式上，你可以看到他們有一些相通之處，我們彼此之間也可以展開更密切的相互對話。

范：我記得英國歷史學家托馬斯・麥考萊（Thomas Macaulay）曾說，「歷史學，是詩歌和哲學的混合物」〔註4〕；而錢鍾書在《管錐篇》中也有提到：「史家追敘真人真事，每須遙體人情，懸想事勢，設身局中，潛心腔內，忖之度之，以揣以摩，庶幾入情合理，蓋與小說、院本之臆造人物、虛構境地，不盡同而可相通。」〔註5〕他們好像都正好談到了歷史學與文學的某種相通之處，您認同他們的看法嗎？

李：無論是歷史學家托馬斯・麥考萊，還是中國的文學作家、學者錢鍾書，的確都道出了「文學」和「歷史」的相通之處。「歷史」更注意科學和理性，但它也關乎「人」。所以我們可以說它是「詩歌和哲學的混合物」，「詩歌」這個詞就強調了它的主觀性，「哲學」則強調了它理性思考的層面。我想，「文學」和「歷史」最根本的相通還是它們都是對「人」的描述，歷史描繪的中心是人，文學表達的情感中心也是人，所以它們能夠相互連接，相互借鑒，或者說「文學」和「歷史」能夠相互對話。

不過，就像我前面所說的，這兩者的表現形式有很多相通之處，但目的不同。「文史對話」的歷史研究根本上是為了解釋歷史，為了對歷史本身進行描述，而文學的「文史對話」則是要重建我們的心靈。這背後的不同是文學學科和歷史學科的不同。歷史學科歸根結底還是重視一種理性的概括，而文學學科更重視的則是對鮮活生命感受的完整呈現。

三、回到「文學」的「文史對話」

范：從您的表述中我好像能比較明顯地感受到您對於文學研究「自身的根基」問題似乎有著愈加強烈的憂慮感受。在八年前的那篇文章裏，您已在討論「文史對話」的相關議題時談到，史學家「以文學現象來論證歷史」與文學研究者「借助歷史理解文學」其實有很大不同，並強調「跨出文學的邊界，最終是為了回到文學之內」。〔註6〕而在去年發表的《在歷史中發現「文學性」》中，您則更進一步地指出，「我們必須回應來自文化研究和歷史研究的『覆蓋式』衝擊」，重提「文學性」的問題，以避免「文學研究基本自信和價值獨立性的

〔註4〕參見易蘭：《西方史學通史》第5卷，復旦大學出版社，2011年，第68頁。
〔註5〕錢鍾書：《管錐編》第1冊，中華書局，1979年，第166頁。
〔註6〕參見李怡：《文史對話與中國現當代文學研究》，《中國社會科學》2016年第3期。

動搖」。〔註7〕既然您如此在意「文」與「史」的邊界問題，為何仍會提出「文史對話」這樣一個概念並著力加以強調呢？

李：事實上，我之所以要強調「文史對話」，正是想提出一個更大的可能性以及今天我們的中國現當代文學研究如何獲得自身獨立品格的這樣一個問題。因為無論是 1980 年代的「文化視角」，還是 1990 年代從文藝學學科裏面生發出來的「文化研究」，我覺得都是呈現了來自國外學科發展的一個趨勢，它並不能夠代替我們中國現當代文學對自身文學現象的理解。固然我們可以把很多精力花到文學背後更大的歷史當中去，並且這大概在今天已經成為一個不可逆轉的趨勢。我們看到很多高校的研究生在他們的學位論文裏面，我們甚至看到高校的這些研究生的導師們，這些知名的學者，在他們近幾年的文章裏面，越來越傾向於淡化文學研究，強化文學背後的歷史研究、文化研究的份量。我想，越是在這個時候，新的問題也應該引起我們更自覺的思考——那就是隨著我們越來越重視對歷史和文化的研究，文學研究還有沒有自身獨立性的問題。

正是在這個意義上，我所謂的「文史對話」其實指的是一個更寬泛意義上的認知「文學」的努力，一種與文學學科、歷史學科相互借鑒的方法。我傾向於把它視為一個大的概念，在這個大的概念裏邊兒，1980 年代的「文化視角」，1990 年代的「文化研究」和我們「以史證文」式的文學研究應該是不同的趨勢和路徑。

范：能否請您再詳細談談促使這樣一種學科危機意識在當前變得愈發顯明的原因？

李：其實我們在今天之所以會重新提出「文史對話」的起源及其歷史作用等問題，都是基於對當下學術發展態勢的一個觀察。1990 年代以後，「文學」和「歷史」的這種對話便逐漸構成了我們今天不可改變的一個大的歷史趨勢，其中一個特別引人注目的現象就是越來越多的文學研究者開始介入文學背後歷史現象的討論，而逐漸脫離開了文學研究本身。一個文學的批評者幾乎變成了一個歷史的敘述者，越來越多的文學研究主題演變為了歷史故事的主題。這已經成為我們今天學術研究裏邊兒最值得注意的一個傾向，包括一些研究生的碩士論文，也包括我們經常看到的發表在報刊雜誌上的一些文學研究的論文都是如此，以至於前些年就有學者發出了這樣的憂慮，那就是文學研究本身

〔註7〕參見李怡：《在歷史中發現「文學性」》，《學術月刊》2023 年第 5 期。

還有沒有它的獨立性？這裡面一個很深刻的問題是，如果文學研究因為走上了「文史對話」的道路就逐漸的與歷史研究混同在一塊兒，或者文學研究已經主要在回答歷史的一些話題，那麼我們的文學研究還有什麼可做的呢？又何必還需要我們「文學」這樣的學科呢？

而且，更重要的是，一個文學研究者的起點，歸根結底其實還是我們對人的精神現象的一種感受。當我們僅僅從這種感受出發，試圖對更豐富的歷史事實做出解釋的時候，這裡是否已經就暴露出了一種先天性的缺陷？例如我們不妨嚴格地反問一下自己：文學研究是否真的能夠替代歷史研究？如果我們的文學批評、文學研究在內容上其實已經在回答越來越多的歷史學的問題，那麼我們就不能不有所反省，這樣以個人感受為基礎的歷史描述是否已經包含了更多的歷史文獻，是否就符合歷史考察的基本邏輯？如果我們缺乏這樣的學術自覺，那就很可能暗含了一系列的學術上的隱患，這其實就是文學所不能承受的「歷史之重」。

今天，我們重提「文史對話」的意義，重新檢討它的來龍去脈，我覺得一個非常重要的傾向，就是通過對學術史的重新梳理來正本清源。我們要進一步地反思我們文學研究自身的目標是什麼。我們和歷史研究可以相互借鑒，在很大意義上，我們在方法、思維上都可以互相借鑒，取長補短，但是我們最終有沒有自己要解決的問題？

范：那文學研究最終需要自己解決的問題在您看來應該是什麼呢？

李：我覺得這個問題是很明確的，那就是解決「人」的精神問題，解決「人」心靈發展的問題，這是一個非常重要的方向。「文史對話」對於「文學」而言應該是關於心靈走向的對話，對於「歷史」而言可能就是關於歷史進程的對話。儘管「心」與「物」或者說「詩」與「史」之間常常互相交織、溝通，但歸根結底，「文史對話」對我們文學研究而言，是為了保持文學研究本身的彈性與活力。有的人就是因為我們過去的學術研究日益走向僵化、固定化，因此提出了文學走出自身，走向歷史的這樣一個過程。但是我想要強調的是，即便我們再頻繁地遠離開了我們的文學，但只要還是文學研究，便最終仍會折回到我們的起點，這也是文學研究所謂的「不忘初心」。

我最近為什麼會提出一個「流動的文學性」概念，也是因為，我們不斷地突破「文」，最後卻遺忘了「文學性」，或者根本的就拋棄了「文學性」。這裡邊兒一個可擔憂的地方在於，我們再也找不到我們文學的研究了。我們離開了

文學研究，是否就真的成為了一個歷史學者或者思想史的學者？我覺得事實上也不是那麼簡單。一個真正的歷史學者和思想史的學者，他有他的學科規範，有他的學科基礎、目標和範式，如果我們在歷史學界或者思想史學界對我們來自文學界的學術成果進行一番調研的話，你可能會發現我們很多所謂離開文學的「文史對話」也未必獲得了歷史學界或者思想學界的完全認可。他們同樣會覺得我們不夠規範，或者認為中間存在很多的問題。

這其實就是啟發我們，一個真正的文學研究者即便離開文學，在文學之外去尋找靈感，尋找問題的解答思路，但我們最終都不要忘了，我們是為了解決或者解釋文學的某些獨特現象，才暫時離開了文學。這樣的話，我們的文學研究實際上就是不斷地在其他學科的發展當中汲取靈感，一次次地汲取靈感，並使我們一次次地呈現出不同的文學景觀。隨著我們學術研究的不斷發展，我們獲得的不同文學景觀就呈現為一種流動性，這就是我說的「流動的文學性」。文學性在流動，但是它還是有文學性，並不等於歷史研究，也不等於思想史考察，當然也不是純粹的社會文化問題的研究。我們還是為了研究文學的問題，而不是社會文化問題，這就是這兩者之間的邊界和差異。

范：確實，若無法在「文史對話」的過程中恰當處理「文」與「史」的邊界問題，甚而直接將歷史學或思想史問題的解決視為了文學研究的至高追求，這對於以「感受」為基點的「文學」而言不僅難以承受，還將使文學研究自身的根基變得愈加脆弱。不過，時至今日不論是在文學研究界，還是在歷史研究界，亦出現了許多「文史對話」的有益成果。請問在您看來，有哪些代表性的研究成果能夠作為某種示例供以參照？「文史對話」這一漸趨成熟的研究方法於當前的文學史研究而言還存在哪些尚待發掘的意義與可能性呢？

李：要我對學科發展的未來做詳細的預測，我覺得這是很難的，因為既然是「流動的文學性」，一切都在不同研究者個體的體驗當中，個體體驗越豐富，就越是多元化的、百花齊放的景象。惟其如此，我們的文學研究才能突破固有的、僵死的邊界，走出一個更為廣闊的未來。不過在這裡呢，我很願意推薦我很尊敬的，中國社會科學院文學研究所的研究員劉納老師在 1990 年代後期出版的一本代表作——《嬗變——辛亥革命時期至五四時期的中國文學》。

這本書寫的是晚清到五四前夕這段時期中國文學演變的基本事實，其中最重要的一個特點是，這部分文學史是長期被人忽略的，包括大量的歷史材料都是我們不熟悉的，但劉納老師非常嫻熟地穿梭在這些歷史文獻當中，並清理

出了中國文學被遺忘的這一段歷史景觀。與此同時，她整個的著作不是為了重塑純粹客觀的社會歷史，而是在社會歷史的豐富景觀當中呈現了人的心靈史、精神史。所以這本書看似有很多歷史材料，但又保持了一個基本的文學的品格。而且這本著作整體上有一個從歷史材料到最後的精神現象不斷昇華的過程。尤其寫到最後一章的時候，就從更為廣泛的歷史材料的梳理當中，得出了非常深刻的關於人的精神現象以及文學發展特徵的一些結論。可以說，這就完成了從歷史文獻向著人的心靈世界觀察的一種昇華和發展。

我給歷屆的學生其實都推薦了這本書，我覺得這裡邊兒充分體現了一個優秀的中國現代文學研究者如何在歷史文獻和文學感受之間完成這種自如的穿梭，然後把心靈感受的能力，文學解讀的能力和掌握分析解剖豐富材料的能力，很好地結合起來。所以，說到「文史對話」的代表作，我仍然願意提到這本書。

緒　論 ‥‥‥‥‥‥‥‥‥‥‥‥‥‥‥‥‥‥‥‥‥‥‥‥‥‥‥‥‥‥‥ 1

第一章　惡性通貨膨脹與「國難財」書寫的發生 ‥ 15

　　第一節　「國難財」的機制：惡性通貨膨脹與
　　　　　　戰時經濟亂象 ‥‥‥‥‥‥‥‥‥‥‥‥‥‥‥‥ 15

　　第二節　「斯文掃地」：大後方文化人的戰時經濟
　　　　　　生活 ‥‥‥‥‥‥‥‥‥‥‥‥‥‥‥‥‥‥‥‥ 32

　　第三節　「發現生活」：抗戰文學的轉向與「國難
　　　　　　財」書寫的發生 ‥‥‥‥‥‥‥‥‥‥‥‥‥‥ 46

第二章　圖景與體驗：「國難財」書寫中的戰時
　　　　經濟生活 ‥‥‥‥‥‥‥‥‥‥‥‥‥‥‥‥‥‥‥ 59

　　第一節　「第二條路」：階層顛倒中的震驚、惶惑
　　　　　　與誘惑 ‥‥‥‥‥‥‥‥‥‥‥‥‥‥‥‥‥‥ 60

　　第二節　「中華商國」：投機風潮與現代速度 ‥‥‥ 77

　　第三節　工業困境中的理想失落 ‥‥‥‥‥‥‥‥‥‥ 93

第三章　「國難財」書寫與現實批判 ‥‥‥‥‥‥‥‥ 105

　　第一節　民族主義與日常生活的齟齬：「國難財」
　　　　　　書寫的批判底色與倫理光譜 ‥‥‥‥‥‥‥ 105

　　第二節　「國難財」文學批判中的官方介入與
　　　　　　失敗 ‥‥‥‥‥‥‥‥‥‥‥‥‥‥‥‥‥‥ 122

第四章　「國難財」視閾下的經典重釋 ‥‥‥‥‥‥‥ 137

　　第一節　戰時經濟視閾下的《清明前後》 ‥‥‥‥ 137

　　第二節　惡性通脹的文學顯形與民族國家的必要
　　　　　　性──重讀沙汀長篇小說《淘金記》 ‥ 154

　　第三節　戰時生活之霧──宋之的劇作《霧重慶》
　　　　　　新論 ‥‥‥‥‥‥‥‥‥‥‥‥‥‥‥‥‥‥ 169

　　第四節　「戰時經濟生活」視野中的「未完成」
　　　　　　文本──論李劼人長篇小說《天魔舞》‥ 179

結論　　作為抗戰文學轉向之「中間物」的經濟
　　　　生活體驗與「國難財」書寫 ‥‥‥‥‥‥‥‥ 191

參考文獻 ‥‥‥‥‥‥‥‥‥‥‥‥‥‥‥‥‥‥‥‥‥‥‥‥‥ 203

後　記 ‥‥‥‥‥‥‥‥‥‥‥‥‥‥‥‥‥‥‥‥‥‥‥‥‥‥ 211

目
次

緒　論

一

　　「國難財」是抗日戰爭時期公共空間中的熱詞，準確地說，它的出現和所指涉的現象主要發生在國民政府控制區域（大後方）。何以有研究作為文學題材的「國難財」之必要？這得從抗戰文學，尤其是抗戰大後方文學研究說起。

　　早在 1947 年，藍海便出版了《中國抗戰文藝史》，對抗戰時期的大後方文學作了初步的資料收集和作品評析。但自中華人民共和國成立後至改革開放之前，抗戰時期文學研究的關注重心主要在延安文學，國民政府控制區域雖停留了更多新文學作家、也出版了更多新文學作品，但畢竟不夠「進步」，尤其是作為國統區左翼文學主要領導者的茅盾、馮雪峰等人在 1946 年就開始對其有了「右傾」的批評，第一次文代會時茅盾的報告更是有著檢討的意味，價值不高似乎已成定論。因此對其進行研究，雖不至於非法，也處於相當邊緣的狀態。自改革開放以來，抗戰大後方文學研究重新起步，1980 年在重慶召開了首次抗戰文藝研討會，此後四川省社科院、西南師範學院、重慶師範學院的一批學者成為抗戰大後方文學研究的拓荒者，成立學會、辦起刊物，展開了研究。在文天行、蘇光文為代表的這一代學者的努力下，大後方文學資料得到了整理〔註1〕，

〔註 1〕該期編選整理的研究資料代表性的有：文天行等編《中華全國文藝界抗敵協會史料選編》，四川省社會科學院出版社 1983 年版；廖全京編《作家戰地訪問團史料選編》，四川省社會科學院出版社 1984 年版；王大明編《抗戰文藝報刊篇目彙編》，四川省社會科學院出版社 1984 年版；文天行編《國統區抗戰文藝運動大事記》，四川省社會科學院出版社 1985 年版；蘇光文編著《抗戰文學紀程》，西南師範大學出版社 1986 年版。

基本歷史事實得到了澄清，一批研究著作問世〔註2〕，使大後方文學從「右傾」論的陰影下解脫出來，獲得了文學史地位。1989年出版的共10編20卷的《中國抗日戰爭時期大後方文學書系》，標誌著大後方文學圖景得到集中展示。這一時期對大後方文學合法性的確立，主要是強調中國共產黨的影響，將大後方文學史描述為在黨的領導下反對國民黨黑暗統治、爭取民主的歷程，「暴露與諷刺」被論述為大後方文學的重要特徵。

不過，這畢竟是特定時代的局限性，隨著改革開放的推進，當抗戰大後方文學研究的合法性確立之後，研究便迅速深化——對於作家作品的具體研究不斷推進。雖然仍存有「抗戰文學凋零論」（即認為抗戰時代是「救亡壓倒啟蒙」的時代，文學多是急就章，成就不高），但隨著一個一個小問題的研究突破，這一時期中國新詩派、七月詩派在詩歌上的成就，郭沫若、陽翰笙、夏衍等人在戲劇上的成就，老舍、巴金、茅盾、沙汀在長篇小說上的成就等等，都越來越難以否認，「凋零論」不攻自破。

除了單個的作家作品研究外，整體性地研究抗戰文學的思想意義，近年來呈現幾個主要的傾向：

其一是強調返回歷史現場，挖掘以往被「左」的意識形態所遮蔽的價值。以延安文學為尺度、以針對國民黨政權的鬥爭為要素來衡量抗戰大後方文學的進步性，越發顯示出偏頗之處。在這樣的邏輯下，大後方文學始終是相對延安文學更低一級的存在，如秦弓（張中良）所論，「有一些主觀性很強的本質論、中心論一直影響著抗戰文學研究，譬如因為強調抗戰勝利是中國共產黨領導的人民戰爭的勝利，就忽略正面戰場文學；因為強調中國共產黨對文化工作的領導作用，就對國民黨系統的作家的作品關注不夠，甚至加以曲解、批判」〔註3〕。靳明全也在《文學評論》發文指出，「國統區抗戰文學研究要克服意識形態主流支配下的格式化、狹窄化現象」〔註4〕，尤其是在扭曲陪都重慶形象和反覆強調揭露後方黑暗等方面。段從學對抗戰文學分期的討論也符合這種重新返回歷史現場的傾向〔註5〕。隨著這一研究理路的推進，國民黨政權在堅

〔註2〕代表性的有：文天行《周恩來與國統區抗戰文藝》，四川省社會科學院出版社1985年版；吳野，文天行主編《大後方文學史》，四川教育出版社1993年版；廖全京《大後方戲劇論稿》，四川教育出版社1988年版；蘇光文《大後方文學論稿》，西南師範大學出版社1994年版。

〔註3〕秦弓：《抗戰文學研究的概況與問題》，《抗日戰爭研究》2007年第4期。

〔註4〕靳明全：《深化國統區抗戰文學研究之我見》，《文學評論》2009年第5期。

〔註5〕段從學：《夏季大轟炸與大後方文學轉型——從抗戰文學史的分期說起》，《中

持抗戰方面的歷史貢獻得到認可，「抗戰時期的重慶固然是國民黨統治的象徵，又何嘗不是抗戰中國的象徵？」〔註6〕抗戰大後方文學的價值也不僅係於「暴露與諷刺」的對內鬥爭，更回到了抗日戰爭中民族精神的發揚上，民族主義、愛國主義逐漸成為肯定抗戰文學意義的價值座標，正是在這樣的背景下，對抗戰文學中的「正面戰場」元素得到了發掘、闡釋〔註7〕，以往被視為法西斯主義者的「戰國策派」，也因其民族主義的倡導，得到了更多正面評價。

其二是更加注重史料的發掘，使新論具有紮實的基礎。有了返回歷史現場的新眼界，自然會產生許多新發現，但新發現、新闡釋需要使用可靠的材料來支撐。張武軍呼籲在「文協」與國民政府的關係、郭沫若出任政治部第三廳主任和與蔣介石的交往、國民黨文人的活動等處展開史料發掘，在此基礎上建立「超越國共意識形態的文學史觀」〔註8〕，對《中央日報‧副刊》的研究也代表了這種注重史料的傾向〔註9〕。陳思廣重新發掘呈現了抗戰時期的蔣夫人文學獎〔註10〕，刷新了抗戰時期女性文學的面貌，其在《四川抗戰小說史》也體現出了注重史料的紮實學風，整理了四川抗戰小說年表〔註11〕。段從學的《「文協」與抗戰時期文藝運動》是抗戰文學中以史料考證產生新史論的代表著作，該書通過「文協」這樣一個特殊的民眾團體為線索，經過細緻的考辨，在「民族形式論爭」、抗戰文學轉型、「與抗戰無關」論爭、戰地文藝拓展等問題上，都作出了新解〔註12〕。此外，重慶師範大學文學院所獲2016年度國家社科基金重大招標項目「抗戰大後方文學史料數據庫建設研究」，也體現了這一傾向。

三是深入拓展抗戰文學的意義，由對抗戰民族精神的強調到關注人身處戰爭時代的體驗。李怡在2006年提出要看到「中國抗戰文學不是左／右、進步／反動、愛國／賣國的簡單對立，而是中國作家在自身生存環境發生重大改

國現代文學研究叢刊》2011年第7期。

〔註6〕王學振：《再論抗戰文學中的重慶城市形象塑造》，《文學評論》2010年第2期。

〔註7〕這一方面的代表作是張中良《抗戰文學與正面戰場》，社會科學文獻出版社2014年版。

〔註8〕張武軍：《新史料的發掘與抗戰文學史觀之變革》，《中國現代文學研究叢刊》2010年第2期。

〔註9〕張武軍：《〈中央日報〉、〈新華日報〉副刊與抗戰文學的發生》，《首都師範大學學報》2015年第3期。

〔註10〕陳思廣、劉安琪：《抗戰時期的「蔣夫人文學獎金」徵文》，《新文學史料》2017年第1期。

〔註11〕參見陳思廣《四川抗戰小說史》，中國文聯出版社2015年版。

〔註12〕參見段從學《「文協」與抗戰時期文藝運動》，北京大學出版社2012年版。

變之時複雜精神選擇的綜合表現」〔註13〕，此後在《戰時複雜生態與中國現代文學的成熟》一文中也強調，「如果說文學終究也屬於人的一種生存體驗的產物，那麼現代中國歷史上範圍最大、影響最深的一次生存狀態的挑戰莫過於這11年的戰爭歲月」〔註14〕，從橫跨文學內外部研究的「大文學」視野，批判了抗戰文學「凋零論」。房福賢也提出，「從更大的歷史視野中發現戰爭背後的民族的、生態的、文化的、精神的等非直接性要素」〔註15〕。王學振近年來的「抗戰時期大後方文學題材研究」系列論文也代表了這一傾向，大後方兵役題材、內遷題材、空襲題材等具體小題材的發掘，再現了戰時特殊環境下人的特殊處境和精神狀態。總之，正如吳福輝敏銳感受到的，「『抗戰文學』有被『戰爭時代的文學』代替之勢」〔註16〕，由「抗戰」到「戰爭時代」，歷史情境中人的生存處境和體驗成為文學研究重點關注的對象。

本書試圖在此基礎上進行更深入細化的探索，走出格式化的闡釋框架。萬能闡釋框架的「大」，不能遮蔽無數瑣屑的、屬於普通人的「小」，生活在大後方的普通人究竟過著怎樣的生活，對這個時代有哪些無比切膚的生命體驗？機敏的作家一定捕捉著這樣親歷身受的體驗，並將之凝結於文本，而文學的精義就存在於細節中。大後方生活的苦難毋庸置疑，「暴露與諷刺」作為最終闡釋也必然正確，但後方的日常生活，到底是一種怎樣的生活，它和抗戰有著怎樣的聯動關係？那個時代除了同仇敵愾、政治黑暗之外，還似乎有一個深層維度，尚未被學術研究完全挖掘並以概念顯形出來。

這個長期沒有得到闡釋的維度，便是生活在大後方的人們首次遭遇了現代意義上的惡性通貨膨脹。大後方文學是戰時文學，也是惡性通貨膨脹時期的文學。

乍看起來，惡性通貨膨脹作為一種經濟現象，與作為精神現象的文學相距甚遠，強制闡發二者之間的聯繫，似有機械的經濟決定論的影子。但由於惡性通貨膨脹直接影響著人們的生活（在抗戰時期的用語習慣裏，「生活」本是「物價」的轉喻），又直接地大幅降低了知識階層的生活水平、擺弄著知識

〔註13〕 李怡：《中國抗戰文學研究的新的可能》，《西南師範大學學報》2006 年第 6 期。

〔註14〕 李怡：《戰時複雜生態與中國現代文學的成熟——現代「大文學」史觀之一》，《北京師範大學學報》2014 年第 3 期。

〔註15〕 房福賢：《從抗戰文學大國到抗戰文學強國——簡論中國抗戰文學的自我突破》，《山西大學學報》2014 年第 5 期。

〔註16〕 吳福輝：《抗戰文學概念正在文學史中悄悄延展》，《理論學刊》2011 年第 2 期。

階層的生活狀態，相比遠在前線的戰爭、相比季節性的大轟炸，更是文人群體不可忽視的體驗。對 1940 年代的中國人而言，基於國家信用貨幣的惡性通貨膨脹，是一種前所未見的現代經濟紊亂，帶來的社會生活動盪是傳統經濟社會中不會發生、也難以想像的，這無異於一場巨大的精神洗禮。文人群體面對這樣的巨變，又怎會壓抑住切身的體驗不加表現？如果說戰爭文化語境將形塑一個時期的文學，那麼嚴重的、威脅到文人群體基本生活的惡性通貨膨脹作為大背景，也會對文學、文化產生形塑力量。如果說在過去的知識積累中我們無從清晰看到這一精神、文學現象，那正是因為它被遮蔽在了某些格式化的闡釋框架中。

二

大後方的中心是作為「抗戰司令臺」的陪都重慶，但在大後方文學想像中，重慶卻常是以「霧重慶」的意象出現——宋之的用話劇《霧重慶》為它賦形，茅盾有散文《霧中偶記》《「霧重慶」拾零》，李輝英有長篇小說《霧都》，艾明之有長篇小說《霧城秋》⋯⋯在作家關於戰時重慶的回憶錄中，對「霧」的描寫就更是數不勝數。「霧」本是重慶常見的自然現象，但長期以來，「霧重慶」卻被賦予了象徵國民政府黑暗統治的意味。近年來有論者回到歷史語境中闡發了霧季保護陪都居民免遭轟炸的一面〔註 17〕，豐富了「霧重慶」的內涵。其實，回到該意象產生的源頭，還可發現它的另一層含義。

話劇《霧重慶》（1940）、茅盾的散文《霧中偶記》《「霧重慶」拾零》（1941）被認為是較早的、有影響的從政治黑暗角度來使用「霧重慶」意象的作品。但回到這些文本可以發現，對惡性通貨膨脹後果的書寫在篇幅上占大部分。《霧重慶》中林卷妤、沙大千等懷抱理想的抗戰青年之所以淪落，不在於什麼特務機構的搜捕、政治機關的腐敗，而在於商業的誘惑——抗戰時期的大後方本就流民湧入、物資匱乏，在通貨膨脹帶來的物價漲幅中，一個小飯館在短時間內就可以積累巨額的財富，正是這種太過劇烈的財富增長，讓沙大千的精神世界遭遇危機，最終與小官吏袁慕容走上合夥發財的道路，這才造成了青年們的分崩離析。在最初的接受視野中，《霧重慶》也是被當成對投機風潮的諷刺之作來看待，香港《華商報》1941 年刊出的一篇文章指出，「這些劇中人物對香港的觀眾們是不會生疏的，而且香港也就有更多的這類投機

〔註 17〕張武軍：《重慶霧與中國抗戰文學》，《西南大學學報》2009 年第 2 期。

取巧的人物」〔註18〕，這樣的「霧」與政治黑暗的「霧」至少不能完全等同。茅盾寫於1941年春的系列散文《見聞雜記》中，詳細記錄了各地「生活費用的高漲的情形」〔註19〕，《「霧重慶」拾零》一篇便是主要就重慶在通貨膨脹中的亂象所作的雜記，我們可以從中看到，小飯館中知識階層戰戰兢兢用著簡單的飯食，「短衫朋友」大塊吃肉大碗喝酒，一個「素業水電包工」的下江人，短短兩年間便發了四五萬的財，而在軍事機關供職的「沒有辦法」的公務員被生活所逼只得自殺成仁，社會上則廣為流傳著反覆囤積抵押洋鐵釘發財的故事。當然，在《華商報》初刊的《「霧重慶」拾零》中尚有許多諷刺書報檢查制度的文字，這些文字在1943年的《見聞雜記》單行本中被刪除（此後被收入《茅盾全集》時，這些被刪去的段落以另一種字體印出），但既然審查者能原封不動的保留那麼多與通貨膨脹高度相關的內容，足見在當時的官方意識形態中，投機風潮並非政府的責任，因此怎麼寫也談不上是「政治黑暗」的論據。如果說，「霧重慶」最初的表意不是或至少不完全指向政治黑暗，那所謂的「霧」便也可理解為通貨膨脹之「霧」。畢竟，霧季不僅是保護人民免遭轟炸的霧季、也不僅是方便話劇工作者搞公演的霧季，它同樣是保障著商業活動的霧季，如《霧中偶記》所記，「在霧季，重慶是活躍的，因為轟炸的威脅少了，是活動的萬花筒：奸商、小偷、大盜、漢奸、獰笑、惡眼、悲憤、無恥、奇冤、一切，而且還有沉默」〔註20〕。新聞記者李魯子在《重慶內幕》（1945）一書中也寫到：「一到霧季，那些在歌樂山、南溫泉住膩了的人，先先後後跑到重慶城裏，準備周旋周旋，已經快要發黴的帳簿上，又開始跳動數字。」〔註21〕可見，「霧重慶」不光是政治黑暗的隱喻，同樣是惡性通貨膨脹之亂象的隱喻，只是長期以來，由於缺乏經濟學相關背景知識，人們普遍把通貨膨脹之亂象等同於政治黑暗的結果，「霧重慶」的後一種闡釋才一直隱而不現。

那麼，抗戰時期的惡性通貨膨脹亂象是否就是政治黑暗、或曰「四大家族大發國難財」所造成？隨著改革開放以來經濟史研究的推進，起於陳伯達的

〔註18〕鋼鳴：《〈霧重慶〉的意義》，《華商報·晚刊》1941年9月12日。

〔註19〕茅盾：《見聞雜記》，文光書店1943年版，第140頁。

〔註20〕茅盾：《霧中偶記》，見《茅盾全集》（第十二卷），人民文學出版社1986年版，第20頁。

〔註21〕李魯子：《重慶內幕》，見林如斯等《戰時重慶風光》，重慶出版社1986年版，第203頁。

「四大家族」說至少已被證明帶有一定偏頗性,「越來越多的學者認為『四大家族官僚資本』實際上是在政治矛盾尖銳的情況下形成的概念」〔註22〕。根據經濟學常識,腐敗並非造成通貨膨脹的直接原因,通貨膨脹的發生基於貨幣超量發行和物資短缺。物資短缺是戰時的常態,而貨幣超量發行,實為國民政府填補財政赤字的手段,可視為一種特殊的、隱秘的稅收。「當日本人蹂躪上海和其他沿海城市時,這些稅收來源大量喪失,政府戰時支出的約 75% 靠印製新紙幣來彌補」〔註23〕,既然位於重慶的國民政府是中國當時的合法政府,既然它肩負著抗戰的責任,那麼其財政稅收就帶有公權力的性質,通貨膨脹這一填補財政赤字的隱秘稅收,就不是什麼隱秘集團的腐敗行徑,而是戰時政府為了堅持抗戰、籌集戰費所作出的決策。這倒不是說國民政府在政策執行中就沒有過錯,但至少籌集資金、調用社會資源這一行為本身,談不上腐敗和黑暗。事實上,「通貨膨脹現象是戰爭時期很多國家不可避免的現象」〔註24〕,更有論者直言不諱地指出「1937～1945 年的中國通貨膨脹的終極原因,既不是法幣改革,也不是什麼其他的理由,而是日本對華侵略戰爭所致。」〔註25〕由此推之,「暴露諷刺」惡性通貨膨脹及其亂象,與「暴露諷刺」國民政府統治的黑暗與腐敗不能完全等同。也就是說,不是黑暗與腐敗的統治導致了社會經濟亂象,而是惡性通貨膨脹中異化出的投機空間、以及貨幣貶值帶來的政府官員生活拮据導致了黑暗與腐敗的廣泛出現、導致了整體性的投機風潮的形成、導致了道德滑坡和社會分裂、秩序崩解。

　　回到本書的研究中,操作難度在於,如何將這些經濟層面的現象聯繫到文學?機械的經濟決定論、階級分析法已不再適宜。上世紀 90 年代末,金宏宇曾做過一些研究,比如用民國經濟危機作為題材解讀左翼社會剖析的小說〔註26〕,但模式仍未脫離對題材背景的說明闡釋。近年來,隨著文學制度研

〔註22〕李少兵、王莉:《20 世紀 40 年代以來中國大陸「四大家族官僚資本」問題研究》,《史學月刊》2005 年第 3 期。

〔註23〕〔美〕費正清,費維愷編:《劍橋中華民國史》下卷,中國社會科學出版社 1994 年版,第 581 頁。

〔註24〕吳敏超:《馬寅初被捕前後:一個經濟學家的政治選擇》,《近代史研究》2014 年第 5 期。

〔註25〕戴建兵:《金錢與戰爭——抗戰時期的貨幣》,廣西師範大學出版社 1995 年版,第 291 頁。

〔註26〕代表性的文章有《「經濟破產」作為敘事來源》,《中國現代文學研究叢刊》1998 年第 2 期,《文學的經濟關懷——中國 30 年代破產題材小說綜論》,《武漢大學學報》1998 年第 1 期。

究的興起，西川論壇 2011 年在雲南召開「民國經濟與現代中國文學」會議，相關學者先後發表了一批論文，但其中主要分為兩類研究模式，一種是將「經濟」定位在文學生產方式、作家經濟狀況等外部因素，使之落腳到報刊研究、制度研究、作家周邊研究，並非真正意義上的經濟與文學交叉研究；另一類初步運用了李怡後來提出的「文史對話」〔註27〕方法，以新材料、新史觀落腳於文學闡釋，發現作品在老研究框架下不曾被發現的意義。這其中的優秀論文，以李哲和鄔冬梅發表在《文學評論》上的兩篇為代表，分別對茅盾的《春蠶》三部曲、1930 年代經濟題材小說進行了有歷史事實做支撐的新解，用新視閾、新闡釋將經濟問題聯繫到作家的體驗、再回到文本，是其共同的成功之處。

以此觀之，經濟與文學的對話，需要以經濟史作為社會背景，作為闡釋文學作品、現場的基礎。以上研究多落腳在 1930 年代民國經濟危機與社會剖析派問題上，其實 1930 年代有民國經濟危機，1940 年代更有蔓延整個大後方的惡性通貨膨脹，這一經濟事實所帶來的社會亂象、文化變遷、作家體驗，用於抗戰文學的作品、現象的闡釋無疑具有巨大的潛力。

本書在研究方法上並非嚴格意義上的跨學科研究，只是採經濟史研究的果實以作「文史對話」的材料，此外，還要始終依託惡性通貨膨脹給作家帶來的獨特的體驗。正是在體驗的意義上，「戰時經濟生活」作為重新闡釋大後方文學的一種視閾之有效性才得以成立。

三

將惡性通貨膨脹與國民黨政治腐敗的對應關係消解，並不等同於對國民政府的平反，事實上，國民政府的昏招頻出對大後方經濟社會亂象存在不可推卸的責任。重要的是，回到「戰時經濟生活」，回到惡性通貨膨脹的歷史語境中，更多作品的豐富涵義將得以敞現。目前看到的許多文本中對社會經濟問題的嚴正寫實，並未直接指向對政府的批判。何況，國民黨體系下的作家也有過對惡性通貨膨脹亂象的書寫，甚至還試圖利用這一文學資源，如王平陵在 1941 年左右的一篇文章中談到，「現階段的作家們，應該以解決當前新發生的困難為中心的任務，如米糧的不合理的飛漲……」〔註28〕，隨即，國

〔註27〕李怡：《文史對話與中國現當代文學研究》，《中國社會科學》2016 年第 3 期。
〔註28〕王平陵：《抗戰四年來的小說》，《文藝月刊》1941 年 8 月號。

民黨官辦劇團出現了一批懲治奸商劇。這至少說明，大後方的惡性通貨膨脹問題在文學上的表達有其自身的複雜性。

錢理群早就注意到了這一點，他曾提到，要注意「戰爭中期所發生的戰爭投機（市儈主義，物質機遇）對人們生活、心理的影響」〔註29〕。這種對人們生活和心理的影響不是占已有之的「朱門酒肉臭，路有凍死骨」或「戰士軍前半死生，美人帳下猶歌舞」，而是一種現代產物。

「中國的『現代』是中國這個國家自己的歷史遭遇所顯現的。在這個意義上，特定的國家歷史情境才是決定「中國文學」之「現代」意義的根本力量。」〔註30〕惡性通貨膨脹便是這樣的「國家歷史情境」，它是一種現代經濟體系下發生的現象，它之所以在大後方為害甚烈，主因是 1935 年法幣改革後，抗戰時期的大後方已基本開始使用這種由國家信用背書而不能與貴金屬自由兌換的紙幣，這就意味著一旦貨幣管理失控，人們手中的錢就有淪為廢紙的風險。正是基於這樣的現代貨幣體系，小農經濟狀態下難以想像的物價漲跌及其形成的投機空間才會出現。與之相對，在中國共產黨的根據地這一問題就不明顯，因為「根據地在對貨幣的投放和使用上，存在著由於整個根據地經濟生活對貨幣需求和貨幣流通的非強制性，貨幣在根據地整個經濟活動中所佔據的比重和重要性，遠遠低於國統區經濟對貨幣在生產、流通、分配、消費這些經濟環節中的要求」〔註31〕。簡而言之，根據地經濟結構的簡單決定了經濟問題的簡單。除此之外，惡性通貨膨脹帶來的另一個連帶反應也是前所未見的，即知識階層開始承擔大量的戰爭經費。中國古代的戰爭代價多半由底層百姓承擔，「暮投石壕村，有吏夜捉人」，卻並不會捉投宿的杜甫。曾國藩通過開徵釐金的方式籌集平定太平天國之亂的經費，主要承擔者是商人群體。而抗戰時期實行通貨膨脹的貨幣政策，本是一種向全社會進行徵收的隱秘稅收，但由於三四十年代的中國恰好處於現代經濟體系的雛形期，農村自給自足的小農經濟對貨幣的依賴性不高，再加上農村掌握著實際的物資（農產品），這在一定程度上能減緩通脹的衝擊（當然，這並不意味著農民的生活環境更好，鄉間的利益主要被鄉紳、地主群體所攫取）。但知識階層卻完全依賴貨幣形式的薪金生

〔註29〕 錢理群：《關於 20 世紀 40 年代大文學史研究的斷想》，《中國現代文學研究叢刊》2005 年第 1 期。

〔註30〕 李怡：《「民國文學」與「民國機制」的三個追問》，《理論學刊》2013 年第 5 期。

〔註31〕 戴建兵：《金錢與戰爭——抗戰時期的貨幣》，廣西師範大學出版社 1995 年版，第 267 頁。

活，受通脹影響最大，成為了戰爭前後生活差距最為懸殊的一群人。前所未見的物價漲跌幅度加上前所未見的階層顛倒，是大後方的讀書人首次遭遇的現代亂象，於是大後方文學中觀照生活問題的作品就成為中國文學上首次出現的、以現代經濟紊亂為原材料的文學。如果說對現代都市的文學想像是一種文學現代性，凝結著對惡性通貨膨脹這一現代經濟怪物之體驗的文學，自然也具有某種現代意義。雖然它並不一定意味著文學意義上的「現代主義」。

《子夜》中的吳老太爺遭遇現代都市文明的「Light，Heat，Power」不能自持，喊出一聲「邪魔呀」便腦充血而死。現代意義上的惡性通貨膨脹，作為都市文明常態的背面，同樣給傳統的中國人帶來了「邪魔」式的震驚體驗。如果說戰時文化語境確實與 1940 年代小說的「反諷模式」之間有著某種聯繫〔註 32〕，這一聯繫的「中間物」便是惡性通貨膨脹下知識階層普遍的震驚與惶惑。震驚與惶惑，產生於現代存在物超出了傳統思維模式所能理解把握的範疇，作家體驗了複雜，而「反諷是思想複雜性的標誌，是對任何簡單化的嘲弄」〔註 33〕。這種惶惑感，被最敏銳的文學家所把握，如穆旦的詩句「無主的命案，未曾提防的／叛變，最遠的鄉村都捲進／我們的英雄還擊而不見對手」（《通貨膨脹》，1945），「一切都在飛，在跳，在笑，／只有我們跌倒又爬起，爬起又縮小」（《時感四首》之三，1947）便凝結著這種奇異的現代體驗。在敘事文學方面，從抗戰中期開始逐漸增多的關注生活問題的小說、戲劇也開始敘述通貨膨脹帶來的種種荒誕。在茅盾的《過年》、陳瘦竹的《聲價》、駱賓基的《一九四四年的故事》、袁俊的《山城故事》、列躬射的《吃了一頓白米飯》等作品中，知識階層（小公務員、文化人等）感受到了極其迅速的階層跌落——排字工的工錢超出一流作家的稿費兩倍（《吃了一頓白米飯》）、公務員子女尋求修汽車的出路（《山城故事》）、小書記員攔路搶劫小商販（《一九四四年的故事》）、公職人員在婚戀市場上不敵小鎮雜貨鋪老闆（《聲價》）等等，皆是對階層顛倒現象的絕妙再現。也有的作家將震驚體驗還原到傳統理解路徑中，暫時掩蓋了惶惑，或將它壓抑在文本深層，使敘述充滿裂隙。最典型的便是張恨水在這一時期對「生活問題」卷帙浩繁的書寫，不論是《人心大變》《霧中花》等短作品，還是《牛馬走》《第二條路》《紙醉金迷》等長篇，通常有著讓發「國

〔註 32〕 參見吳曉東《戰時文化語境與 20 世紀 40 年代小說的反諷模式——以駱賓基的〈北望園的春天〉為中心》，《文藝研究》2017 年第 7 期。
〔註 33〕 趙毅衡：《反諷：表意形式的演化與新生》，《文藝研究》2011 年第 1 期。

難財」者自行失敗的因果報應邏輯，但這種「曲終奏雅」式的設計卻掩蓋不了文本中隱含作者對商業經營行為的認同甚至嚮往，可謂某種意義上的「勸百諷一」，也因此，張恨水必須在再版中將《牛馬走》易名為《魍魎世界》，將《第二條路》易名為《傲霜花》，將充滿裂隙的文本縫合為符合「暴露與諷刺」的存在。此外，大後方的左翼作家和有著國民黨官方背景的文人也對惡性通貨膨脹這一文學現實資源展開爭奪，左翼作家衝破層層審查制度，試圖將「國難財」橫行的社會亂象解釋為政府的黑暗、腐敗、反動，代表性的作品便是茅盾那部極具現實影響的戲劇《清明前後》，而國民黨官辦劇團相關人士下手更早，如王平陵的《維他命》及其改寫本《情盲》在 1942、1943 年兩度成為政府推薦的優秀劇作，其重要特點是將經濟亂象的始作俑者定位為「奸商」，即與日本人聯繫專門擾亂後方經濟秩序的商人，試圖利用民族主義情緒轉移大眾對現實問題的注意力和批判焦點。

惡性通貨膨脹作為一種現代體驗，在作家們各異的理解、取徑、重構、敘事中，放射出紛繁複雜的文學圖景。這些豐富的實踐不能為「暴露與諷刺」所掩蓋，對之進行細查與深描，才能使我們真正進入抗戰大後方文學的歷史現場和文化語境，在此基礎上才能對抗戰文學研究有所推進。

四

本書將「戰時經濟生活」視閾下顯形出的文學圖景統稱作抗戰文學的「國難財」書寫。

使用「國難財」來指稱惡性通貨膨脹及其亂象，是因為它本是抗戰時期歷史現場中的熱詞。「國難財」的說法發源於何時何地何事已不可考，但基本可以確定是一個隨抗戰而起的詞〔註 34〕。1938 年，茅盾在《論加強批評工作》一文中，便出現了「發國難財的主戰派」的說法，之後，在毛澤東的《向國民黨的十點要求》（1940）、《論聯合政府》（1945），著名經濟學家馬寅初的《提議對發國難財者開辦臨時財產稅以充戰後之復興經費》（1940）等極具社會影響的文章中，都使用了「國難財」的表述，從中不難看出這一概念在社會生活中的廣泛運用。陳伯達 1946 年的《中國四大家族》一書，將蔣宋孔陳「四大家族」定位為發「國難財」的主體，此說更是影響深遠。正如 1978 年沙汀在

〔註 34〕用「國難財」一詞搜索「全國報刊索引」民國期刊數據庫，1938～1949 年間返回結果 53 項，最早的一條出自 1938 年。雖然該數據庫並未覆蓋到民國時期的全部期刊，但基本可以確定「國難財」一詞與抗戰的關聯。

《淘金記》再版時所作的說明裏，將小說背景描述為「在『四大家族』的帶動下，在國統區的城鄉大小頭面人物中間，所謂『發國難財』已經成為一時風尚」〔註35〕，這種將戰時經濟問題歸咎為「四大家族」發「國難財」的說法，雖在經濟史學界已逐漸邊緣化，但在許多文學史敘述裏還作為作品背景長期沿用。可以說，「國難財」一詞在使用中已經附上了預設的、卻並非可靠的價值判斷。

不過，本研究既然試圖返回歷史現場重識戰時經濟生活與文學間的互動關係，對「國難財」一詞有著不同的用法——那就是，回到這個詞本身。「國難」即國難時期、抗戰時期，「財」即財富，可引申為與經濟相關的一切。在本研究考察的文本世界中，不但戰爭投機這一行為（不論是與政治腐敗相關的還是民間小商人層面的）被視為「國難財」，連帶產生的社會經濟生活中的種種後果，也被視為「國難財」的相關組成部分。後文中，凡是關注或涉及戰時經濟問題、對惡性通貨膨脹中的種種體驗加以表達的文學，都使用這一涵義較廣的「『國難財』書寫」來指稱。

由於抗戰時期文學環境的特殊性，許多出版於 1945～1949 年間的作品要麼是在抗戰期間就已寫成，要麼基於抗戰期間的生活經歷創作，因此本書的研究對象也不局限於抗戰時期對「國難財」問題的書寫，也包括 1945～1949 年間的創作，但對於中華人民共和國建國後涉及到回望抗戰時期「國難財」問題的作品，因歷史環境已發生變化，不再納入研究範圍。

「國難財」書寫作為一個新設的概念，究竟涵蓋哪些作品、哪類作品，整體上呈現出一幅怎樣的圖景？曼昆在其名作《經濟學原理》導言中談到，「無論我們談論的是洛杉磯經濟、美國經濟，還是全世界的經濟，經濟只不過是生活中相互交易的人們所組成的群體而已」〔註36〕。經濟問題歸根結底是人的問題，「國難財」書寫所展現的圖景，歸根結底也是在經濟紊亂中人們如何生活的故事。不過，「國難財」書寫終究還是一個的複合體——現代經濟紊亂的複雜性使得它不可能被某一部作品完整剖析，屬於大後方文學的《子夜》並不存在——這幅時代圖景由眾多文本相互交織而成。有的文本含有作者書寫時代的雄心，急於得出答案，但終究只及一面，有的文本從身邊小事取材，卻為這文學中的經濟鏈條提供了某個關節點，有的文本或許只在某幾個情節上可以

〔註35〕沙汀：《〈淘金記〉重版書後》，見金蔡編《沙汀研究專集》，浙江文藝出版社 1983 年版，第 32 頁。
〔註36〕〔美〕曼昆《經濟學原理：微觀經濟學分冊》，梁小民、梁礫譯，北京大學出版社 2009 年版，第 4 頁。

被發掘出惡性通貨膨脹體驗。抗戰文學的「國難財」書寫是一張眾多文本組成的網，正彷彿是經濟之網在文學上的同構物。

　　下面，就讓我們先從歷史情境的複雜性開始，逐步往下深入「國難財」的圖景、體驗、批判性問題。

第一章　惡性通貨膨脹與「國難財」書寫的發生

　　由史實到文學，不能憑空飛躍。在史實上，只有釐清基本的事實，才能使本文的基本概念得以成立，在文學上，只有回到作家所處的歷史情境、所經歷的體驗，才能成為有效的闡釋。什麼是惡性通貨膨脹、什麼是戰時經濟生活、什麼又是文學書寫中的「國難財」？要進入這些本研究得以成立的基本問題，我們首先需要對這一由經濟現象到文人體驗再到文學作品的傳導過程進行描述和分析。

第一節　「國難財」的機制：惡性通貨膨脹與戰時經濟亂象

　　抗戰文學，無論從「皖南事變」、「太平洋戰爭」〔註1〕還是「夏季大轟炸」〔註2〕進行分期，都呈現出大體類似的圖景，即前段宣傳抗戰，後段批判現實，前段遙望戰線，後段檢視後方。抗戰文學的概念下，也一直包含兩種文學形態，即直接與戰爭、前線相關，「一切服從抗戰需要」的文學，和書寫戰時生活的「抗戰時期的文學」。從兩種意義上看，「國難財」作為一種文學資源都屬於後一類存在，關於後方，關於日常生活，也通過不可見的經濟脈絡關聯著戰爭。不過，如果「國難財」僅僅意味著官僚政客的腐敗，書寫「國難財」僅僅意味

〔註1〕李文平：《重論大後方文學發展的階段性》，《理論學刊》2011年第2期。
〔註2〕段從學：《夏季大轟炸與大後方文學轉型——從抗戰文學史的分期說起》，《中國現代文學研究叢刊》2011年第7期。

著一種現實鬥爭，本研究大可不必進行——抗戰中後期國民政府無能而混亂的政治統治已是共識，不需再加一條經濟與文學的注腳（何況這樣的注腳早已被人加上）。那麼，「國難財」及其文學想像何以跳出「批判之注腳」的命運、具有某種獨立意義？

現代文學自發生以來便是一個與歷史高度扭結的存在，如果「國難財」的文學想像還有值得探討的地方，對這種意義的找尋就必然要回到複雜的歷史情態中，正如李怡所言：「在 20 世紀，既然文學本來就不能獨善其身，那麼就不妨最充分地尊重這一基本的歷史事實，將文學的闡釋之旅融通於尋找歷史真相之旅」〔註3〕。當然，「歷史真相」並非本文所能妄言，但細節的敞現或多或少能帶來新的文學闡釋空間。

一

「國難財」一詞，無疑帶有不可忽視的批判意味。倫理判斷基於對事實的認定，如果事實清晰簡明，批判自然理直氣壯，如果事實糾纏不清，批判就會分出不同層次、進入曖昧不明的空間。在現代經濟這一高度複雜的人類協作網絡中，古老的倫理判斷更是常常陷入尷尬境地，以致於現代經濟學必須成為一門研究「事與願違」的學科〔註4〕。作為現代中國的民國，在抗日戰爭中所遭遇的惡性通貨膨脹問題，亦有著現代的複雜性。

通貨膨脹現象自古有之，但抗戰時期的通貨膨脹卻與之不同。它的發生建立在國民政府 1935 年的法幣改革基礎上，正是基於現代信用貨幣制度，其烈度才能達到一種前所未有的程度。

1935 年的法幣改革，在「左」的時代常常被描述為一個陰謀的開始：「偽法幣制度的實施，確實就是美帝國主義和中國四大家族進一步掠奪人民的開始，偽法幣同時又是典型的不兌現的紙幣，為實施通貨膨脹奠定了基礎」〔註5〕。不過，改革開放後的經濟史研究已經擺脫了這種預設視角，更多認識到歷史現場中的實際邏輯，即「幣制不改，國民經濟將有崩潰之虞」〔註6〕。法幣改革之

〔註3〕李怡：《回到「大文學」本身》，《名作欣賞》2014 年第 10 期。
〔註4〕薛兆豐：《經濟學通識》，同心出版社 2009 年版，第 414 頁。
〔註5〕楊培新編著：《舊中國的通貨膨脹》，生活・讀書・新知三聯書店 1963 年版，第 13 頁。
〔註6〕戴建兵：《金錢與戰爭——抗戰時期的貨幣》，廣西師範大學出版社 1995 年版，第 37 頁。

前的中國幣制未能實現統一，且基於銀本位制，這就使得國內貨幣體系和國際白銀貿易之間缺乏屏障，「在銀本位下，貨幣的國內信用依賴其與白銀的可兌換性，中國暴露於世界銀價的起伏波動之下」〔註7〕。白銀在中國作為貨幣，在國際市場卻是一種商品。1929年開始的全球性「大蕭條」時期的國際銀價波動，嚴重影響了以國內經濟形勢，造成了通貨緊縮的局面，「物價一直跌倒1935年，給中國農村經濟以巨大的壓力」〔註8〕，這導致的農村破產現象正是三十年代社會剖析派小說產生的背景。總而言之，「當金本位已被發達國家所放棄，而使用銀幣的——已被帝國主義打開大門、自然經濟又被匯入世界經濟的中國立刻遭受了巨大的損失，對這種幣制進行改革是有進步意義的」〔註9〕。

　　1935年的法幣改革取得了成效，經濟形勢開始回暖，如經濟學家王世鼐所記：「自新貨幣政策實施後，金融寬馳，物價提高，國際貿易發達，早植工商業發展之基礎；而農村經濟之回蘇，銷路之興旺，使工商業之發展，更盛極一時」〔註10〕。同時，法幣改革在統一幣制、改善銀行制度、穩定匯率、促進外貿等諸多方面取得了實績，「更重要的是，法幣改革增強了中國的國力和民族凝聚力，中國經濟在統一的貨幣推動下正日漸統一，統一的貨幣大大加強了國民和國家之間的聯繫」〔註11〕，這為抗日戰爭奠定了基礎。連日本人也不得不承認，「中國如無一九三五年之幣制改革，決不能有一九三七年之抗戰」〔註12〕。

　　不過，作為現代信用貨幣的法幣制度之建立，也暗藏了現代世界所常有的系統性風險。由於法幣不再如同傳統鈔票一樣能與貴金屬自由兌換，而完全由國家信用擔保，這就意味著「存在政府利用這一新的貨幣系統來填補財政赤字的危險」〔註13〕。一旦政府的管控失敗，潘多拉的魔盒就將打開，法幣就有淪

〔註7〕〔日〕城山智子：《大蕭條時期的中國——市場、國家與世界經濟1929～1937》，孟凡禮、尚國敏譯，江蘇人民出版社2010年版，第204頁。

〔註8〕〔日〕城山智子：《大蕭條時期的中國——市場、國家與世界經濟1929～1937》，孟凡禮、尚國敏譯，江蘇人民出版社2010年版，第92頁。

〔註9〕戴建兵：《金錢與戰爭——抗戰時期的貨幣》，廣西師範大學出版社1995年版，第51頁。

〔註10〕王世鼐：《新貨幣政策實錄》，財政建設學會1937年版，第52頁。

〔註11〕戴建兵：《金錢與戰爭——抗戰時期的貨幣》，廣西師範大學出版社1995年版，第56頁。

〔註12〕〔日〕木村增太郎：《利用法幣之私見》，《時局日報》1939年2月號。轉引自徐昭《華東敵寇之貨幣侵略》，《中農月刊》第2卷11期，1941年。

〔註13〕〔日〕城山智子：《大蕭條時期的中國——市場、國家與世界經濟1929～1937》，孟凡禮、尚國敏譯，江蘇人民出版社2010年版，第204頁。

為廢紙的可能。

不幸的是，國民政府隨後的經濟政策印證了這一可能。惡性通貨膨脹自抗戰始，一直持續到 1949 年解放戰爭結束，給統治區域的人民帶來了巨大災難。對於如何衡定國民政府在這場災難中的責任，很長一段時間內的普遍看法是，在國民政府上層存在一個官僚資本利益集團，通貨膨脹政策便是這一利益集團搜刮人民財富的陰謀。陳伯達出版於 1946 年的《中國四大家族》一書，將利益集團具象化為「四大家族」的同時，也使「通貨膨脹搜刮人民財富」的說法成為定論。近年來，隨著經濟史學界研究的推進，「越來越多的學者認為『四大家族官僚資本』實際上是在政治矛盾尖銳的情況下形成的概念」〔註14〕。對於惡性通貨膨脹發生原因的研究，也「不再使用財政搜刮、金融壟斷、官僚資本等批判意味極強的字眼」〔註15〕，「避免了以往學術界因受『左』的思潮的影響而採取的簡單否定的態度」〔註16〕，更多將惡性通貨膨脹視為一種戰爭的自然後果來看待。

惡性通貨膨脹源於抗戰時期的財政問題，而財政從來都既是一個經濟問題也是一個政治問題，如劉守剛所言，「在曾經塑造現代財政學的經典作家那裏，有一種相同或相似的看法，那就是財政學是屬於政治學的或至少是介於經濟學和政治學之間的」〔註17〕。《孫子兵法》有「軍無輜重則亡」之說，恩格斯認為「在任何地方和任何時候，都是以經濟條件和資源幫助『暴力』取得勝利的」〔註18〕，克勞塞維茨也指出：「任何戰鬥都是雙方物資力量和精神力量以流血的方式和破壞的方式進行的較量」〔註19〕。抗戰時期最大的政治問題當

〔註14〕李少兵、王莉：《20 世紀 40 年代以來中國大陸「四大家族官僚資本」問題研究》，《史學月刊》2005 年第 3 期。國共內戰期間，《中國四大家族》的出現確實具有政治鬥爭的考慮，1946 年 10 月發布的《中央宣傳部關於廣為散發〈中國四大家族〉的指示》，可作為參考。見中共中央宣傳部辦公廳、中央檔案館編研部編《中國共產黨宣傳工作文獻選編：1937～1949》，學習出版社 1996 年版，第 641 頁。

〔註15〕尹倩：《近年來抗戰時期國統區經濟研究綜述》，《學術探索》2004 年第 9 期。

〔註16〕尹倩：《近年來抗戰時期國統區經濟研究綜述》，《學術探索》2004 年第 9 期。

〔註17〕劉守剛編著：《中國財政史十六講——基於財政政治學的歷史重撰》，復旦大學出版社 2017 年版，第 3 頁。

〔註18〕〔德〕恩格斯：《反杜林論》，見《馬克思恩格斯全集》（第二卷），人民出版社 1976 年版，第 206 頁。

〔註19〕〔德〕克勞塞維茨：《戰爭論》（第一卷），中國人民解放軍軍事科學院譯，商務印書館 1982 年版，第 257 頁。

然是如何應對戰爭，而利用財政手段籌集戰爭經費是抗戰得以堅持的前提，但國民政府卻面臨著稅源大量喪失的尷尬局面。

抗戰爆發後，國民政府在短時間內喪失了大量領土，尤其是沿海發達地區的淪陷，使得稅收來源嚴重不足。「據國民政府實業部統計，抗戰前，全國共有工廠 3935 家，其中分佈在冀、魯、蘇、浙、閩、粵六省及天津、青島、上海市的工廠達 2998 家，占全國工廠總數的 75%；僅上海一市就有工廠 1235 家，占全國工廠總數的 31%」〔註 20〕，但這些地區正好是國民政府最早丟失的領土，於是，「一九三七年度，國民黨政府財政的關、鹽、統三稅，實際只收了四億一千萬元；一九三九年度，也只有四億三千萬元左右，與七七事變發生的前一個年度，即一九三六年度的關、鹽、統稅實際收入十億零一千四百多萬元比較，減收了五分之三左右」〔註 21〕。面對這樣的局面，國民政府採取了增稅、舉債、外匯管制和發鈔等應急措施，其中最主要也最簡便的是「發鈔」——「為適應社會籌碼需要，並協濟國、地兩方庫款周轉起見，對於法幣、輔幣及地方鈔券之發行，酌為合理之增加」〔註 22〕，即通貨膨脹政策。究竟國民政府對印製鈔票依賴到何種程度，《劍橋中華民國史》給出了一個簡略的比例，「政府戰時支出的約 75%靠印製新紙幣來彌補」〔註 23〕。

紙幣發行數量的增多，物資又並未增長，通貨膨脹便是必然的後果。1937～1939 年，大後方的通貨膨脹尚處於較為平緩的階段，但自 1940 年開始，形勢陡然惡化，「這一時期，原來搶運到內地的儲存物資已基本耗光，加上 1940 年四川農業欠收和日軍對物資的封鎖，導致物價飛漲」〔註 24〕。

至此，現代經濟中常見的惡性循環已被啟動——物價的上漲自然加大了國民政府的財政赤字，尤其是 1939 年第二次世界大戰歐洲戰事爆發後，國民政府也擴大了徵兵的規模，這帶來了極大的財政負擔，所以有論者認為「1940 年開始的通貨急性膨脹，與龐大的軍費支出有著至為密切的關係」〔註 25〕。此

〔註 20〕張兆茹，張怡梅：《抗戰時期國民政府的財金政策研究》，《河北師範大學學報》1996 年第 3 期。

〔註 21〕中央財政金融學院財政教研室編：《中國財政簡史》，財政經濟出版社 1980 年版，第 255 頁。

〔註 22〕孔祥熙：《國民黨五屆五中全會財政部財政報告》，《民國檔案》1986 年第 2 期。

〔註 23〕〔美〕費正清，費維愷編：《劍橋中華民國史》（下卷），中國社會科學出版社 1994 年版，第 581 頁。

〔註 24〕石柏林：《淒風苦雨中的民國經濟》，河南人民出版社 1993 年版，第 377 頁。

〔註 25〕楊菁：《試論抗戰時期的通貨膨脹》，載《抗日戰爭研究》1999 年第 4 期。

時,用發行鈔票解決問題已成為國民政府難以戒除的毒癮,為解決財政負擔,只得繼續增發貨幣,增發貨幣產生新的負擔,還是只能通過增發貨幣解決,於是「1940 年紙幣發行量達到 79 億元,比 1939 年增加了 83.7%,1941 年為 151 億元,比 1939 年增加了 250%以上」〔註26〕,大後方物價很快失控。除此之外,國民政府的更多困境開始出現,為解決兵糧問題而推動的田賦徵實(即不再收取貨幣形式的農業稅,回到古代的實物徵收),成為基層官員腐敗的溫床,許多兵糧還未運到前線便被侵吞大半。為節約開支,國民政府在提高公務員待遇上一直比較緩慢,於是「通貨膨脹對官員和士兵生活水平的損害,影響了政府的活力,許多人貪污腐化」〔註27〕,但若是給公務員增加薪水,又需要更多加印貨幣以滿足需要,國民政府在這一問題上實在左右為難。

不光政府陷入了不斷超發貨幣的惡性循環,物價上漲帶來的連鎖反應也使得通貨膨脹的惡果不斷擴大。貨幣超發自然會推高價格,由於價格劇烈變動,貨幣信用跌落,民眾於是選擇儲藏物品,這就造成了全社會性的囤積現象,《劍橋中華民國史》中概述道:

> 從 1940 年起,通貨膨脹的最重要的非金融性原因大概不是商品短缺,而是公眾對貨幣缺乏信任……隨著 1940 年夏季稻穀歉收,農夫們開始儲存糧食,而不儲存貨幣。投機商預計將來價格上漲,也買進並囤積大量糧食。1940 年和 1941 年,重慶的食品價格隨之暴漲了將近 1400%。其結果是工業、運輸業和其他行業的工人要求大幅度提高工資,並領到這些工資,這導致消費者開支激增,而它又導致進一步儲存貨物。於是,通貨膨脹螺旋上升開始了。〔註28〕

普通民眾出於自保的囤積,與謀利動機的商業投機本就只有一線之隔,更何況,只要價格變動劇烈,就有充足的投機空間,就會催生出狂熱的投機資本,如曾任國民政府中央銀行總裁的張公權(張嘉璈)所指出:「通貨膨脹本身便導致了投機活動,連一般消費者們為了防止其手中的貨幣繼續貶值,也要進行商品儲藏」〔註29〕。抗戰中後期,重慶已經成為大後方的商業中心,

---

〔註26〕 石柏林:《淒風苦雨中的民國經濟》,河南人民出版社 1993 年版,第 377 頁。

〔註27〕 〔美〕費正清,費維愷編:《劍橋中華民國史》(下卷),中國社會科學出版社 1994 年版,第 587 頁。

〔註28〕 〔美〕費正清,費維愷編:《劍橋中華民國史》(下卷),中國社會科學出版社 1994 年版,第 583 頁。

〔註29〕 〔美〕張公權《中國通貨膨脹史 1937~1949》,楊志信譯,文史資料出版社 1986 年版,第 41 頁。

「由於銀行利息高於產業利潤，商業利潤高於銀行利息，投資商業利潤又高於正當商業利潤，因此社會資金便如潮水般湧向商業投機」〔註30〕。商業投機興盛，實體經濟的空間自然受到擠壓，於是「1942年，在重慶工商業資本中，商業資本所佔的比重，約為 73%，而工礦兩業資本所佔的比重，尚不及 26%」〔註31〕。戰時的民族工業雖有「實業救國」之志，但終究是經濟中的獨立法人，生存還是第一位的考慮，於是，投機風潮又使得「當時不少工廠，大多囤積原料、兼營商業或轉營商業」，「『工不如商，商不如囤』成為戰時西南的普遍現象」〔註32〕。

自此，大後方的社會經濟生態已完全被毀壞，陷入一種原始叢林般的生存競爭狀態。何以至此？背後環環相扣的邏輯是：法幣改革統一了全國貨幣，建立起現代信用貨幣制度，幫助國民政府擺脫了世界經濟危機的影響，也奠定了抗戰的基礎。抗戰初期稅源地的淪陷，迫使國民政府採用通貨膨脹的政策籌集抗戰經費，在度過了初期的平緩階段後，1940 年左右物價開始失控。政府陷入了不斷發行鈔票填補財政赤字的怪圈，民眾對貨幣缺乏信任，囤積、投機風開始興起，這股風潮捲入了工業界，並不斷蔓延至全社會……

「國難財」正是隨著惡性通貨膨脹的蔓延開始成為抗戰時期公共空間中的高頻詞彙。

二

「國難財」一詞準確發源於何時何地何事已不可考，但它極有可能是抗戰時期產生的專有表述。因本研究的條件所限，暫借「全國報刊索引」民國期刊數據庫作一粗略說明。用「國難財」全文檢索該庫，最早的一篇文章是1938 年《抗戰導報》第 28 期上的《談發國難財》，署名李祖慶，該文將「國難財」用作官員貪污腐敗的代名詞。同年，《浙江潮》第 35 期上署名虞孫的

〔註30〕 周顯理：《抗戰時期西南商業概況》，見四川省中國經濟史學會、《中國經濟史研究論叢》編輯委員會編《抗戰時期的大後方經濟》，四川大學出版社 1989 年版，第 222 頁。

〔註31〕 周顯理：《抗戰時期西南商業概況》，見四川省中國經濟史學會、《中國經濟史研究論叢》編輯委員會編《抗戰時期的大後方經濟》，四川大學出版社 1989 年版，第 223 頁。

〔註32〕 周顯理：《抗戰時期西南商業概況》，見四川省中國經濟史學會、《中國經濟史研究論叢》編輯委員會編《抗戰時期的大後方經濟》，四川大學出版社 1989 年版，第 223 頁。

短評《發「國難財」與吃「救亡飯」》、《新政週刊》1 卷 28 期署名佛朗的文章《發「國難財」者注意！》，也都是類似的用法，批判「借徵兵募債來勒索民財，借購料運輸來從中取利，已經成為公開的秘密；具有有些購料人員有向外商索備金至百分之五十者」〔註33〕等行徑。茅盾在 1938 年的《論加強批評工作》一文中，「發國難財的主戰派」〔註34〕之說法亦與之十分相近，可見在抗戰初期政府部門即出現了從戰爭環節「揩油」的行為，這是「國難財」一詞流傳開來的重要原因。當然，在 1938 年另外幾篇出現「國難財」一詞的文章中，也有著相對寬泛的用法，涉及了商人、市民階層，如以下兩段所描繪：

> 因救亡而發的財，時人名曰「發國難財」。漢奸靠了倭寇，向願做「順民」的淪陷區同胞敲詐，也是「發國難財」之一種，但其方法技巧，卻笨拙得多。同樣是靠國難發財，漢奸們是遺臭萬年，名利雙收者則既獲大利，又得「關懷民生」「努力抗戰」等美名。譬如腰纏五十萬，乘輪上香港，而說是為「戰時交通」努力。在我浙江，就有一個例子。〔註35〕

> 自從中日大戰爆發以後，戰區的民眾，大批向安全地帶避難。香港澳門，因為國際的關係，在現在尚稱安全，而且交通利便，故為避難者所云集，而房租因之高漲，且有加租不遂，勒遷住客的情事。時論對於此輩地主，乃有發國難財之稱。〔註36〕

由此可見，「國難財」一詞的最初產生雖與貪污軍糧等政府、軍隊行為有著關係，但總的來說，並非公權力腐敗的同義詞，最合適的定義應是「所謂『發國難財』者，乃謂一輩藉此國難而飽一己之私囊也」〔註37〕。不過，它之成為社會熱點，卻常常是因為與公權力的關涉，這其中不得不提的熱點事件便是 1940 年著名經濟學家馬寅初對「國難財」的抨擊。1945 年上海《公道》雜誌的《戰時怪名錄》欄目如此解釋「國難財」詞條：「這是抗戰起後一二年，因戰爭而攫取暴利致巨富者，各地皆有，不乏其人，故重慶大學經濟系主任馬

〔註33〕佛郎：《發「國難財」者注意！》，《新政週刊》第 1 卷第 28 期，1938 年。

〔註34〕茅盾：《論加強批判工作》，《抗戰文藝》第 1 卷第 8 期，1938 年。

〔註35〕壽山翁：《發國難財》，《勝利》（浙江）第 5 期，1938 年。

〔註36〕慈姑：《廣西沒有人想發國難財》，《大地圖文旬刊》第 1 卷第 12 期，1938 年。

〔註37〕《「發國難財」》，《南強旬刊》，第 1 卷第 12 期，1938 年。

寅初先生在演講時或撰文時，便大罵此輩喪盡天良，說他們發的是『國難財』，發到了也是可恥的！」〔註38〕可見「國難財」一詞在戰時公共空間中紮下根來，馬寅初事件是一個關鍵點。

　　1940 年，正是大後方物價陡然上升的一年，時任重慶大學教授的經濟學家馬寅初在夏秋之季連續發表兩篇重磅論文《提議對發國難財者開辦臨時財產稅以充戰後之復興經費》和《對發國難財者徵收臨時財產稅為我國財政與金融唯一的出路》，其中寫到：

> 　　在抗戰期中政府以法幣作工具，交換所需的物資與勞力，是法幣不啻一種租稅。一方面因通貨膨脹，物價上騰，無異於對吾人之貨幣財產課稅。故在抗戰期中負擔戰費者為消費者與領固定薪資之公務員與知識階級，而奸商貪官反乘吾人之危，驟致巨富，不公不平，莫過於此。〔註39〕

> 　　現在前方抗戰百十萬之將士犧牲其頭顱熱血，幾千萬人民流離顛沛，無家可歸，而後方之達官資本家，不但於政府無所貢獻，且趁火打劫，大發橫財，忍心害理，熟甚於此。〔註40〕

　　馬寅初顯然預見到了即將失控的物價所將帶來的災難性後果，主張開辦臨時財產稅以作對獲利者的打擊並平抑物價，本是一個經濟政策層面的建議，但由於文中「有幾位大官，乘國家之危急，挾政治上之勢力，勾結一家或幾家大銀行，大做其生意，或大買其外匯」〔註41〕的表述直接觸及了官方的敏感點，他被以派往第三戰區考察經濟之名，先後軟禁在貴州息烽、江西上饒等地，1942 年才得以重回重慶，但仍受嚴格監控。馬寅初所抨擊宋子文等人倒賣外匯一事是否存在，如今在學界尚存爭議〔註42〕，但顯然，在公眾心中，國民政府激烈的反應已坐實了這一判斷：高層確實存在「發國難財」的利益鏈條。於是，毛澤東在 1940 年的《向國民黨的十點要求》中，有這樣一條：「八曰取締

〔註38〕鷦鷯子：《戰時怪名錄》，《公道》（上海）第 2 期，1945 年。

〔註39〕馬寅初：《提議對發國難財者開辦臨時財產稅以充戰後之復興經費》，《時事類編特刊》第 54 期，1940 年。

〔註40〕馬寅初：《對發國難財者徵收臨時財產稅為我國財政與金融唯一的出路》，《時事類編特刊》第 57 期，1940 年。

〔註41〕馬寅初：《提議對發國難財者開辦臨時財產稅以充戰後之復興經費》，《時事類編特刊》第 54 期，1940 年。

〔註42〕吳敏超：《馬寅初被捕前後：一個經濟學家的政治選擇》，《近代史研究》2014年第 5 期。

貪官污吏。抗戰以來，有發國難財至一萬萬元之多者……」〔註43〕，也就完全符合大眾的期待。總之，「國難財」一詞雖並不完全等同於貪污腐敗，但在抗戰時期常被用來指責政府，而這也是最易被想像、理解、接受的一種敘述，如《論聯合政府》（1945）裏所總結的——「利用抗戰發國難財，官吏即商人，貪污成風，廉恥掃地，這是國民黨區域的特色之一」〔註44〕。

不過，「國難財」也並非國民政府所迴避乃至封殺的「敏感詞」。1940年物價起飛的轉折點後，官方對經濟形勢試圖控制，蔣介石對惡性通貨膨脹也十分重視〔註45〕。官方背景的刊物上不時出現探討這一問題的文章，如出版於廣東的《滿地紅》雜誌，1941年刊出一篇《以怎樣的實際行動來紀念國父：不發國難財》，便很具有代表性。其中寫道：

> 國父逝世十六週年的今日，恰是抗戰到了第五個年頭了。聽說很多大後方的人發了財。
>
> 很多中華民族的兒女們，好像聰明才智在戰時特別發展一般，一面抗戰，一面發財。如何來「搶購」日用品，如何去「囤積」糧食，正式商人將方法傳授到非正式商人，於是大眾都做商人，採用「機動的戰術」，以謀生財出利，國家的軍隊愈戰愈強，做生意的人也愈賺愈多！物價也愈起愈昂。
>
> 因此陪都有少數科員其人，辭職去拉人力車，中下級小職員也不少盼望做錯事被撤職的人，因為國難時期請長假照例是不准的。撤了職幹什麼呢？做生意去。據說擺香煙攤子每月入息三四百元，少將參謀不如也……
>
> 「陞官」與「發財」脫了節，不能不說是抗戰以來我國一大進步！可惜者「卸官發財」者固多，「兼官發財」者仍不乏人……
>
> 尤其是國民黨的同志們在戰時要以「不發國難財」這個行動來紀念總理的逝世！〔註46〕

〔註43〕 毛澤東：《向國民黨的十點要求》，見中共中央文獻研究室中央檔案館編《建黨以來重要文獻選編》（第十七冊），中央文獻出版社2011年版，第114頁。

〔註44〕 毛澤東：《論聯合政府》，見《毛澤東選集》（第3卷），人民出版社1991年版，第1048頁。

〔註45〕 參見方勇《蔣介石對戰時物價問題的認識及其因應措施》，《安徽史學》2016年第2期。

〔註46〕 謝壽南：《以怎樣的實際行動來紀念國父：不發國難財》，《滿地紅》第3卷第4期，1941年。

以「不發國難財」來作為對孫中山先生的紀念，或多或少帶有那麼些荒誕意味，這也折射出一種現實：在 1941 年的後方，「發國難財」已成為一種普遍的、門檻較低的行為，這與戰爭初期後勤環節的「揩油」相比已相去甚遠。當然，該文的「國難財」使用了更寬泛的意義，它不專指某種巨額的、壟斷性的經濟收益，而將抗戰時期民間相對的高額獲利行為（如小商販的經營）都歸入其中。這種廣義的「國難財」在社會上無疑是普遍的，普遍到 1943 年時，國民政府教育部甚至要專門發布一條部令，曰「各校應以發國難財為恥作中心訓練之一目」，來預防它對青年學生的誘惑——「當此勝利雖見曙光，抗戰尤須努力之際，青年學子，務須體認共通校訓之要旨，明辨義利。於凡蠅營狗苟、貪圖私利、謀發國難財者，應相與觸目驚心，認為恥辱」〔註47〕。以「國難財」為恥竟成為一項國立中等學校和公私立專科以上學校的思想政治工作，這顯然意味著「國難財」所意指的社會性投機風潮，對國民政府的統治確實產生了威脅。

總體而言，「國難財」一詞在產生之初主要意味著某種因戰爭直接獲利的行為，這可能是政府或軍隊的貪腐，也可能是商人的某些經營活動（主要是門檻較高的外貿），而在 1940 年物價失控、通貨膨脹演變為惡性之後，「國難財」一詞在使用中意義也開始擴大，它已經指代著民間在惡性通貨膨脹下、大範圍的投機風潮。在異化的投機空間中固然存有很多官商勾結的腐敗行為，但這只是風潮的一部分，甚至可以說是風潮帶來的公務人員的普遍窮困助長了腐敗。各方因立場不同，對它有或寬或窄的理解，有各自切入的角度，但「國難財」背後是一系列相互關聯的連鎖反應，是一個複雜網絡。也正是在「國難財」現象越來越常見之後，它才能成為一種的文學資源。

三

對於掌握著知識權力的文化人群體而言，具體可感的「國難財」關聯著惡性通貨膨脹所帶來的階層重構。

通貨膨脹會帶來社會財富的再分配，進而對原有階層進行重構，一部分人將從中獲利，而另一部分人將承擔後果。當然，再分配機制在現代經濟發展中一直持續運行，但惡性通貨膨脹之所以是一種災難，其一是因為分配中出現了嚴重的不公，其二是這種分配不建立在經濟增長的基礎上，而只能是一種「零

〔註47〕《教育部部令　第二七八六號》，《教育公報》第 15 卷第 1 期，1943 年。

和博弈」。張公權在《中國通貨膨脹史》中解釋道：「抗戰開始不久，每個人的平均實際收入便開始下降，在這種情況下，於通貨膨脹的進程中，任何一類人的實際收益的增加，就必定是來自其他類人實際收入的損失」〔註48〕。在這殘酷的生存競爭中，受損害最重的是知識階層，而得益最多的當然便是從事商業投機活動的群體（不論是否有政治權力參與）。

趨利避害本是人之本能，在物價上漲中為求自保，轉向商業投機，也是多數人會做出的選擇。從事商業投機活動的群體到底在後方社會中占多大一部分，如今因缺乏詳實的統計數據，難以準確判斷。不過，從《大公報》1942年的兩篇社評中，後方社會中濃厚的「國難財」風氣可見一斑：

> 社會各界，大大小小，多學商人本領，競相在投機發財裏鑽。社會上有所做，是做貨；有所談，談發財。舉多數人的聰明才力用之於做貨發財，慷慨激越的情調，風骨嶙嶙的節概，從哪裏來？〔註49〕

> 現在是抗戰時代，同時隨著抗戰的艱苦，也蔓延著一種投機發財的可憎風氣。社會上有所做，是做貨，有所談，談發財。社會各界，多學商人本領，舉多數人的聰明才智用於做貨發財，志趣低落，生活腐化，任憑這種風氣泛濫下去，怎麼得了？這是抗戰勝敗國族存亡所關，絲毫小視不得！〔註50〕

《大公報》社評所呼籲的，自然是抵制這種人人經商、人人投機的風氣，這也反映出知識階層對待「國難財」的基本立場。不過，也正因為有這種道德操守作為制衡，知識階層即便有改行的衝動，與普通民眾的趨利避害本能相比，也難以付諸實踐，再加上商業經營能力的匱乏，陷入窮困之中實屬自然。

談到國統區知識分子的苦難生活，受到經濟史學界公認的材料是張公權在《中國通貨膨脹史》中所做的兩個統計表：

表 1.1　重慶從事各種不同經濟活動的每人實際收益的差異情況（1938年=100）

年　分	農業①	製造業②	零售業③	投機活動④	各種美元證券⑤
1937	—	59	105	29	—

〔註48〕〔美〕張公權：《中國通貨膨脹史 1937～1949》，楊志信譯，文史資料出版社1986年版，第40頁。
〔註49〕《社評：時代精神在哪裏》，《大公報》（重慶），1942年2月20日。
〔註50〕《社評：精神動員》，《大公報》（重慶），1942年3月12日。

1938	100	100	100	100	100
1939	61	106	111	397	180
1940	92	85	112	808	512
1941	109	71	119	550	1,373
1942	132	76	120	720	3,951
1943	124	69	124	263	10,260

資料來源：〔美〕張公權：《中國通貨膨脹史 1937～1949》，楊志信譯，文史資料出版社 1986 年版，第 40 頁。

表 1.2　1937～1943 年期間中國實際薪金和工資指數（1937 年=100）

年　分	重慶公務員①	重慶教師②	重慶一般服務人員③	一般工人④	重慶工業工人⑤	四川農業勞動者⑥
1937	100	100	100	100	100	100
1938	77	87	93	143	124	111
1939	49	64	64	181	95	122
1940	21	32	29	147	76	63
1941	16	27	21	91	78	82
1942	11	19	10	83	75	75
1943	10	17	57	74	69	58

資料來源：〔美〕張公權：《中國通貨膨脹史 1937～1949》，楊志信譯，文史資料出版社 1986 年版，第 43 頁。

　　從兩表中可見，在作為大後方中心的重慶，知識階層的生活水平相比戰前下降最快，到 1943 年，公務員和教師的實際收入僅為 1937 年的 10%和 17%，而通常被視為底層的工人和農業勞動者的實際收益情況相對來說要好一些。當然，這並不一定意味著知識階層的實際生活比底層貧民還苦，但至少相比戰前，知識階層是最能感受到差異的一部分人。知識階層陷入悲慘處境，除了基於氣節操守不願改行和缺乏實際的社會能力而不能改行之外，還有一個重要原因便是完全依賴貨幣形式的薪水生活。生活在鄉間的農民或地主，或多或少手中還掌握著實實在在的糧食，在自然經濟狀態下對於貨幣的依賴程度並不高，所受通貨膨脹的衝擊自然也就有限。但知識階層居住在城市或市鎮，不可能離開貨幣而生活，便完全承受著物價上漲的剝奪。另一方面，由於知識階層的薪水要麼依賴政府，要麼就來自與市場聯結不強的教育、出版等行業，政府害怕進一步擴大通脹，嚴格控制著雇員工資的漲幅，而與市場聯結不強的行業

早就自身難保，這更造成了知識階層薪水的上漲滯後於物價的上漲，相比產業工人甚至一些基層體力勞動者（如人力車夫）也不如了。這正像梁實秋在《回憶抗戰時期》中所記：

> 講到抗戰時期的生活，除了貪官奸商之外，沒有不貧苦的，尤以薪水階級的公教人員為然。有人感慨的說：「一個人在抗戰時期不能發財，便一輩子不能發財了。」在物質缺乏通貨膨脹之際，發財易如反掌。有人囤積螺絲釘，有人囤積顏料，都發了財。跑國際路線帶些洋貨也發了財。就是公教人員沒有辦法，中等階級所受打擊最大。〔註51〕

初看起來，這段話似乎有些自相矛盾，一面是「沒有不貧苦的」，一面又是「發財易如反掌」。其實卻不然，這種荒誕感正來自抗戰時期的知識階層所體驗到的巨大差距。差距既體現在「發財易如反掌」的商人和「沒有辦法」的普通人之間，也體現在階層地位的巨變上——戰後，知識階層在經濟狀況上不但不如發「國難財」的幸運兒，甚至也不如很多底層勞動者了，可謂「斯文掃地」。這對於知識分子心態的衝擊無疑是巨大的，也構成「國難財」書寫的底色。

因此，在對極端困苦和巨大差異都有著深切體驗的知識階層中生長出的「國難財」之文學想像，批判政府的腐敗可能是其中意義最集中最簡單的一維，更複雜的層面則包括，如何書寫商人、商業在這次巨變中的所為，如何書寫知識階層自身的窘境？在傳統文化中，商人是四民之末，商業幾乎等同於賤業，古老的義利之辨有「君子喻於義，小人喻於利」之說，抗戰時代也以民族國家至上、公共空間中四處唱著「大公無私」的高調，在傳統倫理的視野下，商人和商業對私利的追求當然被置於不具有民族意識、不投身抗戰的道德低位來看待。問題是，商人的本職就是經營，就需要維持生活乃至賺取利潤，而在現代社會的倫理中，這本沒有值得指責的地方，既然抗戰形勢並未到要求全面取消後方商業、全歸政府統制的地步，商業當然是被允許存在的。那麼，文人可以要求有生存權，商人和商業自然也可以要求有生存權，但在物價起伏巨大的非正常年代裏，維持生存的商業經營與所謂投機和「國難財」之間很難劃出鮮明的界限。敏銳的、特別是與市場聯結較深的作家（比如長期通過稿費制度維持生活、并參與報業的張恨水，比如同時經營實業的李劼人）便或隱或現

〔註51〕梁實秋：《梁實秋散文集》（第二卷），時代文藝出版社 2015 年版，第 93 頁。

地能觸碰到這其中微妙的倫理灰色地帶。此外，作為惡性通貨膨脹中的被損害者，知識階層如何書寫自身社會地位的急速跌落，也包含著豐富的可能性：是以「歲寒然後知松柏之後凋也」自比，獲取精神上的安慰？是感慨時代的荒唐，描繪「勞力者」的另類翻身？或是與大眾結成被害者的同盟，「對社會底層的感性體驗促使知識界民粹主義傾向的急劇擴張」〔註52〕，也因此契合了四十年代文學整體的「走向民間」之趨勢？當然，生活貧苦帶來的精神委頓，也讓知識階層進一步失去了作為士的驕傲，這與四五十年代的轉折後，知識分子精神的失落也不能說全無關係。總之，「國難財」作為一種資源是由惡性通貨膨脹中受損害最深的知識階層凝結在文學裏的，其中自有獨特的取徑、不同層次的批判、倫理的灰色空間，自然關涉到抗戰文學與日常生活、知識階層對民間的體認、經濟視角下的四十年代文學與時代等命題，而這都是後續章節中有待更詳細探討的內容。

四

　　回到本節開始的問題，「國難財」及其文學想像何以跳出「批判之注腳」的命運、具有獨立意義？經過對戰時惡性通貨膨脹中一系列細節的敘述和清理，可以說，「國難財」及其文學想像之所以值得探討，是由它在歷史情態中的複雜性決定的。

　　「國難財」一詞具有批判意義，批判自然需要找到責任者，但它背後指代的惡性通貨膨脹亂象到底該由誰負責，並不是一個易解的問題。首先，經濟史學界基本已取得共識，日本的侵略應是惡性通貨膨脹發生的源頭所在，而戰時通貨膨脹是第二次世界大戰期間的普遍現象〔註53〕，「既然戰時通貨膨脹在人類近現代史上是一個不可避免的事實，那麼戰爭的發起者要首先承擔責任」〔註54〕。更何況，日本還發動針對國民政府的「經濟戰」，破壞法幣信用，「太平洋戰爭爆發後，上海租界被日軍佔領，外匯市場不復存在，日本轉而對法幣實行打擊和排斥的對策，就極力貶低法幣價值，以便用日鈔偽鈔兌

〔註52〕嚴海建：《抗戰後期的通貨膨脹與大後方知識分子的轉變——以大後方的教授學者群體為論述中心》，《重慶社會科學》2006年第8期。

〔註53〕戴建兵在其著作《金錢與戰爭》中論述了美國、英國、日本、德國在二戰期間發生通貨膨脹的情況，詳見戴建兵《金錢與戰爭——抗戰時期的貨幣》，廣西師範大學出版社1995年版，第291頁。

〔註54〕戴建兵：《金錢與戰爭——抗戰時期的貨幣》，廣西師範大學出版社1995年版，第291頁。

換更多的法幣去收購中國的物質，同時禁止淪陷區流通法幣，以防中國方面到淪陷區購買物品」〔註55〕。後方發生的惡性通貨膨脹，日本是直接責任者，但國民政府也有不可推卸的責任。惡性通貨膨脹雖起於日本侵略，但劇烈到那樣的程度，也與國民政府統治的不力相關。即使國民政府實行高度壟斷的貨幣金融體制對抗戰起到了物質保證作用〔註56〕，抗戰後期官僚系統的大範圍腐敗也確係事實。在惡性通貨膨脹發生並加速的過程中，不法商人大量的投機行為，又擴大了這一經濟災難波及的範圍，並進一步惡化了經濟形勢。此外，大後方不佳的政治生態使得大規模的商業經營常常涉及到腐敗，這種亦官亦商的特殊群體也是惡性通貨膨脹的推手。再往下推，每一個在物價上漲中試圖通過經營行為保全自己的人，都不能脫離催生並惡化通貨膨脹的責任。正如著名經濟學家保羅‧薩繆爾森的「合成謬誤」（Fallacy of Composition）概念所示，微觀層面個體的經濟選擇都可能會在大局面上合成未曾預料的後果。在通貨膨脹中自保、不願持有法幣，儲存糧食、日用品，在黑市上進行小規模的買進賣出補貼家用，甚至如李劼人《天魔舞》中所描繪的底層平民集資參與投機生意，這本是民間的種種生存之道，但集合起來便持續惡化著通貨膨脹，最終造成了總體性的經濟災難，也損害了每個人的效用。如此看來，抗戰中後期，在惡性通貨膨脹的雪球越滾越大之後，難道只有貧病交加而死的汪文宣（《寒夜》）式人物才能獲得徹底的道德清白？

當然，將惡性通貨膨脹的責任一直分攤到民間，已顯得有些苛求，這也使得前段論述的「國難財」倫理問題，看上去好像一個責任由重到輕的「光譜」。但從「國難財」一詞在公共空間的實際運用和文學文本中作為題材的具體書寫來看，這看上去有序的「光譜」並不能維持。按「光譜」推測，抗戰文學中似乎應該存有這樣一類敘事：由後方的惡性通貨膨脹所帶來的艱苦生活，聯繫到日本侵華的惡行，將物價的上漲與空襲的炸彈當作同等物看待，並由此激發民族情緒、鼓舞抗戰熱情。但筆者目前所見到的文本，沒有從這樣的角度取徑來批判「國難財」的，唯一近似的是王平陵所編話劇《維他命》，在這部作品中，囤積米糧的商人背後是被日軍所操縱的，因而也是一種漢奸。確實，作家都更

〔註55〕 王真：《論抗戰時期日本削弱中國國力的經濟戰略》，《日本研究》1999 年第 3 期。

〔註56〕 相關論述參見董長芝《論國民政府抗戰時期的金融體制》，《抗日戰爭研究》 1997 年第 4 期，馮憲龍《抗戰時期國民政府通貨膨脹政策評析》，《社會科學 輯刊》1997 年第 3 期。

願意將商人作為直接責任者，因為這樣顯然更符合實際生活中的所感，但將商人的囤積視為惡性通貨膨脹的原因，而不見背後的財政、貨幣機制，確屬倒果為因。從商人的角度講，不進行保值經營，難道聽任自身資產被通貨膨脹侵蝕殆盡？或者主動關門大吉、所有資產一併上交政府、以利抗戰？在物價飛漲的年代，保值經營與投機獲利之間很難有清晰的界限，一句「時勢所逼」既是商人的藉口，也是一些中下層公務人員腐敗的藉口。這當然不是說這四個字就能賦予其倫理豁免權，但其中確實存在一定的灰色空間。相比起來，對政府的批判在倫理上就顯得更為簡單，畢竟政府必須為其治下的亂象負責，而公權力的腐敗在倫理上也具有無可辯駁的非正義，但與日本相比，究竟誰應該為惡性通貨膨脹承擔更多的責任？1944 年，外交官傅秉常與蘇聯外交部次長談及抗戰時稱，「我抗戰七年以來，工業區被敵佔領，所用作抗敵之根據地於戰前並非國民政府力量所及者，而在此七年間，以極有限之資源供養此諾大之抗戰，維持前方士兵五百萬」〔註57〕，如其所述，在如此艱難的抗戰形勢下，通貨膨脹政策出於維持抗戰財政的本意，相比不但進行軍事侵略、還發動經濟戰破壞法幣信用的日方來說，在倫理上還是更有正當性的。國民政府之過，主要在於其十分低下的資源汲取能力〔註58〕。但回到文學上，以茅盾戲劇《清明前後》上演所產生的巨大社會影響為標誌，「國難財」書寫批判性的最終確立，還是基於對國民政府的批判。作為文學資源，「國難財」本來暗含批判日本侵略的路徑和可能，但這一書寫模式難覓蹤跡。所以研究者如果只從一部分相對知名的文本著眼，難免會將這一系列涉及後方經濟問題的作品都納入到「暴露與諷刺」的萬能框架中，將其作為批判國統區黑暗統治的注腳。這也是長久以來並未有研究從戰時經濟生活和「國難財」取徑觀察、闡釋這一系列作品的原因。

　　1941 年，政治學家錢端升在給時任駐美大使胡適的信中寫道「國內有三大事，即國共爭，物價漲，日又有侵入滇省模樣」〔註59〕。「物價漲」既能與

〔註57〕　傅錡華、張力校注：《傅秉常日記》，社會科學文獻出版社 2017 年版，第 267
　　　　頁。

〔註58〕　如杜贊奇在《文化、權力與國家——1900～1942 年的華北農村》中所論，國
　　　　民政府始終未能控制住基層，所依賴來的各種代理勢力中滋生了嚴重的腐敗
　　　　空間，這使其資源汲取能力極其低下。

〔註59〕　《錢端升致胡適（1941 年 1 月 21 日）》，見中國社會科學院近代史研究所中華
　　　　民國史研究室編《胡適往來書信選》（中），社會科學文獻出版社 2013 年版，
　　　　第 765 頁。

「國共爭」和對日戰事並列，可見其在當時歷史環境下對社會人心的重要影響。時至今日，「國共爭」和對日戰事早已成為研究大後方文學的重要角度，唯從「物價漲」這件大事出發的視角卻一直少有嘗試。更何況，戰時大後方的通貨膨脹是古老的中國首次遭遇現代意義上（基於信用貨幣）的通貨膨脹，「國難財」書寫因此構成觀察這一現代性衝擊的角度。通貨膨脹導致嚴重政治後果（如 18 世紀的密西西比泡沫與法國大革命的爆發）在歷史中是不鮮見的，它對文化人心的形塑力量、以及與政治巨變之間的關係給予了將「國難財」書寫放到更高維度上探討的可能。當然，也早有前輩學者敏銳意識到了這一問題，錢理群教授發表於 2005 年的《關於 20 世紀 40 年代大文學史研究的斷想》中便片段式地記下這樣幾筆：「戰爭中期所發生的戰爭投機（市儈主義，物質機遇）對人們生活、心理的影響；英雄與市儈，時代偶像的變化：從戰爭初期的士兵英雄到戰爭中後期大後方的汽車司機」〔註 60〕。本節對「國難財」背後的機制做了初步勾勒，明確歷史現場中的種種邏輯，是重識「國難財」之文學書寫和另闢一種看待大後方文學之角度的起點。

第二節 「斯文掃地」：大後方文化人的戰時經濟生活

在今天看來，戰時大後方惡性通貨膨脹的機制有其複雜之處，需要抽象地、以現代社會科學作透視法進行把握，但對當年身處其中的知識分子而言，能具體可感的只是日常生活中的經濟一維。上節已述，知識階層（或稱士大夫階層、公教人員）是通貨膨脹中感受最明顯、受壓迫最嚴重的群體，這些共同體驗，既是創作者書寫後方現實問題的材料，也是當年的讀者理解這一問題的前見。那麼，生活問題上的劇烈變遷帶給了文人哪些無比鮮活的體驗，又可能引發哪些思想上的轉向？這是探討「國難財」書寫不可忽視的背景，本節對其中的一些細節進行描畫。

一

經濟基礎並不一定能「決定」上層建築，但政府財政問題上的變動作為深層結構常常會帶來深遠的歷史影響。抗戰時期的大後方，通貨膨脹轉向惡性之後，由知識階層負擔了較多的戰爭經費，這在中國歷史上是極為少見的情況。

〔註 60〕 錢理群：《關於 20 世紀 40 年代大文學史研究的斷想》，《中國現代文學研究叢刊》2005 年第 1 期。

　　中國古代王朝的經濟基礎是小農經濟，財政收入也就主要以農業稅為基礎，追求量入為出、輕繇薄賦的財政狀態。由於農業的規模是相對固定的，國家的這種正式收入常常是剛性的，但當這種財政模式面臨戰爭、政府開支急劇增長時，就存在如何快速汲取資源的問題。於是，「現實中的政府不得不一再求助於非正式機制」〔註61〕，這種非正式機制除了追加田賦外，主要是從彈性較大的工商業（尤其是壟斷性的商品）尋求收入。於是，歷史上王朝的滅亡，要麼是因為工商業發達地區遭到起義軍的控制，要麼便是自身的資源汲取能力出現了嚴重問題（如明朝末年的情況）。每當工商業發達的富裕地區淪陷，政權便到了相當危險的時候，太平天國運動時期的清政府即是如此。清政府成功度過危機，自然是種種複雜歷史因緣交匯的結果，但肯定離不開湘軍的軍事勝利。曾國藩在軍事上有指揮才能，在理財上亦是一把好手。據現有研究，湘軍的軍事勝利建立在雄厚的財政支持上，它們的戰爭經費便是從工商業汲取〔註62〕——曾國藩的部下郭嵩燾創造性的推出了釐金制度，即在關鍵的交通線路上設卡，對過往客商收取費用，商人每過一道關卡，按貨值繳納 1%（一釐）的稅，過上一二十道，稅率也就達到了 10%～20%，這就給軍事行動提供了良好的物質保障，又並未明顯影響到當地普通百姓的生活。不過，釐金制度也產生了意想不到的後果：曾國藩開創的這種戰時特殊徵收方式很快被各省在和平時期繼續採用，地方政府的財權開始擴大，各地之間的商業交流也因此受到了限制，長此以往，各地的分離趨勢便逐漸加強，成為一個個獨立王國，這也正是辛亥革命造成清政府土崩瓦解以及民國時期軍閥四處割據的歷史經濟基礎。直到 1931 年，國民政府才聚集起力量，宣布全面裁撤釐金，於是在抗戰全面爆發後，已不可能再公然使用類似的手段。其間一段時期，雲南省政府向貨物徵收類似釐金的過路稅，也便成為一種「公開與中央當局作梗」〔註63〕的行為。

　　與遭遇太平天國的清王朝相似，抗戰時期退守西南的國民政府同樣喪失了對沿海工商經濟發達地區的掌控，雖有一定數量的工廠內遷，但畢竟內地的工商業土壤還十分薄弱。收取釐金的辦法不便再採用，此時，現代貨幣制度的

〔註61〕劉守剛：《中國財政史十六講——基於財政政治學的歷史重撰》，復旦大學出版社 2018 年版，第 304 頁。
〔註62〕參見李永春《郭嵩燾與晚清釐金》，《史學月刊》2001 年第 3 期。
〔註63〕〔美〕易勞逸：《毀滅的種子——戰爭與革命中的國民黨中國（1937～1949）》，江蘇人民出版社 2010 年版，第 11 頁。

建立使得通過超發貨幣汲取全社會資源成為可能，於是國民政府便實行了通貨膨脹政策。相比釐金，這一政策產生了更為意想不到的惡劣影響：自古以來歷次戰爭中作為財政彈性之所在、需要承擔戰費的工商業者，在物價飛漲異化出的投機空間中部分變為了發「國難財」的特殊階層，逃避了這一責任。而更多與經濟活動不沾邊的普通人，尤其是知識分子階層，承擔了過量的戰爭負擔。這被陳明遠稱為「20世紀中國歷史上第一次的『腦體倒掛』反常經濟分配現象」〔註64〕。在現代社會學理論中，兩頭小、中間大的橄欖型社會是最穩定的、健康的，而惡性通貨膨脹帶來的非正義分配機制，使得抗戰後期的大後方社會結構恰恰成了「兩頭大，中間小」，發生從經濟到社會到文化的全面危機便自然而然了。尤為值得注意的是，掌握著知識和文化權力的群體在這次洗牌中被拋入悲慘境地，這對社會文化、時代思潮走向之影響顯然是巨大的。

　　知識階層對貨幣形式的薪金依賴程度較高，所處行業常常又是非營利性的，其生活極易受物價變動擺佈。以本書重點關注的作家群體為例，初到大後方時，低廉的物價曾讓不少人為之欣喜，老舍在《八方風雨》中記載，「四川的東西可真便宜，一角錢買十個很大的燒餅，一個銅板買一束鮮桂圓。好吧，天雖熱，而物價低，生活容易，我們的心中涼爽了一點」〔註65〕。胡風也在回憶錄中記述，夫人梅志「簡直不相信她手中銅板的價值了，一個銅板可以買到三個大橘子」〔註66〕。葉聖陶初到樂山，在1938年11月4日信中寫到，「此間生活便宜，肉二角一斤，條炭二元一擔，米七元一擔……昨與兩位書店朋友吃館子，宮保雞丁，塊魚，鴨掌鴨舌，雞湯豆腐，大麵半斤，飯三客，才一元八角，而味絕佳，在蘇州亦吃不到也，大約吃食方面，一個月六十元綽綽有餘矣」〔註67〕。但很快，物價便開始了上漲。在1939年1月21日信裏，葉聖陶尚且能說：「生活漸貴，肉價已至二角八分，其他雜用俱見提高，惟尚不及重慶、昆明，斯可慰也。」〔註68〕半年後（1939年6月19日），就變成了：「物產不夠消費，物價遂飛漲，我們住過重慶，初到此間，覺色色便宜，今殊無此感矣。」〔註69〕老舍也回憶道：「從二十九年起，大家就開始感覺到生

〔註64〕陳明遠：《文化人的經濟生活》，文匯出版社2005年版，第216頁。
〔註65〕老舍：《八方風雨》，《新文學史料》1978年第1期。
〔註66〕胡風：《胡風回憶錄》，人民文學出版社1997年版，第134頁。
〔註67〕葉聖陶：《我與四川》，四川文藝出版社2017年版，第64頁。
〔註68〕葉聖陶：《我與四川》，四川文藝出版社2017年版，第74頁。
〔註69〕葉聖陶：《我與四川》，四川文藝出版社2017年版，第101頁。

活的壓迫，四川的東西也不再便宜了，而是一漲就一倍的天天往上漲。」〔註70〕
張恨水一篇名為《豬肝價》的小文中則以豬肝窺物價：

> 初來此間，在五年前，場上每日可得肉，肉價每斤二角，臟腑
> 少過問者，屠乃更賤其值三分之一以脫售……又一年，肉價及五角，
> 肝價與肉同值。又一年，肉價二三元，肝倍價。至第四年，肉價十
> 五元以上，肝價計兩不計斤，每兩二元。今此鄉場，肉價每斤三十
> 四元，肝之價值又上躍，成為每兩三元。〔註71〕

在物價上漲中，作家賴以生存的稿費制度也受到嚴重衝擊，正如老舍所
記，「自七七事變以後，十分之九的版稅是停止發給了，稿費由八元落至五元，
甚至於二元，一千字」〔註72〕。到物價即將失控的1940年前後，大多數作家
已經感到單憑稿費很難維持生計，更何況，「隨著通貨膨脹，物價高漲，出版
經費也天天高升，出版家方面為了削減成本，抑制了稿費和版稅，部分出版家
甚至以成本高騰為理由，一文也不付報酬」〔註73〕。當然，文學雜誌在經濟上
也面臨著困境，如1940年舉行的一次座談會上，姚蓬子便談到，「希望以雜誌
養活雜誌，已經是絕對不可能的事情」〔註74〕，可見依靠市場的生存模式已基
本失效（這很大程度上是由於新文學的讀者群同樣是在惡性通貨膨脹中受到
衝擊最嚴重的知識分子階層，自身的衣食住行都無法滿足，更沒有經濟餘裕購
買雜誌）。於是，平均每日能寫三千字〔註75〕且兼有報人職業的暢銷作家張恨
水，也不過住在重慶南岸郊外的幾間「國難房子」裏，一旦下雨無處不漏，依
靠政府補貼的平價米艱難度日。中華全國文藝界抗敵協會駐會幹事梅林曾在
1943年的日記中核算過寫作成本：

> 8月16日
>
> 應該試算一下：寫作五天，吸去民星牌紙煙四包，每包二十元，

〔註70〕 老舍：《八方風雨》，《新文學史料》1978年第1期。

〔註71〕 張恨水：《豬肝價》，見張恨水《山窗小品》，時代文藝出版社2015年版，第
63頁。

〔註72〕 老舍：《怎樣維持寫家們的生活》，見《老舍文集》（第15卷），人民文學出版
社1982年版，第446頁。

〔註73〕 〔日〕杉本達夫：《關於抗戰時期在大後方的作家生活保障運動》，《重慶師範
大學學報》2009年第1期。

〔註74〕 姚蓬子語，《如何保障作家戰時生活——〈蜀道〉首次座談會》，見文天行編
《中華全國文藝界抗敵協會資料彙編》，四川省社會科學院出版社1983年版，
第294頁。

〔註75〕 張恨水：《寫作生涯回憶》，人民文學出版社1982年版，第77頁。

雞蛋十五枚，計三十七元，小湯圓四碗二十元，不幸於昨夜損壞自來水筆筆尖，（泰山牌，去年價一百四十元）共費去約三百元。每天伙食、電燈、房租、墨水、稿紙，不算在內。而《奇遇》只一萬八千字，約二三個月後始可得稿費九百元（千字五十元算）。我算是在做賠本生意。但無論如何，我是愉快的，為了文學事業。只要作品寫得出，即使怎樣清苦，日子過得怎樣壞，我還是愉快的。〔註76〕

1945年，張恨水也作過一篇《文稿千字最低血本》：

平均每人每日可寫三千字的稿子，按照這個標準，寫一千字的物資消耗，大概如下表，那就是血本。

飯兩碗（一頓）八十元

蔬菜一菜一湯一百元（包括油鹽柴碳）

紙煙五枝（中等貨）三十元

茶葉三錢（中等貨）三十元（開水在內）

房租（以一間計）三十元（只算一日的三分之一）

紙筆墨二十元（包括信封）

郵票六元（快漲價了）

這是少的無可再少的估計，約合二百九十六元，而衣鞋醫藥並不在內，若養上個四口之家（不敢八口），再須添上三百元（最少），是賣五百元一千字，就要蝕老本蝕得哭了。〔註77〕

收入驟降，又不願或不能改行，作家們的生活便只能百般儉省。在飲食上，既然張恨水也不過依靠報社配給的平價米度日，其他作家的境況便可想而知了。胡風為了讓夫人梅志多吃點東西，謊稱「我在外面常常有人請客，出席筵會，不要顧我」〔註78〕。老舍因長期食用平價米而患上盲腸炎，在酷暑中忍受著手術的痛苦。趙清閣為了保證病中的營養，只得將隨身多年的小提琴賣掉，換點米麵。吳組緗境況稍好，家養小花豬一頭，當小豬生病，一家人都急出了冷汗，正如老舍所調侃的：「每次我去訪組緗先生，必附帶的向小花豬致敬，因為我與組緗先生核計過了：假若他與我共同登廣告賣身，大概也不會有人出

〔註76〕段從學輯注：《梅林的抗戰文壇日記》（下），《新文學史料》2018 年第 3 期。

〔註77〕張恨水：《文稿千字最低血本》，見張恨水《上下古今談》，北嶽文藝出版社 1993 年版，第 465 頁。

〔註78〕胡風：《胡風回憶錄》，人民文學出版社 1997 年版，第 210 頁。

六百元來買！」〔註79〕飲食既不能保證，文人的愛好也只能戒除。為經濟所逼，戒煙戒酒戒茶成為許多文人的共同選擇，老舍曾描寫過何容戒煙的一段故事：

> 何容先生那天睡了十六個鐘頭，一枝煙沒吸！醒來，已是黃昏，他便獨自走出去。我沒敢陪他出去，怕不留神遞給他一枝煙，破了戒！掌燈之後，他回來了，滿面紅光，含著笑，從口袋中掏出一包土產捲煙來。「你嘗嘗這個，」他客氣地讓我，「才一個銅板一枝！有這個，似乎就不必戒煙了！沒有必要！」把煙接過來，我沒敢說什麼，怕傷了他的尊嚴。面對面的，把煙燃上，我倆細細地欣賞。頭一口就驚人，冒的是黃煙，我以為他誤把爆竹買來了！聽了一會兒，還好，並沒有爆炸，就放膽繼續地吸。吸了不到四五口，我看見蚊子都爭著向外邊飛，我很高興。既吸煙，又驅蚊，太可貴了！再吸幾口之後，牆上又發現了臭蟲，大概也要搬家，我更高興了！吸到了半支，何容先生與我也跑出去了，他低聲地說：「看樣子，還得戒煙！」〔註80〕

以幽默對抗艱辛，實為老舍招牌風格，與之類似的還有梅林日記中的一段記載：

> 1943 年 7 月 26 日
>
> 我們在悶熱的會客室裏閒談，徐遲赤著胳膊從旁間裏走出來，一邊咬煙斗，一邊看號外。當我們談起老墨下臺將如何使日寇吃驚時，他露出烏黑的缺牙齒說：
>
> 「墨索里尼下臺也許會影響到重慶的物價下跌呢。」
>
> 我們互相對看了一下子，終於爆發出大笑聲。〔註81〕

不過，當生活的貧困再加上病魔的摧殘，幽默也就無濟於事了。就在物價即將失控的 1940 年，老舍開始因貧血而頭暈，後來又身患瘧疾，貧血越來越嚴重，「病重的時候，多日不能起床，一動就暈得上吐下瀉，病稍好，也還不敢多做事，怕又忽然暈倒」〔註82〕。1941 年，洪深在經濟的壓力下自殺，引

〔註79〕老舍：《四位先生》，見《老舍文集》（第 14 卷），人民文學出版社 1982 年版，第 628 頁。

〔註80〕老舍：《四位先生》，見《老舍文集》（第 14 卷），人民文學出版社 1982 年版，第 633 頁。

〔註81〕段從學輯注：《梅林的抗戰文壇日記》（下），《新文學史料》2018 年第 3 期。

〔註82〕老舍：《貧血集·序》，見《老舍文集》（第 9 卷），人民文學出版社 1982 年版，第 178 頁。

發文化界震動，幸而經搶救脫離危險。張天翼、白薇等貧病交加，葉紫、王魯彥、萬迪鶴、繆崇群等人更是因貧致死。巴金《寒夜》中所寫的汪文宣，實為悲慘生活中的戰時文人的典型形象。正如茅盾多年後回憶總結的，「當年魯迅稱之為『吃的是草，擠出來的是奶』的中國作家們，現在連草都吃不上了」〔註83〕，掌握著文化權力的知識階層成為戰時分配體制的犧牲者，這會帶來怎樣的思想轉變呢？

二

遭遇經濟困境並成為與戰前相比境遇反差最大的一群人，這帶給知識分子階層心理上的衝擊是巨大的，這首先表現為一種「斯文掃地」式的精英意識的失落。

談到抗戰時期知識分子心態的轉變，常常要被引用的是羅蓀寫於 1940 年的一段話：「抗戰的烽火，迫使著作家在這一新的形勢底下，接近了現實：突進了嶄新的戰鬥生活，望見了比過去一切更為廣闊的，真切的遠景。作家不再拘束於自己狹小的天地裏，不再從窗子裏窺望藍天和白雲，而是從他們的書房，亭子間，沙龍，咖啡店中解放出來，走向了戰鬥的原野，走向了人民所在的場所；而是從他們生活習慣的都市，走向了農村城鎮；而是從租界，走向了內地……」〔註84〕郭沫若在 1942 年也有類似的表述，「抗戰的號角，卻把全體的作家解散了，把我們吹送到了十字街頭，吹送到了前線，吹送到了農村，吹送到了大後方的每一個角落，使他們接觸了更廣大的天地，得以吸收更豐腴而健全的營養」〔註85〕。四十年代文學總體上確實有一種走出象牙塔或亭子間，走向十字街頭、走向民間的趨勢。在戰爭年代，「象牙塔」似乎成為貶義詞，但「象牙塔」也意味著相對獨立的知識分子空間。知識分子的精英意識似乎是一種不接地氣的無用之物，但若是失落了保持獨立性背後的驕傲，文學藝術就有淪為工具的可能。從大處說，當然是戰爭環境、戰時體制、戰爭文化心理導致了這種轉向，所謂「戰爭文化規範的形成取代了知識分子啟蒙文化規範」〔註86〕，但回到具體的生活狀態中，惡性通貨膨脹所帶來的階層地位跌

〔註83〕 茅盾：《霧重慶的生活——回憶錄（三十）》，《新文學史料》1986 年第 1 期。
〔註84〕 羅蓀：《抗戰文藝運動鳥瞰》，《文學月報》第 1 卷第 1 期，1940 年。
〔註85〕 郭沫若：《中國戰時的文學與藝術——二十七日在中美文化協會演講詞》，見《郭沫若研究資料》（上冊），中國社會科學出版社 1986 年版，第 333 頁。
〔註86〕 陳思和：《簡論抗戰為文學史分界的兩個問題》，《社會科學》2005 年第 8 期。

落、所帶來的「斯文掃地」之感才是親歷身受的體驗。試問，當一個讀書多年的文化人，在戰時無法負擔起基本的家庭生活費用，吃個西瓜還得感謝大雨帶來的落價〔註87〕，甚至相比在傳統文化價值系統中等而下之的商人、體力勞動者都還不如時，心裏會受到何等的衝擊。正如李建吾所感歎的：「變了，變了，年月變灰了我們的心，不，不那樣簡單，心隨著物質的環境（越來越壞了）在悠久的歲時之下變了……活在這動盪的大時代，取巧的，投機的，改行的，執掌操縱之權的，一個一個成了寵兒，只有那執著的，迂闊的，抱著書生之見的，心理上有著幻覺（信心和正義之感就在這裡面）的，淪落在苦悶無告的階段。」〔註88〕在這種「苦悶無告」中，「書生之見」恐怕難以維持，於是「這是一個銷毀人性的大鍋爐，這是一個精神和物資析離的鋌而走險的騷亂生涯，原來要犧牲小我為了成全大我的，漸漸在自私自利的放縱過程中改換心思」〔註89〕。

精英意識失落後，作家不得不開始關注起實際的生活問題。1940年前後，也就是物價即將徹底失控的時候，以「保障作家權益為宗旨」的「文協」發動了保障作家生活運動。在運動初期，文協同人們一致的意見是「把矛頭指向出版界，一致主張聯合起來，向出版界要求提高稿費和切實保障版稅」，「試圖維繫晚清以來的現代性傳統，把因戰爭威脅而瀕臨崩潰的文學生產的商業化運作模式重新建構起來」〔註90〕。但顯然，禍根不在出版界，而在嚴重的通脹形勢，於是「尋求有關黨政部門的支持，就成了保障作家生活的必然選擇」〔註91〕。總務主任老舍在《怎樣維持寫家們的生活》中的提法很有代表性，「今日作家所要求的是怎樣維持生活，正如同物價高漲，車夫轎夫工人僕役便也增高工資一樣」〔註92〕，並呼籲政府介入，發放文藝貸款。將作家與車夫、轎夫、工人、僕役相提並論，並呼籲政府的扶助，實為精英意識失落後的出現的話語。保障作家生活運動很快取得了實質性的推進，以「文協」會刊《抗戰文藝》為

〔註87〕參見梅林日記1943年8月3日，段從學輯注《梅林的抗戰文壇日記》（下），《新文學史料》2018年第3期。

〔註88〕劉西渭：《清明前後》，《文藝復興》第1卷第1期，1946年。

〔註89〕劉西渭：《清明前後》，《文藝復興》第1卷第1期，1946年。

〔註90〕段從學：《文協與抗戰時期的保障作家生活運動》，《江漢大學學報》2010年第3期。

〔註91〕段從學：《文協與抗戰時期的保障作家生活運動》，《江漢大學學報》2010年第3期。

〔註92〕老舍：《怎樣維持寫家們的生活》，見《老舍文集》（第15卷），人民文學出版社1982年版，第448頁。

例，在抗戰初期也不發或只發象徵性的稿費，直到 1940 年 11 月 6 卷第 3 期起，才真正實現了對所有作家的稿費支付，「但稿費的來源卻是新成立的『文藝獎助金管理委員會』補助 2/3，『文協』自己支付餘下的 1/3，質言之，此時《抗戰文藝》的主要稿費來源是有關黨政機關的補助，而不是自身獲得的商業利潤」〔註 93〕。即便一點微薄的稿費也需要黨政部門的補貼，知識分子經濟上的獨立性難以維持，文學上的獨立性自然也難以維持，「這種支持和補助，通過對新文學生產方式的改寫，把政黨政治文化變成了制約 1940 年代新文學發展的一種內在力量」〔註 94〕。

除了有組織的爭取保障自身權益，作家在經濟意識上也被迫覺醒。30 年代，艾蕪和沙汀是討論切磋文學問題的摯友，但現存艾蕪抗戰時期寫給沙汀的信件，幾乎全都涉及到十分具體的稿費問題，如談張天翼：「天翼從舊曆一月一日起咯血，至今未止。雖在民大教書，仍無錢醫病，他也吃了書未重版而沒版稅可拿的虧⋯⋯」〔註 95〕談《文藝雜誌》的稿費：「我要他從五千元一月的編輯費中，分出一千，他答允了。但到要實行時，他連三卷二期（由端木編起）的編輯費，他都支了一半帶走。因此你的稿費，無形擱起。我去直接跟書店講，書店說現款不易周轉，登期太遠的稿子，難於先支。」〔註 96〕茅盾在抗戰後期再次回到重慶後，編刊物一事受阻，收入眼看不夠生活，好在還有名望可用，「我寫的文章又常能得到比一般作者較優厚的報酬，而且能預支⋯⋯從作家交稿到文章印出這段時間內，米價很可能上漲幾成甚至幾倍」〔註 97〕。頻繁關心稿費問題，倒不是說作家們變得市儈，實為嚴酷的生存壓力所逼。在這種窘迫中，文人改行也開始成為一種選擇。1940 年 1 月，姚蓬子組織的《蜀道》首次座談會討論如何保障作家生活時，王平陵就有作家可以兼職教員或編輯的主張，當時雖被老舍反對，但此後，作家兼課改善生活的情況也是常見的。不過，教員或編輯同樣是受到嚴重衝擊的職業，境況比作家好不到哪裏去，西

〔註 93〕段從學：《「文協」與抗戰時期文藝運動》，北京大學出版社 2012 年版，第 184 頁。

〔註 94〕段從學：《「文協」與抗戰時期文藝運動》，北京大學出版社 2012 年版，第 186 頁。

〔註 95〕艾蕪：《致沙汀 1943 年 5 月 9 日》，見《艾蕪全集》（第 15 卷），四川文藝出版社 2014 年版，第 8 頁。

〔註 96〕艾蕪：《致沙汀 1943 年 10 月 16 日》，見《艾蕪全集》（第 15 卷），四川文藝出版社 2014 年版，第 12 頁。

〔註 97〕茅盾：《霧重慶的生活──回憶錄（三十）》，《新文學史料》1986 年第 1 期。

南聯大的教授群體也被物價所逼，不得不開展「副業」以救生活之急。馮友蘭、羅常培賣過書法，聞一多賣過圖章，朱自清和王了一也曾賣文稿補貼家用。1943 年，楊振聲、浦江清、游國恩、馮友蘭、聞一多、沈從文等十二教授還曾發表過一個「詩文書鐫聯合潤例」：

> 文值：頌讚題序五千元，傳狀祭文八千元，壽文一萬元，碑銘
> 墓誌一萬元（文均限古文，駢體加倍）
>
> 詩值：喜壽頌祝一千元，哀挽八百元，題詠三千元（詩以五律
> 及八韻以內古詩為限，七律及詞加倍）
>
> 聯值：喜壽頌祝六百元，哀挽四百元，題詠一千元（聯以十二
> 言以內為限，長聯另議）
>
> 書值：楹聯四尺六百元，五尺八百元（加長另議）
>
> 條幅：四尺四百元，五尺五百元（加長另議）
>
> 堂幅：四尺八百元，五尺一千元（加長另議）
>
> 榜書：每字五百元（以一方尺為限，加大值亦加倍）
>
> 斗方扇面每件五百元
>
> 壽屏真隸（書法）每條一千五百元，篆書每條二千元（每條以
> 八十字為限）
>
> 碑銘墓誌一萬元
>
> 篆刻值：石章每字一百元，牙章每字二百元（過大過小加倍，
> 邊款每五字作一字計）
>
> 收件處：國立西南聯合大學中國文學系王年芳女士代轉〔註98〕

這也實在是文人在自身能力範圍內所能想出的辦法，教授賣文賣字，作家又兼職教課，兩種行當互為副業，卻仍舊難以改善自身的窘境。於是，想像性的改行也開始出現，1944 年艾蕪在桂林被傳言改行，1945 年老舍在重慶被傳言參與了黃金投機買賣，這種信息在文化空間內能得到大範圍流傳，本身即說明了知識階層對改行的被壓抑的期待，或者說，對改善當前生活的急切渴望。

　　精英意識的失落加上對實際生活問題的關注，這已接近中年人心態。確實，抗戰時期已是中國現代文學的第三個十年，許多作家都已步入中年，需要承擔家庭的重擔，當這種重擔又因惡性通貨膨脹所帶來的階層變遷而增大

〔註98〕本材料係陳明遠先生從檔案中按原件照片抄錄，轉引自陳明遠《40 年代文教界的經濟生活（下）》，《社會科學論壇》2000 年第 11 期。

了數十倍，無疑更會潛移默化地影響到作家的寫作。正如李怡論述四十年代文學時所言，「五四時代的青春浪漫之氣已然遠去，取而代之的是一份中年的成熟，中國現代文學就此步入了『中年寫作』的時期」，「中年期的現代文學又是沉思者的文學，不僅沉思戰爭，沉思當前的社會人生，沉思就要步入晚景的生命奧秘，也會使作家沉思自己」〔註99〕。這種「中年寫作」的「成熟」，除了來自年齡的增長外，自然與惡性通貨膨脹中的種種境遇脫不了關係，如沈從文所言，「戰爭給了許多人一種有關生活的教育，走了許多路，過了許多橋，睡了許多床，此外還必須吃了許多想像不到的苦頭」〔註100〕。作家陷入「沉思」，則是在這存在巨大不公的分配機制中所受的心理衝擊的自然反應，「沉思」的結果倒不一定是每個人都認同了實際生活的邏輯和平庸，也有人堅守並批判，正如沈從文在1940年頗有洞見的警示，「一種可怕的庸俗的實際主義正在這個社會各組織各階層間普遍流行，腐蝕我們多數人做人的良心做人的理想，且在同時還像是正在把許多人有形無形市儈化，社會中優秀分子一部分所夢想所希望，也只是糊口混日子了事，毫無一種較高尚的情感，更缺少用這情感去追求一個美麗而偉大的道德原則的勇氣時，我們這個民族應當怎麼辦？」〔註101〕

三

　　通貨膨脹惡性發展，使知識階層陷入與勞動人民同等（甚至等而下之）的悲苦中，其間的體驗極大動搖了知識階層的精英意識，增加了對實際生活的關注，並作為中間物促成了中國現代文學四十年代「中年寫作」形態的形成，當然，也使得不滿乃至憤怒的情緒彌散在這一掌握著文化權力的群體中。

　　1941年12月，西南聯大常委會呈函教育部，請求發給薪津貼，其中寫到：

　　　　說者又謂戰時困苦，為一般人所皆應忍受，大學師生為民眾之表率，不宜先有不平之論。同仁等以為若後方人士皆與同人等受同等之困苦，則同仁等即委身於溝壑亦不敢有微辭。乃事有大謬不然

〔註99〕 李怡：《戰時複雜生態與中國現代文學的成熟》，《北京師範大學學報》2014年第3期。

〔註100〕 沈從文：《雲南看雲》，見《沈從文文集》（第10卷），湖南人民出版社2013年版，第78頁。

〔註101〕 沈從文：《雲南看雲》，見《沈從文文集》（第10卷），湖南人民出版社2013年版，第78頁。

者，姑無論市井奸商操縱物價，轉手之間便成巨富，即同為政府機關，而亦有司書錄事之職，其薪津即多於教授者。至於自有收入之機關，其人員舉動之豪奢，尤駭聽聞，一筵之資可為同友等數月之薪津。孰非為國服務，何厚於彼而薄於此。不患寡而患不均，不患貧而患不安，此先聖之明訓，亦國父之遺教，此尤同人等所願當局注意者也。〔註102〕

正如文中所述，西南聯大教授們所不滿的，不在戰時困苦，而在「厚於彼而薄於此」。因受自身價值觀所限，又缺乏實際社會經驗，文化人成為了通貨膨脹機制中最「沒有辦法」的一群人——商人自能在商海中弄潮，權力部門又能以權謀私，甚至體力勞動者的薪水都更能跟隨市場行情而變動。「患不均」和「患不安」的不平之感，使得知識階層的思想上積聚起變動的勢能。

不平，意味著對現實的格外關心。數千年的感時憂國傳統下，知識階層很快意識到惡性通貨膨脹中的種種亂象不僅威脅著自身的生計，對社會、對中國的前途亦有極大的威脅。自沉從文在《雲南看雲》（1940）中敏銳地指出「一種可怕的庸俗的實際主義」後，1942年5月，西南聯大經濟學和社會學教授伍啟元、李樹青、沈來秋、林良桐、張德昌、費孝通、楊西孟、鮑覺民、戴世光聯名在《大公報》發表《我們對當前物價問題的意見》，警示道：「物價劇烈變動，整個後方的社會經濟都作畸形發展，其影響所及，甚至道德人心也有敗壞的趨勢」〔註103〕兩年後，楊西孟、戴世光、李樹青、鮑覺民、伍啟元又聯名發表《我們對於物價問題的再度呼籲》，稱「目前經濟危機已經迫在眉睫，若對物價問題再不採取緊急措置，並加以根本的糾正，則我國戰時經濟，勢必走到崩潰的末路」〔註104〕。1945年5月20日，戴世光、鮑覺民、費孝通、伍啟元、楊西孟聯名第三次在《大公報》「星期論文」發表文章《現階段的物價及經濟問題》，認為「我國戰時經濟的漸趨崩潰，確已在軍事上與政治上暴露出來」，惡性通貨膨脹已經「敗壞了作戰的軍隊，降低了工業的生產，腐化

〔註102〕 《西南聯大常委會呈函教育部據本校教授會函請發給薪津》，見王文俊主編《國立西南聯合大學史料》（四：教職員卷），雲南教育出版社1998年版，第544頁。

〔註103〕 伍啟元等：《我們對當前物價問題的意見》，《大公報》（重慶）1942年5月17日。

〔註104〕 楊西孟等：《我們對於物價問題的再度呼籲》，《大公報》（重慶）1944年5月16日。

了行政的機構，並引起了政治的糾紛」〔註 105〕。到第三次呼籲時，關於懲治既得利益集團的建議已經浮現，可謂是知識階層對政府失望透頂的表現。

這種不平之感和感時憂國情緒在文學上，表現為以後方現實生活為題材的諷刺批判作品的增多。如果說在 1940 年之前，「暴露與諷刺」還是個需要論爭的話題，在不論哪種分期方法切割下的抗戰文學之後半段，都無疑充斥著大量的「暴露與諷刺」之作。批判的立場儘管略有差異，但幾乎沒有人認為不應書寫現實弊病。即便有著官方背景的王平陵，也在《抗戰四年來的小說》（1941）一文中呼籲：「現階段的作家們，應該以解決當前新發生的困難為中心的任務。如米糧的不合理的飛漲，奸商為什麼要利用國家多難的機會，製造黑暗，操縱囤積？為什麼大後方的生產的副業無人去幹，而廣大的民眾──特別是一般知識分子，還是集中在都市的一角？⋯⋯這都是立刻需要解答的問題，是值得作家們耗一番心血的。」〔註 106〕不平之感導向批判，最初主要落腳在文化層面，即將惡性通脹中出現的自私自利現象看作民族劣根性的又一次顯現，許多的作家也基於這種五四式的路徑思考民族在抗戰中的重生。如沙汀在 1941 年所寫，「我們的抗戰，在其本質上無疑的是一個民族自身的改造運動，它的最終目的是在創立一個適合人民居住的國家，若是本身不求進步，那將不僅將失掉戰爭的最根本的意義，便單就把敵人從我們的國土上趕出去一事來說，也是不可能的，出乎情理以外的幻想」〔註 107〕。老舍在為話劇《大地龍蛇》所作的序言中也說，「一個文化的生存，必賴它有自我的批判，時時矯正自己，充實自己；以老牌號自誇自傲，固執的拒絕更進一步，是自取滅亡。在抗戰中，我們認識了固有文化的力量，可也看見了我們的缺欠──抗戰給文化照了『愛克斯光』。在生死的關頭，我們絕對不能諱病忌醫！何去何取，須好自為之！」〔註 108〕《淘金記》、《不成問題的問題》等名作便是在這種「文化批判─精神重生」思想路徑中產生的。但到了抗戰後期，不斷惡化的經濟形勢毫無改善的希望，知識分子的憤怒不平逐漸聚焦於對政治統治的批判，即便是尚有國民黨背景、時任「文協」總務部副主任的華林也在文集中毫不掩飾對時局的失望：

〔註 105〕 戴世光等：《現階段的物價及經濟問題》，《大公報》（重慶）1945 年 5 月 20 日。

〔註 106〕 王平陵：《抗戰四年來的小說》，《文藝月刊》1941 年 8 月號。

〔註 107〕 沙汀：《這三年來我的創作活動》，《抗戰文藝》第 7 卷第 1 期，1941 年。

〔註 108〕 老舍：《大地龍蛇·序》，《文藝雜誌》第 1 卷第 2 期，1942 年。

　　　　吾人從事文化團體，要求公務員待遇，不得不名列在黨政機關，
因此而領略到官員的滋味，長官兇惡訓話，同仁互相嫉妒，驕橫暴
虐，舉目全非，國難期中，官僚的氣焰萬丈，也是平生的初次嘗試，
況我也是革命的老前輩，想不到而今革命精神已經掃盡，官官相衛，
只好逆來順受，以待勝利的來臨。在此困苦之中，四周沈淪黑暗，
窮窘與壓迫不堪忍受，而至親好友有發國難者，也有藉此討好官僚
者，多對我百般凌辱，不加援助。三十三年聞老母去世，家境更加
窘迫，在渝親族，都置之不理，所謂為富不仁，為仁不富。〔註109〕

　　長達數年的惡性通貨膨脹之亂象，使得「戰爭將近結束時，重慶成了一個
毫無忌憚的悲觀厭世的城，骨髓都是貪污腐化的」〔註110〕，也讓知識階層身
心俱疲。憤懣不平的批判，總得需要一個最終的責任承擔者。1945 年秋，茅
盾以戰時經濟問題為情節核心的話劇《清明前後》公演取得巨大反響。該劇將
「國難財」責任明確指向「亦官亦商」的利益集團，無疑是知識階層長期的不
平與憤怒的一次集中發洩。從話劇藝術形式上看，「外行」茅盾的《清明前後》
遠非成熟之作，在上演之前劇界人士多擔心賠錢，但誰也沒想到竟出現場場爆
滿的情況。知識階層的憤懣實在太需要發洩，而對於經濟亂象責任者的追索也
隨著惡性通貨膨脹一起延續到戰後，並促成了民主運動的浪潮。聞一多在 1946
年的一封信中所寫，代表了很大一部分知識分子的心史——「抗戰以來，由於
個人生活壓迫及一般社會政治上可恥之現象，使我恍然大悟，欲獨善其身終不
足以善其身。兩年以來書本生活完全拋棄，專心從事政治活動」〔註111〕。這
也如費正清所記，「他們親眼看到了如此觸目驚心的不平等現象和社會上層的
奢侈浪費。因此，許多知識分子感到心灰意懶，一部分將會死去，其餘的人將
會變成革命分子」〔註112〕。

　　研究抗戰時期的文學，自然會涉及為戰爭環境所形塑的社會文化形態，但
具體到個人的生活體驗層面，後方文人最真切感觸到的不是硝煙與戰火，而是

〔註109〕華林：《巴山閒話》，華林書屋 1945 年版，第 1 頁。
〔註110〕〔美〕白修德，賈安娜：《中國的驚雷》，端納譯，新華出版社 1988 年版，第
　　　　20 頁。
〔註111〕聞一多：《1946 年 2 月 12 日　致聞家騄》，見《聞一多書信集》，人民文學出
　　　　版社 1986 年版，第 325 頁。
〔註112〕〔美〕費正清：《費正清對華回憶錄》，陸惠勤等譯，知識出版社 1991 年版，
　　　　第 292 頁。

惡性通貨膨脹中的經濟生活，這無疑是「廣義的戰爭年代中人的多樣化生存形態」〔註113〕中不可忽視的一種。「斯文掃地」與精英意識的失落、實際生活的重視，與中年寫作的狀態的生成和整個時代的人心向背都有著莫大關係。它給作家帶來的人生體驗是「國難財」書寫的前提，也影響著「國難財」書寫的基本立場和批判形態。

第三節 「發現生活」：抗戰文學的轉向與「國難財」書寫的發生

眾所周知，抗戰文學存在一個轉向，也因此分成了前後兩期甚至更多期。當然，所有的劃分都是由觀者的目光所決定，不存在絕對的正誤之分，僅是一個與闡釋方式的適配程度的問題。一直以來，文學史書寫中多採用「皖南事變」一說，如《中國現代文學三十年》中所述，「以1941年皖南事變為標誌，國內政治形勢發生急劇逆轉，社會心理與時代氣氛、情緒也為之一變。初期受速戰論鼓動的昂揚激奮的社會心理，已經慢慢沉靜下來，人們開始正視戰爭的殘酷性和取得勝利的艱巨性，正視由於戰爭而沉渣泛起的各種封建文化的積垢及現實中的腐敗現象，作家們隨著這種時代心理的變化而轉為沉鬱苦悶」〔註114〕。此外，文學期刊出刊的不規律、左翼文人離開重慶、審查制度的加強、霧季公演的興起等文壇現象也被認為與「皖南事變」直接相關。該說強調國共合作出現裂痕後，政治變動對文學形態的影響，於是「沉鬱苦悶」中的作家們正視「現實中的腐敗現象」並書寫之，自然就代表一種政治態度，即對「國民黨黑暗統治」的「暴露與諷刺」。只要是涉及大後方現實題材的作品，歸結思想意義，省略到極致，都可以是一句「暴露與諷刺」。

近年來，關於抗戰文學分期也出現了以「1940年9月重慶確立為陪都」〔註115〕、1939～1941年間的重慶「夏季大轟炸」〔註116〕作為界標的劃分方式，追求與歷史情境和文學現場的貼合。不過，本節的重心不在關注具體的分

〔註113〕 李怡：《戰時複雜生態與中國現代文學的成熟》，《北京師範大學學報》2014年第3期。
〔註114〕 錢理群、溫儒敏、吳福輝：《中國現代文學三十年（修訂本）》，北京大學出版社1998年版，第448頁。
〔註115〕 參見陳思廣《四川抗戰小說史》，中國文聯出版社2015年版，第52頁。
〔註116〕 參見段從學《夏季大轟炸與大後方文學轉型──從抗戰文學史的分期說起》，《中國現代文學研究叢刊》2011年第7期。

期問題，而是探討抗戰文學「國難財」書寫的發生——無論如何劃分，「國難財」書寫都主要屬於抗戰文學後半段，而 1940 年作為諸種分期方式的交匯點〔註117〕，恰好也是「國難財」書寫發生的重要時點。

一

1940 年是大後方惡性通貨膨脹急速發展、直至完全失控、陷入惡性循環的一年，1940 年亦是著名經濟學家馬寅初發表抨擊「國難財」的文章、引起巨大社會反響，以至被軟禁的一年。1940 年，「文協」發動了保障作家生活運動，「作家今天是毫不猶豫地應該以自己的力量來保障自己的生活，『集體』的來提高文章的稿費」〔註 118〕，更重要的是，「就文學觀念而言，大後方文學的轉型實際上始於 1940 年，從 1940 年開始，大後方的文藝理論工作者圍繞著如何提高新文學藝術質量的問題，對抗戰文藝運動展開了全面的反思和檢討」〔註 119〕。在這些「全面的反思和檢討」中，一篇重要文獻是「文協」出版部主任姚蓬子在本年 10 月組織的座談會記錄《從三年來的文藝作品看抗戰勝利的前途》，這場有田漢、沙汀、以群、羅蓀、宋之的等人參加的座談會，也被視為是「暴露與諷刺」論爭的終結〔註 120〕。「暴露與諷刺」既是探討「國難財」書寫不可繞開的概念，那麼，談到「國難財」書寫在 1940 年的發生，自然得回到這場論爭與抗戰文學的轉向中去。

眾多周知，「暴露與諷刺」論爭是大後方文壇持續時間較長、參加人數較多的一場論爭，主要發生在 1938～1940 年間，抗戰文學的現實批判一脈，便從這次論爭開闢，也最終要追溯到《華威先生》去。1938 年 4 月，茅盾主編的《文藝陣地》創刊號發表了張天翼的小說《華威先生》。此後，《救亡日報》在四五月間先後刊出林煥平和李育中兩篇觀點不同的文章，成為了這場論爭中兩方觀點的首次交鋒，爭議的焦點在於描寫抗戰中已方的「陰暗面」是否

〔註117〕 「皖南事變」雖發生於 1941 年初，但 1940 年 10 月 19 日國民政府軍事委員會已命令將黃河以南的八路軍、新四軍於 1 個月內開赴黃河以北；三年「夏季大轟炸」的中間點也正是 1940 年。

〔註118〕 蓬子：《作家的共同要求——提高稿費運動》，《新蜀報》1940 年 1 月 20 日。

〔註119〕 段從學：《「文協」與抗戰時期文藝運動》，北京大學出版社 2012 年版，第 172 頁。

〔註120〕 參見蘇光文《「暴露與諷刺」論爭仍舊需要——關於〈華威先生〉所引起的論爭》，《重慶師範學院學報》1981 年第 3 期，〔韓〕白永吉《暴露與諷刺」論爭中的郭沫若和茅盾》，《郭沫若學刊》2005 年第 3 期。兩篇文章均持此說。

會有損抗戰的嚴肅、打擊必勝的信心。此後，茅盾、羅蓀、高飛、唯庸等人繼續撰寫文章加入論爭，支持「暴露與諷刺」。值得注意的是，茅盾在本期的《論加強批評工作》（1938 年 7 月）一文，不僅開創了抗戰文學研究中常見的光明黑暗兩面論——「一方面有血淋淋的英勇的鬥爭，同時另一方面又有荒淫無恥、自私卑劣」〔註121〕，也首次在文學批評場域內使用了「國難財」概念——「然而中國民族這一個翻身裏，新生的劣點也在到處簇長，相對著新的人民領導者等等，我們也看見了新的人民欺騙者，新的『抗戰官』，新的『發國難財』的主戰派，新的『賣狗皮膏藥』的宣傳家」〔註122〕。茅盾此處所使用的「發國難財」，與惡性通貨膨脹關係不大，主要指代著華威先生式的抗戰官僚腐敗行為，只不過這一面未由張天翼寫出，茅盾在自己的短篇小說《某一天》（1941）裏就將其順便賦予了「W 處長」。1938 年 12 月，日本改造社發刊的《文藝》雜誌刊出增田涉翻譯的《華威先生》，引起了大後方文壇極大關注，林林在《談〈華威先生〉到日本》一文中，認為暴露性的作品難免「減自己威風，展他人的志氣」，希望「無論如何，頌揚光明方面，比之暴露黑暗方面，是來得占主要地位的」〔註123〕。此後，冷楓、張天翼、黃繩、適夷、周行等人繼續加入論爭支持「暴露與諷刺」，這些觀點實質上是要在抗戰文學中接續現實主義的批判傳統，論爭主要也發生在左翼文人內部，在此過程中甚至郭沫若和茅盾這兩位左翼文學領軍人物的觀點也存有某些牴牾之處（林林實際上是當時受共產黨領導的《救亡日報》的編輯人員，又被視為該報社社長郭沫若的生活助手）〔註124〕。但自 39 年下半年起，一批有官方背景的文章出現，如《文藝月刊》上發表的克非《談諷刺》、何容《關於暴露黑暗》、《新蜀報》上發表的華林《暴露黑暗與指示光明》等，激起羅蓀、田仲濟、吳組緗等左翼文

〔註121〕 茅盾：《論加強批評工作》，《抗戰文藝》第 2 卷第 1 期，1938 年。

〔註122〕 茅盾：《論加強批評工作》，《抗戰文藝》第 2 卷第 1 期，1938 年。

〔註123〕 林林：《談〈華威先生〉到日本》，《救亡日報》1939 年 2 月 22 日。

〔註124〕 韓國學者白永吉認為，郭沫若戰時的文藝觀仍充滿「浪漫主義文學精神」，同時「這時期郭沫若的基本態度是站在通過國共合作的抗日民族統一戰線的立場，積極推進追求抗日戰爭的持續展開和最終勝利，也可以說在這個過程中他一貫保持著掌握左翼文學以及中國共產黨的主導權的宏觀展望」，因此與茅盾式的現實主義批判有了牴牾——「當然，這種左翼文學的『主流』文學所顯露的嚮往社會主義現實主義的發展趨向，同時也就預告或隱含了與當時處於一種『邊緣』地位的，例如『美學的浪漫主義』或現代主義傾向等所謂『非主流』文學的糾葛和衝突」。參見〔韓〕白永吉《暴露與諷刺」論爭中的郭沫若和茅盾》，《郭沫若學刊》2005 年第 3 期。

人的再一次反擊，左翼文學界內部的意見也逐漸統一。另一方面，「隨著持久戰的內部矛盾的深化，茅盾的現實認識和現實主義論在這場論爭中可以說再次確認了其客觀正當性」〔註125〕，到1940年10月姚蓬子主持召開座談會時，「暴露與諷刺」的必要性已基本成共識。

「暴露與諷刺」共識的達成，正與抗戰文學轉向的大背景相契合，也正因為突破了那種一切為了配合戰爭、篇幅短小的標語口號式、充滿英雄主義色彩的抗戰文學模式，「暴露與諷刺」的合法性才能真正得到確立。抗戰文學的這次轉向如溫儒敏教授所描繪的，「1940年以後，越來越多的作家轉向比較冷靜地觀察抗戰現實，敢於正視並暴露阻礙民族進步的各種腐敗現象以及不利於抗戰的潛在危機，整個創作向生活縱深部分開掘，主題的深廣度，人物塑造的典型化以及具體手法，都日趨成熟」〔註126〕。那麼，作家具體是經歷了怎樣的生活而逐漸褪去了熱情、轉向「冷靜地觀察抗戰現實」的呢？回到1940年10月的《蜀道》座談會上，首個發言的田漢開門見山地道出了知識分子在所具體感到的「潛在危機」，而這與惡性通貨膨脹中的生活體驗脫不了關係：

> 到了第三期，這是一個新的時期，抗戰到了更艱苦，國際形勢到了相當危險的階段……我在柳州，看見有些作家經商去了，而且，大家對於當前文藝上的問題的爭論非常奇怪，他們對於自己的事業發生懷疑，要另自去找謀生的道路。在作品中間，很多都蒙上了一層灰暗的色調。我在重慶所遇到的朋友們，沒有聽見過一句積極的話。自然，米賣到三十多元一斗，一筆版稅買不到兩斗米，現實的艱難是無可諱言的。〔註127〕

物價（生活）的壓迫，戰爭相持階段確定無疑的到來，使作家不能再維持抗戰初期的盲目樂觀，沉鬱苦悶的心理狀態成為普遍，如宋之的所說，「自從去年跟著訪問團從前方回來之後，心境上另有一種暗淡的或苦悶之感，因為我懷疑，那能夠使觀眾興奮的作品究竟給了觀眾什麼實際的影響，恐怕除了一時

〔註125〕 〔韓〕白永吉：《「暴露與諷刺」論爭中的郭沫若和茅盾》，《郭沫若學刊》2005年第3期。

〔註126〕 溫儒敏：《新文學現實主義的流變》，北京大學出版社1988年版，第175頁。

〔註127〕 田漢語，《從三年來的文藝作品看抗戰勝利的前途——「蜀道座談會」，以文藝的自我批判迎接今年的雙十節》，見蘇光文編選《文學理論史料選》，四川教育出版社1988年版，第263頁。

的廉價的感情滿足之外沒有別的」〔註128〕。在這種心境下，戰爭初期的抗戰
文學自然被視為「除了一時的廉價的感情滿足之外沒有別的」，關注後方生活
的意義也開始被強調，早在當年 2 月，姚蓬子就撰文提出另一種「與抗戰有
關」──「在後方的廣大的世界裏，眼所見的，耳所聞的，生活所接觸的現實，
在『與抗戰有關』的程度上，決不會弱於炮火下的緊張的場面」〔註129〕。到
1940 年尾巴上，已實際發生的變化到了需要理論定型的時候，「文協」同人集
中召開了幾次座談會，10 月的這次《蜀道》座談會名為「從三年來的文藝作
品看抗戰勝利的前途」，12 月的文協座談會名為「一九四一年文學趨向的展
望」，正是對抗戰文學轉向的一回顧一展望。1941 年 1 月 1 日刊出的老舍在
「展望」會上的發言很有代表性：

> 抗戰初期，大家既不甚明白抗戰的實際，而又不肯不努力於抗
> 戰宣傳，於是就拾起了舊的形式，空洞的、而不無相當宣傳效果的，
> 作出救急的宣傳品。漸漸地，大家對於戰時生活更習慣了，對於抗
> 戰的一切更清楚了，就自然會放棄那種空洞的宣傳……至於抗戰文
> 藝的主流，便應跟著抗戰的艱苦，生活的困難，而更加深刻，定非
> 幾句空洞的標語口號所能支持的了。〔註130〕

自此，大後方文學真正的後方意義得以凸顯。當作家將對遙遠前線的想
像挪移成對當下生活的細查，當下的生活又正好發生著大變動：通貨膨脹形
勢驟然惡化。生活的壓迫開始具體可感，不但不能視而不見，更成為作家「生
存還是毀滅」的大問題，戰時經濟即「國難財」的相關書寫便注定在文學中
顯現。抗戰文學的轉向與「暴露與諷刺」論爭的共識達成同步，背後自然有
惡性通貨膨脹的推動，種種強烈的體驗讓作家不能不「發現」後方生活，從
澎湃的激情中冷靜下來，「回歸新文學自身的發展和藝術創造的話語實踐」
〔註131〕。於是，現實主義批判傳統再現，催生了「國難財」書寫。當然，這
不是說 1940 年之前的文學中就一定沒有字句情節涉及到「國難財」，只不過在

〔註128〕 宋之的語，《從三年來的文藝作品看抗戰勝利的前途──「蜀道座談會」，以
　　　　 文藝的自我批判迎接今年的雙十節》，見蘇光文編選《文學理論史料選》，四
　　　　 川教育出版社 1988 年版，第 266 頁。
〔註129〕 姚蓬子：《作家不一定要上前方去》，《抗戰文藝》第 5 卷第 6 期，1940 年。
〔註130〕 老舍語，見《一九四一年文學趨向的展望（會報座談會）》，《抗戰文藝》第 7
　　　　 卷第 1 期，1941 年。
〔註131〕 段從學：《「文協」與抗戰時期文藝運動》，北京大學出版社 2012 年版，第 193
　　　　 頁。

這些文本中，惡性通貨膨脹帶來的體驗和獨特意義沒有被呈現。1938 年，茅盾《論加強批評工作》的表述裏，「國難財」是屬於官僚階層的某種特權，而不是廣泛遍布於生活中的通脹亂象（惡性通貨膨脹在 38 年也並不那麼具體可感）。1939 年，茅盾主編的《文藝陣地》刊發的陳翔鶴的短篇小說《傅校長》，其中的主人公雖然也作「囤積油米等類的生意，每年有二三千元左右的盈餘可望」〔註 132〕，但這也只是基層腐敗的一個一筆帶過的注腳，仍是另一個「華威先生」的某一面。

更重要的是，1940 年之所以作為「國難財」書寫發生的重要時點，是因為出現了兩部以惡性通貨膨脹的社會亂象和生活體驗為情節核心、并取得了較大社會影響的作品，這就是宋之的五幕話劇《霧重慶》和張恨水的長篇小說《八十一夢》。

二

整個 1940 年，《八十一夢》都在重慶《新民報》連載〔註 133〕，當年 11 月，《霧重慶》劇本由生活書店初版，12 月底在重慶上演。兩部作品中，惡性通貨膨脹亂象並非無關緊要的信息體或腐敗行徑的注腳，而是推動情節發展的核心單元，同時，兩部作品也都應和著抗戰文學的轉向，取得了較大的社會影響。

在前文提到的 1940 年 10 月的「蜀道」座談會上，宋之的發言談到，「在這更加艱苦困難的抗戰新階段，一個劇本必須使觀眾看了之後回家睡不著覺，而不是睡得舒舒服服」〔註 134〕，其時，《霧重慶》已經完成，此言可以看作是對這部即將出版和上演的五幕劇的自解。雖然並不一定讓觀眾睡得舒服，《霧重慶》還是在重慶取得了極大的商業成功，從當時的一條報導可窺一二：「重慶最大的劇院國泰大劇院也在這時翻建一新，而第一次營業就是話劇，宋之的編劇，應雲衛等導演的《霧重慶》」〔註 135〕，「《霧重慶》在重慶一共是演了兩個多禮拜，每場都滿座，臨到最後一場的時候，還有五六百人站在門外面購不

〔註 132〕陳翔鶴：《傅校長》，《文藝陣地》第 3 卷第 12 期，1939 年。
〔註 133〕《八十一夢》自 1939 年 12 月 1 日開始連載，至 1941 年 4 月終篇，主體部分在 1940 年刊出，故將其算作 1940 年的作品。
〔註 134〕宋之的語，《從三年來的文藝作品看抗戰勝利的前途——「蜀道座談會」，以文藝的自我批判迎接今年的雙十節》，見蘇光文編選《文學理論史料選》，四川教育出版社 1988 年版，第 266 頁。
〔註 135〕《〈霧重慶〉上演盛況》，《中國藝壇日報》1941 年第 18 期。

著票」〔註136〕。對於《霧重慶》在重慶上演的盛況，有論者一針見血地指出：
「1940年12月，《霧重慶》在重慶的轟動演出標誌著在觀眾產生『打破八股』
的訴求後，以抗戰時期市民生活為題材的劇本即將成為職業劇團的首要選擇」
〔註137〕。此後，大後方多地劇團排演了《霧重慶》（包括陝西、福建、廣西、
湖南〔註138〕等地），當然，最熱鬧的還是1941年9月在香港的演出，當時在
港的左翼文人有力地配合了這部作品的上演。尚在排演中的8月30日，《華商
報晚刊》便登出預告，9月6日又登出于伶所作的《〈霧重慶〉獻辭》和署名
「克柔」的《〈霧重慶〉排演參觀記》。待9月12日正式上演時，《華商報晚
刊》更是用了整版的篇幅發表了夏衍、茅盾、陸浮、以群、戈寶權、鋼鳴的六
篇文章，為其造勢。再之後的上演過程中，《華商報晚刊》還分別在13日、27
日登出消息或評論，延續其熱度。《華商報晚刊》是一份有著鮮明左翼背景的
報紙，是「在中國共產黨領導下創辦的愛國統一戰線報紙」〔註139〕，在「皖
南事變」後的特殊時期對《霧重慶》的力推，不可否認帶有政治鬥爭的意味。
更何況，宋之的本是左翼作家，《霧重慶》劇本出版之初的第一條廣告也是在
《新華日報》〔註140〕登出，這就意味著《霧重慶》的「國難財」元素，有充
足的批判腐敗黑暗統治的闡釋空間。那麼，這與1938年茅盾所使用的「國難
財」有何不同？《霧重慶》又究竟講述了怎樣的故事呢？

　　其實，《霧重慶》正是一個典型的惡性通貨膨脹時代的故事，惡性通貨膨
脹不但構成背景，亦是推動情節的重要動力。以最簡化的方式描述，《霧重慶》
寫了沙大千、林卷好、老艾、苔莉（徐曼）等幾位老同學（亦是曾經的救亡青
年），在大後方的中心重慶，分崩離析、各自「墮落」的故事。故事的核心人
物是沙大千、林卷好夫婦，而「墮落」主要是指在救亡圖存的大背景下，幾位
曾經的熱血青年都遠離了抗戰工作，陷入彷徨無地。這一切的源頭都來自沙大
千、林卷好因失業、孩子夭折，開了一間小餐館。按理說，即便是開小餐館，
在大量難民湧入的後方，也是滿足社會需求的、有意義的事務，相比那找也找

〔註136〕 《〈霧重慶〉上演盛況》，《中國藝壇日報》1941年第18期。

〔註137〕 段麗：《失衡的隱患——論「抗戰」時期官辦劇團「百人大戲」的儀式性場面》，
　　　　　《戲劇》2014年第6期。

〔註138〕 參見《文化點滴：陝政劇團公演〈霧重慶〉》，《黃河月刊》第2卷第3期，1941
　　　　　年；何光炯《〈霧重慶〉在湖南演出》，《青年戲劇通訊》第13期，1941年；陳
　　　　　大文《〈霧重慶〉給予我們的啟示》，《大公報》（桂林）1941年3月26日。

〔註139〕 張挺，王海勇編：《中國紅色報刊圖史》，山西經濟出版社2011年版，第138頁。

〔註140〕 《宋之的五幕劇最新出版鞭》，《新華日報》1940年12月2日。

不到的「救亡」工作，絕無等而下之的道理，正如卷好所想「既然不到前方去，在後方也要對抗戰盡點力量」〔註141〕。但這卻成為故事發展的催化器——由於惡性通貨膨脹中物價飛漲、需求旺盛，餐飲又是關聯到實際物資（糧食）的經濟項目，不但不受物價衝擊，反而在其中還有超額的獲利空間。短短五個月間，沙大千就掙了一大筆錢，感歎道，「真不得了，怪不得人人都想改行做生意了！」〔註142〕此時，恰逢與苕莉交好的官員袁慕容提出和沙大千一起去做從香港輸入貨物到內地的貿易，稱有對本利可圖，沙大千初步嘗到了錢的魅力，自然沒有不從的道理，連林卷好此時也認識到了錢的好處，「不僅是我們的生活有了保障，工作更有力量，連苕莉要是有了錢，都可以重新做人了！」〔註143〕後半段的矛盾也都因此而起——卷好的妹妹林家棣從前線歸來，使卷好意識到當下的生活已經脫離了救亡的崇高理想，但沙大千的想法也已改變，執迷於掙錢，以「經商建國」為自己辯護。此後，沙大千不但開始從事非法生意（也即是說，之前的生意還是合法的），又染上梅毒並傳染給卷好，終於沙、林夫婦分道揚鑣，老艾病死、苕莉的處境仍無改變。一切正如林卷好反思的，「我後悔我不該開那個小飯館，不該慫恿他到香港去，更不該賺了這麼多的錢！生活一安定，特別是有了錢，人就慢慢地變壞了，變傻了！」〔註144〕

　　單從文本上看，《霧重慶》作為政治鬥爭工具的屬性並不強，它所反映的社會問題，也是惡性通貨膨脹時代的常見病、金錢使人墮落的老生常談，雖然劇中有官員袁慕容這麼一個角色，但對其描寫又比較簡略，沙大千改行經商也還主要是自己的主意，並非袁慕容所主導或「誘惑」。當《霧重慶》在重慶上演之後不久，最早的一篇評論文章中便將作品的意義闡釋為作者「向青年宣戰」而不是對社會的抨擊，認為作品「暴露了時代青年嚴重易犯的動搖性」、「他們是為了生活而忘記生活的意義了」〔註145〕。1944 年初版的《中國戲劇運動》一書中，關於《霧重慶》也這樣寫道：「由於後方一般人迷於都市的奢

〔註141〕宋之的：《霧重慶》，見《宋之的劇作選》，人民文學出版社 1958 年版，第 269 頁。

〔註142〕宋之的：《霧重慶》，見《宋之的劇作選》，人民文學出版社 1958 年版，第 276 頁。

〔註143〕宋之的：《霧重慶》，見《宋之的劇作選》，人民文學出版社 1958 年版，第 288 頁。

〔註144〕宋之的：《霧重慶》，見《宋之的劇作選》，人民文學出版社 1958 年版，第 311 頁。

〔註145〕李榕：《關於〈霧重慶〉》，《國民公報》1941 年 2 月 2 日。

侈生活，置國家民族於不顧，而甘心走捷徑，企圖發國難財，宋之的抓住這般人的弱點，攝取了現實生活的真實，創作了暴露大後方黑暗面的『霧重慶』」〔註146〕。這裡所用的「國難財」、「黑暗面」，是「一般人迷於都市的奢侈生活」所致，與茅盾1938年初次使用的「國難財」和兩面論顯然是有區別的。此外，有著官方背景的各地青年劇社，在1941年間也正在排演《霧重慶》，由國民政府中央圖書雜誌審查委員會委員魯覺吾主編的《青年戲劇通訊》上便刊出了在湖南、廣西等地進行演出的消息，稱該劇為「取了活生生的現實題材、描寫大後方的知識份子在生活程度□□〔註147〕下的苦悶，用輕柔的筆調，反映出社會的背影，的確是一部優美的劇作」〔註148〕。這至少說明，《霧重慶》在當時的語境中並沒有後世看來那樣強烈的政治批判性。當然，也正是因為《霧重慶》並不是一部如茅盾《腐蝕》式的、對準國民政府的腐敗進行批判的作品，而是以惡性通貨膨脹中的生活問題為著眼點建構起整個故事，才有了作為「國難財」書寫之起點性作品的意義。

張恨水的《八十一夢》作為「國難財」書寫的另一部源頭之作，從時間上講，比《霧重慶》更早。有意思的是，它也是文學史敘述中常常與「暴露與諷刺」「國民黨黑暗統治」等關鍵詞高度聯繫的一部作品，雖然在當年如火如荼的「暴露與諷刺」論爭中，並沒有任何文章以正在連載的《八十一夢》作例。事實上，在1940年代的大後方文學現場，《八十一夢》尚未進入新文學生態圈，戰時的文學評論中，這部銷行甚廣的書也只有一篇專論提及，那就是宇文宙（孔羅蓀）的《夢與現實——讀張恨水先生著〈八十一夢〉》，發表在1942年9月21日的《新華日報》。

雖然在當下的學術界論及四十年代的張恨水，「雅俗合流」已是一個公認的說法，但該說之源頭，卻仍是出自抗戰時期的《新華日報》。1944年5月16日，是張恨水五十壽辰，《新華日報》刊出短評《張恨水先生創作三十年》，其中寫到：

> 恨水先生的作品，雖然不離章回小說的範疇，但我們可以看到和舊型的章回體小說之間顯然有一個分水界，那就是他的現實主義的道路，在主題上儘管迂迴而曲折，而題材卻是最接近於現實的；由於恨

〔註146〕田禽：《中國戲劇運動》，商務印書館1946年版，第14頁。
〔註147〕此處原文不清。
〔註148〕何光炯：《〈霧重慶〉在湖南演出》，《青年戲劇通訊》第13期，1941年。

水先生的正義感與豐富的熱情，他的作品也無不以同情弱小，反抗強

暴為主要的「題目」。正也如此，他的作品得到廣大的讀者的歡迎，

也正由於此，恨水先生的正義的道路更把他引向現實主義。〔註149〕

「現實主義」在左翼文學批評的概念中從來就不單純指向寫作技法，它「與其說是美學規範，不如說是意識形態的律令」〔註150〕，將張恨水自《八十一夢》起的「國難小說」稱為「現實主義的道路」，所指就不僅是它具有了新文學的某些特質，而與《八十一夢》的社會譴責適應了「皖南事變」後的現實鬥爭需求高度相關。不過，《八十一夢》雖被左翼評論界拉向現實主義之「雅」，但事實上仍是延續著晚清譴責小說以來的通俗社會小說路徑。它畢竟是作為報載小說面向市民讀者而存在，也正是在這種通俗文學路徑下，《八十一夢》中凝聚了惡性通貨膨脹中市民階層的種種生存體驗和想像。

三

《霧重慶》和《八十一夢》作為源頭所代表的「國難財」書寫，其獨特意義在於在抗戰文學的轉向中發現了後方生活，使通貨膨脹這一現代亂象中的種種體驗有了文學表達。當然，這種發現和表達既然基於文學，就與歷史情境中的「現實」不可能等同。任何敘述都意味著在底本走向述本過程中的選擇，何況文學並非新聞，書寫現實而不能穿透現實、不能洞見歷史的機制，實屬自然。因此，「國難財」書寫的意義不僅在於某種歷史的認識價值——本研究也無意將其與前文所述的經濟史機制、文化史細節作實證的對照、分辨，指陳寫實背後的不寫實或闡釋中的種種「誤解」——也在於，在這一框架、視野下找尋到的被大後方文學二元對立的政治鬥爭視角所遮蔽的圖景，文人面對現代經濟亂象的取捨抉擇、精神痛苦和政治態度，以及一些文本中未曾被注意的細節和裂隙。

《霧重慶》和《八十一夢》作為1940年問世的、兩部起點性的「國難財」相關作品，已初步勾畫了「國難財」圖景。經濟是一張抽象的網，「國難財」意味著不平等的協作關係，其中獲益者與被損害者互相連接，正如《八十一夢》第十夢《狗頭國之一瞥》中的漫筆勾畫——「穿黃衣服的是官商，穿白衣服的是商人，其餘是老百姓。黃代表金子，白代表銀子，此地風俗，經商人才能做

〔註149〕　《張恨水先生創作三十年》，《新華日報》1944年5月16日。

〔註150〕　陳曉明：《現代文學傳統與當代作家》，見溫儒敏，陳曉明等著《現代文學新傳統及其當代闡釋》，北京大學出版社2010年版，第134頁。

官，做了官更好經商。官商以運輸管理員為最大，位次於島主，因為外國來的貨，首先經他的手，他可以操縱全島的金融。」想像中的層級未必要符合經濟史研究的結論，但這一種從下至上、從部分到全局的想像方式，與「國難財」的整體網絡是相適應的。《霧重慶》則通過沙大千們從被損害者轉為獲益者的過程勾勒出「國難財」這張大網所串聯的社會層級，從底層的、無業的流亡青年，到小飯館經營有所得、兼做貿易的小商販，再到與權力勾勾搭搭的大商人。沙大千、卷好、苔莉、老艾等青年們被置於一個力場中，分別承受兼官發財的袁慕容這頭到抗戰救國的林家棣那頭兩種力量的撕扯，「光明進步與黑暗腐化，在這裡面交織著」〔註 151〕的兩面論分割著「霧重慶」中的大後方社會。

　　《霧重慶》和《八十一夢》有著共同的「國難財」批判底色，也因此總歸是一種「暴露與諷刺」，雖然其中的層次各有不同——批判中的豐富層次也是之後的「國難財」書寫中的重要現象。暫且不談兩部作品都共有的對官員腐敗的諷刺，單論對惡性通貨膨脹共生的投機問題的批判，兩者就顯出了差異。《霧重慶》的批判顯然更帶知識分子氣，使得在今天看來劇本末段出自老艾之口的點題——「但是抗戰需要我們吃草根、樹皮！假使人人都像你，都因循苟且，投機取巧，去吃燕窩、魚翅，我們的仗是沒法打的。自然，社會上這樣的人很多，但不該是我們，我們是誰？我們是青年。」〔註 152〕——都顯得有些苛求，這背後的價值支撐自然是知識分子「天將降大任於斯人也」的理想主義。作為面向市民階層的報載小說，《八十一夢》則更兼顧到民間，中國文化自古以來就有上下分層的傳統，民間作為藏污納垢的所在，對於生活問題相對來說就更為理解寬容。當然，《八十一夢》也批判諷刺著「國難財」，但這種批判也承續著了傳統通俗文學中的批判模式，要麼是老生常談，要麼就是「勸百諷一」。《八十一夢》中第八夢《生財有道》以不無羨慕的筆調用絕大部分篇幅寫了遠親鄧進才囤積兩大箱西藥的故事，以及自己幫助過的老王變身商人後的闊綽，到結尾才補上一句，「我這才明白，那位南京大學教授要去當司機，絕非一樣『有激使然』的話而已」。這其中當然有諷刺，但諷刺更接近市民茶餘飯後的談笑，種種生財有道中的「趣味」才是作者更注重的。除了這類「曲終奏雅」拉回文化舒適區的批判模式，《八十一夢》中更多的是借助於傳統道德以作批

〔註 151〕茅盾：《為了〈霧重慶〉的演出》，《華商報晚刊》（香港）1941 年 9 月 12 日。
〔註 152〕宋之的：《霧重慶》，見《宋之的劇作選》，人民文學出版社 1958 年版，第 329 頁。

判，如第七十二夢《我是孫悟空》中，「我」追擊妖怪被黃霧所困，趕來助陣的伯夷叔齊道：「此霧是金銀銅氣所煉，平常的人，一觸就會昏迷。其實要破這妖霧也容易，只要人有一種寧可餓死也不委屈的精神，這霧就不靈」。若是都有「寧可餓死也不委屈的精神」，作家也不必發動保障生活運動了，此類老生常談實為高調。回到傳統道德或是基於現代知識分子的啟蒙傳統、民族主義意識做批判，《霧重慶》和《八十一夢》初步示範了「國難財」書寫中作家在共同的批判底色下不同的選擇。

　　《霧重慶》和《八十一夢》中也滲入了身處通貨膨脹亂象中真切的生存體驗，傳遞出身處這一現代性紊亂中強烈的震驚和誘惑。僅僅是開一個小飯館，就能獲得暴利，物價的變動又如此頻繁劇烈，為了守住既得利益，沙大千實在很難抵抗參與長距離貿易獲得更多收益的誘惑，連林卷好在一段時間內也支持了沙大千進一步的經營活動。《霧重慶》中第二三幕之所以情節最為緊湊、并備受稱讚——「因受生活壓迫而做生意，因做生意而想發財，以致於不自覺地做了國家的罪人，都很入情入理，無懈可擊」〔註153〕——正是因為其中傳遞出的每人都能感同身受的時代體驗。個人利益和民族大義的衝突可謂是推動全劇情節發展的主要動力，但因為第二三幕對沙大千轉向商業經營的描寫「入情入理」，全劇的對商業的質疑、對金錢誘惑的批判在今天看來就會有時代的隔閡。《八十一夢》則很好地示範了傳統中國人遭遇現代經濟亂象時，向傳統道德中尋求認知批判資源的過程，如《上下古今》一夢中，借史可法之口說，「明之亡，不亡於流寇，實亡於無文無武，個個自私」，借柳敬亭之口道，「這裡無所謂供求不合，也就無所謂囤積居奇，寒士所以寒，乃由於富人之所以富，這裡是不許富人立足的，所以寒士還過得去」，又如《號外號外》一夢中，王老闆所說「做商人總是一個剝削分子，在生產和消費的兩者之間弄錢。說厲害一些，和貪官污吏好不了多少」。這以今天現代經濟倫理看來，難免會問出這樣的問題，為何抗戰一定要與改善個人的生活條件矛盾？為何在後方從事商業就一定低賤於從事標語口號的抗日宣傳？難道後方活躍的經濟活動不正是在為抗戰提供物質支撐嗎？這背後有著惡性通貨膨脹與民族主義思潮

〔註153〕孫晉三：《鞭——霧重慶》，《星期評論》（重慶）第 13 期，1941 年。孫晉三此文是《霧重慶》出版、上演後少有的主要從藝術形式方來進行探討的評論，他認為《霧重慶》存在較多情節結構、藝術技巧上的缺陷，浪費了良好的題材，唯一稱讚的便是作者對二三幕的處理。

撞擊而產生的時代語境，不難看到「商業無價值」、「金錢罪惡」、「義利衝突」等前現代經濟意識的殘影，同時也正是今日重識「國難財」書寫時需要透視的、意味深長的裂隙。問題是，在現代經濟學意義上，正常的市場經濟中商業以對需求的協調而創造大量的效用，絕不是表面看來的「在生產和消費的兩者之間弄錢」，但抗戰時期的大後方自惡性通貨膨脹發生後已不存在健全的市場經濟，確實存在張公權所說「於通貨膨脹的進程中，任何一類人的實際收益的增加，就必定是來自其他類人實際收入的損失」〔註154〕的歷史機制，這又正好支持了傳統文化中「商業無價值」的歧視。那麼，在延續到戰後的、整個四十年代的通貨膨脹中，人們對現代市場基本原則失望，是否為五十年代走向管制的計劃經濟模式打下了社會心理的接受基礎？當然，這就是二十世紀中國思想史上的問題了。

總之，《霧重慶》和《八十一夢》在抗戰文學的轉向中，通過發現後方生活，開創了「國難財」書寫——它基於知識分子在惡性通貨膨脹中的生存體驗，又以知識分子感時憂國的批判為底色。由於這份批判底色的存在，「暴露與諷刺」成為看待「國難財」書寫繞不開的概念，但使用這一認識裝置看待國難財作品時，極易化惡性通貨膨脹中的現代困境為二元對立的政治鬥爭。被簡化，幾乎是所有「國難財」作品在接受史中的宿命。

1940 年前後，大後方的通貨膨脹轉向惡性。物價超乎想像的飛漲中，知識階層成為這次大洗牌中生存境遇變化最大的一群人，於是在文學對現實的描摹中，自然產生了與「國難財」相關的故事，凝聚了亂象中的種種體驗。值得注意的是，惡性通貨膨脹的發生從經濟規律看，並非官員腐敗的後果，而是戰時財政問題的反映，從社會現象中看，更為「可見」的是商人操縱經營，而非幕後的權力壟斷。因此，在「國難財」書寫發生之初，作家對此問題的體驗和書寫，並不是直接表達政治批判、政治諷刺的主題，而是包含了更為複雜的元素。也正是在對切身的後方生活的「發現」中，抗戰文學褪去前期濃厚的宣傳工具色彩，轉向了後期更為關注戰時現實問題的書寫，回到了五四新文學的傳統路徑。那麼，所謂抗戰文學的「國難財」書寫到底呈現了怎樣的圖景、凝聚著怎樣的體驗？這正是第二章所要論述的內容。

〔註154〕〔美〕張公權：《中國通貨膨脹史》，楊志信譯，文史資料出版社 1986 年版，第 40 頁。

第二章 圖景與體驗：「國難財」書寫中的戰時經濟生活

　　上一章談到，「國難財」書寫的發生關聯著抗戰文學的轉向、意味著對後方生活的發現，那麼，它到底展現了怎樣的惡性通貨膨脹中的生活圖景？不可否認的是，「國難財」的文學書寫確實帶有強烈的批判性，其中也有大量的情節關聯著政府官員腐敗，即我們所習以為常的「暴露與諷刺」模式。但是，由於政府官員、尤其是政府高層的腐敗常常帶有隱蔽性，即便今日的歷史研究中，因材料的缺乏，到底高層腐敗達到了怎樣的程度，還是一個難以估量的問題〔註1〕，至少並未達到傳言中孔家約有 40 億資產的程度〔註2〕。歷史研究尚且模糊不清，對處於「當局者迷」的大多數作家而言，這種隱蔽的「國難財」也並非日常生活中所能體驗觀察到的，在文學書寫中常常是一筆帶過或曲筆暗諷（這也有審查制度的原因）。在對政府高層腐敗的抨擊之外，對商人商業和基層腐敗的諷刺和批判可以說是整個「國難財」書寫的底色，作家們借助文

〔註1〕如吳敏超認為，1940 年馬寅初發文批判「國難財」時談到的宋子文大買外匯一事，「目前尚沒有證據表明孔宋在運用這筆基金的過程中獲得極大收益」，參見吳敏超《馬寅初被捕前後：一個經濟學家的政治選擇》，《近代史研究》2014年第 5 期。

〔註2〕李茂盛、李立俠認為孔家約有 40 億資產的說法有誇張之處，以美元計算，實際最多是百萬富翁，陸仰淵則認為宋家的資產大約在 1000 萬美金左右。參見李茂盛《孔祥熙私人資本初探》，《山西師範大學學報》1990 年第 1 期；李立俠《孔祥熙與中央銀行》，見《工商經濟史料叢刊》第 1 期，文史資料出版社1983 年版；陸仰淵《宋子文和孔祥熙的財產值知多少》，《民國春秋》1994 年第 1 期。

學發洩著被生活所壓迫的不滿，批判著抗戰時代的非民族主義行為。不過，在本章中，我們暫且懸置那強烈的批判性，如夏志清所說：「在一本真正的小說中，任何道德上的真理，應當像初次遇見的問題那樣來處理，讓其在特定的環境中，依其邏輯發展」〔註3〕，我們也不妨在特定環境中依其邏輯，看一看文學中所描繪的戰時生活圖景，看一看在批判之外、文學如何理解呈現現代經濟紊亂，看一看人在其中的生存境遇。「國難財」書寫無疑都可化簡為一個個批判的箭頭，確實，國民政府應為統治下的亂象負責，批判的正義性毋庸置疑，但在還原後的、豐盈的細枝末節處，我們更能看到作家向社會文化、世態人心、生命內核的不斷開掘。

第一節 「第二條路」：階層顛倒中的震驚、惶惑與誘惑

一直以來，中國的文人士大夫階層生活相對輕鬆、社會地位較高，他們掌握著文化權力，身上也背負著更重的道德責任。抗戰爆發後、尤其是通貨膨脹形勢惡化以來，傳統的文人士大夫階層的現代對應物，即公務員、教師、作家等，在此次社會再分配中生活水平下降最快，其中的體驗也凝聚到戰時的文學中——這不僅是指知識階層的生活成為文學書寫的底本，也意味著文學中所描述的種種獲利者的行為經受著被損害者目光的審視。知識階層在戰時的生活充滿著苦難，他們如何在文學中展現、表達這種苦難？苦難也許不僅意味著物質條件的匱乏，也意味著遭遇現代經濟亂象的惶惑，意味著尊嚴的喪失、社會地位的下降，以及生存和骨氣之間的艱難抉擇。本節從知識分子在惡性通貨膨脹中的體驗切入，概述「國難財」書寫在知識分子一維中所展現的戰時生活。

一

跌落底層並不等同於從象牙塔走到十字街頭、從都市來到有著廣闊土地和眾多人民的大後方，其間有被迫和主動的區別。跌落底層的體驗也並不僅僅意味著接納或某種學習改造，在「國難財」書寫的文學圖景中，知識階層也並不是一開始就與底層人民結成了被害的共同體、擁有了共同的情感，更多的還是對自身境遇的震驚和惶惑。

〔註3〕夏志清：《中國現代小說史》，劉紹銘等譯，廣西師範大學出版社2014年版，第265頁。

　　「國難財」文學圖景中包含大量的公務員、教師、文人貧苦生活的細節，其中無處不在的，是對遭遇惡性通貨膨脹的震驚體驗的傳達。

　　關於小公務員的貧苦生活，茅盾的短篇小說《過年》、駱賓基的短篇小說《一九四四年的事件》都是以此為主題。《過年》寫了「物價的波動，卻像暴風雨似的，震撼了整個山城」〔註4〕的時代，一個「以羞澀的錢袋去碰肥大的物價」的小公務員老趙。過年使他不堪重負，前同事小錢的經歷令他震驚而又羨慕，「這一個毛頭小夥子三年前和科長慪氣上了辭呈，誰知去年有人在內江遇到他，居然非復當年阿蒙」〔註5〕，但老趙並沒有改行的辦法，為了過年精打細算給孩子買一塊年糕，卻被老鼠吃掉，其間的辛酸使得老趙只能以「人是要希望來餵養的罷」〔註6〕作為安慰。《一九四四年的事件》以倒敘的口吻訴說一九四四年的荒唐故事（雖然小說確實創作於1944年），小說一開頭，這個超越時間的敘述者就以不無震驚的口氣談到：「誰也不敢想，一個月以後是不是還能活下去，物價一天比一天高。我還記得一九四四年剛開始，中國農民銀行掛牌的黃金標價是一萬二千元法幣一兩，可是一個禮拜的工夫，就漲到二萬四千。你想想，我們中國人民怎樣生活吧！」〔註7〕在這樣的氛圍下，政務訓練班書記袁大德難以養活家人，憤而搶劫進城做生意的小商販，又一時心軟反被擒拿，抓去判了重刑。袁大德的自白令人心酸，「誰叫我沒有本事，誰叫我當初念書來著，我若是像人家，當初會做個小生意什麼的，是不會這樣受窮了」，「陽春他娘，若是你當初嫁給旁人，就是嫁給一個種莊稼的，也會享幾天福呀」，「是國家虧著咱們呀」〔註8〕。小公務員跌落底層的情節中，堪稱經典的，還有張恨水長篇《紙醉金迷》中的一段描寫，小公務員魏端本下班後去菜場買菜：

　　　　叫一聲買肉，沒有人答應，旁邊算帳的小販代答道：「賣肉的消夜去了，不賣了。」魏端本說了許多好話，請他們代賣半斤肥肉，並告訴了是個窮公務員，下班晚了。有個年老的販子站起來道：「看

〔註4〕茅盾：《過年》，見《茅盾全集》（第九卷），人民文學出版社1985年版，第442頁。

〔註5〕茅盾：《過年》，見《茅盾全集》（第九卷），人民文學出版社1985年版，第443頁。

〔註6〕茅盾：《過年》，見《茅盾全集》（第九卷），人民文學出版社1985年版，第463頁。

〔註7〕駱賓基：《一九四四年的事件》，《文學創作》第3卷第2期，1944年。

〔註8〕駱賓基：《一九四四年的事件》，《文學創作》第3卷第2期，1944年。

你先生這樣子，硬是在機關裏作事的，我割半斤肥肉你轉去當油又當菜吃。你若是作生意的，我就不招閒（不管也）怕你不會去上館子。」說著，真的拿起案子上的尖刀，在掛鉤上割下一塊肥肉，向案上一扔道：「拿去，就算半斤，準多不少，沒得稱得。」魏端本看那塊肉，大概有半斤，不敢計較，照半斤付了錢。因而道：「老闆，菜市裏還買得到小菜嗎？」老販子搖搖頭道：「啥子都沒得。」魏端本道：「這半斤肥肉，怎麼個吃法？」老販子道：「你為啥子早不買菜？」魏端本道：「我一早辦公去了，家裏太太生病，還帶三個孩子呢，已經餓一天了，誰來買菜，而且我不在家，也沒有錢買菜。我今天不回家，他們還得餓到明天。」老販子點點頭道：「當公務員的人，現在真是沒得啥子意思。你們下江人在重慶作生意，哪個不發財，你朗個不改行嗎？我幫你個忙，替你去找找看，能找到啥子沒得，你等一下。」說著，他徑直走向那黑洞洞的菜場裏面去了。約莫六七分鐘，他捧了一抱菜蔬出來。其中是三個大蘿蔔，兩小棵青菜，半把菠菜，十來根蔥蒜。笑道：「就是這些，拿去。」說著，全放在肉案板上。魏端本道：「老闆，這怎麼個算法，我應當給多少錢？」老販子道：「把啥子錢？我也是一點同情心嗎！賣菜的人，都走了，我是當強盜（川語謂小賊為強盜，而謂強盜為棒客，或稱老二）偷來的。」魏端本拱拱手道：「那怎樣好意思哩？」老販子道：「不生關係。他們也是剩下來的。你太婆兒（川語太太也）病在家裏，快回去燒飯。抗戰期間，作啥子官？作孽喀。」〔註9〕

賣菜老販本為社會底層，而公務員竟被賣菜老販所同情，可謂底層的底層，這一出荒誕喜劇將知識階層在地位變遷中的震驚展現淋漓盡致。公務員生活不易，作家亦不輕鬆。王平陵的話劇《維他命》中，第二幕各界人士聚集在專員公署等待討論糧價問題，學術界的代表考古學家看見文學界的代表詩人走來，走上去不無調侃地說：「詩人！我看見你，叫我說不出來的歡喜。你正是我要研究的對象。你的面頰，瘦得同墳墓裏的木乃伊一樣，你的手，就像古洞裏挖掘出來的化石，從你的頭髮上，可以看出太古之世一種飢寒交迫的象徵。」〔註10〕

〔註 9〕張恨水：《紙醉金迷》，人民文學出版社2008年版，第23頁。因《紙醉金迷》在民國時期是作為多本單行本的系列小說出版，無合訂本，而本作在中華人民共和國成立後未見改動，故本文中暫用新近出版的版本。

〔註10〕王平陵：《維他命》，青年出版社1942年版，第56頁。

言辭雖荒誕誇張，卻也是對同為知識階層之悲慘遭遇的自嘲。王平陵在中篇小說《嬌喘》中，書寫了更為具體的戰時作家苦難。作家阮胄沒日沒夜的寫作嚴肅的學術、文學作品，稿子卻沒有書店願意出版，《騷狐狸的豔史》之流倒是擺滿櫥窗，最後貧病而死。列躬射的《吃了一頓白米飯》更是充滿反諷的意味，林雨生本是大學教員，抗戰時期流落後方當了作家，收入不足以維持一家的生活。恰逢機緣巧合，一家人進城到某某印書局任經理的朋友家吃飯，孩子們扒著米飯狼吞虎嚥，只吃肥肉，讓主人奇怪無比，林雨生和太太深知背後的原因卻說不出口。回家後，林雨生聽見孩子唱著童謠「天老爺，快下雨，保佑娃娃吃白米／雨不下，吃泥巴」，建議改成更有時代精神的抗戰版本——「天老爺，快打日本鬼，保佑娃娃吃白米，／不打日本鬼，吃泥巴！」，誰知，吃過一頓白米飯，孩子有了切身之體驗，竟再次把歌詞改成「天老爺，快做生意，保佑娃娃吃白米／不快做生意，吃泥巴！」〔註11〕「做生意」與「打日本鬼」的對位替換，由孩子之口唱出，惡性通貨膨脹時代的荒誕意味便油然而生。

在以上所舉的文本中，一個現象是，為了加強這種震驚感，知識階層的被損害常常與另一階層的得利兩相對照。而以這種對照作為結構、處理得頗具匠心的，是陳瘦竹的中篇小說《聲價》。出版於 1944 年的《聲價》是物價漲落背景下一部絕妙的酸澀喜劇，青年公務員王大成跟隨機關疏散到重慶城外某小鎮、借住在破落紳士周恕齋家中，其時通貨膨脹尚未波及鄉間，生活成本的相對低廉使王大成一百二十元的月薪成為鉅款，同時，他與縣長的同學關係在周恕齋眼中又顯得前途無量。於是老頭子打定主意，退掉二小姐原先的結婚對象、在小鎮上開雜貨鋪的徐長興，將王大成招為女婿。王大成在這一期間還與徐長興有一次偶遇，把這位雜貨鋪主誤當作下人，指使去跑腿買煙，徐長興還相當樂意。怎料半年間，通貨膨脹已來到鄉野，米價飛漲中，王大成的薪水貶值大半，在家中的地位也頓時翻轉、處處受氣，被譏諷為「真想不到挑水的都要比辦公事的強！」〔註12〕而此時，又傳來開雜貨鋪的徐長興因物價上漲而獲利甚豐的消息，這讓周恕齋後悔不已，「我只曉得東西有漲有跌，哪個料得到人也有漲跌的呢！」〔註13〕徐長興和王大成作為二小姐的婚姻對象在物價上

〔註11〕列躬射：《吃了一頓白米飯》，《抗戰文藝》第 8 卷第 4 期，1943 年。
〔註12〕陳瘦竹：《聲價》，見艾蕪主編《中國抗日戰爭時期大後方文學書系·第三編·小說二集》，重慶出版社 1989 年版，第 1422 頁。
〔註13〕陳瘦竹：《聲價》，見艾蕪主編《中國抗日戰爭時期大後方文學書系·第三編·小說二集》，重慶出版社 1989 年版，第 1429 頁。

漲前後有一個對照，其間的顛倒有著極強的震驚和荒誕感。此外，本作的結尾也設計了一個頗為精彩的情節：王大成在經濟陷入窘境後也未嘗不想改行，他嘗試寫小說，以自身經歷作了一篇《聲價》，賺得些杯水車薪的稿費，這讓他短暫地燃起希望。但顯然，改行當作家，在戰時的大後方，只是從一個火坑跳進另一個火坑而已，王大成最終受不了欺辱，只落得離家出走。受過高等教育的王大成，在物價飛漲的背景下，社會地位沉落到小店主甚至體力勞動者之下，這樣的對照倒並不一定證明勞動階層的生活一定過得比知識階層好，卻極大提升了小說的諷刺效果，傳遞出知識人迅速跌落至底層生活狀態時強烈的震驚感。

總之，對於惡性通貨膨脹所導致的階層顛倒中的苦難生活，作家常常作一種基於對照結構的極端化書寫，其中凝聚著知識人跌落底層的震驚體驗。這種對照不僅僅是既往文學史敘述中更為主流的「嚴肅工作」與「荒淫無恥」的對照，也常常出現在被損害的知識分子與相對境況較好的平民之間。知識分子的震驚背後，無疑埋藏著傳統文化心理中的等級觀念，正是在「士農工商」秩序的顛倒破壞中，這種震驚才格外顯眼。

二

惡性通貨膨脹顛倒了傳統中國「士農工商」的社會等級秩序，於是「國難財」文學圖景中出現了部分另類的「翻身」故事。對「翻身」的書寫常常配合著知識階層的急劇下降的生活境況，以對比顯示時代之亂象，但「翻身」畢竟又意味著底層人民境況的改善，未嘗沒有一定的道義合法性，尤其是關於勞動者境遇改善的相關部分。於是，在對這一時代奇景的描繪中，在勞動似乎頗有回報、文化卻一錢不值的社會新變中，常常可見出知識分子的惶惑。

張恨水的小說《牛馬走》自 1941 年 5 月 2 日到 1945 年 11 月 3 日一直連載於重慶《新民報》，這部體量龐大的長篇以西門德博士和區莊正老先生兩家在物價飛漲中的生存之道為線索，展現了廣闊的戰時重慶市民生活面，其中自然少不了底層「翻身」的故事。區莊正一家在南京時是絕對的「士大夫階級」，老先生為知名學者，大兒子亞雄是公務員，二兒子亞英是助理醫師，三兒子亞傑是教師，但他們避難到重慶後，自家面臨斷糧的危機，老太爺連葉子煙也抽不上，遇見的故人卻一個個發達了。褚子升原先在南京某巷口開熟水灶賣燒餅，「當年他挽捲了青布短褂的袖子，站在老虎灶邊，拿了大鐵瓢給人家舀水，

褂子紐扣常是老三配著老二」〔註14〕，如今卻是西裝革履，胸前掛著金錶鏈，發來的名片紙張都是「斜紋二百磅」價值兩元一張，成了有辦事處的褚經理。原先拉黃包車做苦力的李狗子，跑長途汽車做生意，在一年之內發了財，到重慶後就成了李老闆。險些因打擺子被保長逼死、靠區老先生幾句好話才保下命來，又被商人罵作「狗才」的楊老么，半年不到的時間，也竟然成了南山農場經理，打扮入時「穿著人字呢大衣，罩在灰布中山裝上，足下登著烏亮的皮鞋，手上捧著的那頂呢帽子，還是嶄新的」〔註15〕。原來，由於勤勞節儉、踏實肯幹，楊老么被叔父看重，繼承了郊外的幾塊山地，誰知在通貨膨脹中，地皮的價格也成倍飛昇，「本來他麼叔手邊的現錢，也不過二三十萬，因為他自己開了碼頭，這塊地皮留了幾年，竟變成了幾百萬」〔註16〕，於是，曾經抬轎子的楊老么，也成了有轎子坐的楊老爺。在《牛馬走》中，這幾位窮人翻身的「國難財」獲益者，都態度謙卑、知恩圖報，李狗子一直記得在南京時所受的照顧：「正因為以往談不上交情，卻想起了老太爺的好處，當年在南京一塊兩塊，在年節下曾賞過我。這恩典比起今日一萬八千還強。人不能忘恩，忘恩會雷打的。人心換人心，我就應當盡上一點兒孝敬。」〔註17〕李狗子也尊重文化，不但對區老太爺十分敬重（雖然二十三章《雅與俗》中的描寫也有諷刺商人附庸風雅的意味），也願意每月出兩千元來讓亞雄當先生教他識字。楊老么發財後，還回到曾經住過的貧民區，提一箱錢專門報答有恩的鄰居。而褚子升的這一段宴席上的自白，更是寫出了底層「翻身」後細膩而日常的心理變化：

　　老褚兩手將茶接著，笑道：「發財呢，我是不敢說。我們這幾個資本，算得了什麼。不過當年看到人家有，我沒有的東西，心裏就很想，如今要設法試一試了。記得往年在南京，看到對面錢司令公館，常常用大塊火腿燉鴨子，又把鴨子湯泡鍋巴吃，我真是看得口裏流清水。」說著，他舉起手上茶杯喝了一口，接著道：「去年我第一批生意掙了錢的時候，我就這樣吃過兩回。因為廚房裏是蒸飯，

〔註14〕 張恨水：《牛馬走》，團結出版社 2006 年版，第 113 頁。因民國時期並未出版《牛馬走》單行本，中華人民共和國成立後的版本易名為《魍魎世界》又有刪節改動，故本文使用經張恨水後代重新以剪報收集整理的「足本」《牛馬走》，即團結出版社 2006 年版。

〔註15〕 張恨水：《牛馬走》，團結出版社 2006 年版，第 253 頁。

〔註16〕 張恨水：《牛馬走》，團結出版社 2006 年版，第 258 頁。

〔註17〕 張恨水：《牛馬走》，團結出版社 2006 年版，第 112 頁。

為了想吃鍋巴，特意煮了一小鍋飯，烤鍋巴，你猜，怎麼樣？預備了兩天，等我用火腿鴨子湯泡鍋巴吃的時候，並不好吃。我不知道當年為什麼要饞得流口水。」說著，他手一拍腿，惹得全屋人都大笑起來。〔註18〕

這無疑與國難商人窮奢極欲的形象（例如在袁俊戲劇《山城故事》中，反派商人蔡洪山也是曾經「在上海混的連條姓自己姓的褲子都沒有」的苦出身，但就是一個唯利是圖、沉迷酒色、不學無術的人）是有些出入的。面對社會的變化，公務員亞雄感歎道：「沒想到發揚民族精神以血肉抗戰之後，大大占著便宜的人，卻是賣熱水和拉人力車的。」〔註19〕由於「占著便宜的人」的如李狗子、褚子升和楊老么一般並不那麼面目可憎，這幅時代圖景恐怕就遠不是《牛馬走》後來出版單行本時所改的名字「魍魎世界」那般可怖，這其間可謂存在批判預設與實際社會生活經驗間的裂隙。

或許《牛馬走》中的例子過於戲劇化，在抗戰時期的散文中，勞動階層的收入上升也有很詳盡的描寫，如汽車司機，便是一個新晉的、在社會上人人眼紅的工作。這既是因為運輸業本身工資水平較高，也包括兼做遠途貿易獲得的超額利潤。茅盾在《最漂亮的生意》一文中開篇寫道，「現在天字第一號的生意，該推運輸業，這勾當是賺錢的，然而又妙在處處合法」，「如果你在這一門生意上站穩了，那麼財富逼人來，你即無意多賺，時勢亦不許可」〔註20〕。在更詳細的《司機生活片段》一文中，茅盾則以社會剖析的眼光做了詳細的記錄——司機的收入相當不錯，一般能兩處安家，「如果沒有一兩個姨太太，似乎便有損了司機身份似的，他們談話中承認司機至少有兩個家，分置在路線的起點與終點——比方說，重慶一個，貴陽一個」〔註21〕。至於司機掙錢的辦法，除了月薪之外，還有「獎勵金」，「所謂獎勵金，便是開一趟車所節省下來的汽油回賣給公司所得的錢，這是百分之百合法的收入」〔註22〕，再加上「掛黃魚」，也就是沿途違規搭載散客的收入，一個月最少有千把塊錢進賬。茅盾在

〔註18〕 張恨水：《牛馬走》，團結出版社 2006 年版，第 303 頁。
〔註19〕 張恨水：《牛馬走》，團結出版社 2006 年版，第 304 頁。
〔註20〕 茅盾：《最漂亮的生意》，見《茅盾全集》（第十二卷），人民文學出版社 1985 年版，第 73 頁。
〔註21〕 茅盾：《司機生活片段》，見《茅盾全集》（第十二卷），人民文學出版社 1985 年版，第 76 頁。
〔註22〕 茅盾：《司機生活片段》，見《茅盾全集》（第十二卷），人民文學出版社 1985 年版，第 76 頁。

此文中還記錄了這樣的現象，正因為司機有著相對的高收入，又比較自由，所以常常能有風流豔遇，而一些女子常常是丈夫出征未歸、生活無依無靠，不得不依賴於此生存，司機「翻身」後可謂成了新的壓迫者。除了在路上的司機，城市中，人力車夫、轎夫的收入相對也有提升。當時有名的漫畫家黃堯筆下的人力車夫，在車把上掛著一大塊肉，以便收工後回家享用，「或許漫畫有誇張之處，但是這起碼體現了當時公眾對這些體力勞動者新獲得的寬裕生活的認知」〔註23〕。1940年春夏之交，林語堂短暫回到國內，其間三個女兒所寫的散文後結集以英文出版為《Dawn Over Chungking》，1942年被以《重慶風光》之名譯回國內，在書中，大女兒林如斯以外來者的目光不無讚歎地寫到，「『勞工神聖』，在重慶是真顯得如此的，轎夫每月有一百元至二百元收入，別的勞動者也比教師待遇高。中國人的勞動力被便宜地和大量地榨取得這樣久了，現在在戰時卻已得到國家的尊敬」〔註24〕。這與張恨水1939年8月發表在《新民報》副刊《最後關頭》的小散文《車轎漲價的看法》有相似的觀點，「重慶車轎猛烈漲價，多數以為是奇事，但就我個人愚見，倒是站在贊成的一邊世界文明國家，決沒有以窮人當牛馬乘騎的辦法」，「縱然抬與拖，價值也很高，而非普通人所敢乘坐，這樣，窮人就漸漸可以不變牛馬了」〔註25〕。可見，知識分子對通貨膨脹雖厭惡無比，但對通脹造成的勞動階層境況的相對改善，卻也還是有著同情之心乃至贊許之意的。林如斯在《重慶風光》後文中對此還有更詳細的一筆：

> 勞動在中國是昂貴起來了。也應該如此，因為一向太便宜。下面是一個真實的小故事：一個政府書記有一次要求加薪，已等不耐煩了，他辭職去拉黃包車。有一天他發現坐車的人原來是他以前機關裏的上司，後者也認出了他。到達目的地後，這個上司下車對他談，說他的加薪已批准，勸他回去。這前任書記搖著頭，快樂的說道：「不，即使加了薪也不及我現在的收入多。」於是他拉起車子走了。這人現在每月可賺三百塊錢了。〔註26〕

〔註23〕〔美〕周錫瑞、李皓天主編：《1943：中國在十字路口》，陳驍譯，社會科學文獻出版社2016年版，第276頁。

〔註24〕林如斯等：《戰時重慶風光》，重慶出版社1986年版，第23頁。

〔註25〕張恨水：《車轎漲價的看法》，見張恨水《最後關頭》（下），北嶽文藝出版社1993年版，第309頁。

〔註26〕林如斯等：《戰時重慶風光》，重慶出版社1986年版，第48頁。

　　林如斯長期生活在美國，短暫居留大後方期間生活境況又相當良好，故對於這種勞動階層的「翻身」始終保持著單純贊許的態度。但對實實在在生活在後方的作家而言，對於勞動階層之境遇改善的書寫就會帶有更複雜的感情。李劼人的長篇小說《天魔舞》中，便在閒筆中寫了人力車夫周安的故事——從四川祥子到「八達號」小帳簿上的一員。三十來歲的周安，原是川內某地農民，抗戰前一兩年被過路兵拉夫擔東西到省城成都，於是也改行做起車夫，「民國二十五、六年拉街車，那時，車少人多，生活低，不容易掙好多錢」〔註27〕，「後來，一作興使鈔票，物價就漲啦……幸而好，國戰打了起來，賣氣力的年年著拉去當兵，一大批一大批的朝省外開，拉車的人越少，掙的錢就越多，從二十七年起，倒過了幾年快活日子！」〔註28〕此處作者所滑入的自由直接引語敘述，生動表達了周安的內心——鈔票漲價、國戰打起來、廣泛徵兵固然意味著國家民族的苦難，但對他而言，是實實在在的「過了幾年快活日子」。周安在這期間存了錢，便「把所有的錢全借給一般頂相信得過，有身家顧性命的同業，和頂熟悉而十二分可靠的，做小生意的同鄉們，每月收取一個大一分二的利息」〔註29〕，可謂以參股方式分享商業在惡性通貨膨脹中的超額收益，自己專心到與神秘商業機構「八達號」相關的陳登雲府上拉專職包車。但此後情況又起了變化：

　　　　而且到去年秋天起，物價生了翅膀時，他算來就是每月放到大一分二的利息，也不強，並還時常焦慮著你圖別人的厚利，別人卻圖你的本錢。這也有例的，他認識的一個同業，每月積存的一些錢，因為沒處存放，也同他樣，不肯嫖賭嚼搖鴉片煙胡花，而自己也是無家無室，光棍一個，便按月借給一家開小飯店的熟人，也是以大一分二的利息照算；每月的利息他不用，並加上新積存的，又歸在本上行利，不過半年，就翻到十幾二十萬元，可以取出置片地方了。可是，就這時，飯店倒了帳，兩口子搭一個娃兒一溜煙沒見了。存錢的人不只那車夫一個，怎麼了呀！找人找不著，告狀沒人理，向人說起來，不被罵為「大利盤剝人，活報應！」就被罵為「蠢東西！

〔註27〕李劼人：《天魔舞》，四川文藝出版社 1985 年版，第 200 頁。《天魔舞》民國時期未出單行本，本文使用問世最早的版本，即四川文藝出版社 1985 年版。

〔註28〕李劼人：《天魔舞》，四川文藝出版社 1985 年版，第 200 頁。

〔註29〕李劼人：《天魔舞》，四川文藝出版社 1985 年版，第 202 頁。

有錢為啥自己不使，卻還要想人家的？」〔註30〕

於是周安以此為鑒，跟著「八達號」上的幾個管事職員，遇到可以賺錢的買賣，也乘機買進囤積一些，「直到現在，周安已是八達號小帳簿上的一員」〔註31〕。相比《天魔舞》另一條線索中的教書先生白知時，周安可謂徹底實現了階層的躍升，但對照起來，全書的隱含作者對周安「翻身」的態度既非贊許也無多少批判，只是在白描實錄中有那麼一份對生存的理解，歸根結底，列名於「八達號」帳簿的周安無非是想保住自己拉車掙來的血汗錢而已。

總之，「國難財」文學圖景中的底層翻身現象對知識分子而言是惡性通脹帶來的又一重體驗：惶惑。已有論者敏銳發現了這一點，「虛無感最終仍是生成於意義的空無，而戰時生存的空虛感可以說是籠罩在相當一部分知識分子身上的時代病症」〔註32〕。這種凝聚於中的惶惑催生出一些文本的裂隙，如前文提到的《牛馬走》中，區老先生的二兒子亞英放棄了助理醫師的「正經」職業，寧願去近郊漁洞溪去當土產販子，每日趕馬賣貨，掙的也比被父親勸說「堅守崗位」的大哥亞雄多出數倍。作者預設的價值當然是推崇亞雄的堅守和老先生的民族國家情懷，但細緻的描寫後全文那無處不在的生活的邏輯，卻讓亞雄的堅守顯得並不見得高尚，亞英的自食其力、供養家庭，難道就一定低賤於亞雄天天所辦的「等因奉此」的筆墨公事？作者預設了士大夫氣節作為對時代亂象的抵抗，但實際書寫中，卻又或多或少認同亂象中以勞動為代表的讀書人以外的生存方式創造價值的合理性，進而自動溢出了批判的框架。文本的裂隙背後，是知識分子受到生活壓迫而生的惶惑。類似的情況還出現在袁俊的劇作《山城故事》（1944），該劇的主線是一個「改行」故事，士大夫家族的後代向天鶴和向天鵬都不滿於困苦生活的狀態，天鶴投奔商人蔡洪山，捲入了犯法的「國難財」中，而年紀更小的天鵬只是成天與修車工袁大川混在一起，試圖學做那些被家中看作有失身份的勞動。在劇本後半段，作者借潦倒的姑父韓二指出了一條出路，「天鶴，天鵬，你們記著，你們幹什麼都好，就是別學你爸爸跟你姨父。我們這一輩子叫上流人三個字害苦了！鵬兒你對，學開車，學修機器，學袁大川。腿壓壞了不要緊，再來！世界變了。」〔註33〕《山

〔註30〕李劼人：《天魔舞》，四川文藝出版社1985年版，第203頁。

〔註31〕李劼人：《天魔舞》，四川文藝出版社1985年版，第203頁。

〔註32〕吳曉東：《戰時文化語境與20世紀40年代小說的反諷模式——以駱賓基的〈北望園的春天〉為中心》，《文藝研究》2017年第7期。

〔註33〕袁俊：《山城故事》，文化生活出版社1944年版，第161頁。

城故事》本是一個生活劇，其中小公務員家庭（家中有四人都是公務員）的
困境改行問題本有著時代批判的預設，但自此角度切入，知識階層的窘境似
乎已不是一種苦難，而是某種意義上不能適應變了的世界的咎由自取，出路
便是走向大眾、展開勞動、保持樂觀、學習實際的技能。這在「國難財」文
學圖景中是相當特別的一幕，作者的判斷是否合適另當別論，背後顯現出知
識階層在長期的惡性通貨膨脹壓迫後，對自身價值的惶惑，在惶惑中，如《山
城故事》中這般自證其罪的情節亦開始出現，足見通貨膨脹帶來精神衝擊的
強度。

三

惡性通貨膨脹所帶來的社會生活變遷無疑使人感受到震驚和惶惑，作為
應對參與到商業投機中便有了自保的意味，這樣的社會文化氛圍正如李劼人
在《天魔舞》中所描述的：

> 什麼人都已感覺到法幣一天比一天的在貶值，生活的擔子一天
> 比一天的越沉重，稍有打算，稍有能力的人，自然而然都走向做生
> 意的一途，一有法幣到手，便搶購實物。除了生產的農工，除了掙
> 一文吃一文的苦人，除了牢守成例，別無他法可想的良好國民，除
> 了信賴政府必有好辦法的笨伯外，幾乎人人都改了行，都變成了計
> 算利潤的商業家。大家對於國家大事，對於自己行為，已沒有心思
> 去過問，去檢點，而商量的，只是如何能夠活下去，如何能夠發一
> 筆國難財，以待大禍的來臨。〔註34〕

當投機成為一種「幾乎人人都改了行」的風潮，當生活實在難以維持，知
識分子的「改行」就成為一種顯然的誘惑，沈從文在《雲南看雲》中所說，「大
部分優秀腦子，都給真正的法幣和抽象的法幣弄得昏昏的，失去了應有的靈敏
與彈性，以及對於『生命』較深一層的認識」〔註35〕，即是對這種「誘惑」的
發現。事實上在現實中確實也有作家改行之事，如 1941 年 11 月 19 日《文藝
生活》雜誌舉行的座談會「一九四一年文藝運動的檢討」中，田漢就在評論《霧
重慶》時談到了電影界朋友成了企業家之事，司馬文森也在做總結時第四條提
到「物價飛漲，生活日益艱難，作家的生活得不到保障，紛紛改行，寫作時間

〔註34〕李劼人：《天魔舞》，四川文藝出版社 1985 年版，第 236 頁。
〔註35〕沈從文：《雲南看雲》，見《沈從文文集》（第 10 卷　散文·詩），湖南人民出
　　　　版社 2013 年版，第 80 頁。

自然受了剝削」〔註36〕。而在「國難財」的文學圖景中，面對改行和金錢誘惑，知識分子的變與守就成為一個核心的衝突。

談到知識分子的改行問題，不得不提的一部重量級作品是張恨水的長篇小說《第二條路》。《第二條路》於 1943 年 6 月起在成渝兩地《新民報晚刊》連載，一直持續到戰爭結束後的 1945 年 12 月。在這部近五十萬字、以戰時公教階層生活為題材的作品中，塑造了兩類形象，一類是堅守氣節的知識分子，如唐子安、談伯平、曹晦厰等，一類是順應時勢、「變則通」的知識分子，如主要的視角人物華傲霜、蘇伴雲、梁發昌等。本作是張恨水大後方生活題材小說中，「勸百諷一」色彩最為明顯的一部，與之相近的《牛馬走》、《偶像》中雖也有對改行的生動描寫，但畢竟還有「曲終奏雅」——《牛馬走》的結局中亞英、西門太太等人被困香港，皆成黃鶴一去不復返之勢，《偶像》中為紅顏所誘試圖騙取國家經費的丁古雲反而被騙，只得隱形埋名，成了「活死人」——《傲霜花》的結尾卻可謂大團圓：改行當官的作家蘇伴雲升了處長，與心儀的名角王玉蓮結婚。四處兼課也難以為生的梁發昌教授改行經商，公司是越做越大。一直清高、堅信女子應有獨立人格的華傲霜放下了知識分子的架子，與資本家夏老頭訂婚，在高級賓館搞著大排場。在華傲霜的訂婚宴上，始終堅持教育本業的唐子安教授，遇見改行經商後穿了一身筆挺西服的老友洪安東，得到的是老先生談伯平潦倒至死的消息——改行的人都得到了好結果，不改行或是死路。當然這樣的結尾可以看作反諷，但小說既然主要以華傲霜和蘇伴雲做視角人物引導情節，又對其改行的心路歷程做了細膩的、合理化的書寫，讀者自然會更多同情在改行者一邊，如此看來，「第二條路」的意味是明顯的。從反面確證了該書釋義空間之曖昧的，是張恨水在此後的「辯解」。1947 年，《第二條路》由百新書店出版單行本時易名為《傲霜花》，這顯然比中性的「第二條路」更容易令人產生關於知識分子氣節的聯想。在張恨水自序中，也以頗有些謙遜過度的筆調寫道，「原意也許有點替教育界人士呼籲」，「那第二條路的命名，不怎麼應合時代」，「讀完這書的人，也許感到這樣取名，有點幽默性，但我自信，還是不失正義感的」，「拿去作為談話資料，作一點抗戰的小回憶，也許有千萬分之一的存在價值」〔註37〕。其實，書名矯正為「傲霜花」本身便

〔註36〕司馬文森語，見《1941 年文藝運動的檢討——座談記錄》，《文藝生活》第 1
卷第 5 期，1942 年。
〔註37〕張恨水：《傲霜花》，百新書店 1947 年版，第 1 頁。

是一個諷刺，因為全書所寫的正是華傲霜合情合理的精神轉變過程，又憑何「傲霜」？

如今看來，《第二條路》曖昧的釋義空間不是一種缺陷，它恰恰意味著對知識分子「改行」過程中心理體驗的細膩書寫。這樣的寫實正是由於作者感觸到了生活中的邏輯和經驗，從而溢出了道德律令的批判框架。當然，在「國難財」的文學圖景中也不少有讚揚知識分子之堅守的部分，即便在《第二條路》內部，也有對唐子安、曹晦廠、談伯平安貧樂道的描寫，只是這些部分不構成小說的主體情節線索。相對而言，王平陵的中篇小說《嬌喘》、陳白塵的劇本《歲寒圖》，袁俊的劇本《萬世師表》等，才是以對知識分子操守的頌揚為主題的。《嬌喘》中，作家阮胃即便身患重病、生活難以為繼，也堅持寫著不受歡迎的嚴肅作品《中國文藝復興史》，面對以前的同事邱學禮的改行邀約絕不動搖，最終到了故事的結尾，給阮胃送葬的隊伍立在路邊，避讓邱學禮飛馳的汽車。《萬世師表》中，大學遷到昆明後，物價高漲中林桐仍然堅守教育崗位，但夫人生病後，他們的生活便更加艱難了，在林家生活困窘之際，已經改行的前同事鄭楚雄趁機勸林桐一起做生意，仍被他堅定拒絕，此後學生們自發為林桐舉行一個從教 25 週年紀念大會，這給了他極大的安慰。歸根結底，這一類作品對知識分子氣節的書寫與張恨水《八十一夢》中《我是孫悟空》一夢中的模式類似——當孫悟空被妖魔的黃霧所困，趕來的伯夷、叔齊道：「此霧是金銀銅氣所煉，平常的人，一觸就會昏迷，其實要破這妖霧也容易，只要人有一種寧可餓死也不委屈的精神，這霧就不靈。」〔註38〕在艱難中「寧可餓死也不委屈」固然是高尚的姿態，但回到實際生活中，「寧可餓死也不委屈」終究不能解決問題，如《寒夜》中汪文宣貧病交加而死，又能起到怎樣的作用？《第二條路》中，作家蘇伴雲在決心改行之前，就與老友唐子安對「哪件事大」的問題做過細緻探討——

> 蘇伴雲將夾著半邊的黃煎餅放下，兩手按了桌沿，向主人望著，突然笑問道：「宋儒說的，餓死事小，失節事大，在今日物質文明條件之下，你以為這話說得過去嗎？」唐子安手上舉茶杯，靠住嘴唇，待喝不喝的，抿了一口酒，向他也看了一看，放下杯子來，兩手抓了花生，緩緩的剝著，笑道：「你以為這話說不過去了，你覺得在今日之下，哪件事大呢？」蘇伴雲端起杯子來，喝了一口酒，放下杯

〔註38〕張恨水：《八十一夢》，南京新民報出版社 1946 年版，第 227 頁。

子來，按了一按，又將三個指頭拍了一下桌沿，表示著他的決心，笑道：「那何待問？於今是生存事大。譬如說，我們現在抗戰，說是軍事第一，勝利第一，那就不是為了四億五千萬人爭生存嗎？」唐子安笑道：「哦！你是這樣的說法我倒無以難之。可是爭取生存，未嘗不是爭氣節？」蘇先生連連的搖著頭，搖得將身體都晃起來，笑道：「這不能這樣混合著說。宋儒說的餓死事小，失節事大，自然可以為爭氣節而餓死了。請問，餓死既然事小，還談個什麼爭取生存？」唐子安道：「你一位寫作為生的人，不能這一點都不明白呀。為守節而餓死的是我個人，而爭取的卻是民族的生存呀！」蘇先生已把那杯酒都喝完了，菜油燈光照著他的臉色有點紅紅的。他笑道：「但餓死事小，宋儒並沒有指定是哪一部分人獨有的呀！倘若全民族都餓死事小，那又爭取什麼民族生存來呢？」唐子安道：「倘若我們四億五千萬人，都曉得餓死事小，失節事大，你想那一種力量，還能估計嗎？簡直不要飛機大炮，也可以把日本人打跑。越是懂得失節事大、餓死事小的人多，大家就越可以生存。」〔註39〕

此處的論辯已寫得十分精彩細膩，唐子安的觀點延續著傳統的儒家思路，即以知識分子（君子）為大眾（小人）之表率，要求知識階層在惡性通貨膨脹中保持氣節、作為榜樣，進而儘量影響更多的人，以利全民抗戰的大局。此處看上去是唐子安佔據了道德的高位，但卻並未說服蘇伴雲，蘇伴雲隨後舉出了自己來的路上的一件趣聞作為反駁。在半路上他在茶館喝茶歇腳的時候，看路過有賣燒餅的，正起身準備去買，便被茶房一把抓住，疑心他要逃茶錢。和他一起落座的一個西裝革履的商人也去買燒餅，茶房便不擔心，原來是蘇伴雲穿得過於窮酸。對於清苦，文人尚能忍受，但社會上隨處都是的侮辱卻帶來極大的痛苦，如蘇伴雲所說，「並非我作過激之談，你光談氣節，不怕窮酸，在這個社會上到處會受著人家的冷眼，到處失面子，一般的是處處透著卑賤無恥。」〔註40〕氣節作為一種意義，本是需要得到共同體承認、才能作為精神支撐，正如《萬世師表》中最後一幕林桐要得到學生自發題寫的「萬世師表」旗子，全劇才算點題，如果社會上風氣已經是唯利是圖，知識分子作為榜樣的影響究竟幾何，儒家的君子「教化」思路究竟能否成立，就是一個問題。更何況，知識

〔註39〕張恨水：《傲霜花》，百新書店 1947 年版，第 46 頁。

〔註40〕張恨水：《傲霜花》，百新書店 1947 年版，第 48 頁。

階層內部也不可能都有「餓死事小」的覺悟，正如唐子安太太隨後插嘴所說，「本來朋友們現在都是一樣，見了面，不談平價米，就談到合作社裏又到了什麼便宜東西。國家大事，都放在第二步，人人如此，弄得成了習慣，也無所謂斯文不斯文。當年在北平，你們教書老夫子，自視身份多高，大概把玉皇大帝請了來，也只好拜個把子。雖要問人算家裏柴米油鹽帳，還不成了士林的大笑話嗎？可是現在成了我們日常一件大事了。」〔註 41〕自此，這一章「哪件事大」的爭論，還是蘇伴雲佔了上風。這也與之後張恨水在《寫作生涯回憶》中的解說可以對照起來看，「抗戰是全中國人謀求生存，但求每日的日子怎樣度過，這又是前後方的人民所迫切感受的生活問題，沒有眼前的生活，也就難於爭取永久的生存了。」〔註 42〕此處張恨水的觀點，就與這場論辯中蘇伴雲的思路一致，這倒不是說張恨水就主張知識分子的改行謀利，而是同時兼有報人身份的他對社會生活中實際的種種不得已，有更深的同情和理解。

物質困難對人打擊自然不小，但相對的地位低下、尊嚴喪失，對人的幸福感、人生的意義感的打擊才是毀滅性的，這也是「不患寡，患不均」思想的內在合理性。當精神無以依託時，物質利益作為一種退而求其次的誘惑就開始變得難以抵擋。蘇伴雲在改行後也會感歎「沒想到在血肉抗戰的七年之下，造成了這樣一個市儈與銅臭的世界！天！」〔註 43〕，但卻也認為自己改行是被逼無奈，「你看到我在物質受窘而已。其實這是很小的事，我認為難堪的，還是精神上受著人家的侮辱。」〔註 44〕《第二條路》中，教授洪安東和華傲霜的改行，同樣遵循細膩的「精神打擊」邏輯——洪安東由於家中女兒長期食用平價米患上盲腸炎，急需用錢兩萬元，但家中並無積蓄，想從學校預支薪水，卻被財務人員侮辱，最後是在校工的慷慨相助下才湊齊了錢，這讓他不得不賣掉自己的書來還帳。財務人員的驕橫和校工的幫忙，讓洪安東對世態有了認識，也猛然發現自己的經濟狀況竟遠不如讀書人眼中不值一提的校工，於是改行的選擇也變得可以接受。華傲霜的轉變則是起因於愛情，長年未婚堅持獨身的華傲霜對蘇伴雲動心，但蘇伴雲卻喜歡唱戲的名角王玉蓮。華傲霜自比情敵，發現人家住的是兩層洋樓、吃穿用度可謂闊綽，自己孤芳自賞了許多年，卻不如一個

〔註 41〕張恨水：《傲霜花》，百新書店 1947 年版，第 49 頁。
〔註 42〕張恨水：《寫作生涯回憶》，見張占國、魏守忠編《張恨水研究資料》，天津人民出版社 1986 年版，第 75 頁。
〔註 43〕張恨水：《傲霜花》，百新書店 1947 年版，第 152 頁。
〔註 44〕張恨水：《傲霜花》，百新書店 1947 年版，第 153 頁。

唱老戲的女孩子，這使得她苦悶無比、憂從中來：

> 這個社會，還不許一個孤單的女子打出一片天下來。尤其是這
> 戰時，一個老處女走到哪裏去，也嫌著孤獨，而且還得遭受人家的
> 壓迫。將手托了頭，沉沉的想著，眼看到了桌上現成的筆墨，又是
> 情不自禁的就提起筆來，將文具盒旁邊一盒精製的彩印宣紙信箋，
> 就在上面寫著：「先生將何之？」寫了一行，又寫一行，接連的寫了
> 十幾行。把一張紙都寫滿了，才放下筆，將紙放在玻璃板上。〔註45〕

此段描寫可謂相當細膩真切，在文本世界的生活氣息中，順著情節的自然
流轉，讀者很難去苛責華傲霜的轉變，更能對那一代人的精神世界產生同情之
理解。當然，精神打擊可以是物質上的，也可以是政治上的。將知識分子的精
神嬗變過程展現得同樣豐富細膩的作品還有李劼人1947年開始連載的長篇小
說《天魔舞》，這部雙線敘事的作品以兩對在通貨膨脹大氣候中聚合離散的男
女展開，用經濟關係的聯結（結尾處雙線交匯於白知時、唐淑貞買下陳登雲、
陳莉華的囤貨）寫出「國難財」風潮自上而下的不同層次，最精彩的部分是教
書先生白知時轉行為黑市商人的過程。白知時本是一個善良正直以至於有點
迂腐的人，他的大部分積蓄在通貨膨脹中損失，身兼幾個小學的課業卻差點付
不起房租，唯一的安慰是房東寡婦唐淑貞有意與之再組家庭。本來，在經濟困
難的壓迫中，白知時雖感艱辛，卻還有「犧牲自己，為國家社會造就一些人材
出來」〔註46〕的信念，促成他轉變的，是一次入獄。由於常常在課上課下批評
時政，白知時被當做共產黨嫌疑分子逮捕，靠了唐淑貞的出錢出力多方營救才
重獲自由，這給他思想上極大的衝擊。出獄後，唐淑貞和他在家討論轉行的問
題，在這一場小辯論中，白知時疑惑到不知為何社會上充滿了市儈主義、知識
分子精神皆喪失始盡，唐淑貞接下來的一段話真正說服了他：

> 我懂。就是討厭你們這夥窮酸，你們自繃骨頭硬嗎？你們要胡
> 說八道嗎？你們要教些不安分的學生嗎？好，就偏把生活程度提
> 高，偏不給你的錢，窮死你們，餓死你們，還故意弄些人來管你們，
> 今天跟你生事，明天跟你生事，看你們骨頭好硬！就像你這回的冤
> 枉，難免不是學校裏那些討厭你的人幹的。你想想，獨木不成林，
> 單絲不成線，十個裏頭有兩個撐不起來，其餘的哪有不順風倒雨壇

〔註45〕張恨水：《傲霜花》，百新書店1947年版，第179頁。
〔註46〕李劼人：《天魔舞》，四川文藝出版社1985年版，第337頁。

的？〔註47〕

白知時被唐淑貞這段實話說得「驚詫」，經濟上的窮困或許還可忍受，但政治上或隱或現的、對知識分子的壓迫，終於成了壓垮他「自繃骨頭硬」的最後一根稻草，面對這樣的時代，堅守一方淨土顯得並無意義，「這也是世運使然！」〔註48〕白知時的改行，源於「義」的幻滅，自此，再次走進婚姻生活問題開始重要起來，金錢的誘惑也就難以抵擋，最終以妻子戒除鴉片為交換條件，答應棄教從商，雙雙奔向「錦繡前程」。

總之，在「國難財」的文學圖景中，知識分子在轉行問題上有高風亮節的堅守，也有合乎情理的轉變，不論哪一種選擇，其意義都不止於對社會大環境的批判——不論是堅守或轉變，背後的共同點都在於對知識分子價值的自我認同，堅守意味著維持這種認同，而轉變則始於這種認同的崩潰。當震驚、惶惑動搖了認同的基礎，對現實問題的關注、金錢的誘惑就變得難以抵擋，乃至理所當然。

四

當我們回到「國難財」文學圖景的細部，可以看到知識分子在惡性通貨膨脹中經歷了階層的顛倒帶來的震驚、目睹另類「翻身」帶來的惶惑，也面臨改行、改善自身生活的誘惑。震驚、惶惑和誘惑凝聚於作品中，正是惡性通貨膨脹的現代亂象帶來的日常生活體驗。除了敘事作品，詩歌中的這一體驗表達得更為敏銳精細，比如在「中國新詩派」詩人穆旦和杜運燮筆下，物價飛漲帶來的震驚和惶惑感，今日讀來猶同身受：

> 然而印鈔機始終安穩地生產，
> 它飛快地搶救我們的性命一條條，
> 把貧乏加十個零，印出來我們新的生存。
> 我們正要起來發威，一切又把我們嚇到。
> 一切都在飛，在跳，在笑，
> 只有我們跌倒又爬起，爬起又縮小，
> 龐大的數字像是一串列車，它猛力地前衝，
> 我們不過是它的尾巴，在點的後面飄搖。〔註49〕

〔註47〕李劼人：《天魔舞》，四川文藝出版社1985年版，第339頁。
〔註48〕李劼人：《天魔舞》，四川文藝出版社1985年版，第339頁。
〔註49〕穆旦：《時感四首》，見李方編《穆旦詩全集》，中國文學出版社1996年版，第221頁。

> 雖然我已經把溫暖的家丟掉，
>
> 把好衣服厚衣服，把心愛的書丟掉，
>
> 還把妻子兒女的嫩肉丟掉，
>
> 但我還是太重，太重，走不動，
>
> 讓物價在報紙上，陳列窗裏，
>
> 統計家的筆下，隨便嘲笑我。〔註50〕

　　這些體驗和與之聯結的、過往未被詳細闡釋的經濟生活之文學圖景，或許可以為四十年代知識分子的精神轉變提供一個思考的維度：惡性通貨膨脹中的體驗動搖了知識分子對自身價值的認同，為之後接受轉向工具化的文學觀奠定了心理基礎。這正如心理學上著名的馬斯洛需求層次理論所示，當生理需求、安全需求、情感和歸屬需求等前三個層次都無法滿足時，與知識分子氣節高度相關的第四層次尊重需求、最高層次自我實現需求便難以產生。當然以科學化的理論來解讀作家和文學中的心理或許有簡化之嫌，但「國難財」的文學圖景通過細膩寫實，確實使我們回到歷史的語境中感受到惡性通貨膨脹對社會生活漩渦式的吸入效應。

第二節　「中華商國」：投機風潮與現代速度

　　在張恨水充滿著「錢味」的《牛馬走》中，有兩個作為文本道德錨點的老先生形象，一位是虞老太爺，一位是區莊正老先生，兩人皆有古仁人之風。虞老太爺的兒子是主管運輸的官員，改行做生意的心理學博士西門德試圖接近，兩人見面時便藉以雪茄搭話：

> 他拿著雪茄看了一看，笑道：「老先生喜歡吸雪茄，我明天送一點呂宋煙來請您嘗嘗。」虞老太爺笑道：「哦！那是珍品了！」西門德道：「不！進口商人方面，要什麼舶來品都很方便。」虞老太爺歎了一口氣道：「這現象實在不妙。我就常和我們孩子說，既幹著運輸的事業，就容易招惹假公濟私，兼營商業的嫌疑。一切應當深自檢點。」西門德笑道：「那也是老先生古道照人。其實現在誰不作點生意？」虞老先生坐在藤椅上，平彎了兩腿，他兩手按了膝蓋，同時將

〔註50〕朴運爕：《追物價的人》，見謝晃主編《百年新詩·社會卷》，白花文藝出版社2012年版，第78頁。

大腿拍了一下道：「唉！我說從前是中華兵國，中華官國，如今變了，
應該說是中華商國了！」西門德道：「正是如此，現在是功利主義最
占強，由個人到國家，不談利，就不行！」虞老先生手摸了鬍子，點
頭道：「時代果然是不同了，那沒有什麼法子，你沒有錢，就不能夠
吃飯穿衣住房子。國家沒有錢，就不能打仗，更不能建設。」〔註51〕

從「中華兵國」到「中華官國」再到「中華商國」，是虞老太爺對民國歷史
演進的看法，也是《牛馬走》全書試圖展現的社會生活戰時新變。有趣的是，
正如這段對話中後兩句對之的合理化，「中華商國」似乎並不只是意味著知識分
子氣的批判，甚至某種意義上，比起兵，比起官，商的統治似乎還好那麼一點。
不光是《牛馬走》這部作品，推廣到整個「國難財」文學圖景，其「正面」自然
是「商」如何經、財如何發，那麼，這些內容中又有哪些值得一說的細節？文
學對戰時之「商」的書寫，又有哪些獨到之處、或某種文化衝突造成的裂隙？

一

通貨膨脹惡化後，產生了極大的投機空間，造成了席卷大後方城鄉的投機
風潮。在「國難財」的文學圖景中，總體而言展現了這次風潮的方方面面，在
這些文學的細節中我們再一次看到，「國難財」不只是某一小部分人的陰謀行
徑，也不只局限在商人群體中，更意味著文化上一種全民慕商心理的形成。只
有在投機成為大多數普通人的嚮往後，「中華商國」才可謂名副其實。

如第一章中所述，歷史材料中有豐富的證據表明通貨膨脹時期後方的投
機是一種大範圍的社會風潮，其廣泛性是難以否認的。但在進步作家當時的言
說中，卻常常有將投機風歸結到某一小部分人身上的傾向，如在1941年末《文
藝生活》雜誌在桂林召開的座談會上，田漢就對《霧重慶》的情節有所批評：
「關於《霧重慶》，寫的是知識分子的醜劇，作者自己是知識分子，可是寫起
知識分子來，卻很不正確。而事實上，在蘇聯對於中國的知識分子卻非常尊敬，
他們說中國的知識分子自抗戰以來有很大的貢獻，事實上也是如此。人家這樣
的尊敬我們，而我們卻自己菲薄了自己。」〔註52〕田漢認為，知識分子中固然
存在轉行的現象，在談到桂林的情況時，會場裏眾人會心大笑，但「我們敢說

〔註51〕張恨水：《牛馬走》，團結出版社 2006 年版，第 175 頁。
〔註52〕田漢語，見《1941 年文藝運動的檢討——座談記錄》，《文藝生活》第 1 卷第
5 期，1942 年。

囤積居奇的發國難財的決不是這些人，而我們的作者卻硬要把責任推到我們這些可憐的知識分子身上，把廣大民眾的反對對象轉移到知識分子身上，替人家卸責任，這是很不正確的」〔註53〕，並認為這是一種「有意歪曲現實」。不過，《霧重慶》既然能引起巨大反響，而田漢談及知識分子改行時會場中的「眾大笑」，已經洩露了這一事實：投機風早已成為社會生活中牽動著每個人神經的所在。沙汀曾在回憶中寫道，當年講給過茅盾一個關於後方經濟生活中的故事：

> 茅公對我講述的當時四川一些社會現象，倒相當感興趣。我記得，我曾向他擺談過這樣一個故事：由於物價不斷上漲，一位略有存款的財主，眼疾手快，趕緊把它拿去買了一箱洋釘囤積起來。很快，洋釘一再漲價，他就把這箱洋釘拿到一家銀行作壓，借了一筆較大的款項，買了兩箱洋釘。一轉眼，洋釘價錢又上漲了，於是他又拿自己囤積的洋釘去抵押借款，搶購到更多洋釘。而如此循環往復下去，兩三年來，他大發「國難財」，變成暴發戶了。茅公聽罷哈哈大笑，隨即摸來了個小本子，把它記上。我不知道這個小故事他後來利用沒有，但它卻是我爾後寫作《淘金記》的因由之一。〔註54〕

茅盾在 1941 年初確實將這個故事寫進了散文《「霧重慶」拾零》，並評述道，「這故事的真實性，我頗懷疑，然而由此可見一般人對於囤積之嚮往，也可見只要是商品，囤積了就一定發財。」〔註55〕此後，他還更詳細地記下一筆，「重慶市到處可見很大的標語：『藏鈔危險，儲蓄安全。』不錯，藏鈔的確『危險』，昨天一塊錢可以買一包二十枝裝的『神童牌』，今天不行了，這『危險』之處，是連小孩子也懂得的；然而有辦法的人們卻並不相信『儲蓄安全』，因為這是另一方式的『藏』。他們知道囤積最安全，而且這是由鐵的事實證明了的。」〔註56〕可見，茅盾的社會剖析眼光早已發現了投機風潮的存在，只不過在涉及「國難財」問題的作品《清明前後》中對此弱化處理。左翼作家對於

〔註53〕田漢語，見《1941 年文藝運動的檢討——座談記錄》，《文藝生活》第 1 卷第 5 期，1942 年。

〔註54〕沙汀：《皖南事變前後——四十年代在國統區的生活概述之一（節選）》，《中國現代文學研究叢刊》1986 年第 1 期。

〔註55〕茅盾：《「霧重慶」拾零》，見《茅盾全集》（第十二卷），人民文學出版社 1985 年版，第 67 頁。

〔註56〕茅盾：《「霧重慶」拾零》，見《茅盾全集》（第十二卷），人民文學出版社 1985 年版，第 67 頁。

這一風潮的書寫通常是有所迴避的,他們普遍認為在背後發「國難財」的另有其人,市面上廣泛的投機風潮無非是一種表象,但要將真正的幕後黑手寫出來,卻又受限於審查制度,於是在上文所引田漢的發言中,《霧重慶》中能引起那麼大的社會共鳴的情節才成為一種「歪曲現實」。不過,左翼作家雖對投機風潮有所迴避,但一批相對來說不那麼政治敏感的作家卻常常在有意無意間記錄、描繪、書寫了這種風潮,使我們看到更豐富的時代面貌。

投機作為一種風潮,其廣泛性當然是由城市到鄉村都有所涉及,正如穆旦在《通貨膨脹》一詩中所寫,「最遠的鄉村都捲進」。我們先從城市中談起,作為大後方的兩大重鎮,重慶和成都都出現了商人聚集的投機市場,張恨水的《紙醉金迷》中故事便開始於重慶的「大樑子」,李劼人的《天魔舞》中,唐淑貞也以往返跑「安樂寺」為業。「大樑子」和「安樂寺」(安樂宮)的文學刻畫都由張恨水完成:

> 大樑子原本是在長江北岸最高地勢所在的一條街道。幾次大轟炸,把高大樓房掃為瓦礫堆。事後商人將磚砌著高不過丈二的牆,上面蓋著平頂,每座店面,都像個大土地堂,這樣,馬路顯著寬了,屋子矮小的相連,倒反有些像北方荒野小縣的模樣。但表面如此,內容卻極其緊張,每家店鋪的主人,都因為計劃著把他的貨物拋出或買進而不安。理由是他們以陣地戰和游擊商比高下的,全靠做批發,一天捉摸不到行市,一天就可能損失幾十萬法幣。在這個地方,自也有大小商人之分。但大小商人,都免不了親到交易所走一次。交易所以外的會外協商,多半是坐茶館。小商人坐土茶館,大商人坐下江館子吃早點。在大樑子正中,有家百齡餐廳,每日早上,都有幾批游擊百貨商光顧。這日早上七點半鐘,兩個游擊商人,正圍著半個方桌面,茶煙點心,一面享受,一面談生意經。〔註57〕

> 記不起是在哪條街上,經過一座廟,前面像廟門敞著,像簡舊式商場,後面還有紅漆欄杆,圍繞了一座大殿。據朋友說,那裏供著由昭烈祠驅逐出的安樂公劉阿斗,這廟叫安樂宮,前面是囤積居奇的交易所。這太妙了,阿斗的前面也不會有愛國家愛民族的人,他們是應該混合今古在一處的。〔註58〕

〔註57〕 張恨水:《紙醉金迷》,人民文學出版社 2008 年版,第 3 頁。

〔註58〕 張恨水:《蓉行雜感:安樂宮》,《新民報》(重慶) 1943 年 5 月 1 日。

　　有了大樑子和安樂宮這樣「繁榮」的市場，城市中自然活躍著大量的商人，如當時的記者李魯子在《重慶內幕》一書中寫道，「我最感興趣的，是到處歡迎聽談生意經，在茶樓酒館裏，在辦公廳裏，在大街上，就在廁所裏，都不斷有人在談生意經，也有人這樣解釋：『生者重慶之生活也，意者主意也，要在重慶生活下去，必定要打主意，經者經也，經濟之謂也』」，「在重慶的人，不管是本地人、或是他鄉之客，沒有一個不重視如何才能接近生意經，如何才配談生意經，生意不分黑白，本錢不論大小，一文莫名，照樣可以吃倒大本錢。」〔註59〕不過，商人也分大小，也並不都是一擲千金、花天酒地的生活著，事實上，商人這一職業本是自古以來視為的賤業，其中的參與者有大量的平民百姓。《紙醉金迷》裏跑大樑子的李步祥、陶伯笙等，都住在貧民窟中，《天魔舞》中跑安樂宮的唐淑貞雖有個雜院收租，但終究也是個無依無靠的寡婦。對這些平民商人而言，在通貨膨脹中的經營行為或許談不上背叛國家民族，只是基於現實的生存需要，尤其有趣的細節是，他們常常與更底層人民結成利益共同體。《紙醉金迷》中，當李步祥跑回自己住的被炸掉一半的堆棧，帶回了買金子的消息，買不起金子的小商人們竟然想出了集資購買再按股份分配收益的點子，其中有個老王還夢想著湊齊四萬買二兩，「半年後有四兩黃金，二天給我太婆打一隻赫大的金箍箍（戒指也），她作一輩子的夢，這遭應了夢了，喜歡死她」〔註60〕，如果說這樣期望也要受到批判，顯然就太苛刻了。《天魔舞》中則更有意思，唐淑貞和白知時改行後準備買下陳登雲低價轉出的貨物，其資金中一大部分就來源於附近雜院租客所存的錢。唐淑貞處可謂是一個私人銀行，而這種民間金融現象的存在又有其合理性，如唐淑貞所說，「他們洗衣裳拉車子，出氣力掙些錢來，除了繳用，都有剩餘。存銀行哩，數目太小太零星，銀行不收。就收，他們也不存，一則利子太小，僅只三分多點，他們太吃虧，二則存的時候，取息的時候，手續太麻煩，又耽擱時間，他們害怕，也不願去存。以前便借給那些做小生意的，利子倒大，可是收不到三個月的利，連人都不見了。不是遭了渾事，便是蝕本逃走了。他們也真可憐，辛辛苦苦積幾個錢，沒一個穩當地方可放。後來聽見我在做生意，他們才來找著我，一定要我使，利子小到六七分都願意。我是跑不了的，又有媽作中證，現住著我們的房子，

〔註59〕 李魯子：《這些談生意經的人》，見林如斯等《戰時重慶風光》，重慶出版社 1986 年版，第 224 頁。

〔註60〕 張恨水：《紙醉金迷》，人民文學出版社 2008 年版，第 56 頁。

還怕我們騙他們嗎？」〔註61〕那如此看來，唐淑貞跑安樂寺做投機生意，某種意義上也是為底層人抵禦通脹所跑，其中的一部分收益分紅給了底層的體力勞動者，這種下沉到底層的「國難財」已經很難加以道德上的指責，也正是這樣的細節讓我們看到投機風的廣泛性以及人在經濟選擇中的複雜性。

不止重慶、成都，大後方的其他城市，投機風也同樣盛行，這甚至帶來了一定程度的「繁榮」。茅盾在《蘭州雜碎》寫道，「經過多次濫炸後的蘭州，確有了若干『建設』：物證就是有幾條爛馬路是放寬了，鋪平了，路兩旁排列著簇新的平房」〔註62〕，「陌生牌子化妝品，人造絲襪、棉毛衫褲、弔襪帶、手帕、小鏡子、西裝領帶，應有盡有，非常充足」〔註63〕。寶雞更是一個因為隴海鐵路而興盛的城市，「寶雞的田野上，聳立了新式工廠的煙囱；寶雞城外，新的市區迅速地發展，追求利潤的商人、投機家，充滿在這新市區的旅館和酒樓；銀行、倉庫，水一樣流轉的通貨，山一樣堆積的商品和原料」〔註64〕。投機風不僅席卷了大後方的城市，在大後方的縣城、農村，也產生了各種投機方式。劉盛亞的短篇《點金術》中寫道，「我」回到故鄉後，發現「熟人們大半都經營著商業，因此我腳跡所到的地方大部分都是商號」〔註65〕。陳翔鶴的小說《一個紳士的長成》也發生在某個「坐落在川陝公路的孔道之上的，正在日趨繁榮的 XX 城」。吳七老爺和吳少奶抗戰前在武漢廣播無線電臺工作，後避難到鄉下的老家，因離開當地太久，最初頗受排擠，毫無地位。後來，是物價的上漲帶給了他機會。吳七老爺和縣政府的鍾會計開始搭夥做生意，從本縣收買稻米賣到 XX 市，又從市裏運來布匹、綢緞、日用品等在縣城裏出售。因為物價高漲帶來的資產增長，七老爺被視為能賺錢的人才，被選舉為財委會常委主席，也當上了民眾教育館的館長，終於成為了地方上有勢力的紳士。沙汀和艾蕪的戰時作品中，對中心城市之外的投機風潮也有精彩的書寫。艾蕪的長篇小說《故鄉》寫了青年知識分子余峻廷帶有抗日宣傳之志返回故鄉，二十多天後卻在地方頑固勢力的各方夾擊下黯然退出的故事，尤為值得稱道

〔註61〕 李劼人：《天魔舞》，四川文藝出版社 1985 年版，第 377 頁。

〔註62〕 茅盾：《蘭州雜碎》，見《茅盾全集》（第十二卷），人民文學出版社 1985 年版，第 26 頁。

〔註63〕 茅盾：《蘭州雜碎》，見《茅盾全集》（第十二卷），人民文學出版社 1985 年版，第 27 頁。

〔註64〕 茅盾：《「戰時景氣」的寵兒——寶雞》，見《茅盾全集》（第十二卷），人民文學出版社 1985 年版，第 49 頁。

〔註65〕 S.Y.：《點金術》，《文藝生活》第 2 卷第 1 期，1942 年。

的是寫出了縣城裏紳商勢力間的角逐，也在細膩的寫實中記載了另類的「國難財」之發法。抗戰進入相持階段後，在一部分較為靠近敵佔區的地區，為搶購物資、防止敵人吸收法幣，「1939 年 2 月經第二次地方金融會議核准，允許省地方銀行發行 1 元及 1 元以下輔券」〔註66〕。表面上看起來頗有點進步思想的縣教育局長徐松一，就暗中控制著所謂的「利民銀行」，通過濫發輔幣（小票）來套現，結果引起了商會會長蔡興和的仇視，在鼓動下，縣裏發生了擠兌風潮。徐松一見招拆招，居然通過唆使警察局長放防空警報，驅散擠兌的人群。艾蕪筆下的故鄉，地頭蛇在投機風潮中利用權力大發橫財，濫發輔幣掠奪資源的「國難財」方式不但是對社會生活的如實志錄，也可作為經濟史研究中的參考資料。而在沙汀的名作《淘金記》裏，投機氛圍一直是作為推動情節發展的環境描寫而存在，小說開篇就描述了北斗鎮在戰時的經濟變化，「除開棉花、玉米和沙金，烏藥和城巴也是北斗鎮一帶山域地區的特產。但是從前一般人並不怎樣重視，誰也想不到他們會在抗戰中大出風頭，因此繁榮了市面。而且，脹飽了一批批腰包，許多人都因為他們發了財了」〔註67〕，也正是在「許多人」都發了財的情況下，白醬丹和林麼長子兩個貧窮的袍界人士才動起了淘金的心思。可是，淘金的利潤也比不上「許多人」參與的囤積，小說後半段有這麼一段使用群體人稱的敘述：「時間是一件治療任何心病的妙藥，到了臘月間，不管是局內人，局外人，大家都似乎把燒箕背的事件冷淡了。而且，一切生意又都那麼好做，彷彿變戲法一樣，任何東西過一道手就漲價了，所以人們全都沉沒在各種各樣買賣裏面，財富和法幣的追求裏面，一切閒事都被遺忘所淹沒了。」〔註68〕最後，白醬丹機關算計拿到了燒箕背的開採權，卻因為龍哥和彭胖資金用於囤積，不願支持，而不得不放棄，但荒誕的投機風卻幾乎讓每個人都有了「大團圓」的結局，何寡母「因為那時候糧價漲得更高，她的財富既然增加不少，燒箕背是連提也沒人提了」〔註69〕，白醬丹轉行囤積後，也「已逐漸脫離了借貸請會的可憐生活，他那簽花煙袋也擦得比從前更放亮了」〔註70〕。

〔註66〕戴建兵：《金錢與戰爭——抗戰時期的貨幣》，廣西師範大學出版社 1995 年版，第 126 頁。

〔註67〕沙汀：《淘金記》，文化生活出版社 1947 年版，第 6 頁。

〔註68〕沙汀：《淘金記》，文化生活出版社 1947 年版，第 234 頁。

〔註69〕沙汀：《淘金記》，文化生活出版社 1947 年版，第 375 頁。

〔註70〕沙汀：《淘金記》，文化生活出版社 1947 年版，第 380 頁。

　　總體而言，雖然普遍認為大後方的現實題材作品受到審查制度的制約，但至少「國難財」這一席卷城鄉的投機風潮作為題材，並不屬於敏感內容。自然，除了本小節粗略勾畫的、相對較為中性的投機風潮之文學圖景，也有不少作品將投機風潮追溯到小部分人、尤其是政府高層官員的腐敗上，如《霧重慶》、《八十一夢》這兩部「國難財」發軔之作中，就對官員腐敗所發的「國難財」做了或是正面批判或是曲筆諷刺，不過因批判性問題留待第三章討論，本節對圖景的概說還是集中在日常所見的投機風潮的廣泛性上。至於這種投機風潮的成因，後世歷史學界早有探討，但李劼人在戰後不久寫作的《天魔舞》中，就借教書先生白知時決定改行時腦子裏所轉的道道作了清晰的分析，可謂相當精彩準確，錄於此作為總結：

> 　　現在是非常時期，除了憑自己的勞力智慧，掙一個吃一個的人們外，凡是稍為寬裕一點的人，誰不帶幾分妄想和賭博性？這並非人心不古，實實由於軍事第一，失土太多，統關鹽三個重要稅源既已損失乾淨，那嗎，要支持這龐大的戰費，除了發行鈔票，還有何法？雖然近來因為徵實徵借，政府少印一些鈔票，多多把握一些實物，但是物價一天天的漲，現鈔一天天的不夠用，以前用一塊錢的，現在要用兩三千元，現鈔不夠，自然只好多印，印多了，物價越漲，如此循環下去，不管戰事勝利與否，總之通貨膨脹過度，法幣必有不值半文的一天。有資產的人周轉起來，法幣數目益大，以法幣計算的利潤益豐，但是實際資產必益受損。如今許多商人不是已經在喊說，錢是賺了，架子越空，即是說，今天賣出去的，明天買不回來？因此，在經濟情形不能好轉，換言之，在國家沒有收入，只有支出，而不能不大量發行鈔票以前，有錢的便不能不儘量把握貨物，多進少賣，以保實值；錢越多的人，越要這樣幹，他們不甘願白受損失，也是人情呀！〔註71〕

二

　　基於現代貨幣體系的惡性通貨膨脹是一種現代的產物，它與古代的、局部的通貨膨脹最大的不同在於烈度和速度上的遠遠超出。物價上漲的速度意味著獲利空間產生的速度，也意味著暴富的速度。在「國難財」的文學圖景中，

〔註71〕李劼人：《天魔舞》，四川文藝出版社 1985 年版，第 373 頁。

「商」既是廣泛的，也是帶有現代的速度感的。

　　一個頗為荒誕的事實時，作為「國難財」書寫的發軔作之一，《八十一夢》自連載（1939～1940）到出版單行本（1942）的過程中，竟被物價所逼，不得不做出修改。如龔明德所考證，書中作了許多「物價上漲方面的改動，諸如絲襪子由每雙十塊漲到二十塊、新鮮鯽魚由每斤一塊六七毛漲到七八塊錢、撲克牌由一副八塊錢漲到一副八十塊錢……寫到薪水：原說八塊錢是當錄事的半個月薪水、是當勤務的一個月薪水，改為八十塊是當錄事的一個月薪水、是當勤務的兩個月薪水。」〔註72〕出於讀者接受的考慮，小說出版時竟然要改動作品中的物價，也是文學史上一大奇事。文本外的速度如此荒誕，文本中「商」的速度就更是一個顯著的特徵了，這首先體現在對惡性通貨膨脹中發財速度的展現。

　　「國難財」的文學圖景中充滿了短期內暴富的情節。正是看到了金價的大漲、暴富的可能，白醬丹和林麼長子才會爭奪位於何家祖墳的燒箕背金礦的開採權，但荒誕的是，挖金致富的速度竟然也趕不上囤積中財富增長的速度，《淘金記》全篇的情節都為「速度」所驅動。在四川作家劉盛亞的小說中，這種速度被形容為「點金術」，「他的手觸到的東西都會變成金的」，甚至電話也充滿著速度，「他們那裏的電話是常常都在說話的，而且另一個說話人總是在昆明、柳州或是別的大城市，電話都很簡短，賣什麼貨，買什麼貨，或是什麼貨快賣，或是什麼貨壓著不賣。」〔註73〕小說的主角，表弟也把生意越做越有速度，先是囤面紗和香煙、萬金油等日用品，中間轉行為辦酒精廠，但實為囤高粱、鐵、木料和地皮等待漲價，在最後直接轉入了更有速度的黃金買賣中。張恨水《八十一夢》中的《星期日》一夢則以細節寫了小商人老柳眼中的速度：

　　　　他在口角裏銜著煙捲，偏了頭作個沉吟的樣子，約五分鐘，突然將桌子一拍道：「星期害死人。」我雖知道他這是顧左右而言他的玩意，但這句話是驚人之作，不由我不問他一聲。我道：「人人都望星期，怎麼你說星期害死人呢？」老柳又用手指蘸了茶水，在桌上寫了幾個字道：「今天早上，有人要把這麼兩件存貨出賣，十二點鐘以前需要現款。這雖是兩件貨，可要五千多塊錢成交，今天是星期，銀行不辦公，我無法可想。但我知道，這貨到手，至多擱三天，可

〔註72〕龔明德：《張恨水〈八十一夢〉版本略說》，《池州學院學報》2011 年第 1 期。
〔註73〕S.Y.：《點金術》，《文藝生活》第 2 卷第 1 期，1942 年。

以賺一千塊錢，眼見一隻鴨子要煮熟了，卻讓它飛去，豈不可惜？便約了那人十一點鐘等我回信，自坐了一乘人力車，把上下半城跑了一個遍，找了七八位朋友商量這件事。究竟五千元的數目，不容易湊合，跑一頭的汗，分文無著。我還存一點私心，想把這生意拖延一日，到了星期一，我和銀行裏朋友合作就有辦法了。可是見著這位朋友時，他已經把貨物賣給一個江蘇人，五千五百元成交。我白瞪眼，把臉皮都急紅了。〔註74〕

時間與價格、利益掛了鉤，「時間就是金錢」，是一種現代景象，在中國古代的自然經濟社會中即便也有價格因時因地而動的現象，卻遠遠達不到惡性通貨膨脹中這樣的變化速度。如果說現代性是「指一種時間觀念，一種直線向前、不可重複的歷史時間意識。這種時間意識的產生與歐洲歷史中的世俗化過程，即資本主義化過程具有內在的聯繫」〔註75〕，那麼特殊經濟狀態中綁定著價格的「直線向前」的時間，顯然給人們帶來了深刻的現代體驗。對這一體驗的極端化書寫中一個有趣的文本是司馬訏的小品《向黃金集中》。在這個分成四幕的小品種，正在結婚的新郎和新娘，聽說金子就要漲價的消息，「來不及回答牧師的話，就丟了手上的鮮花，搶出禮拜堂去了」〔註76〕，醫生正在給病人量體溫，聽說金子就要漲價的消息，「立刻從椅子上跳起來，連體溫表也顧不得要了，提著皮包往外飛跑」〔註77〕，法院裏，原告正在為自己父親的死訴訟汽車司機，忽然聽到金子要漲價的消息，也立刻退出了法庭，而他的哥哥因為趕著要買金子，把腿都摔斷了。最後一段是老人臨終前的，準備抬棺材的力伕走到半路聽見有金子漲價的消息，也丟下棺材一窩蜂趕著買金子，此時：

老人睜開眼睛來說：「不要緊，倒是應該問一下漲多少？」

僕人答應著出去了。

福燭快要點完的時候，老人看看不濟事了，他的妻子含著眼淚問他：「你還有沒有遺囑？」

老人含糊地說：「金子是買得的。」說完，瞑目而死。〔註78〕

〔註74〕張恨水：《八十一夢》，南京新民報出版社1946年版，第96頁。

〔註75〕汪暉：《我們如何成為「現代的」？》，《中國現代文學研究叢刊》1996年第1期。

〔註76〕司馬訏：《向黃金集中》，見司馬訏《重慶客》，重慶出版社1983年版，第186頁。

〔註77〕司馬訏：《向黃金集中》，見司馬訏《重慶客》，重慶出版社1983年版，第187頁。

〔註78〕司馬訏：《向黃金集中》，見司馬訏《重慶客》，重慶出版社1983年版，第189頁。

人們對金子的瘋狂來自價格的飛漲，來自太過容易的獲利可能，這種速度中的誘惑攪得人神魂顛倒，連將死的老人也為之揪心。司馬訏此文的諷刺可謂力透紙背，不禁讓人感到經濟中人的瘋狂，更顯示出了為價格、速度所綁架的經濟紊亂中的世界的荒誕。當價格漲跌的速度超出了人們的想像，人的命運變化自然也是超級的跌宕起伏，這使得許多人產生了命定感。在徐昌霖創作於抗戰後期的五幕喜劇《黃金潮》中，從桂林大撤退逃難到重慶的楊千駒和楊太太在旅館中遇見了律師章正平，談到住在旅館隔壁的算命先生紫陽山人，就有一段關於大後方社會心理的對話：

> 章：告訴你們，誰找他都是那一套──「謀財大利」，本來嘛，這年頭勸人去做生意很對，很難找到有蝕本的，於是他的江湖術怎麼不靈驗呢。
>
> 太：不過一生之中，那幾年走什麼運完全是命中注定。
>
> 章：楊先生，你也相信看相拆字這一套？
>
> 楊：看相拆字根本就不能相信，不過在這規規矩矩辦事業得不到好結果，欺騙投機倒利市百倍的時候，叫一個人不去相信命運，又有什麼比命運更可相信的呢？當現實叫一個人心灰意冷一籌莫展的時候，叫你不得不訴之於命運。
>
> 章：你的話很有道理，目前一切合法的企業得不到保障，一切不合法的勢力反囂張穩固。按理說，目前正是提倡民主法治的時候，我們當律師的也應該是最忙的時候。可是相反的，我隔壁那位紫陽山人的生意要比我興隆得太多了。現在一般人覺得命運比法律可靠，你看奇怪不奇怪？〔註79〕

正是當物價漲跌、發財破產的速度超過了人們所能理解的範圍，自然就放棄理性的「法律」而願意接受非理性的命運之裁判。同樣，在張恨水 1947 年寫作的以戰時重慶為背景的中篇小說《霧中花》中，命運也呈現為一張難以捉摸的大網。小說以教師趙子同貼在臥室牆壁的格言「死生有命，富貴在天」為懸念，引出了一個與商業、與「國難財」高度相關的故事。民國二十八年左右，在重慶南岸當老師的趙子同再次遇見小學同學郭寶懷，郭寶懷從小家貧、小學畢業便作學徒經商，逃難到重慶更是身無分文，想借錢擺個香煙攤子，趙子同念同學舊情，雖不寬裕，還是給了他三十塊。郭寶懷在從南岸回城路上遇見一

〔註79〕徐昌霖：《黃金潮》，大陸出版公司 1945 年版，第 15 頁。

位給城裏館子送冬筍的老人，老人突然發病，以十五元之資將一背篼冬筍和紅苔便宜轉給他。郭寶懷將一背篼山貨背到館子，一趟之間就淨賺了二十七元，看到這其中的獲利空間，他決定繼續作此生意。找到門道後，郭寶懷去鄉下一個叫「橋坪」的地方進貨，專門給城裏館子背山貨，這在正常境況中本是尋常的小生意，但惡性通貨膨脹中的「速度」實在太快，郭寶懷的財富迅速生長起來，「一個星期以後，他由三十元的資本，滾到了一千多元」〔註80〕，「一個月工夫，他的本錢，再由一千滾到近一萬」〔註81〕。有了資本，郭懷寶又借助燒炭的李老闆的關係，開始將山裏的炭販到重慶，「七天之後，山上的炭，完全出了貨，郭寶懷向城裏一送，這趟生意，竟是掙了六七萬元之多」〔註82〕。在這之後，郭寶懷完全成了大老闆，也開始有了原罪——他看上了路上小店家裏的童養媳又是抗戰眷屬的楊家妹，通過金錢和美好生活的誘惑，讓她做了自己的新太太，郭寶懷的資本也繼續打滾，「和兩三處運輸機關，做成了包辦供給木炭的生意。兩個月內，他由二十多萬的資本，再翻兩次身，翻到將近六十萬」〔註83〕。這時候，他和趙子同再次相遇，此時的趙子同已經被公教人員清苦的生活折磨得很是不堪，而郭懷寶也不忘舊恩，「於今是商人世界，你教書又吃苦，又費力，什麼意思，你也來和我合作吧」〔註84〕，提出給他一萬元資本到歌樂山去做生意。正在一起進城取錢的這天，兩人分頭行動，半路上卻突然放了空襲警報，趙子同奔到江邊準備搭郭懷寶的包船，卻看見郭懷寶一個人先走了，船已行至江中。這時一艘上游來的小火輪突然將郭懷寶的船撞翻，而警報之中又無人救援。郭懷寶死了，趙子同轉行做生意的希望也落空了，於是「死生有命，富貴在天」的格言就貼到了趙子同的臥室牆壁上，經過這麼一回事，趙子同也打消了轉行的念頭，成為了謹守崗位的「歲寒圖」中的一員。《霧中花》或許過於具有巧合性，再加上「死生有命，富貴在天」的道德訓誡，很有

〔註80〕 張恨水：《霧中花》，見張恨水《真假寶玉》，北嶽文藝出版社 1993 年版，第 184 頁。
〔註81〕 張恨水：《霧中花》，見張恨水《真假寶玉》，北嶽文藝出版社 1993 年版，第 185 頁。
〔註82〕 張恨水：《霧中花》，見張恨水《真假寶玉》，北嶽文藝出版社 1993 年版，第 191 頁。
〔註83〕 張恨水：《霧中花》，見張恨水《真假寶玉》，北嶽文藝出版社 1993 年版，第 195 頁。
〔註84〕 張恨水：《霧中花》，見張恨水《真假寶玉》，北嶽文藝出版社 1993 年版，第 198 頁。

舊派通俗小說的味道，但《霧中花》的情節之所以得以奇觀化，還是包含著對惡性通貨膨脹中「速度」的體驗——郭寶懷的發跡太容易，死亡也太隨意，這正是戰時惡性通貨膨脹帶給人們生活中的非自主感。當命運不可知也難預測，人們的決策常常就像賭局上的賭徒，所以在「國難財」的文學圖景中，賭博比比皆是，《牛馬走》專門在第十八章寫了商人的徹夜賭博，《紙醉金迷》中兩大情節線，買黃金風潮的興起與田佩芝因為賭博而墮落正好對位，顯然暗示著「投機的本質就是賭博」〔註85〕。賭博中，即便贏家，也難免會感受到心理的虛弱，因為錢財既然來源於隨機，那麼也極有可能隨機的失去。《牛馬走》中就有一章名為「錢魔」，刻畫出發財者心理，是「國難財」文學圖景極為特別的篇章。在這一章裏，暴富後的西門太太有了心結——「博士短短的日子，跑這麼一趟，會掙上這樣多的錢，這不是做的一個夢吧？」〔註86〕——這個念頭在心理轉著，弄得她坐立不安、噤若寒蟬，多次翻看自家的存摺，又覺得自家的房子住得不安全、起意搬家，最後果然做起了惡夢：

> 西門太太雖是閉了眼睛的，心裏總還在想著這個地方，人家太少，總怕有點不安全。她慢慢地想著，慢慢地有點模糊不清，忽然看見搶進來幾個彪形大漢，拿棍子的舉了棍子，拿馬刀的舉了雪亮的大馬刀，不由分說，將自己圍了。其中一人，像戲臺上扮的強盜，穿著紅綠衣服，畫了個綠中帶紫的大花臉，將一支手槍，對了她的胸膛，大聲喝道，「你丈夫發了上千萬的國難財了，家裏有多少錢，快拿出來！」她嚇得周身抖顫，一句話說不出來。那花臉道：「快說出來！要不，我就開槍了。」她哭著道：「我們沒有現錢，只有銀行存款的摺子。」綠花臉後面，又有個黑花臉道：「你還有金珠首飾呢？」她嗚嗚的哭著，還沒有答覆出來，又有人道：「哪有許多工夫問她的東西，無非都在這幾隻箱子裏，我們都扛了去吧。」只這一聲，這些彪形大漢，哄然一聲，亂扛了箱子就跑。其中有兩個人，卻找來了一串麻繩，將她像捆鋪蓋捲兒似的，連手帶腳，一齊縛著，周身一絲也動不得。她眼見那些人奪門而去，心裏要叫救命，口裏卻無論如何也叫不出來。急得眼淚和汗，一齊湧流出來。西門太太在又急又怕當中，越是喊叫不出來，越是要喊叫。最後急得她汗淚交流

〔註85〕許德風：《賭博的法律規制》，《中國社會科學》2016年第3期。
〔註86〕張恨水：《牛馬走》，團結出版社2006年版，第399頁。

的時候，終於喊出來了，「救命呀，快快救命呀！」〔註87〕

　　既然惡性通貨膨脹帶來了非理性的社會氛圍，既然投機本就是賭博，投射到文學圖景中，就不僅是發財有著速度，失敗也有著非同尋常的速度，正所謂「其興也勃焉其亡也忽焉」。司馬訏在《重慶客》中《不上銀幕的電影小說》寫了一個荒唐的故事，詩人韓玉在劇院看戲，忽然被前排一美豔婦人所吸引，那婦人轉過頭來與他對了眼神，又點點頭，讓詩人心中騷動不已，正巧此時茶役送來一張紙條，詩人心臟狂跳，打開一看，竟然歪歪斜斜寫著四個字「急！！美金跌！」，原來紙條送錯了，是給後面一排那位也許是銀號管事的看客的。「美金跌」的「急」，正是失敗的速度之體現。當然，這種失敗的速度不僅來自通貨膨脹中的事實，也常常代表著作者的一種期望。劉盛亞的《點金術》以不無羨慕（也可以看作是反諷）的口吻寫了故鄉表弟的經營之道，「我不禁羨慕著表弟，他的一日所得也許比我們教書匠一年的收入還多」〔註88〕，但到最後，小說以日軍佔領香港後，港幣和金價的回落「自動」懲處了表弟的行為，算是「曲終奏雅」。這與《牛馬走》的結尾亦十分相似，西門太太、亞英等人去香港做大買賣，恰逢太平洋戰爭爆發、日軍控製香港，一群人皆成黃鶴一去不復返之態。此外，張英的三幕喜劇《春到人間》（成都戲劇文學出版社1947）、張恨水的短篇小說《人心大變》，則將商人的失敗關聯著抗戰的勝利，顯示了充分的樂觀。《春到人間》中房東吳寶山和鄰居呂三品都以跑黃金美鈔投機為生，聽到原子彈轟炸日本的消息，吳寶山的第一句感歎便是「世界和平了，發財可就難了」〔註89〕。呂三品是辭掉某中央機關科員職務「向大洋錢奮鬥」的，抗戰勝利後，物價、美金預計都將大跌，他不但丟了工作、也被相好拋棄，錢也貶值，狼狽不堪，吳寶山更因投機失敗而自殺。《人心大變》寫了一個鄉下的囤積院，「日本人投降的消息給全國人帶來一種欣慰，唯有給這院落裏帶來一種焦慮」〔註90〕，黃崇仁、李有守、吳信仁等商人焦頭爛額，因為「若是敵人真不能支持，敗退下去，無論什麼東西要落價，恐怕也像漲價的時候一樣一天一個行市。」〔註91〕但顯然，之後的歷

〔註87〕張恨水：《牛馬走》，團結出版社2006年版，第401頁。

〔註88〕S.Y.：《點金術》，《文藝生活》第2卷第1期，1942年。

〔註89〕張英：《春到人間》，戲劇文學出版社1947年版，第90頁。

〔註90〕張恨水：《人心大變》，見張恨水《真假寶玉》，北嶽文藝出版社1993年版，第168頁。

〔註91〕張恨水：《人心大變》，見張恨水《真假寶玉》，北嶽文藝出版社1993年版，第164頁。

史是 1941 年、1945 年物價不僅沒有回落，反而越漲越高，投機空間不但沒有縮小，反而越來越大，歷史使得這些作者安排的失敗結局成了落空的期望。除了根據歷史大事安排商人的失敗，通過隨機因素或政府查禁來使得商人失敗，是更常見的處理。如前文所述的《霧中花》，郭懷寶的船被莫名竄出的小火輪撞翻在江中，《霧重慶》中，沙大千的貨被飛機莫名其妙炸了，魯覺吾的劇本《黃金萬兩》中，投機商楊舜哉和楊堯哉的貨船翻沉了，袁俊的《山城故事》中，蔡洪山則被向天鶴打死。被政府查禁以致於破產的情節，則有王平陵的劇本《維他命》、《情盲》，唐懷寶和曾懷仁的米行被政府查封、人也被關進了監獄，吳鐵翼的劇本《河山春曉》、《生意經》、沉浮的劇本《金玉滿堂》中，羅大琨、鄭聿修、胡家寶也都被偵緝隊的捕去。可以說，在「國難財」文學圖景中出現了國難商人「自行失敗」的模式，這曾被左翼的戲劇屆人士批評為「冒牌暴露」：

> 當有人因為不願意作者暴露大後方的醜惡時，於是分三路「進軍」了。……一路是冒牌暴露：於是小奸商被拖上舞臺，當著第一號民族罪人在誅伐了，這是《重慶屋簷下》。發國難財者以自行失敗來懲罰了，這是《黃金潮》，以及《黃金萬兩》之類。或者是暴露之後，讓青天大老爺自己來收拾，欺騙群眾說，你看我們辦奸商了！而現實里根本沒有那回事！這是《黃金夢》以及《河山春曉》的辦法。〔註92〕

當然，此文在政治鬥爭尖銳的歷史時期（1946）發表，帶有一定的偏激性，其中不但對中間派的作家毫不留情，對左翼文學內部的許多戲劇作品也進行了批判。顯而易見，不直接攻擊國民政府的暴露並不能說就是「小罵大幫忙」、就是「冒牌暴露」，國民政府懲辦奸商，也並不是「現實里根本沒有那回事」，更何況如第一章第一節所述，惡性通貨膨脹的歷史責任本不應完全由作為被侵略對象、堅持抗戰的國民政府來承擔。但從另一面看，田進這篇文章確實精準指出了「自行失敗」模式的漏洞，現實中，投機商人並未自行失敗，一直到1949 年後、中華人民共和國建國初期的整頓時期，惡性通貨膨脹才真正得到了控制，這對於身處當時當地的接受者而言，自然會感受到作者的刻意為之，從而破壞文本的逼真感。

〔註92〕田進：《抗戰八年來的戲劇創作——一個統計資料》，《新華日報》1946 年 1 月 16 日。

　　那麼，從「自行失敗」模式中我們可以看到什麼？首先可以從中發現的，是文化語境中的壓力，寫商人的失敗，即便不得不求助命運巧合，也畢竟是一種返回傳統的道德訓誡——「商」謀私利，「商」有原罪，「君子愛財，取之有道」，而借助物價漲跌所取得的、非生產性的財富，自然在作家眼中就是無道之財，必不能長久。其二，「自行失敗」也意味著將惡性通貨膨脹中體會到的「發財」之速度挪移於「失敗」上，在劇烈的變動的時勢中，作家群體在震驚惶惑中感受到一種非自主的命運感，因而會在商人群體「來得快去得也快」的失敗中，寄託自己暫時困苦但遲早「春到人間」的希望。不過，對於四十年代的作家而言，現實卻一次又一次打破文本中的期望，這自然會逐漸積聚起接受革命的心理基礎。

三

　　對「商如何經、財如何發」的書寫，是「國難財」文學圖景中的關鍵元素。懸置批判問題，日常生活中的「中華商國」在文學中展開為這樣的圖景：投機經商成為廣泛的社會風潮，對商的嚮往成為普通人的認同，而這不僅意味著市儈主義、實用主義的泛濫，也有著民間生存意義上的、一定程度的合理性，這正如李劼人《天魔舞》中所寫的白知時，他雖痛惜於「何以從前一般人不怕窮，活像越窮越精神，今日一般人都十分怕窮起來」〔註93〕，卻也理解「不甘願白受損失，也是人情呀」〔註94〕。同時，被稱作「國難財」的戰時之商業，在文學圖景中凝聚著對現代速度的體驗，這種速度感既表現為發財的容易、快速，也表現為敗落的快速，出現了「自行失敗」的情節模式。在廣泛而又充滿現代速度感的戰時商業中，如前文所引《天魔舞》中言，人們常常帶幾分「妄想和賭博性」，但深深植根於日常生活、植根於民間的文學書寫又因為寫實，自然從文本中生發出「人情」，進而溢出了批判的預設框架。這就回到本節開頭所引虞老先生論「中華商國」那一段，虞老先生在批判了「中華商國」後，卻也對「不談利，就不行」點頭稱是，雖是一種客套，但客套也正意味著這種溢出批判框架的「人情」。有細節、有體驗、有「人情」，也有心理層面的高度寫實，「國難財」的文學圖景中，對日常生活中商人商業的書寫確有可觀之處。

〔註93〕李劼人：《天魔舞》，四川文藝出版社1985年版，第338頁。
〔註94〕李劼人：《天魔舞》，四川文藝出版社1985年版，第373頁。

第三節　工業困境中的理想失落

　　抗戰爆發後，民族工業的內遷可謂歷經風雨、可歌可泣，對這一題材的書寫也成為一種呼喚民族國家意識的敘事，茅盾的長篇《第一階段的故事》及之後的中篇《走上崗位》就是其中的代表。在 1937 年之前，中國工業主要集中於東部沿海地區，遷到毫無根基的內地，許多實業家承受了巨大的損失，但民族情懷支撐著他們完成了這一壯舉。內遷之後，民族工業有過短暫的快速發展期，但好景不長，尤其是 1940 年通貨膨脹形勢惡化後，民族工業也受到了衝擊，到戰爭末期，陷入舉步維艱的境地。書寫戰時民族工業處境的作品之所以能歸入「國難財」的文學圖景中，是因為民族工業所受的衝擊，正是來自惡性通貨膨脹所引起的種種連鎖反應，如物價飛漲、投機風潮、政府統制管制等等。工業雖也屬於被投機風潮衝擊的存在，但其文學圖景又與本章第一節所述的「階層顛倒」不同。工業畢竟與直接的經濟生產相關，涉及到具體的物資，因此它既是惡性通貨膨脹中的被損害者，也具有謀取暴利的可能——只要假工業之名行商業之實。對於身處其中的民族工業家而言，一個艱難的選擇橫置面前：堅持生產可能虧本，而轉營商業則可能發財。正是這種兩面性，使得工業問題既不同於本章側重被損害者一維的第一節，也不同於偏重受益者一維的第二節，成為我們觀察「國難財」文學圖景的第三極，那麼作家們如何書寫這種具有兩面性的工業問題呢？

　　不可否認，工業對於大多數作家而言是相當陌生的存在，涉及到惡性通貨膨脹中的工業問題的作品並不太多，長的敘事作品主要是以下四部——茅盾的劇本《清明前後》（1945）、曹禺未寫完的劇本《橋》（1946）、甘永柏的長篇小說《暗流》（1946）和宋霖的長篇小說《灘》（1945），雖出版時間多在戰後，但這些作品都寫於抗戰末期，故事時間也發生在抗戰中，主人公都是工業的經營者。值得一提的是，除曹禺外，這些作家都對戰時工業問題有著相當準確的認知和鮮活的經驗，茅盾是關注、書寫民族工商業問題的熟手，而宋霖（胡子嬰）、甘永柏（甘祠森）本就是工商界人士，都有過辦廠的經歷，兩部長篇小說都是業餘之作、發憤之作——當被寄予厚望的事業遭遇惡性通貨膨脹，作者不得不通過小說寄託自己的憤懣，也從及物的、專業的角度對這次現代經濟紊亂作了志錄和描繪。總體而言，「國難財」文學圖景中工業困境的部分相對單調，這些作品雖側重點不同，但反覆講述的故事歸根結底都是「實業救國」理想的破滅。

一

雖然「工商業」常常是被連成一個詞，但在抗戰時期的社會文化氛圍中，二者在道德價值判斷上常常相差甚遠。以《抗戰建國綱領》為例，其中對工業是大為提倡，第十九條為，「開發礦產，樹立重工業的基礎，鼓勵輕工業的經營，並發展各地之手工業」〔註95〕，涉及商業的則是第二十四條，「嚴禁奸商壟斷居奇、投機操縱，實施物品平價制度」〔註96〕，一正一反，形成鮮明對比，似乎商業沒什麼可鼓勵的，反倒是需要防範的對象。如果說商是言「利」，那麼工業顯然更多了「義」的成分，如曹禺的《橋》中，作為反面人物出現的何湘如也要冠冕堂皇地說，「工業家跟商人不同，我們是辦事業，我們負著建設國防，改善民生的使命。近一點說，我們該為抗戰建國貢獻我們的聰明才智，具體說，就是增加生產，開發財源，叫老百姓有吃，有穿，有住！這樣物價自然不壓便平，通貨也就不管自縮。」〔註97〕《灘》中的蕭鶴聲則說：「能為國家，也能為自己，能兩全的——那就是辦工業。」〔註98〕辦工業既然是一種經營行為，自然要談「利」，但這種「利」和整個社會、國家的「公利」結合在一起，就具有了更高的價值，正如劉守剛論及中國現代「義利觀」轉換時指出的，「晚清時期，在國家生存競爭的壓力，中國知識分子接過傳統義利觀中對『公利』的肯定，將公利界定為國家富強，並將其等同於『義』，在他們看來，只要是為國家富強而言利，就不再被認為違背『義』」〔註99〕。當然，從現代經濟倫理的角度看，將商業放在道德低位是一種樸素的謬誤，人們總是傾向認為商業無非是低買高賣，並不創造任何實體性的價值，但在經濟思想史中，「需求價值論」早已是常識性的概念——市場中的商業能夠高效的配置資源，以需求的滿足增加每個人的效用，並不比直接從事生產創造的價值少。但在抗戰時期，在現代工業基礎還很薄弱的歷史條件下，工業確實是一個更能代表民族長遠利益的行業，更何況，工業還能提供軍事物資，直接為抗戰服務。文學中所

〔註95〕 《中國國民黨抗戰建國綱領》，見徐辰編著《憲制道路與中國命運——中國近代憲法文獻選編 1840～1949》（下冊），中央編譯出版社 2017 年版，第 128 頁。

〔註96〕 《中國國民黨抗戰建國綱領》，見徐辰編著《憲制道路與中國命運——中國近代憲法文獻選編 1840～1949》（下冊），中央編譯出版社 2017 年版，第 128 頁。

〔註97〕 曹禺：《橋》，見田本相、劉一軍編《曹禺全集》（第 3 卷），花山文藝出版社 1996 年版，第 407 頁。

〔註98〕 宋霖：《灘》，開明書店 1945 年版，第 7 頁。

〔註99〕 劉守剛，劉雪梅：《義利觀轉換與公有制興起的思想基礎》，《學術交流》2012 年第 3 期。

寫的工業，也是被當作一種「事業」而不是純經濟行為來看待。

於是我們看到，在「國難財」文學圖景所展示的工業困境中，作為主人公的工業家常常並不是標準意義上的、專注於自身利益的「經濟人」，他們事業的失敗也不僅是經濟意義上的失敗，更是工業理想的失落。

《清明前後》、《灘》、《暗流》、《橋》中，塑造了不同量級的工業家形象。《暗流》中的顧頻只是一個規模十來人的小工廠的創辦人，《灘》中的蕭鶴聲雖是規模較大的建成鋼鐵公司的掌舵者，但實為高級經理人，並不擁有多少資產，《橋》中的沈蟄夫、沈承燦父子也與蕭鶴聲的情況類似，但更多了一層技術專家的身份，《清明前後》中的林永清則完全擁有著自己的工廠。雖然情況各有不同，但他們都有著強烈的愛國情懷，有著超出經濟利益的追求。《暗流》中的顧頻「在思想上是一個百分之百的民族主義者」〔註100〕，他原是某著名航運公司的高級職員，之所以在重慶南岸辦起小廠，也有為了「在這大時代裏，『站在自己的崗位上』，貢獻一點能力」〔註101〕的考慮。《灘》中的蕭鶴聲戰前本已坐上上海海關華籍職員的頭把交椅，戰爭初期曾被派往東南擔任經濟檢查的要職，因秉公執法被罷免，才走上了辦工業的路，「我要做的不僅是戰時能對國家有貢獻，對自己能賺錢，戰後也要能發展——就是說，是一件百年大計，決不是投機取巧！」〔註102〕《橋》中懋華鋼鐵公司的總經理沈蟄夫認為，「工業化不僅是要應用近代工業化的技術改變我們落後的生產，同時也要有決心，運用近代工業化的精神，潛移默化改變我們整個落後的政治、經濟同社會制度」〔註103〕，將工業視為驅動傳統中國現代化轉型的「在水當中搭橋」事業。《清明前後》中的更新機器廠由林永清和妻子趙自芳共同操辦，在這一故事裏，工業家的道德被要求得更嚴、責任被塑造得更重——《灘》裏的蕭鶴聲雖也自認肩負著國家的重任，但當事業受困需要賣廠時，也並不特別在意工人的生活問題，但在《清明前後》的最後一幕，當林永清走投無路有了停工的念頭時，趙自芳出來阻攔說：「永清，你要是那麼一辦，我就去做律師。我要代表廠裏的員工控告你：從前你要大家流汗流血，從上海來四川的時候你是怎麼說的，現在你想把大家扔到馬路上去，那可不

〔註100〕 甘永柏：《暗流》，文光書店 1946 年版，第 33 頁。

〔註101〕 甘永柏：《暗流》，文光書店 1946 年版，第 35 頁。

〔註102〕 宋霖：《灘》，開明書店 1945 年版，第 8 頁。

〔註103〕 曹禺：《橋》，見田本相、劉一軍編《曹禺全集》（第 3 卷），花山文藝出版社 1996 年版，第 412 頁。

成！」〔註104〕這樣的情節無疑破壞著文本的逼真感，且不論趙自芳作為林永清的妻子到底會不會站在這樣的立場考慮問題，辦工業縱然對國家有諸多好處，但畢竟還是私人所有的、並為之承擔責任的經濟行為，而在趙自芳看來，竟然連停工的自由也沒有，還要為了工人的生計而虧本經營，那企業就不是企業，完全成了社會福利機構，這即便在法律意義上也是頗為荒誕的。與其說這句話出於趙自芳之口，倒不如說是作者的干預，是為了引出後面那段林永清關於民族工業也被「扔在馬路上」的表白。當然《清明前後》中的這段表述是一個極端的例子，但它也代表著在這批作品中普遍存在著的對工業家賦予更高道德要求的傾向。

正因為這種理想主義的高道德要求，在這些作品中，民族工業家所面臨的困境、所遭受的失敗也不單純是經濟意義上的，而常常意味著時代理想的受挫。抗戰時期，「抗戰」固然是第一位的目標，但以此實現「建國」也是思想界、文化界的共識，抗戰時代不僅是抵禦外族入傾的防禦性戰爭時代，也是藉此構建現代民國國家認同、實現民族精神的重造的時代。這種時代追求體現在工業上，就是抓住交通不暢、缺乏外貨競爭的有利時勢，大力發展民族工業，如《灘》中的蕭鶴聲在處辦工廠時就樂觀的感到，「這次的民族解放戰爭的意義，決不僅僅解放中國的民族，它必然也是建立中國民生的基礎，這真是偉大的戰爭，它扭轉了中國的命運」〔註105〕。但最終，蕭鶴聲的理想遭到了失敗，這並不是說它的廠在經濟上破產，當辦廠三年後被資方所逼不得不賣廠時，資產清算之後其實還有盈餘，因為鋼鐵公司的固定資產和掌握的物資也早已在惡性通貨膨脹中翻了幾十倍的價值，更何況蕭鶴聲通過努力，如願以償並未讓資方大成銀行控制工廠，而是賣給了「XX 部」，這在他看來也算一種小小的勝利──至少並未讓代表投機勢力的商業銀行控制他的心血。蕭鶴聲的失敗，在文本中只是表現為他個人事業的失敗、他剛愎自用的鐵掌政策的失敗，至於轉賣給「XX 部」後工廠是否繼續生產，並未予以交代。《暗流》中的情況也與此相似，顧頻從雲南回到重慶後，發現自己已無法控制創辦的小工廠，最終工廠也並未破產，只是減少了生產，更多兼營起了商業，他也因為激烈的反對態度被排斥出了實際的決策層。《橋》由於並未寫完，懋華鋼鐵公司的結局並不

〔註104〕茅盾：《清明前後》，見《茅盾全集》（第 10 卷），人民文學出版社 1985 年版，第 142 頁。
〔註105〕宋霖：《灘》，開明書店 1945 年版，第 33 頁。

清楚，但從前兩幕的情節看，工廠也已被帶有官方背景的資方掌握，很可能無法繼續專注於生產，「橋」也因此成為斷橋。《清明前後》更是在一開頭就使林永清面臨了兩難的選擇，得到一筆貸款，是買黃金投機還是買生產用的煤焦和錳鐵？說客余為民將之稱為「一個是爛羊頭，一個卻是熊掌」〔註106〕，最終林永清選擇了黃金投機，卻是偷雞不成蝕把米，反而面臨被金澹庵所代表的利益集團吞併的危機，直至落幕也未得解決。從經濟體自身生存的角度看，這些工業企業面臨的非但不是破產的危機，反而是「轉型」獲利的大好機會，由此可見，工業的困境主要意味著生產的縮減或停止，意味著實體經濟的空心化風險，意味著「實業救國」理想的破滅。

總之，工業在文學圖景中被處理為一種有著道德優越性的「事業」，工業困境也不在經濟層面而是上升到了民族主義層面。由於工業被視為民族國家長遠利益的代表，造成工業空心化的種種不利因素就成為反民族的存在，這建構起民族主義式的「國難財」批判模式。不過，本章暫時懸置批判問題，更注重「圖景與體驗」，下面就具體看一看究竟阻礙工業發展的「灘」和「暗流」是一幅怎樣的圖景，而身處其中的工業家的體驗又怎樣被凝聚在了文本中。

二

在這四部關於戰時工業困境的長敘事作品中，有三部都與茅盾相關。茅盾創作的戲劇《清明前後》產生了巨大的社會影響，而另兩部由民族工商業界人士寫作的小說《暗流》和《灘》，也都得到了茅盾的撰文評介。尤其是宋霖（胡子嬰）的《灘》，茅盾不僅先後為之寫過兩篇專論，還參與到了這本書的寫作之中，據兩人此後的回憶相互印證，《灘》的成書有茅盾從構思、修改、潤色、推薦出版幾個層面的幫助〔註107〕。那麼，茅盾在書評中是如何描述阻礙民族工業發展的「灘」與「暗流」呢？對這兩部小說，茅盾都以同樣的方式

〔註106〕茅盾：《清明前後》，見《茅盾全集》（第10卷），人民文學出版社1985年版，第30頁。

〔註107〕《灘》甚至可以稱作一部茅盾作為「第二作者」的小說，胡子嬰的構思經過了與茅盾的詳細探討，寫完初稿後又被茅盾建議推翻重寫，她最終依據茅盾長達幾十頁的修改意見寫成終稿，最後出版前茅盾又在這一稿基礎上做了文字修飾，具體細節參見胡子嬰《回憶茅盾同志二三事》，見胡子嬰《灘》，花城出版社1982年版；茅盾《霧重慶的生活──回憶錄（三十）》，《新文學史料》1986年第1期。

開頭，「到現在為止，描寫戰時經濟動態的作品，還是寥寥可數的」〔註108〕，「直到現在為止，反映了大後方近年來經濟動態的文學作品，還是寥寥可數」〔註109〕，可見對「戰時經濟動態」的反映正是這兩部作品得到茅盾重視的關鍵，而這樣的「動態」被茅盾描述為「投機橫行，遊資猖狂，通貨膨脹，生產萎縮，土地兼併，赤貧滿野」〔註110〕，具體到工業上就是「戰時中國前期的正走著下坡路的鋼鐵工業，如何受到商業投機狂潮的衝擊，這只是戰時中國經濟的一個環節，然而不能不承認這是中心的環節」〔註111〕。茅盾所讀出的「動態」正是惡性通貨膨脹的後果，也與經濟史中的研究互證，有研究者就此問題論述道，「通貨膨脹和物價飛漲的結果，還加劇了商業投機活動的猖獗，因為物價上漲使得銀行利息高於產業利潤，商業利潤又高於銀行利息，而投機商業利潤又高於正常商業利潤，因此，社會資金大都流向商業投機方面去了」〔註112〕，「戰時後方出現的『以商養工』、『以商代工』，以及產業資本倒流為商業投機資本的趨向，是中國工業發展史上的嚴重倒退現象」〔註113〕。

「灘」和「暗流」的隱喻究竟指向什麼？兩個相似的、都藏於水面之下的意象，指示著一種深層的存在，身處經濟現場的兩位作者所敏銳感受到的，或許正是隱藏在種種表象背後的惡性通貨膨脹。惡性通貨膨脹驅動著人們的行動，共同織成了一面大網、構建了「無物之陣」，帶給懷有「實業救國」理想的工業家們強烈的窒息感，他們孤軍奮戰，顯得不合時宜、書呆子氣，最終也只得到黯然退出的結局。在這樣的情節圖景中，他們的失敗是敗給一種無形之物，而不是某一類明確的敵人，這種無形、流動的感覺也正好被「灘」和「暗流」兩個與水高度相關的意象所指涉。

不同於《清明前後》將困境直接由人物對話說出來的方式，《灘》和《暗流》中對具體的工業困境有較為細節的書寫，這當然得益於作者在的一手經

〔註108〕 茅盾：《窒息下的呻吟——序甘永柏的小說〈暗流〉》，見甘永柏：《暗流》，文光書店1946年版，第1頁。

〔註109〕 茅盾：《讀宋霖的小說〈灘〉》，《大公報》（重慶）1945年9月16日。

〔註110〕 茅盾：《窒息下的呻吟——序甘永柏的小說〈暗流〉》，見甘永柏：《暗流》，文光書店1946年版，第1頁。

〔註111〕 茅盾：《讀宋霖的小說〈灘〉》，《大公報》（重慶）1945年9月16日。

〔註112〕 李平生：《烽火映方舟——抗戰時期大後方經濟》，廣西師範大學出版社1996年版，第297頁。

〔註113〕 李平生：《烽火映方舟——抗戰時期大後方經濟》，廣西師範大學出版社1996年版，第297頁。

驗。蕭鶴聲的辦廠過程相對比較特殊，他不是一個依靠自身經營發家的企業家，而更接近一個現代意義上的職業經理人。因為戰前長期在海關擔任高級職員，他有著豐富的經營管理經驗和人脈關係，因此擔任建成鋼鐵公司的總經理一職其實是一種技術入股，但資金卻是由大成銀行方面提供，是借錢辦廠的模式。所以在三年後，當大成銀行不願繼續提供支持而要求建成鋼鐵公司歸還借款時，蕭鶴聲要麼完全失去股份，將經營權交還銀行，要麼就只能賣廠抵債。從直接原因看來，建成鋼鐵公司的失敗是被銀行所逼，而大成銀行之所以要結束對鋼鐵公司的投資，也主要是出於進一步獲利的打算，「戰後銀行是不像從前那樣靠公債標金外匯地產了，是靠運銷囤積辦工廠了」〔註114〕，「後方辦工業多少有點『辦工廠是名，營商業是實』的那種投機性」〔註115〕。當蕭鶴聲不聽指揮，而一心以生產為本位時，這就與銀行的利益發生了衝突。問題是，大成銀行只是個私營銀行，資本增值本是其第一目的，何況在惡性通貨膨脹的大背景下，銀行處於逆水行舟的狀態，若不追求資本的快速增值，一旦被貨幣貶值的速度超過，自身就要蒙受巨大的損失。如果站在局中人的立場看，大成銀行想要收回自己的投資也實在不是什麼見不得人的罪惡，而蕭鶴聲既然是依靠銀行的資本在辦工業，又不願意從經濟的角度為資方考慮問題，確實顯得有些理想主義。不過，《灘》中的「灘」也並不單指「唯利是圖」的銀行，蕭鶴聲至少與如下許多面的問題搏鬥過——首先是企業內部的腐化，總工程師譚伯先技術不過關，還收受賄賂，拍板購買了低質量的焦碳。其二是基層行政的腐敗，原材料貨物在過關卡時被官員毫無理由的扣住，要拿錢才能放貨。其三是政府不合理的計稅方式，按照飛漲的賬面收入徵收鋼鐵公司的過分利得稅，但實際上所謂的「利得」只是物價虛漲的結果，工廠的生產根本沒有擴大甚至在不斷縮小。其四是不斷高漲的用工成本，尤其是糧食問題，由於地方紳士囤積糧食，派去鄉里買糧的員工更是差點被殺，工廠面臨斷炊的困境。其五是工人、職員因為待遇降低而消極怠工。在蕭鶴聲賣廠前痛苦憂鬱時，這些困難並置在一起，讓他最終下定了決心：

> 大成非但不支持，反而一步緊一步的迫討債務；做成的貨，不肯來提，資金壓進了300多萬，又不許自由出賣；工人們要增高待遇，不增高待遇就拔起腳來跑了，使你開不得工；還有職員無能又

〔註114〕宋霖：《灘》，開明書店1945年版，第10頁。
〔註115〕宋霖：《灘》，開明書店1945年版，第10頁。

> 無恥，一天只想撈外水，從來不想工廠的利害；地主們把糧食囤了
> 不出賣，工廠常常在斷糧的恐慌中，卡子上把貨扣了要錢，機構裏
> 不肯來提貨，也是要錢，政府定的這樣高的利得稅，更是要錢！但
> 是錢在哪裏呢？這一切簡直使他想都不敢想。〔註116〕

這些並置的困難，歸根結底都與惡性通貨膨脹有關。由於通脹，銀行不得不開展種種「保值經營」，由於通脹，政府部門不得不進行「統制」，由於通脹，工人和職員都不得不以自己的生存為第一考慮，由於通脹，地主囤積糧食、基層腐敗橫行。當然這絕不是說，因為有惡性通貨膨脹，人們在這其中所有的惡行都可原諒，但至少可以說，惡性通貨膨脹驅動、放大著這些惡。種種並置的困難背後的驅動力，也許才是《灘》之「灘」所在。《暗流》中顧頻面對的困境則是蕭鶴聲的簡化版，文中工廠規模本就小得多，所面臨的也是生產越來越無利可圖時轉向商業投機的誘惑，當顧頻出差兩三個月回到重慶，驚訝地發現工廠已幾近停工，與他共同建廠的工程師提出要辭職歸鄉，而廠裏的領導權已被富華銀行經理黃立齋掌握，協理鄧公成也已成為黃的心腹。這倒不是一次突然政變，事實上在出差前顧頻就逐漸失掉了領導權，由於缺乏資金，顧頻的小廠引入了投資，這就種下了被資方控制的種子，再加上顧頻性格上比較軟弱，奉行所謂民主制度，結果卻是「股權最多，債券最大的便有他的民主」〔註117〕。而之所以要引入遊資，也是迫不得已，正如他對工程師所說：「我們不都是為了要把這個事情弄好，才去約『他們』。我們既沒有錢，又沒有勢，今天接受了訂單，明天材料便漲了一倍，我們沒有方法完成一個工作。銀行的門關得緊緊的，那些說是扶助工業的機構的門也是關得緊緊的。」〔註118〕最終，當黃立齋代表董事會與顧頻商議新的公司動向——即減少生產，成立貿易部，做一些有利可圖的商業經營時，顧頻主動提出不再在公司擔任職務，比起讓自己創辦的工業淪為幌子，他寧願趁早結束。不過，這並不意味著《暗流》就比《灘》更鮮明地構型了敵人，本作更有意思的地方在於，它對於商業投機者的行為呈現出一種本體論式的焦慮，比如在第六、七兩章中，敘述的焦點移到了黃立齋、鄧公成一邊，隨著視角人物的轉換，投機者一方的無奈也被精細地寫實出來，如以下這段關於「拖」的對話：

〔註116〕宋霖：《灘》，開明書店 1945 年版，第 162 頁。
〔註117〕甘永柏：《暗流》，文光書店 1946 年版，第 44 頁。
〔註118〕甘永柏：《暗流》，文光書店 1946 年版，第 59 頁。

「不是什麼好的辦法，我的現實主義只是『拖』。」友琴眯著兩隻眼睛在笑。

立齋說：「拖也得有拖的辦法，我們那個廠似乎有點拖不動了。」

「不拖也沒有辦法，」友琴的話還是不能轉到本題上來：「你要『幹』麼？只有賠錢。你要頂賣出去麼？旁人也不是傻子。你要政府來接受麼？政府管不了那許多。即使給政府瞧中了，他們也出不起價錢。你想，在這種情況下，不拖有什麼辦法？」〔註119〕

「我們那個廠，」友琴說，「幸好還存得有點材料。我們每月要五萬塊錢的開支，賣一噸鋼板，便可以維持半年。我要他們把廠裏到處收拾得整整齊齊的，只是不做工作，不談生意。工人和職員，要走的，讓他們去。不談裁員，也不談加薪。」

「唔——」立齋點著頭。

「立齋先生，你說是不是？」友琴嘮叨著：「我是學這個行道的，我也不能將它一股腦兒丟掉了。我還得等——等一個『轉機』，您說是不是，立齋先生？」〔註120〕

使用人物視角會使敘述形成道德傾斜，這一段描寫在道德上是相當中性的，讓讀者難免作出「同情之理解」。到了第九章，當黃立齋去和顧頻交底的時候，視角人物已經換成了黃立齋，於是這些似乎並不適用在投機者身上的句子開始出現——「他說後向著顧頻粲然地微笑著，這微笑無疑地是誠懇的、親切的」，「立齋仍舊委婉地說下去」，「他很誠懇地瞧著顧頻」，「黃立齋熱誠地握著他的手」，黃立齋對顧頻的評價也反覆出現，「哪兒有這樣倨傲的青年人？他實在看不出一點像這樣一位平凡的青年有什麼驕傲的理由」〔註121〕，「這位驕傲的青年實在令人不可思議，如果是一個自己的部屬、子侄或弟兄，他一定會痛罵他們一場，然後把他推到露天下去，讓太陽和風雨去給他大大地沖洗一下」〔註122〕，「覺得只要這個青年肯稍稍——稍稍把那過分仰高了的腦袋向下低一點兒，他應該為這個青年伸出援助的手，這絕不是一個庸俗的奴才」〔註123〕。從黃立齋作為視角人物的部分看，顧頻是否真的過於驕傲、過

〔註119〕　甘永柏：《暗流》，文光書店1946年版，第85頁。
〔註120〕　甘永柏：《暗流》，文光書店1946年版，第86頁。
〔註121〕　甘永柏：《暗流》，文光書店1946年版，第100頁。
〔註122〕　甘永柏：《暗流》，文光書店1946年版，第101頁。
〔註123〕　甘永柏：《暗流》，文光書店1946年版，第102頁。

於幼稚就成了一個問題，如果顧頻自身缺乏對時代的理解，那麼之前他口中對投機風潮進行批判的部分，就成了出自不可靠敘述者的一種「說法」而已。而顧頻作為視角人物的部分，也就與黃立齋作為視角人物的部分分庭抗禮，構成小說的複調。這種複調感並不意味著小說對「暗流」存在與否的搖擺，而是對「暗流」是否具有實體的惶惑，固然投機資本扼殺了顧頻的小廠，但廠真的只是被黃立齋的銀行所弄入困境的嗎？顯然並非如此，正如黃立齋對顧頻說的一樣，「濟心兄，我們要知道目前工業的衰落是一個整個經濟界的問題。我們不能不順應環境」〔註124〕。環境正是被深層的惡性通貨膨脹所造就，但對於這種初次遭遇的現代經濟亂象，身在其中之人，對它也很難有明確的把握，所以顧頻在小說一開篇就對新認識的女學生白蓓說，「我讀了十多年的經濟學與貨幣學，我還一直不懂『錢』是一個什麼玩意。」〔註125〕所以他在徹底脫離了工廠後，與白蓓有這樣的對話：

> 「不是，因為不是我自願放棄的，所以我有一些懷念。」
>
> 「那麼，你是因為被一些野心家排擠走了，便感覺氣悶？」
>
> 「也不是的。」他很侃切地回答。
>
> 「或者因為你太老實，對於自己不能應付他人奸詐的手段，便感覺失望而沉悶」。她真歡喜研究旁人的心理。
>
> 「我確實曾經這麼想過，」他緩徐地說著，合上手裏拿著的一本書，「跟著我發現這個思想也是不對的，對於我們那個小廠，即使歷史上哪個歡喜弄權的人復生，請他到那兒去，我想也必定會感覺一籌莫展。」
>
> 「那你是有點怪這個社會？」
>
> 「呵呵，別管他吧，我沒有怪誰。」
>
> 他取了船夫的木漿，在那靜靜的水裏向前搖著。〔註126〕

反覆否定中的惶惑又與蕭鶴聲賣廠後的反思類似，「『為什麼要賣廠呢？是我沒有能力嗎？是我經營不善嗎？——不！決不！』他心裏苦苦地搜索著三年來他對工廠的政策和經營，他找不出一點錯處，當時他的百年大計，不得不中途夭折，這到底為什麼？是誰的錯？——他不能回答。」〔註127〕這可謂

〔註124〕 甘永柏：《暗流》，文光書店1946年版，第105頁。

〔註125〕 甘永柏：《暗流》，文光書店1946年版，第13頁。

〔註126〕 甘永柏：《暗流》，文光書店1946年版，第110頁。

〔註127〕 宋霖：《灘》，開明書店1945年版，第215頁。

是工業界人士在戰時困境中共同的惶惑。

　　綜上所述可知，不論是茅盾所說的「戰時經濟動態」還是《灘》和《暗流》中強調的「環境」問題（「不能不順應環境」「中國還沒有具備發展工業的環境」），兩位工商業從業者所寫的作品，都滲透著一種對惡性通貨膨脹環境的惶惑感——在這些文學圖景中展示了多方面因素構成的困境，展示了時勢之「逼」，展示了不得已，也未能得出答案、塑造明確的敵人。相比而言，曹禺的《橋》只寫出兩幕便無法繼續，八十年代再續也未能完成，這可謂是跨出文本的惶惑了。茅盾的《清明前後》則是這之中唯一一個祛除惶惑、得出明確結論的文本，關於它的批判性問題，留待後續章節討論。

三

　　「國難財」文學圖景中的工業困境，展現出了環境的壓迫力量，以及環境背後作為深層規律的惡性通貨膨脹的存在——正如水面之下的「灘」和「暗流」。對環境的細膩還原，使得環境中人的順應選擇也具有了個人層面的合理性，《灘》中的大成銀行的徐渭臣等人如是，《暗流》中的黃立齋等人亦如是，這就像另一部並不正面涉及工業的作品《黃金潮》中所談，「我們親眼看見的，同樣的人，一個做金子買賣，兩百萬資本快變成二千萬，另一個辦民族工業，二千萬不但蝕光而且還欠了一屁股的債，這社會給人的報酬太不公平」〔註128〕，於是「事實迫得我不得不放棄工業而轉到商業上來」〔註129〕。而將工業塑造為超功利的、聯繫著民族國家未來的事業，事業的失敗就不僅是在經濟意義上，而是一種理想的失落、一種民族主義情懷的受挫。於是在工業困境的文學圖景中就存在著個人利益與民族情懷的對峙，但這種對峙又並不是徹底的揚棄前者而歌頌後者，自晚清起，思想界已經漸漸改變著「不言利或罕言利」的傳統經濟思想，義利觀開始轉型，個人利益原則的合法性雖未完全確立，但畢竟已有一定影響，在經濟大環境的壓迫中、在物價飛漲的剝奪中求得經濟體的生存，在倫理上並非站不住腳。因此這種對峙的問題就成為一種因環境而生的對峙，是惡性通貨膨脹讓「實業救國」理想中本該調和的個人的私利與民族的長遠利益對立了起來。因環境而生的對峙，讓人惶惑。那麼這種環境是否是可改進的呢？《暗流》氣氛沉悶，以顧頻之死放棄解答，《灘》的結尾則讓

〔註128〕徐昌霖：《黃金潮》，大陸出版公司1945年版，第131頁。
〔註129〕徐昌霖：《黃金潮》，大陸出版公司1945年版，第131頁。

一貫強悍的蕭鶴聲陷入精神崩潰的境地，未寫完的《橋》則將希望寄託在一種工業主義的空想，如沈蟄夫所表白的：「我認為公司的困難不只在資本，限價，銷路這些枝節問題，最根本的失敗是我們缺少一種辦工業的精神⋯⋯不提辦工業則已，要規規矩矩地辦，我們就非有一種只認事實，不認情面，只講效率，不講人事的精神不可，所以根據這種精神，我們值得在這樣困難局面下把這公辦下去。」〔註130〕以某種「精神」戰勝複雜、荒誕的現實環境，實在過於書生意氣，或許這也正是構思龐大（僅寫出的前兩幕就有近11萬字）的《橋》無法繼續下去的原因。《清明前後》是一個例外，劇中有了切實的解決路徑——「政治不民主，工業就沒有出路。」其中的批判性是如何確立的呢？這將在後續章節中討論。

　　以戰時經濟生活的視角回到文學史中，意味著釋放、展現一幅以往被壓抑的文學圖景，更能看到凝聚文學中的體驗：上世紀40年代，戰爭陰影在神州大地揮之不去，但對於戰線後方的普通民眾和作家而言，更直觀體驗到的是不斷惡化的通貨膨脹對生活的種種衝擊和顛覆。本章從三個視角入手看待「國難財」文學圖景中相互聯繫的三部分：以知識分子人物形象入手展現大後方社會中發生的階層顛倒，以商人形象入手看待展現大後方的商業投機，以工業家形象入手展現大後方的工業困境。在這三塊相互聯繫的圖景中，不難發現其中的現代體驗——因為惡性通貨膨脹本是一種現代貨幣體系下的產物，其物價上漲的烈度、其複雜的倫理問題讓人感到震驚、惶惑與誘惑，也使得作家將商業刻畫為擁有超凡的崛起與敗落速度的賭博行為，在工業問題上，則通過民族工業家「實業救國」理想的失落寄託了一種反經濟、反私利的意識，這可以看作是對社會分配不平等的反抗情緒，其不斷積聚為大後方社會接受左翼的階級觀打下了基礎。惡性通貨膨脹體驗的發現豐富大後方文學的內涵，使抗戰文學的「國難財」書寫成為中國現代文學史上獨特的一頁。

〔註130〕曹禺：《橋》，見田本相、劉一軍編《曹禺全集》（第3卷），花山文藝出版社1996年版，第412頁。

第三章 「國難財」書寫與現實批判

在第一章中，本文已論述了「國難財」及其所代表的惡性通貨膨脹背後複雜的歷史機制，事實的繁雜自然帶來判斷的多重性，這似乎在某種程度上消解著「國難財」問題鮮明的批判色彩。不過，這畢竟是一種拉開了時間距離的判斷，以這樣的「後見之明」去看待歷史情境中文學的批判問題，得出「偏至」或「不寫實」的結論，並非「文史對話」的本意——文學本就不是對現實規規矩矩的模仿，何以強求其中的種種傾向、態度要與某種對歷史的看法相符？回到歷史情境中的複雜性中，是為了找到更多觀察文學文本的角度，這或許能讓我們在熟悉的文本的細節處和不那麼「主流」的文本中有所收穫，如第二章中所展示的、較為「中性」的圖景與生存體驗。但歸根結底，抗戰文學的「國難財」書寫之現實批判性是難以否認的，可稱為一種「底色」。畢竟，上世紀四十年代是歷史上知識分子經濟狀況較差、相對地位極低的時期，作家不可能不對現實抱有強烈的不滿，在這種情況下，「寫實」本就意味著批判。當然，這也並不意味著回到「暴露與諷刺」的舊闡釋框架中，現實批判並不等同於反政府、革命的訴求，它的背後仍有多重的層次可以探討，仍有一個最終轉換為革命訴求的過程。

第一節　民族主義與日常生活的齟齬：「國難財」書寫的批判底色與倫理光譜

抗戰時期，中華民族到了生死存亡的危急關頭，民族主義成為時代主潮。抗戰文學在初期之所以呈現情緒高昂、鼓動性強的形態，各種演劇團體之所以

要深入前線、鄉村進行熱烈的宣傳，便是為了配合抗戰的需要：民族情緒需要激發、抗敵熱情需要鼓舞。從另一個角度說，既然民族情緒是需要激發的，也就表明它並非天然存在，從城市到鄉村，專注私人利益而對抗戰大局不甚敏感的人群也就絕不鮮見。「國難財」這一詞彙被發明出來，本身就內含一種對立關係，無論理解成「利用國難發財」還是「在國難期間發財」，都意味著一種不合時宜的存在：國難與發財兩者之間自然是內蘊著張力的，否則這一概念就不可能產生並廣泛流傳。國難與財的對立，本質上是一種公私之間的對立，發財是個體的行為，而抗戰時代要求著集體主義精神，可以說，「國難財」本身即有破壞抗戰之意。發「國難財」者對私利的追求所代表的非民族主義傾向，也正是情緒高昂、鼓動性強的前期抗戰文學所試圖消解、改造的。「國難財」文學書寫雖繁榮於抗戰文學後半期，實質上仍是一種基於民族主義精神的敘事，只是它不再試圖通過宣傳鼓動來激發愛國熱情，而是試圖通過批判來抨擊非民族主義傾向。這正是時代所賦予「國難財」書寫的批判底色。

一

關於抗戰文學後半期的批判潮流，一般的闡釋有兩種思路：一是基於革命話語，認為是對國民黨黑暗統治的戰鬥。新時期以來，更常見的思路則是站在啟蒙立場，認為批判中體現著「五四」式的反封建「改造」意識。如《中國現代文學三十年》中寫道：「幻想消失之後，作家更加面對現實中新的和舊的痼疾和一切阻礙抗戰，阻礙改革的不良現象，認識到不進行根本的社會制度的改造，人的改造，我們的民族不會獲得新生。」〔註1〕又如黃萬華所論：「作家的戰爭人生體悟已不拘囿於戰爭英雄主義、理想主義的高揚，而進入了民族革新自立的內在層面，而這又延承豐富了中國新文學的現實主義傳統。」〔註2〕那麼，對經濟生活中的「國難財」亂象加以批判，是否也是一種救亡時代的啟蒙聲音呢？確實，文學中對「國難財」的批判是對某種「痼疾」的批判，但與五四時期個性解放的反封建潮流、「人的改造」卻很難畫上等號。這種批判歸根結底還是基於戰時的集體立場和民族情緒，同時也主要以傳統倫理作為支撐。

先說「國難財」批判中的集體立場和民族情緒。「國難財」書寫雖然並不是抗戰初期那種激昂的、英雄主義的文學，卻仍然基於「一切配合抗戰」的

〔註1〕錢理群、溫儒敏、吳福輝：《中國現代文學三十年（修訂本）》，北京大學出版社1998年版，第449頁。
〔註2〕黃萬華：《戰爭人生的心靈體驗》，《山西大學學報》2005年第4期。

認識而發生。因此「國難財」是否違法犯罪倒是其次,個人在戰時的發家致富即便合理合法,也會被視為一種非集體主義、非民族主義的行為。這正如有研究者所敏銳發現的,抗戰時期的日常生活被「作為一種被貶斥的寫作資源」〔註3〕而存在。這一現象在文學中一個形象的表達就是「國難財」書寫的發軔之作《霧重慶》中,第二幕貼在沙大千等人新開的小飯館牆壁上的兩幅標語——「吃飯不忘救國」、「飲酒常思殺敵」。歸根結底,《霧重慶》所批判的,也就是「吃飯忘了救國、飲酒不思殺敵」的人們。《霧重慶》公演後,當時的一篇評論這麼寫道:「可惋惜的,就是這一夥曾懷有高大的理想,爭求工作的青年,默默地關到飯館裏去,犧牲在『為了生活』的圈套裏,為什麼他們不能在開飯館之後再求工作,為什麼?為什麼?為什麼?——他們是為了生活而忘記生活的意義了」〔註4〕由此可見當時社會意識中鮮明的價值差序:「工作」即生活的意義,「工作」大於生活,「為了生活」竟稱為一種「圈套」,而開飯館並不被視為一種工作,那麼什麼才是工作呢?被稱為《霧重慶》中一絲光亮的、從前線歸來的林家棟,也不過從事某些宣傳工作而已,何況林卷妤、沙大千一行人本就是找不到工作(因為大後方並不需要那麼多只會演劇宣傳寫寫文章的救亡青年)才開小飯館的。林卷妤在開飯館前就有這麼一段自白,反而闡明了「生活」的必要,「老這麼坐吃山空,怎麼得了呢!不說是餓肚子吧,閒也要閒出毛病來了。我想你、我、老艾,都不是沒用的人,要是不愁生活,還怕沒工作做嗎?既然不到前方去,在後方也要對抗戰盡點力量。」〔註5〕不過,開飯館這種經營活動仍舊不被視為「盡點力量」,而只能是為「盡點力量」所作的準備,於是林卷妤又補上一句「要是小飯館開了張,只要夠吃的,我們不是還有許多時間,去替國家出力嗎?」〔註6〕這句「只要夠吃的」,決絕的在與個人利益撇清關係,彷彿但凡沾染上一點金錢,純潔的救亡青年就會被玷污。抗戰文化中這種對私利的排斥,正是因為有了對私利的衡量就要催生出強烈的個體意識,而這會成為集體主義、民族主義時代不穩定的、抗拒整合的一種力量,更或許會對抗戰的前途造成影響。一個更有趣的例子是袁俊戲劇《山城故事》。《山城故事》關注知識階層╱小公務員在惡性通貨膨脹中的心態變

〔註3〕王琦:《逃亡即抗爭——立體戰與〈火〉三部曲的日常生活書寫》,《中國現代文學研究叢刊》2018 年第 5 期。

〔註4〕李榕:《關於〈霧重慶〉》,《國民公報》1941 年 2 月 2 日。

〔註5〕宋之的:《霧重慶》,見《宋之的劇作選》,人民文學出版社 1958 年版,第 269 頁。

〔註6〕宋之的:《霧重慶》,見《宋之的劇作選》,人民文學出版社 1958 年版,第 269 頁。

遷，但故事卻是以男女情愛聯繫起來，兩條線索構成對位：向天鶴本是一個青年公務員，改行做違法生意，最終身死堆棧，而隨著他的改行，與表妹韓秀娟（亦是公務員）從小所訂的婚約也破裂了——天鶴愛上了老闆蔡洪山的年輕夫人麗珠，而秀娟也移情於一起辦公事的青年公務員林文炳。在作者的設計中，如果說天鶴愛上麗珠是被金錢所捕獲的墮落，那麼秀娟移情林文炳則是走向了坦途。林文炳既是向天鶴某種意義上的情敵，同時亦是向天鶴所代表的改行選擇的反面，一個絕對的樂觀主義者。他是「一個方面大耳著舊公務員制服破帆布鞋的笑嘻嘻的年青人」，熟讀《中國之命運》，總是充滿希望，有他在的地方便充滿了生氣，口頭禪是「有辦法，有辦法，只是遲早問題，一切都有辦法」〔註7〕，「事情總要一步步地來，我們要做的事多的很呢」〔註8〕，類似的抗戰樂觀派角色如《清明前後》中的余為民是一個典型的丑角，但《山城故事》中的這位林先生卻無疑是寄託作者之希望的另一種抗戰青年形象。林文炳在得知天鶴所作所為後，評論道：「他為什麼總是只看得見自己一個人的安樂，總以為自己有了錢就什麼問題都解決了呢？我真不懂，在這樣一個廣闊的世界上，人為什麼不能把眼光放遠些放大些，偏要在小得不能再小的個人得失上費心思用工夫呢？」〔註9〕，並作結論：「咳，沒有信仰！毛病全在沒有信仰……他對國家沒有信仰，對人類沒有信仰，他對什麼都沒有信仰！」〔註10〕自然，林文炳是一個有信仰的人，一個看到「大」而可以忽略「小」的個人得失的人，他對天鶴的批評可謂正是集體主義、民族主義的抗戰意識形態對日常生活的貶斥。其實，《山城故事》的出色之處本在於對天鶴的轉行過程、精神變遷作了極為細膩的合理化書寫，反倒是林先生的形象單薄扁平，但「國難財」及其所代表的日常生活意識不論如何被合理化，最終要受到單薄卻必要的貶斥。一個涵義豐富的細節是《霧重慶》和《山城故事》所想像的「國難財」都有一種兩段結構，即從合法到非法，沙大千等人開小飯館並不違法、去香港搞貿易也不違法，直到後來進行走私活動才非法，而向天鶴開始在蔡洪山處當經理時並不知道生意非法，知道生意非法後經過了思想鬥爭才徹底接受。不過，這些「財」在合法或看上去合法時，就已經開始被文本中的訓誡力量所批判了（如《霧重慶》第三幕中的衝突，《山城故事》中天鶴母親拒絕用他所賺的每一分

〔註7〕 袁俊：《山城故事》，文化生活出版社1944年版，第36頁。
〔註8〕 袁俊：《山城故事》，文化生活出版社1944年版，第42頁。
〔註9〕 袁俊：《山城故事》，文化生活出版社1944年版，第151頁。
〔註10〕 袁俊：《山城故事》，文化生活出版社1944年版，第151頁。

錢），那麼，為什麼要有這樣的從合法到非法的兩段結構？很可能的解釋是，前期的「合法」是為了增加日常生活邏輯的讀者接受度，後期的「不合法」則是抗戰意識形態的強力校正，一種「曲終奏雅」式的文化安全閥。於是，《霧重慶》和《山城故事》中都充滿了張力，但最終服從於集體立場和民族情緒的「國難財」批判。

「國難財」所代表的對個人利益的在意、對日常生活的追求不僅與抗戰時期民族情緒和集體立場的時代思潮相悖，也與中國傳統倫理思想不符。抗戰時期的民族情緒或民族主義思潮，與其說與現代民族國家想像共同體的構建有關，不如說更是與知識分子愛國傳統一脈相承，這種傳統文化中的家國情懷即姜義華提出的「以天下國家為己任的責任倫理」〔註 11〕。而對個人利益的追求、對私有財產的保護，則必須基於一種權利倫理，這在中國傳統文化中是邊緣化的。除了公私對立的緊張關係，對於「財」的問題，傳統經濟思想中更有著深厚的「重農抑商」意識，這構成了豐富的批判資源。許多不那麼糾纏的「國難財」批判，背後就有著這些中國傳統倫理的支撐。

「利己心在所有前現代的社會中都被當做是萬惡之源，是威脅社會安定、乃至社會存在的洪水猛獸。與此相應，利他心是所有前現代的社會所能理解的『道德』之為道德的本質，或者說，利他心就是道德的善。」〔註 12〕在小農經濟為主要生產方式的傳統中國，商業及其所必須的「利己心」所代來的流動性，自然更是對「超穩定結構」的威脅，於是被放置於道德低位便不足為奇。在許多抗戰文學的「國難財」批判中，商人的自私自利常常被誇張到極點，同時都因「私」而帶來了嚴重的道德問題，這通常與混亂的男女關係結合在一起。張客的獨幕劇《國難財》（1941）中，趙敏庭勸告太太楊若玉和自己一起做投機生意，太太先是不肯合作，當趙敏庭的生意夥伴胡立海來到趙家，不過一會兒就與楊若玉有了勾搭，拿出一疊鈔票便將其摟入懷中。後來被趙發現，兩位生意夥伴便大打出手。楊邨人的三幕劇《新鴛鴦譜》（1943）中，游擊商人們在抗戰的混亂生活中各自重組家庭，最後經發生互換妻子的情況。更嚴重的道德問題，則是走向民族利益的對立面，所謂「奸商」，在抗戰時代也有「商人即漢奸」之意。上文所述的《國難財》一劇中，趙、胡二人都涉及到倒賣日貨。

〔註 11〕 姜義華：《中華天下國家責任倫理與辛亥革命》，《社會科學》2011 年第 9 期。
〔註 12〕 崔宜明：《市場經濟及其倫理原則——論亞當斯密的「合宜感」》，《上海師範大學學報》2001 年第 2 期。

何陽的短篇小說《張振華先生》塑造了一個做醫藥生意發「國難財」的青年學
生形象，當他聽說太平洋戰爭爆發時，立即意識到這是一個機會，對他的愚笨
助手賣關子。助手不解其意，問道：「是不是抗戰發生問題，這裡有危險？」
他說：「這關我們屁事，國家大事，自有大官去管。軍事布置，也有軍人負責，
用不著我們發愁。我們得管自己的事，問題在戰爭爆發後，海口封鎖，藥品來
源無形斷絕，問題就在這裡」〔註13〕張振華先生關注的只是「自己的事」，
抗戰時代在他眼裏「是商品的時代，是生存競爭，優勝劣敗的時代！」〔註14〕
前面章節提到過張英的劇本《春到人間》和張恨水的《人心大變》也是如此，
這兩部作品以抗戰勝利為情節點，當舉國歡慶之時唯有商人愁眉苦臉，商人吳
信仁給黃崇仁談「大局」，黃崇仁心中的「大局」卻是自己的生意，還反問道
「大局有轉機，我們還拋出去做什麼？」吳信仁只得解釋：「哦！我這話沒有
細說得明白，我說的大局，是中國大局。若是敵人真不能支持，敗退下去，無
論什麼東西要落價，恐怕也像漲價的時候一樣一天一個行市。」〔註15〕甘永柏
的長篇小說《暗流》中，某小工廠經理顧頻在昆明郊外搭車時偶遇一妙齡少女，
又因汽車拋錨不得不漫步山間、宿營野外，在這樣浪漫的氛圍中，顧頻與少女
談起時局，說起對商人的看法，「我想像著，在那群歡呼的肥白的手膀中間一
定有人在想：戰爭，真是一個有趣的玩意，沒有戰爭，他們從哪兒得到這些意
外的財富呢」，「他們中間一定有人在希望這個戰爭繼續下去。最好是戰線不進
也不退，好讓他們的財富愈發膨脹。」〔註16〕為了自己的利益，竟然希望戰爭
長久持續下去，這無論在什麼時代的倫理體系中都可謂邪惡了。在有官方背景
的作家那裏，作品中的商人開始直接成為漢奸，如王平陵的劇本《維他命》，
其中囤米的大商人金達權就直言不諱地說「總之，抗戰愈有辦法，我們愈沒有
辦法；抗戰愈近勝利，我們發財的門路，愈加狹小」〔註17〕，表面上看他似乎
只是為了個人發財，實際上暗中接到了「信田義一郎」的指示，負責擾亂後方
的經濟，這當然在倫理上就沒有任何可以理解的空間，即便是劇中身為執法者
的女兒金素華，也必須判處他死刑了。「歧視『私』是中國傳統倫理思想處理

〔註13〕何陽：《張振華先生》，《現代文藝》1942年第2期。
〔註14〕何陽：《張振華先生》，《現代文藝》1942年第2期。
〔註15〕張恨水：《人心大變》，見張恨水《真假寶玉》，北嶽文藝出版社1993年版，第
　　　　164頁。
〔註16〕甘永柏：《暗流》，文光書店1946年版，第32頁。
〔註17〕王平陵：《維他命》，青年出版社1942年版，第31頁。

『公』『私』關係的基本特徵」〔註18〕，這些將商人之私直接推導為與抗戰大局相對抗的「國難財」情節，無疑傳承著傳統倫理中對「私」和「利己心」的妖魔化，所謂「存公滅私」、「至公無私」。在前現代的倫理中，不存在現代經濟思想中私利與公利的調和──經濟學的創建者亞當・斯密提出，在健全的自由市場中，「看不見的手」會自動引導出於自私目的的人們做出有利於全社會利益的事，這也正是市場經濟之所以有效率、能帶來繁榮的原因，每家公司都為著自身的利益而奮鬥，其結果是世界經濟幾百年來的持續增長──傳統倫理中，「私」卻必然是有害於「公」，只有所有人都大公無私、行若聖人，世界才能實現天下大同。這反映在作品中，一個典型例子便是張恨水《八十一夢》中借史可法之口所作的借古喻今，「明之亡，不亡於流寇，實亡於無文無武，個個自私。千秋萬世，後代子孫必以此為戒。」有意思的是，以這樣的道德高調來對付惡性通貨膨脹的困境，也正是當時的蔣介石所作的選擇，「對於軍隊士兵食不果腹、營養不良的問題，蔣介石則稱『師團長好者，士兵痛苦較少，並非食不能飽。』蔣介石在軍校的講話中，多次表示士兵吃飯不宜過飽，並以自己在日本陸軍士官學校的經歷佐證。」〔註19〕國民政府高官熊式輝曾與陳誠抱怨道：「委員長亦明瞭近時一般情形，但只靠小冊子訓話等等，精神上之誠勉，決難為效於今日。余言：希特勒、羅斯福、丘吉爾之類，皆於物質之實際問題，不肯放鬆，故能鼓舞一時，為眾所推戴，我委員長只以克己工夫，屬望人人作聖賢，殊難能也。」〔註20〕可見這樣的傳統道德高調的無效性。不過，基於傳統道德的批判是否有效姑且不論，重要的是它成為作家批判「國難財」的思想資源，表明抗戰大後方文學中批判問題在革命和啟蒙之外的另一種路徑：回到傳統思想資源中尋找現代亂象的解決方式。

正是基於傳統倫理中對「私」的偏見，再加上的「重農抑商」的傳統經濟思想的影響，在有的作品中將批判推到極致，產生了直接否定商業存在合理性的傾向。張恨水《八十一夢》中《號外號外！》一篇，王老闆認為「做商人總

〔註18〕 李承貴，賴虹：《中國傳統倫理思想的「公」、「私」關係論》，《江西師範大學學報》2007年第5期。

〔註19〕 嚴海建：《抗戰後期國統區的經濟危機及其連鎖反應──基於國民黨高層個人記述的觀察》，《日本侵華南京大屠殺研究》2018年第2期。

〔註20〕 洪朝輝編校：《海桑集：熊式輝回憶錄（1907～1949）》，香港明鏡出版社2008年版，第380頁。轉引自嚴海建《抗戰後期國統區的經濟危機及其連鎖反應──基於國民黨高層個人記述的觀察》，《日本侵華南京大屠殺研究》2018年第2期。

是一個剝削分子,在生產和消費的兩者之間弄錢。說厲害一些,和貪官污吏好不了多少」〔註21〕。《牛馬走》中,則有更詳細的一段描寫:

> 老太爺雖然不贊成兒子吸煙,可是一回頭看到桌子角上煙火齊全,就情不自禁的拿起一支來吸著了,身子靠在椅子背上,將腿架起來,手夾煙支在嘴邊,閒閒的噴了一口煙,因微笑道:「現在你這樣作生意,就算順著這個不正常的潮流吧,我也不反對你,可是到了戰後,你打算怎樣呢?人生在世,一半是為了自己糊口,一半也應當為別人盡點義務,用科學的眼光分析起來,商人是為別人服務的精神少,而剝削別人的精神多,尤其現在的商人,借著抗戰的機會,吸著人民未曾流盡的血以自肥。」亞英還是站在那裏,向他父親笑道:「你和大哥的話一樣,把商人罵得一錢不值、其實商人如拿著合法的利潤,也無可非議。」老太爺將手一拍大腿道:「利潤這一名詞,根本就可以考量。生產者出了血汗,製造貨品供給大家,消費者又把他血汗換來的通貨,向生產者去換取貨品。這是生產消費兩方面最公道的義務權利對待,這和商人什麼相干!商人用一元錢在生產者那裏販了貨品來,卻以二元錢的價格賣給消費者,他從中這樣一轉手,白白的賺甲乙兩方一元價值的血汗。這就是他的利潤!『利潤』這兩個字,還怕不夠冠冕,又在上面加上『合法的』三個字的形容詞,一切罪惡,就在『合法的利潤』一句話下進行。你不要以為老頭年紀這樣大,思想怎麼『左』起來了,其實我的思想還是很舊的,我在你們小的時候,不就教你們一些正心、修身、齊家、治國的那些孔門哲學嗎?」〔註22〕

正如區莊正老太爺自己所述,「思想還是很舊的」,這一段裏對商人、商業的理解,確實基於非常傳統的思路,即認為商業是非生產性的活動,賺取利潤是對生產者和消費者的雙重「剝削」,否定其存在的合理性。這種思路的問題在於,沒有看到商業在流通領域中所創出的「需求價值」,並不是一件商品或一種服務生產出來就能自然而準確地到達最需要的消費者那裏,不通過商業及其相伴的市場機製配置資源,整個社會的效率將極大降低。建國後高度集中的中央計劃體制取消了市場、取消了看上去不合理的自由商業,「投機倒把」甚

〔註21〕 張恨水:《八十一夢》,南京新民報社 1946 年版,第 12 頁。
〔註22〕 張恨水:《牛馬走》,團結出版社 2006 年版,第 281 頁。

至在很長一段時間內是一種罪名，表面上少了商業的「剝削」，結果卻是每個人的利益都遭受了損失。當下的世界主流經濟思想，早已基於「需求價值論」，即在人與物的關係上加入了人的主觀感受作為衡量價值的維度，因此認為一種經濟活動「非生產」便不創造價值，實在是一種復古的理解。當然，這裡並不是跨越時空去苛求身處當時當地的作者，而是我們通過這樣的分析可以明確看到「國難財」文學批判背後不可忽視的傳統思想資源影響，看到一個傳統與現代雜錯的時代思想狀況。

綜上所述可知，「國難財」批判的底色或曰基本邏輯，是對其非時代性的批判。這種批判基於抗戰時期的民族主義情緒、集體主義傾向，又與「中華天下國家責任倫理」中對「私利」的批判，對商人、商業的歧視結合了起來。只要是「國難」期間追求私利，不論是否合法，都會被置於這種批判中，當然，為了簡化倫理問題，許多作品都強調了不合法的一面，將謀求私利視為危害抗戰前途的存在。「國難財」批判可謂是一種民族主義的整合話語，它要求人們的在戰時以國家利益為重，必要時候犧牲自身的利益，這與「中華天下國家責任倫理」中的「公」「私」關係一致。不過，在傳統倫理中，對個人權利的保護之「私」和損人利己的「私」一直缺乏明確的劃分，通常被混雜為一個同一的、被貶斥的「私」，這也是許多「國難財」批判之所以產生張力的重要原因。

二

上文已略微提及，在《霧重慶》和《山城故事》中存在的張力——當故事進入日常生活的層面，當對戰時經濟生活中的種種現象、邏輯、心態愈加寫實，便與預設的、民族主義的「國難財」批判間常常存在齟齬，讓人感到一種溢出批判框架的力量。這並非個別現象，正因為這種張力存在，「國難財」書寫中出現了一條「倫理光譜」。

何謂「倫理光譜」？整體觀之，「國難財」書寫中的批判性隨著「國難財」發生在「官方——民間」的不同維度而逐漸衰減模糊，粗略劃分下來有三種情況：作為社會上層的官員所發的「國難財」，社會中層的商人的「國難財」和底層的普通人的「國難財」，作品對此的批判性也逐級遞減，到了底層的、民間的層面，即便是「國難財」，似乎也變得情有可原了。當然「劃分類型」本就與「光譜」的概念不符，只是為了方便描述而使用——事實上，基層的官員實際就是普通人，商人既有與官員勾結的上升到社會上層的，也有沒什麼門

道、靠著自己跑跑市場賺點小利潤、一直處於社會下層的類型。但總體上的兩極傾向是，越發生在「官方」一頭的「國難財」，文學對之的批判越能堅決，越發生在「民間」一頭的「國難財」，文學中就出現了游離於批判底色的「灰色空間」。換個角度看，所謂「倫理光譜」，體現的其實是一種作者取徑的不同──從大視角看，民族主義的時代之「義」會自然浮現於作家的腦海揮之不去，在這種社會文化語境的壓力下，「國難財」批判成為呼喚民族主義、鼓舞抗敵熱情的話語，而大視角自然會就會想像到到社會中上層，關於大官員的、大商人的；但一旦回到具體的戰時日常生活的小視角中，身邊的「國難財」就成為了一種更容易得到同情理解的事物，對於發「國難財」者「逼上梁山」式的書寫就開始廣為出現。

　　雖然毫無疑問，抗戰時期的大後方存在作品審查制度，尤其是在 40 年代初國共之間的裂痕逐漸加大之後，但「國難財」書寫中對官方、高層的「國難財」的批判也並未缺席，只是常常缺乏正面的描寫。缺乏正面描寫，倒並不一定只是出於對通不過審查的顧慮，而是這種高層的、陰謀式的「國難財」具有隱秘性，即便當時馬寅初所暗示的宋子文等人買賣外匯一事，如今還查無實據，作家們自然就更難瞭解，故文學中少有出現也實屬正常。總體而言，許多作品在描繪「國難財」的網絡時，都構造了完整的「官─商─民」的差序格局。如《八十一夢》中的《狗頭國之一瞥》，就對那個遙遠的海島狗頭國社會描述為島主、官商、商、老百姓的層級。當然，這也成為諷刺的層級。《狗頭國之一瞥》將主要的諷刺篇幅放在島上的最高行政長官特克曼勒身上。他操縱著全島的糖果價格（這被描述為一種狗頭國的必須品），既要照奢侈品多徵百分之百的稅，還要在三日之內造成每塊糖果賣五錢銀子的趨勢。他管轄著一堆官商，卻怒斥一般的商人「這班奸商，實在可惡！他們得到了這消息，要去占沒有得消息人的便宜」〔註23〕。另一夢《忠實分子》中，「我」先聽得小商販的種種生意經，又到了一個被稱為「王老虎」的囤戶家參觀，最後見到了一幅奇景：

　　　　鐵纜下面，有鐵槓子架的空中軌道，我明白了，這是空中電車。行駛空中，這是往年要在廬山建設，而沒有實現的事，不想在這裡有了。可是這軌道一直上前，並無山峰，只是直入雲霧繚繞之中。這建築也透著一點神秘，我不免向前看去。這軌道的起點，有鐵鑄

────────────

〔註23〕張恨水：《八十一夢》，南京新民報社 1946 年版，第 42 頁。

的十二生肖：各有十餘丈上下。左邊一隻虎頭人，右邊一隻豬頭人，各把蹄爪舉起，共舉了一個大銅錢。這錢有兩畝地那麼大，銅錢眼裏，便是空中電車道。放了一輛車子在那裏。就在這時，有兩隻哈巴狗幾隻翻毛雞，踏上了車廂，車子便像放箭一般，直入雲霄。我想著，這一群雞犬要向哪裏去呢？好了，那錢眼車站門告訴了我，原來那錢上將順治通寶，四個字改了，錢眼四方，各嵌一個大字，合起來是「其道通天」。〔註24〕

可見對「忠實分子」的諷刺中也存在這樣的層級——從分量較輕的小商販、到稱霸地方的鄉村囤戶、再到通天的「哈巴狗」「翻毛雞」，最後是「雲霧繚繞之中」所暗示的高層利益集團。李劼人的《天魔舞》也通過兩條線索拉出了自上而下的「國難財」鏈條，雖然敘述者通過旁白展示了「國難財」的普遍性，「除了生產的農工，除了掙一文吃一文的苦人，除了牢守成例，別無他法可想的良好國民，除了信賴政府必有好辦法的笨伯外，幾乎人人都改了行，都變成了計算利潤的商業家」〔註25〕，但責任還是主要歸在上層，「這是一股風，從大老闆和一般支撐國家大政的至親好友起」〔註26〕。在情節設計上，《天魔舞》的兩線正是「國難財」一上一下的兩脈，神秘商業機構「八達號」背後有著位高權重但從未露面的「大老闆」做支撐，陳登雲、陳莉華、小馬等人則是依附於這種神秘「國難財」的社會中層，而白知時改行後和唐淑貞所幹的投機生意，則是典型的民間「國難財」。茅盾的劇本《清明前後》更有著一個層級分明的批判結構，同是參與黃金投機的人，有最底層的小職員李維勤，處於社會中層的機器廠廠長林永清，以及亦官亦商的嚴幹臣、再到完全說不清楚身份、也不知「天上下來的或是地獄裏鑽出來的」金澹庵，金澹庵背後所代表的，當然也就是高層利益集團，批判性自然也由底層到高層逐漸上升。

「倫理光譜」「官方」一端的批判性幾乎是天然確立的，政府官員尤其是高層官員利用手中的公權力為自己謀取壟斷性的暴利，無論如何都是一種嚴重的非正義、嚴重的犯罪，不具有任何可以辯駁的空間，而如茅盾的短篇小說《某一天》裏的 W 處長這種官員，雖不在高位，但口口聲聲為抗戰工作，背後卻利用職務之便搞「二十輛卡車」，自然也具有絕對的非正義。到商人的「國

〔註24〕張恨水：《八十一夢》，南京新民報社 1946 年版，第 169 頁。
〔註25〕李劼人：《天魔舞》，四川文藝出版社 1985 年版，第 236 頁。
〔註26〕李劼人：《天魔舞》，四川文藝出版社 1985 年版，第 237 頁。

難財」層面，情況就要複雜一些，因為謀利本就是商人的職分所在（這也包括有些作品裏寫到的私人商業銀行），只要不基於極端的、否認商業存在合理性的觀點，至少商人為自己的利益打算並不算一種罪惡。更何況，在物價飛漲的背景下，做生意如逆水行舟，商人的「合理利潤」很難衡量，在保護自身權利的「私」和損人利己的「私」之間很難作出截然清晰的劃分〔註27〕。所以當要批判商人的「國難財」時，作者常用的處理是加上其他的非正義性，減少其價值曖昧，或通過「官商勾結」情節將其推到光譜的另一端，如靳以的《眾神》；或直接定為違法生意，如吳鐵翼劇本《河山春曉》中的羅大琨；或加上混亂的男女關係，如前文提到的楊邨人的劇本《新駕鴦譜》。當文本中的商人只是在單純的做生意謀利時，「倫理光譜」就逐漸更接近「民間」一端，雖談不上高尚，但也顯得不怎麼罪惡了。關於對商人「國難財」的批判，一個很有趣的例子是司馬訏的散文集《重慶客》中的一篇《某城記事》，以反寫的方式諷刺戰時的投機商：

> 那些商人想不出報國之道，自動發起了「不定價賤賣競賽」，百貨由顧客自行定價，以全部所得勞軍。那種賤賣的程度，未免有些驚人，終於使官方為商人的血本擔心，不能不出而限價了。第一道命令：「不能再低於目下的價錢了。」
>
> 命令頒布的第二個早晨，有兩位參議員在市政廳的走廊上談心。一個說：「你看這些奸商，你不許他減價，他就把燒餅做得比面盆還大！」另一個說：「我很擔心，油條會比大成殿的柱頭還要粗呢！」〔註28〕

這種反寫當然與現實中商人的逐利形成了鮮明的對照，取得了強烈諷刺效果，但正因為這種對比過於強烈，反而會使人感覺到荒誕——難道商人應該像此文中寫的那樣費盡心思虧本嗎？難道商人這種職業沒有獲利的權利嗎？難道個人的權益不得保障，必須「全部所得勞軍」才是高尚？這其中的問題，

〔註27〕 一個社會生活中的例子是，1940 年前後，成都發生嚴重的糧荒和搶米風潮，市政府對一些倉庫堆棧進行了強行查封，但因為當時缺乏相應的管理登記機制，無法區分這些倉庫中囤積的糧食到底是用於惡性謀利還是部分單位、個人用於維持正常生活。結果，查封囤糧後不但沒有起到平抑物價的效果，反而極大損害了政府的公信力。詳細情況參見葉寧《「囤積居奇」與「日食之需」：抗戰前期成都糧食投機治理中的制度缺失》，《民國研究》2018 年第 1 期（總第 33 輯）。

〔註28〕 司馬訏：《重慶客》，重慶出版社 1983 年版，第 22 頁。

正體現了「倫理光譜」中段初步顯出的曖昧。

到了「倫理光譜」的民間一端，「國難財」就變得曖昧了起來。戰時經濟生活中的種種無奈作家群體自然感同身受，能做到品性高潔、絕不轉行當然值得頌揚，但實在沒有辦法，走向做生意一途，也並非不可理解。這就使得許多作品中出現了對民間的發「國難財」者的同情塑造。比如張恨水雖然在作品中始終在基於傳統的經濟倫理對商人進行批判，甚至如前文所引，讓《牛馬走》中的區莊正老先生發出取消商業合理性的議論，但另一方面，也充滿了對戰時生活中種種「人情」的認同。《牛馬走》中兩位性高潔的老先生，事實上都享受著兒子們參與「國難財」帶來的生活改善，虞老先生的兒子恰恰是主管運輸的官員，從文本暗示中看來與投機、腐敗也脫不了關係，而區莊正老先生雖然發出種種高論，但也並未阻止二兒子、三兒子的轉行，僅僅是勸下了大兒子繼續當公務員，這可謂是相當「圓通」了。但這樣的情節也不會讓人產生老先生們虛偽的感覺，因為整部小說中塑造的生活壓迫氛圍已經取得了說服力，在這樣的環境中，再去強求老先生的氣節，未免太苛責。《牛馬走》在批判的大框架下還不時溢出對商業的辯護話語，如這樣的一個藥販子的抱怨，未嘗沒有些合理性：

> 儘管天天在報上看到攻擊發國難財的，但是我心裏卻是坦然。就說西藥吧，那些說風涼話的人，只知道說西藥業發了國難財，他就不想想，假如沒有這些人千辛萬苦，把藥品運了進來，大後方早就沒有一家藥房存在了，那也不知道要糟蹋多少人命。也有人說西藥比站前貴得太多了，其實藥無論怎樣貴，也不能比性命更值錢。有人要販運著救命的東西進來，你還要人家賠本賠心血賣給病家，人心真不知足。〔註29〕

李頡人的《天魔舞》中一開篇，就以在成都在郊外躲空襲的一群人的議論勾勒出戰時經濟生活中各行各業的困苦，比如以下這段苦力與小商販的對罵：

> 「格老子一月幾個牛工錢，光是吃飯就成問題。還是你們做生意的好，怕他捐稅再重，水漲船高，貨物賣貴點，還不是攤在我們這些買主身上了，有卵的虧吃！你們這些做生意的，有啥好人！格老子說句不客氣的話，他媽的政府是大強盜，你們就是小強盜！」
>
> 「能夠算小強盜又好囉！你曉得不？限價又來了。貨物的成本

〔註29〕張恨水：《牛馬走》，團結出版社 2006 年版，第 482 頁。

已高，捐稅又重，還要限定你的賣價。賣哩，再也買不回來了，不

賣哩，來查你，說你囤積居奇。經濟檢查隊就是你的追命鬼，好惱

火喲！做生意！你還說水漲船高不吃虧！」〔註30〕

　　民間的商人有可理解處，底層的知識分子的轉行自然就更有可理解處，更極端一點的情況是對犯罪的同情塑造。駱賓基的《一九四四年的事件》中的小書記袁大德最終持刀搶劫進城的小商販，但敘述者對其被判重刑十分不平，因為這是被非正義的經濟分配機制所逼的結果。《清明前後》中的小職員李維勤畢竟犯了挪用公款 40 萬炒買黃金的罪，但作者用了整整一幕說明其背後的艱辛，將李維勤的窮困與沒錢養活懷上的孩子聯繫起來：「幹什麼我們就不應該有個孩子？我們貪吃懶做嗎？沒有。我們搶過人家，詐過人家嗎？沒有。我們是安分守己的好人，我們不留個後代，難道讓那些搶人的，詐人的，漢奸賣國賊的孽種，布滿這世界麼？」〔註31〕這樣的感歎既辛酸又充滿攻擊性，最終李維勤承擔了罪責被捕入獄，但利用他的更高層的發財者卻逍遙法外，經過這樣的塑造，李維勤不但不再是一個黃金投機的犯罪分子，反而頗有點犧牲者的意味。當第二幕中李維勤下定決心要挪用公款時，說道：「我也看穿了，這一個社會，就許壞人得勢，這一個社會不讓人家學好！」〔註32〕這正是民間層面的「國難財」書寫塑造同情的共同邏輯，因為環境本身變得惡劣，人們所作的不外乎是適應環境而求生存（甚至只是為了留下後代這樣卑微的、基本的要求），這確實是可理解的〔註33〕。當生存的需要逼迫著人們不得不離開抗戰的時代主題，走向為個人日常生活的追求，甚至走向犯罪，當這樣的邏輯在文學中貫穿成立，對「國難財」的批判就不再集中在某一部分人身上，而是指向了大環境的非正義。

　　我們所看到的「倫理光譜」以及民間「國難財」層面日常生活需要與民族大義的齟齬，歸根結底是一種倫理上的個人利益原則是否得到確立的問題。從

〔註30〕 李劼人：《天魔舞》，四川文藝出版社 1985 年版，第 12 頁。

〔註31〕 茅盾：《清明前後》，見《茅盾全集》（第十卷），人民文學出版社 1985 年版，第 48 頁。

〔註32〕 茅盾：《清明前後》，見《茅盾全集》（第十卷），人民文學出版社 1985 年版，第 61 頁。

〔註33〕 這不光是在文學中，甚至在當時重慶的部分法院判決中，對於一些被逼無奈的「國難財」行為，都網開一面。參見〔美〕周錫瑞、李皓天主編《1943：中國在十字路口》，陳驍譯，社會科學文獻出版社 2016 年版，第八章「1943 年的重慶：民生、限制物價與政權合法性」。

倫理結構上說，現代社會有一個重要的標誌就是個人利益原則的確立，只要個人利益原則得到確立，當惡性通貨膨脹像一個黑洞不斷蠶食每個人的資產，人們當然有自我保護的權利，而這就難免演變成日常可見的所謂「國難財」。如張恨水在《寫作生涯回憶》中所說，「抗戰是全中國人謀求生存，但求每日的日子怎樣度過，這又是前後方的人民所迫切感受的生活問題。沒有眼前的生活，也就難於爭取永久的生存了」〔註34〕。抗戰當然是為了國家民族的長遠利益，但張恨水的這番表述中，更強調了「眼前的生活」的必要性，也即是要保護每一個人生存的權利、「免於匱乏的權利」，所以他的作品中雖然常常回到傳統價值中重彈「商業非義」的老調，但充盈的日常生活邏輯卻總是突破批判的大框架。晚清以來，傳統倫理中的義利觀已開始轉換，「在這一義利觀轉換過程中，利益原則得以合法化，並因此奠定了現代政治經濟的社會心理基礎。不過，此時對『利』的追求是圍繞著『公利』或國家富強這一目標的，個人利益和個人權利這一現代國家的核心內容，被有意無意地忽略了」〔註35〕。雖然個人利益原則並未完全確立，但畢竟已在轉換中，所以單純對商業、私利行為的批判就顯得根基不牢，而必須加上兩個延伸路徑，要麼，它損害著「公利」，要麼，它聯繫著腐敗，將其往倫理光譜「官方」的一端推移。中華傳統倫理中一直對社會上層有著更高的道德要求，而從現代法理看政府又是公權力的代表，更不能用政治權力謀個人私利，所以「國難財」到「官方」一端的批判性是無可辯駁的，至此，「倫理光譜」得以形成。當然，抗戰時代的主流思潮還是民族主義、愛國主義、集體主義，所以在「國難財」的批判底色中，日常生活的個人話語始終是被壓制的，但這股潛流我們還是能夠在文本細讀中看到。

三

當回到民間的、日常生活的層面，文學圖景中的「國難財」既是廣泛的，亦是「灰色」的、難於批判的，於是這種批判常常呈現為對「環境」而非某一部分人的批判。對整體「環境」的批判無疑體現了作者面對經濟亂象的震驚與惶惑，但震驚與惶惑畢竟是暫時的，於是對環境的批判成為一個等待解答的問題，即誰應該為造成這樣的環境負責。

〔註34〕張恨水：《寫作生涯回憶》，見張占國、魏守忠編《張恨水研究資料》，天津人民出版社 1983 年版，第 75 頁。
〔註35〕劉守剛，劉雪梅：《義利觀轉換與公有制興起的思想基礎》，《學術交流》2012年第 3 期。

對環境的批判在意義上很容易滑動為對政府的批判，畢竟政府與其治下的社會環境有著直接的關係。李劼人的《天魔舞》如其題名所示，全篇所談並不是某類魔鬼的舞蹈，而是用「亡國之音」的典故，全景式的以成都為中心展現整個大後方經濟生活的紊亂、人心的浮動。《天魔舞》中那個掌故先生式的敘述者娓娓道來的是這樣的環境：

> 抗戰老不結束，一般的情形也越抗越壞。首先是鈔票發得太多，本身價值像是放在電氣冰箱裏的寒暑表，下降得過猛，反而把物價抬得像火箭式的飛機。這飛機先就把成都市修路計劃衝垮，其次把一般人的生活意識，也衝成了兩大片。一片是諸事將就，「能夠敷衍目前就可以了！」一片是聽其自然，「一日萬變，誰有把握來應付？又有誰能把自然秩序維持得好？」一句話說完，生活出了軌，人的情緒也紛飛起來，人為的法律和計劃，安有不粉碎於這兩個輪子之下的？〔註36〕

巴金《寒夜》所寫的曾樹生和汪文宣的悲劇也不是單純的婆媳矛盾、夫妻關係之類的問題，而是一個在新環境中舊關係不能適應的悲劇。因為不能適應在新環境中迅速拉大的夫妻經濟水平、社會地位的距離，二人的關係才不得不破裂，曾樹生對病中勸她走的汪文宣說：「這個世界並不是為你這種人造的。你害了你自己，也害了別人。」汪文宣的希望卻是「只要環境好一點，大家就可以相安的。」世界變了，汪文宣成了惡性通貨膨脹的洗牌中將要被淘汰的一類，於是他說，「其實死了也好，這個世界沒有我們生活的地方。」「寒夜」的意象自然指涉著那個整體的環境。雖然《天魔舞》和《寒夜》可謂是本文概念中典型的對整體環境的批判，但在過去的接受史中，被闡述為對國民黨黑暗統治的控訴是再常見不過的情況，這本質上還是因為環境批判與政治批判意義上天然的鄰接性。

當然，對環境的批判也有可能滑動為「五四」式的文化批判乃至國民性批判，這時候才會出現本節一開始所引述的新啟蒙話語，「認識到不進行根本的社會制度的改造，人的改造，我們的民族不會獲得新生」、「進入了民族革新自立的內在層面」，反封建的思考也在「國難財」批判中出現，較為典型的例子是曹禺的《橋》。《橋》中那被稱為「眼中釘」的、鄉紳兼股東楊味齋那座留在廠區不願拆遷的院子，可謂是作為全劇（雖未完成）題眼的隱喻——它指代著

〔註36〕李劼人：《天魔舞》，四川文藝出版社1985年版，第89頁。

阻礙現代工業發展的、舊中國的一切封建勢力，而發「國難財」不過是這些封建勢力腐朽性的一方面。面對這些阻力，建設現代工業被視為「水中架橋」的事業，如沈承燦談到工人時所說：「這是少數從田裏來的莊稼人，他們慢慢就學會工廠人的習慣，慢慢就會養成一種新的意識」〔註37〕，《橋》中的工業不僅肩負著物質層面的現代化的責任，也被寄託了在文化層面培植「新的意識」的期許。艾蕪的《故鄉》與《橋》在「國難財」批判上也非常相似，控制縣裏的銀行超量發行輔幣掠奪百姓的徐松一，正是故鄉封建勢力的代表，《故鄉》中的「國難財」批判同樣也是作為五四式的反封建的文化批判而存在。

批判之所以上升到環境層面，其實也意味著難以找到具體的責任承擔者，對這樣一種微妙的時代感覺的書寫，最適當予以表現的文體是詩歌。幸運的是，上世紀40年代最為敏銳的詩人穆旦自然也捕捉到了戰時經濟生活體驗，並對之做了「現實、象徵、玄學」的綜合性表達，在抗戰勝利前一個月寫出了典型的環境批判之作《通貨膨脹》：

> 我們的敵人已不再可怕，
> 他們的殘酷我們看得清，
> 我們以充血的心沉著地等待，
> 你的淫賤卻把它弄昏。
> 長期的誘惑：意志已混亂，
> 你藉此顛覆了社會的公平，
> 凡是敵人的敵人你一一謀害，
> 你的私生子卻得到太容易的成功。
> 無主的命案，未曾提防的
> 叛變，最遠的鄉村都捲進，
> 我們的英雄還擊而不見對手，
> 他們受辱而死：卻由於你的陰影。
> 在你的光彩下，正義只顯得可憐，
> 你是一面蛛網，居中的只有蛆蟲，
> 如果我們要活，他們必須死去，
> 天氣晴朗，你的統治先得肅清！

〔註37〕 曹禺：《橋》，見田本相、劉一軍編《曹禺全集》（第3卷），花山文藝出版社1996年版，第455頁。

客觀上講，本詩並不處於穆旦作品中最優秀的層次，但可貴之處在於對體驗極其精準的把握與傳達，在於製造出對惡性通貨膨脹本體「發現底驚異」〔註38〕。在以往的闡釋框架內，「私生子」「蛆蟲」等元素很容易被看作對某些高層利益集團的抨擊，從而忽略掉本詩始終是面向通貨膨脹這個並無實體的怪物在進行言說——「通貨膨脹」被塑造為敵人之外卻與之同列的某種力量，其可怕之處在於「看不清」，手段是「淫賤」與「誘惑」，以此傾覆社會的公平和正義。「昏」、「混亂」，可謂一種典型的震驚體驗，精準指向了經濟魔影下人們無所適從的心境，而以「淫賤」和「誘惑」定義通貨膨脹，以色慾隱喻著通貨膨脹對全社會物慾的催化，也堪稱妙手。「無主的命案，未曾提防的叛變」、「我們的英雄還擊而不見對手」短短兩句，將面向通貨膨脹的批判困境和盤托出，也正好解釋著前文所述的「倫理光譜」問題——戰時的惡性通貨膨脹是現代經濟體系失控下產生的怪物，很難說誰應完全為之負責，責任可以推向「敵人」，也可以推給「私生子」和「蛆蟲」，但他們並不是那面「蛛網」本身。穆旦敏銳捕捉到了「還擊而不見對手」所帶來的荒誕感，或許「蛛網」意象本身便意指著非正義狀態的經濟關係自然連接起的繁複社會網絡，但這又與「你的統治先得肅清」構成了悖謬，既然「不見對手」，又如何「肅清」？《通貨膨脹》全詩當然具有著強烈的批判性，但又帶有不可忽略的矛盾、荒誕感，這也正體現著「國難財」批判進入到日常生活、民間層面的環境批判之尷尬。

不過，環境批判的尷尬畢竟只是暫時的一個暫時的問號，它之所以容易「滑動」為政治批判或五四式的文化批判，恰是體現著一種尋求答案的勢能。惡性通貨膨脹到底因何而起，「國難財」到底誰最受益？文學中對大後方生活中的這一大問題如何想像、如何解決，釋義權成為政治領域中被爭奪的意識形態資源，這也是下一節要詳細探討的問題。

第二節　「國難財」文學批判中的官方介入與失敗

抗戰中後期，大後方的惡性通貨膨脹問題已經無法迴避，在物價高漲中，「像白血病患者的血液一樣，國民政府的貶值通貨流通全國，使整個機體——軍隊、政府、經濟和社會普遍虛弱」〔註39〕。一些人得到了暴富的機會，而大

〔註38〕穆旦：《致郭保衛的信》，見穆旦《蛇的誘惑》，珠海出版社1997年版，第228頁。

〔註39〕〔美〕費正清，費維愷編：《劍橋中華民國史》，中國社會科學出版社1994年版，第581頁。

多數人卻陷入了空前的赤貧裏，誰該為這一切承擔責任，成為縈繞在人們心中的大問題。沙汀《淘金記》中的何寡母認為，「奶母之所以工價高漲，而且不容易雇，這和日常生活中其他許多反常的現象一樣，都是由那些富有的外來者製造出來的」〔註40〕。張恨水在小品《豬肝價》中則認為，是富人的花費推高了全社會的物價，「豬肝價增，又非求營養者之賜，而實受發財者之賜矣，今日一切物價，可作如是觀」〔註41〕。在大多數人心中，既然有一批人在抗戰中暴富，那麼以這一部分人作為物價上漲的責任者似乎是再正常不過的邏輯。當然，中國作為一個官本位傳統的國家，新生的暴富階層中，難免也有與權力腐敗相合作的人，於是「國難財」似乎成為一個微妙的問題，它或多或少與國民政府的執政合法性有了聯結。

在既往的文學史視野中，抗戰時期的國民黨統治區域屬行文化專制，以此推之，批判後方社會亂象的作品自然難以問世，「國難財」相關內容就更是是審查機構所重點「屏蔽」的對象。但事實卻並非如此，有著一定官方背景的作家對此也有所提倡，如時任國民政府中央圖書雜誌審查委員會委員的魯覺吾在 1940 年便提到，抗戰劇本的描寫對象應該「不僅限於農村、戰地、及都市社會，所謂上流人士的生活，亦可採用」〔註42〕。兩年後，他在《掃蕩報》發表《話劇的約束與解放》，其中寫道「劇作家應當趕緊產生適合目前需要的作品……奸商囤積居奇，制裁不力，物價管理欠良，是個題材；薪水階級生活日艱，一部分人豪侈依然，亟應加緊補救與節約，是個題材……後期抗戰的題材著實不少，劇作家的腦筋為什麼不解放一下？」〔註43〕時為「文協」骨幹的王平陵則在《抗戰四年來的小說》中提倡「現階段的作家們，應該以解決當前新發生的困難為中心的任務，如米糧的不合理的飛漲，奸商為什麼要利用國家多難的機會，製造黑暗，操縱囤積？」〔註44〕在創作上，官方背景的作家在「國難財」這一問題上也有較多發揮。其實《中國國民黨抗戰建國綱領》（1938）中第二十四條正是「嚴禁奸商壟斷居奇、投機操縱，實施物品平價制度」〔註45〕。

〔註40〕 沙汀：《淘金記》，文化生活出版社 1947 年版，第 91 頁。

〔註41〕 張恨水：《豬肝價》，見張恨水《山窗小品》，時代文藝出版社 2015 年版，第 63 頁。

〔註42〕 魯覺吾：《怎樣編「抗戰劇」》，《青年戲劇通訊》第 1 期，1940 年。

〔註43〕 魯覺吾：《話劇的約束與解放》，見魯覺吾《戲劇新時代》，青年書店 1944 年版，第 29 頁。

〔註44〕 王平陵：《抗戰四年來的小說》，《文藝月刊》第 8 期，1941 年。

〔註45〕 《中國國民黨抗戰建國綱領》，見徐辰編著《憲制道路與中國命運——中國近代憲法文獻選編 1840～1949》（下冊），中央編譯出版社 2017 年版，第 128 頁。

可以說，官方背景的作家或多或少出於配合政策的目的，對「國難財」這一現象進行了文學徵用，試圖在闡釋權上「先據要路津」，率先回答這一戰時大後方社會生活中的大問題。

一

過往受到學界關注的國民黨文學，主要是三十年代前期的三民主義文藝運動和民族主義文藝運動，著眼於黃震暇、萬國安等寥寥幾個作家，在抗戰時期則更多涉及到陳銓為代表的「戰國策派」。不過，「戰國策派」及其文學運動雖然得到國民政府的嘉許，但歸根結底，還是知識分子自發對民族主義、對國家意識形態的認同和應和，並非由官方人士啟動。那麼在書報檢查制度空前嚴厲、國民黨中宣部長張道藩又明確提出了「文藝政策」的四十年代，真正代表著國民黨官方意志的文學在何處呢？

我們不妨將視野轉向戲劇。既然抗戰時期國民政府主管宣傳的張道藩本身是一個劇作家，而國統區的中心——重慶又是話劇活動的繁榮地帶，體現國民黨官方意志的文學很可能出現在戲劇中。何況戲劇本身面向大眾，無疑能達到更好的宣傳效果，如具有官方背景的國立戲劇學校校長余上沅在《戰時戲劇叢書發刊旨趣》中所寫：「用戲劇做教導民眾、輔助社會教育的工作，可以得事半功倍之效……處在現在的大時代裏，我們需要具有新內容的戲劇，自然也需要具有新形式的戲劇，來宣傳抗戰建國」〔註 46〕。抗戰時期，單在重慶就有「中青」「中電」「中萬」三個官辦劇團，分別由三民主義青年團中央團部、國民政府中央宣傳部的中央電影攝影場、國民政府軍事委員會政治部的中國電影製片廠主管，所以以往被忽略的四十年代的國民黨文學，其實正是發生在戲劇領域，只是大多數劇本因為進步劇人的抵制並未上演，更談不上產生反響〔註47〕。雖未上演，但這些劇本基本都得以出版，其中關於後方生活的題材常常涉及到「國難財」問題。那麼，這一本來是被左翼文學作為「暴露與諷刺」材料的後方生活題材，國民黨官方背景作家如何處理呢？

當然，抗戰時期的國民黨在文學方面更注重查禁，對自身的文學創作隊伍

〔註46〕余上沅：《戰時戲劇叢書發刊旨趣》，見國立戲劇學校主編《戰時戲劇講座》，正中書局 1940 年版，第 1 頁。

〔註47〕如王平陵的《維他命》曾成為 1942 年度國民政府推薦的優秀劇作，卻從未被上演過。參見段麗《20 世紀 40 年代官方戲劇理念在中央青年劇社的實踐與推行》，《戲劇藝術》2012 年第 6 期。

建設始終缺乏重視，也沒有嚴密的組織，因此與左翼作家的集團式的戰鬥方式相比，國民黨文學顯得零落許多，只有零星的代表作家的創作，既沒有多少評論的配合也缺乏社會反響。在「國難財」主題上比較有代表性的國民黨文學，有魯覺吾的獨幕劇《漏》（1941）、四幕劇《黃金萬兩》（1944）、三幕劇《自由萬歲》（1944），王平陵的五幕劇《維他命》（1942）、四幕劇《情盲》（1943）和中篇小說《嬌喘》（1946），楊雲慧的四幕劇《小事情》（1942），姚亞影的劇本《浪淘沙》（1941）等。這些作家除王平陵外，在文學研究中都相當冷門，故對其略作介紹：魯覺吾（1900～1966）又名魯莽，浙江紹興人，自稱是魯迅母系親戚。他三十年代主要在上海報界活動，小說《杜鵑啼倦柳花飛》被視為「三民主義文學」運動少有的「成果」。抗戰爆發後，魯覺吾來到重慶，任國民黨中央宣傳部文化運動委員會委員，國民政府中央圖書雜誌審查委員會委員，主要負責劇本審查，主編《青年戲劇通訊》。楊雲慧係楊度長女，並非職業作家，主要在教育界活動，是抗戰時期時任教育部秘書長、四川省教育廳長的郭有守的夫人，劇本《小事情》附有時任國民黨中央宣傳部副部長、新聞檢查處長潘公展所作之序，可謂具有鮮明的官方背景。姚亞影的資料較少，零星可知他是江蘇南通人，抗戰時是流亡到重慶的上海業餘劇人協會的一員，曾參加重慶市青年會戲劇講習班並任班長，曾帶領演劇隊在四川地區演出，之所以推定其抗戰時期的官方背景，主要有以下兩點：一是姚亞影是魯覺吾主編、中央青年劇社主辦的《青年戲劇通訊》上的常見作者，劇本《浪淘沙》也正是發表在上面；二是他曾在《團務通訊》1940 年 4 至 5 期發表《工作與學習中的巡迴施教隊》一文，而《團務通訊》是三民主義青年團系統的雜誌，並非局外人所能隨意發表，故姚亞影很可能具有三青團身份，也就一併劃入探討。

在這些官方背景的「國難財」書寫中，國難商人的失敗是主要的故事線索，這無疑帶有某種引導意味——當然這並不是說在自由作家那裏就不曾寫到過國難商人的失敗，但在此處，商人投機失敗的情節實在過於頻繁的出現，失敗的原因又常常是由於政府機關的查禁。《漏》寫長途汽車的司機向忠發兼幹走私，手頭有錢，自然像茅盾在《見聞雜記》中記述過的，在路線兩頭安了兩個家。兩個女人意外相見，正和向忠發鬧得不可開交，神通廣大的檢查隊忽然出現，以發現走私贓物將其押走的方式，結束了這場熱鬧的糾紛。姚亞影的《浪淘沙》中，商人杜翰卿受漢奸宋鍾誘惑，準備拿一百萬囤積大米獲利，這一計劃被杜的女兒梅櫻攪亂，讓人將支票拿去買了國債，宋鍾見計謀敗露正要兇相

畢露，偵緝隊又是神兵天降，不僅查封了杜翰卿的倉庫逼得其自殺，又順利地將漢奸宋鍾押走。楊雲慧所作《小事情》中，盛大米行老闆張耀龍囤了幾千石米在城外，女兒家英勸他賣出救人，他堅決不從，又阻止女兒到前線去的計劃，揚言要斷絕父女關係。正在此時，來電通告東門外所囤米糧全數被饑民所搶，張耀龍正在震驚中，又禍不單行，憲兵隊找上門來要將其帶去執行槍斃。王平陵的《維他命》和《情盲》講的也幾乎是同一個故事，唐懷寶（即《情盲》中的曾懷仁）與金達權合夥開了米行，囤積糧食大賺特賺，而恰好他們的兒女唐文清（即《情盲》中的曾彥清）和金素華正是國家工作人員，要負責徹查米價飛漲一事，最終，唐文清、金素華大義滅親，唐懷寶、金達權雙雙被捕。

這些故事中的商人之所以遭遇如此迅速的失敗，其前提條件自然是政府公正的法治、強大的偵辦能力，和他們生意本身的違法性。商人的「國難財」本在倫理光譜的中間位置，但因為生意是違法的、影響著國計民生甚至間接害死了很多人的，雖然故事發生在民間的日常生活層面，批判性仍是毫無疑問地確立了──這正是作為「國難財」書寫之批判底色的那種對非民族主義傾向的批判。在批判非法「國難財」中邏輯中，發財自然就與國家利益對立，自然就是破壞抗戰，就是造成大後方物價飛漲的主因，這也與一般人日常生活中的直覺相符合。而在這種官方所期許的「國難財」批判中，為了體現自私自利與「國家至上，民族至上」的時代精神的衝突，為了指出所謂的出路，通常會有一個具有民族情緒、時代覺悟的角色與國難商人作對比。楊雲慧的《小事情》中，張家英就是這樣一個角色，她心繫國家，主動要求上前線去工作，父親囤積居奇，家英竭力勸說，最終的結尾甚至顯得有些不近人情──當父親被押走去執行槍斃，家英聽見了隊伍的集合號，被好友徐均德勸說快跟上隊伍。《維他命》和《情盲》有著同樣的兩代結構，長輩都是囤積居奇操縱市場的奸商，子女卻都出淤泥而不染，金達權的女兒金素華，唐懷寶的兒子唐文清都屬行法治，雖然有著天倫之情的糾結，但都公正執法，處理了父輩的惡行。《浪淘沙》中的女兒杜梅櫻本是一個揮霍錢財的嬌氣小姐，當被人揭破了父親暴富的真相，又明白經常出現家中的宋鍾是個漢奸而父親正用敵人的錢來囤積糧食擾亂抗戰時，她迅速地覺悟了，將家中的一百萬的支票拿去買了國債支持抗戰，使敵人的計劃破產。《黃金萬兩》也以楊舜哉放棄了做生意，報名參軍為結局，可謂是一個「光明的尾巴」。

對這一批作品大致觀之，可以發現幾個共同的元素構成著這種官方所試

圖形塑、引導的「國難財」想像：其一，發「國難財」的主體被定位為商人，其二，「國難財」是不合法的，其三，發「國難財」與抗戰時代相對立。尤其是「不合法」和「對立」都被塑造得較為極端，比如米行之囤積，動不動就是一百萬、三百萬金額，能毫無疑問地操縱全市糧食的價格，而資金的來源竟然還是日本人。因為極端化的處理，這些作品的道德問題十分簡單明晰，尤其是當父輩只為一己之私考慮甚至不惜站在民族的對立面，而子輩卻為全民族願作無私的奉獻時，訓諭、宣傳的色彩便非常明顯。

二

不合法的、與抗戰時代相對立的「國難財」之文學形象，雖然限於這批官方作家的水平在藝術上較為粗糙，但畢竟是一種看上去非常容易被大眾所接受的解釋——在零和博弈式的傳統經濟觀中，一部分人獲利，必然來自另一部分的損失，那麼平民百姓將惡性通貨膨脹理解成奸商操縱的結果，雖然不盡符合經濟史的事實，卻是非常自然的思路。那麼為何這樣的「國難財」理解並未被當時的文學界主流所接受？為何到今天，「國難財」這個詞所引發的聯想也並非當年國民政府所希望引導到的商人經濟犯罪層面，而常常與官員腐敗聯繫起來？

在官本位傳統濃厚的中國，在政治混亂、中央政府衰弱無能也並未建立起現代市場經濟體系的民國時期，商業經營尤其是較大規模的商業經營或許很難與政治權力脫鉤，即便不是官員直接利用手中的權力壟斷市場，也至少會有不少充當保護傘的情況。張恨水戰時小說中屢次提到「開包袱」的說法，「開包袱」即送禮。對於國難商人而言，即便不是與官僚深度合作，也會有不少這樣的打點關係的微型腐敗行為。因此，在情節塑造中完全撇清「國難財」與政府關係，其實並不具有與社會現實的對應性，也導致了文本內真實性的崩壞，失去了說服力。

官方背景的作家所創作的「國難財」題材作品，歸根結底還是有著配合政策的意圖。一篇署名海風的評論文章談到王平陵的《維他命》寫道，「一個成功的劇本，演出以後的感動力，比什麼都大；所以，希望《維他命》這劇本，能在『米珠薪桂』的現階段，在舞臺上展現給陪都的觀眾們！這對於協助當局解決米的難題，定是最有效的一帖藥」〔註48〕。確實，王平陵的《維他命》及

〔註48〕海風：《〈維他命〉的意識與技巧》，《青年戲劇通訊》第 14、15 期合刊，1941 年。

其改寫本《情盲》，楊雲慧的《小事情》和姚亞影的《浪淘沙》都涉及到讓國民政府十分頭疼的糧食的問題。1940 年 3 月，因為糧價飛漲，成都鼙門街銀行倉庫竟發生了達千人規模的搶米事件〔註49〕，這一小事情所反映出的，是惡性通貨膨脹及其後果正在造成後方社會的分裂，也引發了國民政府的高度重視。此後，1940 年 12 月，成都市長楊全宇因為與銀行、商行合夥囤積小麥而被蔣介石批示執行死刑〔註50〕。客觀地說，國民政府確實也試圖控制日益嚴重的通貨膨脹形勢，以至於要用槍斃官員來起到殺一儆百的震懾作用。《維他命》等作品中對「厲行法治」的政府形象的塑造，都有著這樣的背景。「厲行法治」是國民政府控制通脹的指導方針，也是這批作品所提出的對「國難財」問題的解決之道──責任由奸商負，而問題仰政府通過「紀律化，科學化，徹底化，現代化」〔註51〕的「法治精神」來解決，如果現實中無法厲行得那麼徹底，那就在作品中徹底。所以一個有趣的現象是《小事情》《維他命》《情盲》《浪淘沙》無一例外都寫到了兩代人之間的衝突，具有民族主義覺悟的下一輩都徹底向囤積居奇的老一輩做了鬥爭，徹底的「法治精神」要以打破中國人最重視的家庭倫理觀念來顯現，正如王平陵在《維他命·前言》中所說，「阻礙法治的主□〔註52〕，是情感，尤其是天倫的至情。」〔註53〕而從《維他命》改寫到《情盲》的過程，也體現著「厲行法治」的不斷強化。

王平陵的《維他命》是這一系作品中最得到官方重視的，它首先獲得了執掌劇本審查大權的魯覺吾的讚賞，隨後在 1942 年度入選教育部推薦的優秀劇作名單。王平陵隨後將《維他命》改寫為《情盲》，1943 年再次入選優秀劇作名單。從《維他命》到《情盲》，主要角色的變化不大，只是將《維》中的唐懷寶、唐文清父子易名為曾懷仁、曾彥清，情節上《維》劇更注重對囤積犯罪的過程步步揭露，到最後一幕才是唐懷寶、金達權二人落網，《情盲》則在第一幕就讓曾懷仁、金達權的米糧被政府控制，此後漫長的三幕都是用來表現身

〔註49〕 參見李文孚《抗戰中期成都「搶米事件」真相》，見《成都文史資料選編·抗日戰爭卷下·天府抗戰》，四川人民出版社 2007 年版，第 489 頁。

〔註50〕 參見楊澤本《前成都市長被殺始末》，見《成都文史資料選輯》（第 29 輯），成都出版社 1996 年版，第 373 頁。

〔註51〕 王平陵：《維他命·前言》，見王平陵《維他命》，青年出版社 1942 年版，第 6 頁。

〔註52〕 此處原文不清。

〔註53〕 王平陵：《維他命·前言》，見王平陵《維他命》，青年出版社 1942 年版，第 4 頁。

為專員的曾彥清內心的糾結,以及他是如何下定決心要「厲行法治」處理自己的父親。顯然,王平陵也看到了《維他命》中代際之間的分裂所造成的單薄、失真感,於是在《情盲》中用了大量的篇幅來賦予「厲行法治」的曾彥清以人情人性,展現他的心路,試圖讓觀眾更容易接受這個形象——第二幕中,曾彥清是在得知與父親合作的金達權其實是漢奸後,才決定不再修改覆文;第三幕中,金達權和曾懷仁一面暗中煽動四鄉地主對抗政府「田賦徵實」的命令,一面派人暗殺曾彥清、金素華二人,這才被批准逮捕;第四幕中仍有人為曾、金二人說情,曾彥清再次動搖於人情,最終在學生上街遊行示威的壓力中才核准了對父親的槍決令,而曾懷仁也在最後幡然醒悟,認罪伏法。至此,所謂「情盲」的主題就貫穿了全劇,人情阻礙著法治的施行,它既是可以理解的又必須破除,才能讓「一個公是公、私是私,是非清楚,文化昌明的新社會,一個現代化、科學化、紀律化的新中國,從血火中新生出來」。從《維他命》到《情盲》的修改,王平陵構建了一個更符合人情人性的「厲行法治」過程,此外還作了一些配合政策的小修補,比如把金達權塑造成原是失意的舊官僚,但野心不死才和日本人合作,這其實配合著國民政府入川之後與地方勢力的博弈,比如將「田賦徵實」引起的暴亂解釋為漢奸的煽動,也有極強的現實針對性。

以「厲行法治」作為想像中的「國難財」解決方式,雖然並未觸及到通貨膨脹的實質(即戰時財政問題),但畢竟能對收服人心起到一定作用,尤其是當法治在政府內部也能厲行的時候,槍斃成都市長楊全宇一事所展示的就是國民政府的這樣一種決心。但在這些官方背景的「國難財」作品中,卻全都具有一致的「為官方隱」的傾向。王平陵在《維他命·前言》中寫道:「我總覺得作為現階段糧食飛漲的主因,還是在囤積……因此,便歸結到如何厲行法治的問題上來了」〔註 54〕。□竹〔註 55〕在評論《情盲》的文章中表示,「問題的嚴重性,是奸商和其他人們的一種陰謀」〔註 56〕。潘公展為楊雲慧《小事情》所作的序言中也說:「糧食問題,在去年夏秋之交,幾乎成為一個人人感覺頭痛的問題,而又是人人都認為不能不求解決的問題。著者就用她的銳利的眼光,分析了問題所蘊藏著的癥結,然後用巧妙的手法,指示出那個嚴重問題的正當解決辦法。癥結是什麼?就是奸商的囤積居奇。解決的辦法是什麼?就是

〔註 54〕 王平陵:《維他命·前言》,見王平陵《維他命》,青年出版社 1942 年版,第 4 頁。

〔註 55〕 此處原文不清。

〔註 56〕 □竹《新書評介:情盲》,《文學修養》第 2 卷第 3 期,1944 年。

輿論的揭發，法律的制裁。」〔註57〕海風對《維他命》的評論文章，更是彷彿一份文件般迫不及待地要傳遞出意識形態導向意圖：

> 劇作者首先在戲劇的發展中，給予觀眾們許多明確的認識：（一）抗戰到今天，我們的金融是穩定的，法幣的基礎，由於友邦不斷的支持，絕對沒有動搖。這就是說，通貨並沒有到惡性膨脹的程度。（二）抗戰的大後方，米糧絕不缺少（三）米糧的生產量，比抗戰以前是增加了。

> 觀眾明白了這些惡因與惡果，自然發出一個中肯的判斷：米貴的主因是囤積，是管理有問題，利用囤積米糧的方法來發財的人們，就是破壞抗戰，就是漢奸，其危害國族的罪狀，尤甚於漢奸。〔註58〕

承擔著將責任定位在商人的期許，這些作品中也確實都竭力在撇清官方與「國難財」的關係，即便出現了商人背後的勢力，也絕不是政府官員。比如《小事情》中，張耀龍背後的有個名義上的保護傘是「王師長」，但這個「王師長」在政府徹查糧食案件後，自己就先去了鄉下躲避風頭，推測起來很可能並非軍隊序列人員，而是已經失勢的四川本地軍閥（正如《情盲》中將金達權的塑造成失勢的「舊官僚」）。《維他命》、《情盲》和《浪淘沙》中則將奸商背後的勢力聯繫為日本人。其實這倒是符合歷史的大邏輯，歸根結底，沒有日本人的入侵，又何來國民政府的財政困難，沒有財政困難就不會超量發行鈔票、物價就不會飛漲，物價不會飛漲就不會異化投機空間，自然就沒有「國難財」滋生的土壤了。後方人民吃不起飯，確實是拜日本人所賜，日本人不但投下實體的炸彈轟炸大後方，「飢餓炸彈」威力亦十分巨大——這可以在經濟戰的層面理解。王平陵將這種間接的、抽象的聯繫替換成直接的、具象的聯繫，從大邏輯上有一定合理性，與「國家至上，民族至上」的時代精神也十分符合，這種對「國難財」的解釋可謂是頗有創見，所以他要一改再改，政府的獎也要一發再發。

那麼，這種將商人定為漢奸、甚至直接捉出日本間諜的「國難財」解釋方式為何不能成為一種有說服力的範式，為何《維他命》要遭到進步劇人的抵制而竟然從未上演呢？可能的解釋是，這一範式存有一個重大缺陷——與人們

〔註57〕潘公展：《序言》，見楊雲慧《小事情》，國民圖書出版社 1942 年版，第 1～2 頁。

〔註58〕海風：《〈維他命〉的意識與技巧》，《青年戲劇通訊》第 14、15 期合刊，1941 年。

日常生活中的經驗不符。

雖然從抽象意義上說，日本的入侵確實才是造成後方惡性通貨膨脹的最終原因，但人們日常生活中所看到的，畢竟是物價一而再再而三地突破想像，是全社會刮起了投機經商的風潮——既然是全社會，手中還握有一定權力的公務人員又怎能幸免？尤其是人們普遍接觸最深的基層政權，正是由在惡性通貨膨脹中生活艱難的小公務員組成。公務員中既有改行經商者，又怎會沒有順手腐敗者？如《天魔舞》中的經濟檢查隊隊長龍子才所說：「講老實話，我們為啥不想照著國家法令，認真盡我們的責任？一則，大家要吃飯，要生活，我們不能眼睜睜看見別人傾家破產。我們自己哩，講老實話，彼此都不是外人，幾個牛工錢，照現在的生活算來，夠哪一樣？天理國法人情，自己方便，與人方便，何況各方面都要賣人情！」〔註59〕既然基層如此，人們理所當然推之，政府各層官員絕不可能只是「管理有問題」，既然現實中成都市長都因為參與囤積而被槍斃，又怎麼可能只是「管理有問題」？既然槍斃的是成都市長而不是日本間諜，又怎麼會讓人相信是有日本人在背後搞陰謀？如果是有日本間諜在背後搞陰謀，抓出來之後，豈不是物價就可以平抑？但現實中物價一年又一年的失控，徹底消解了這些官方背景的「國難財」書寫的說服力。

魯覺吾在 1944 年出版的《自由萬歲》後記中，曾對後方經濟社會的畸形現象寫下過一段頗為中肯說明：

> 自從神聖的民族自衛戰以來，有不少官話實在是無法令人接受的，我們中國，無可諱言，是一個貧而且弱的國家，抵擋強敵的全面侵略，又必然加重全國的痛苦，所以「苦」字，凡是現在的中國人，誰也應該忍受，誰也不應該叫苦，可是苦必須大家吃，生活必須相當的平等，這是最重要的戰時條件，而抗戰以來事實上大部分的公教人員、著作家，正和前方的低級軍官一樣，和另一部分「吃抗戰」的比較起來，相差實在太遠了。這是有目共見的事實，我們不必諱言，而造成這種畸形現象的責任，我們也決不全部推在當局的身上，要知道中國是產業落後，社會組織鬆懈，行政效能無法一時提高的國家，但這種畸形的現象是不是拿幾篇文章、幾次演說所能掩飾呢？是不是有辦法可以相當的改善呢？我想如果有責任感的人物，假如能夠上下一心，合力以赴，我想一定可以改善，如果能

〔註59〕李劼人：《天魔舞》，四川文藝出版社 1985 年版，第 96 頁。

夠改善，最大的影響，對抗戰大局，一定會有重大的貢獻。〔註60〕

「造成這種畸形現象的責任，我們也決不全部推在當局的身上」初看起來或許是一種開脫，但作為文化官員的魯覺吾說出這樣的話其實是相當中肯的，他至少並不諱言後方亂象的存在，並承認了當局的責任，而惡性通貨膨脹發生的歷史責任，如第一章所分析的，也確實並不應該完全讓國民政府來負。不過，官方背景的「國難財」書寫卻並不像這篇後記一般中肯，在這些作品中，並非「決不全部推在當局的身上」，而幾乎是「決不讓當局承擔一點責任」，通通推給商人、日本人。如果不存在戰時的審查制度，如果這些創作也能像魯覺吾這篇後記所寫的一樣中肯，國民政府或許還更能取得一定的話語權，將自己對「國難財」的解釋合理化，並凝聚起一定力量控制惡性通貨膨脹，但對當時「行政效能無法一時提高」的國民政府而言，這個要求顯然太高。也許正是對政府失望，手握文化審查重權的魯覺吾在戰後也辭去公職，「在上海與人合辦《正言報》，呼籲開放言論，反對壓制民主」〔註61〕。

抗戰時期，官方背景的「國難財」書寫是國民黨在文學領域與左翼文學競爭的又一次嘗試，結果是幾乎沒有產生任何社會反響，其中最被看重的《維他命》也甚至從未在重慶上演過（《黃金萬兩》和《情盲》在更偏遠省份有一些演出），左翼文學對此的回應亦是寥寥無幾，可謂失敗得徹底。這些作品的缺陷本節已論述很多，最後再附加一個經濟倫理層面的解釋：抗戰時期的惡性通貨膨脹是基於現代信用貨幣而發生，現代信用貨幣的幣值是由政府信用擔保，於是，當幣值一路跌落時，同時跌落的還有政府的信用。在政府信用全然崩壞，這些有著「為政府隱」傾向的作品，又有何說服力呢？

三

對於戲劇層面的這些官方「國難財」書寫，左翼文學力量沒有與之形成論爭的局面，這一方面是因為官方背景的作品實在有些拙劣，另一方面也有審查制度的因素在裏邊。從審查制度的角度看，或許也可以解釋左翼對「國難財」問題一直以來的「低調」。《霧重慶》到《清明前後》之間，大後方左翼文壇幾乎沒有代表性的與戰時經濟相關的劇作，小說方面，沙汀的《淘金記》也是寫的鄉村世界，對城市裏更明顯的「國難財」現象幾乎沒有作家關心，這或許是

〔註60〕魯覺吾：《自由萬歲》，說文社出版部1945年版，第124頁。
〔註61〕舒湮：《在舞臺上的人生（下）——我的劇作和演戲生活》，《新文學史料》1997年第1期。

因為左翼作家對惡性通貨膨脹的問題認識所致——在左翼文人的觀點中，普遍認為政府是後方經濟亂象的幕後黑手，但在日趨嚴密的審查制度下，又不可能作針對政府的批判，於是便只能保持沉默。

從左翼文壇對這些官方「國難財」作品零星的幾段批判也可以看出背後的惡性通貨膨脹現象之「本質」的認定。林沛雨在 1944 年發表的《泛論當前劇運》中寫道：「不能搏虎的時候，不妨撲打幾個蒼蠅，於是『奸商征討』上了我們的日程……當作家的火力集中在表面現象的時候，現象的本質被掩蓋而寬恕了，人民當前的苦難只是貧窮，造成貧窮和不合理現象的只是奸商的作祟，……使我們人民生活苦痛，青年精神苦悶，文化窒息的是什麼？舞臺上告訴我們的只是一種孤立的存在的奸商。當『奸商』和『書店老闆』被描寫成第一號敵人的時候，真真的『第一號敵人』安全了。」〔註 62〕田進在抗戰勝利後半年所寫的文章中則將其稱為「冒牌暴露」，「當有人因為不願意作者暴露大後方的醜惡時，於是分三路『進軍』了。……一路是冒牌暴露：於是小奸商被拖上舞臺，當著第一號民族罪人在誅伐了，這是《重慶屋簷下》。發國難財者以自行失敗來懲罰了，這是《黃金潮》，以及《黃金萬兩》之類。或者是暴露之後，讓青天大老爺自己來收拾，欺騙群眾說，你看我們辦奸商了！而現實裡根本沒有那回事！這是《黃金夢》以及《河山春曉》的辦法。」〔註 63〕那麼，左翼文學視野中真正的「第一號敵人」是什麼呢？那當然不是王平陵試圖塑造的日本間諜，而是如之後陳伯達《中國四大家族》所論述的，國民黨高層的腐敗利益集團（即「官僚資本集團」），而惡性通貨膨脹正是這個集團用以掠奪老百姓、發「國難財」的手段。歸根結底，這是一種陰謀式的「國難財」想像。

這樣的「國難財」想像在戰後被知識界廣泛接受，顯示了強大的說服力，但值得注意的是，「國難財」究竟是怎樣由一個民族主義意義上的批判概念成為了階級意義上的批判概念？為何一直以民族主義為主要意識形態的國民政府無法獲得這個概念的解釋權，最終是中國共產黨重新「發明」了它，並用作配合解放戰爭的重要武器？當然，這並不是說中國共產黨的「國難財」解釋的有何問題——既然能夠為當時的廣大人民所接受，這種解釋自然體現了有某種歷史的正當性、合理性。事實上，人們接受這一解釋的心理基礎，是在大後

〔註 62〕林沛雨：《泛論當前劇運》，《新華日報》1944 年 10 月 23 日。

〔註 63〕田進：《抗戰八年來的戲劇創作———一個統計資料》，《新華日報》1946 年 1 月 16 日。

方早已彌漫的對政府的失望情緒。

惡性通貨膨脹長期得不到控制，讓國民政府的公信力喪失殆盡，即使抗戰中真有奸商被懲辦，即使真的槍斃了成都市長，但由於每個人都能切身所感的物價並未被控制住，田進才能在文章中理直氣壯地說「欺騙群眾說，你看我們辦奸商了！而現實里根本沒有那回事！」〔註64〕從另一方面看，抗戰時代讓許多知識分子「走向民間」，有了更深切的、對平等的體驗和嚮往，正如林語堂女兒林如斯短暫回國中寫道的，「是空襲才使我忘記了富人、窮人，接近我和圍繞我的人們的缺點。是空襲才使我覺得真正是一個中國的公民。是空襲才使我感到戰爭的脈搏。是空襲才使我想到每個人，甚至最壞的，也應該活著」〔註65〕。但恰好是在這種集體主義的、知識分子對平等有了更深體驗的時代，惡性通貨膨脹及其相伴隨的「國難財」想像造成了社會新的分化，而這種分化又是一種與健康社會「兩頭小、中間大」的橄欖型結構相反的存在——成了一種「兩頭大、中間小」的社會撕裂狀態，這種現象本身就讓人們深刻體會到「階級」的存在。可以說，惡性通貨膨脹對知識分子來了一次「階級」的啟蒙。

在城市中，人們不可避免地看到了差距。張恨水寫道：「為了爭取抗戰的勝利，並沒有誰發出怨言，可是當我們到疏建區，看到闊人新蓋的洋房，在馬路上看到風馳電掣的闊人汽車，看到酒食館子裏，座上客常滿，就會讓人發生疑問：一樣的在『抗戰司令臺』畔，為什麼這些人就不應該苦？」〔註66〕甘永柏《暗流》中的一段對話，則更為清晰地展現了「國難財」怎樣由民族批判走向了階級批判：

> 他毫不在乎的回答著。「我自己覺得我在思想上是一個百分之百的民族主義者。不過，在我的觀念中，我們的民族解放事業，應該是全民族的解放，要注意民族中那大半數被壓迫被損害的人民的生活與幸福。一個真的民族解放戰爭，不應該送少數人入天堂，送大多數人仍舊回到地獄。」
>
> 「但是現在是在戰爭中。」她向他辯難：「我們的第一個敵人是日本鬼子。」

〔註64〕田進：《抗戰八年來的戲劇創作——一個統計資料》，《新華日報》1946年1月16日。

〔註65〕林如斯等：《戰時重慶風光》，重慶出版社1986年版，第86頁。

〔註66〕張恨水：《寫作生涯回憶》，人民文學出版社1982年版，第71頁。

　　「不錯。」他說,「戰爭便是一個考驗。這試驗像是在告訴我們,有一部分人是應該永遠被犧牲;有一部分人是應該生活,永遠安安樂樂地生活的。」〔註67〕

　　在這樣的新的階層對立中,再加上人們對政府普遍的失望情緒,接受高層存在一個特殊利益集團的陰謀式「國難財」想像便再正常不過,否則,何以解釋物價長期得不到控制?何以解釋一部分達官貴人奢華揮霍的生活?連當時身在中國的費正清也感到,「1943年下半年,蔣介石政府的低效無能已有目共睹,儘管(或者說正因為)他聲嘶力竭,加強控制,獨攬領導大權。由於通貨膨脹日趨惡化,導致營養不良和失望情緒籠罩著薪水階層。在外國觀察家看來,左翼彷彿已經開始成為可供選擇的執政力量」〔註68〕。既然在外國觀察家的眼中左翼都開始變得可以接受,《清明前後》所代表的左翼文學對「國難財」問題的發聲,就自然在社會引起了巨大的轟動。

　　《清明前後》的故事與之前的官方文學最大的不同,就在於把批判矛頭直接指向了政府。而當其上演之際,正值國民政府剛剛宣布取消審查制度,意外地獲得了相對寬鬆的空間。《清明前後》在社會影響力上的成功絕不是偶然。它在恰當的歷史時機,給戰時經濟紊亂而積攢起的社會怨氣來了一個極大的發洩機會,它也成功在從紛亂的、難以把握的現代性經濟混亂中清理出一條與傳統經濟觀義利之辨和傳統正邪對照模式相承接的線索,讓批判落到了實處,讓政府如芒在背。《清明前後》中,雖然從底層的小職員李維勤、中層的機器廠廠長林永清,到高層的嚴幹臣、金澹庵,都與黃金投機脫不了關係,但底層和中層的責任都得到了撇清,都是被逼無奈。它團結起了最大的社會生活面,實現了集中火力的批判。在《清明前後》的倫理結構中,社會底層和中層都是可以被原諒的,而高層存在一個陰謀的發國難財的集團,是必須鬥爭的對象,這正與「國難財」文學書寫中的倫理光譜相契合。

　　正如「兩個話劇的座談」中所評論的,「這個劇反映的方面雖然廣,打擊的方向卻是集中的,明確的,不論工業危機或是黃金潮,都是官僚資本和以此為基礎的反動政治所造成的惡果。」〔註69〕《清明前後》代表著「國難財」敘

〔註67〕甘永柏:《暗流》,文光書局1946年版,第33頁。

〔註68〕〔美〕費正清:《費正清對華回憶錄》,陸惠勤等譯,知識出版社1991年版,第285頁。

〔註69〕《〈清明前後〉與〈芳草天涯〉兩個話劇的座談會》,《新華日報》1945年11月28日。

事的批判性得到徹底確立，那種環境批判中的惶惑感消失不見，顯形了明確的敵人形象。至此，官方所期許的、奸商式的「國難財」文學徹底失敗。

第四章 「國難財」視閾下的經典重釋

在之前的章節中，我們從宏觀的歷史基礎進入中觀的現象層面，對「國難財」書寫的來龍去脈、基本形態和批判性問題進行了分析。再來到微觀層面，對於一些著名作家的重要作品，單獨以新的視閾進行考察，才能發現其中的文本裂隙。這些意味深長的部分也許在「純文學」意義上並不完美，但卻折射出深層的文化意義。最終，細節體現出文學對世界的解析度，微觀中的「小」也能輝映本文之前討論過的「大」。

第一節　戰時經濟視閾下的《清明前後》

《清明前後》這部茅盾唯一的話劇作品，近年來在學界似乎已窮盡了研究的可能——1945 年 11 月《新華日報》組織的「關於兩個話劇的座談」及其後引發的論爭，牢牢地將《清明前後》定位為了一部帶強烈政治性的「公式主義」作品（雖然座談會的本意是對此進行襃揚），之後的文學史敘述和單篇論文，始終未能脫離對其「暴露與諷刺」意義進行闡發的框架。新時期以來，陳平原和江棘的研究分別從「小說化的戲劇」之文體意義和大綱到成文的修改問題做了創造性的推進[註1]，但對於《清明前後》究竟寫了什麼這一問題，仍未能突破茅盾在回憶錄中的言說：「試圖通過這樁黃金舞弊案，揭示官僚資本及其爪牙的卑劣與無恥，民族資本家的掙扎與幻滅，以及安分守己的窮困潦倒

〔註 1〕參見陳平原：《〈清明前後〉——小說化的戲劇》，見《茅盾研究》第 1 輯，文化藝術出版社 1984 年版；江棘：《〈清明前後〉：從大綱到成文的敘述者位置》，《文藝理論與批評》2010 年第 6 期。

的小職員，又如何變成了替罪羊」〔註2〕。問題是，作者多年之後的回顧在多大程度上能代表歷史情境中的初心，而非某種自動接受文學批評框架過濾的後見？「黃金舞弊案」是否如這段言說中所錨定的、只是一個古已有之的腐敗問題？

《清明前後》公演後不久，李建吾在《文藝復興》創刊號上發表的書評中將其稱為「《子夜》的續篇」〔註3〕，而《子夜》，眾所周知是一部從現代經濟視角「大規模地描寫中國社會現象」的作品。與《子夜》對位的邏輯提醒著我們，《清明前後》在「暴露與諷刺」框架中常常被忽略掉的意義：它是茅盾唯一直接書寫抗戰時期經濟狀況並試圖對之進行整體把握的長篇敘事作品〔註4〕。正如三十年代經濟危機成為《子夜》及同期的《林家鋪子》《春蠶》等「都市—農村交響曲」〔註5〕試圖剖析的對象，戰時經濟中的嚴重問題如惡性通貨膨脹、投機風潮等等亦是理解《清明前後》的必要前提。《清明前後》不僅是《華威先生》那樣嚴格意義上的「暴露與諷刺」作品，所寫的也不僅是一個小小的「黃金案」，而有著以小見大、剖析「國難財」泛濫背後的戰時經濟運行機制並指出出路所在的雄心，並同樣運用著《子夜》式的現代透視法。以此看來，放回歷史情境中的戰時經濟視閾中，《清明前後》還存有闡釋的空間。此外，本文認為，茅盾「幫助」宋霖寫成的長篇小說《灘》為《清明前後》打下基礎，而國民黨官辦劇團體系相關作家的懲奸商劇等，也是這部作品試圖與之對話的存在，值得作為參照。對以上意義的發掘，即使最終仍可簡化為一句「暴露與諷刺」，歷史情境中的豐富性卻是我們不能省略的。

一

正如《子夜》被質疑是否是「一份高級別社會文件」，《清明前後》面世以來亦一直面臨「公式主義」的稱讚或詬病。這裡的問題不僅是所謂「主題先行」，茅盾先寫大綱再逐步填充修改的寫作方式、剖析複雜社會現象的理性思維，自

〔註2〕茅盾：《走在民主運動的行列中——回憶錄三十一》，《新文學史料》1986年第2期。

〔註3〕劉西渭：《清明前後》，《文藝復興》第1卷第1期，1946年。

〔註4〕在茅盾抗戰時期的作品中，《第一階段的故事》、《走上崗位》雖涉及工業家形象，但並非以經濟問題為社會剖析對象的小說，《清明前後》雖是一部話劇，但從單行本的字數篇幅上來看已接近長篇小說，故稱為「長篇敘事作品」。

〔註5〕茅盾：《〈子夜〉寫作的前前後後》，見《茅盾全集》（第34卷），人民文學出版社1986年版，第482頁。

然是「先行」著某些理念的,若沒有這種「現代社會科學透視法」〔註6〕,所謂的宏大氣魄、「新的眼見」〔註7〕根本不可能產生。更重要的是,在具體的文本中茅盾「先行」搭建的是一種什麼樣的底層結構?如果將《清明前後》看作《腐蝕》在某種意義上的續寫,其「先行」的理念當然是「暴露國民黨黑暗統治」,而以戰時經濟視閾來看待《清明前後》,讓其回歸到《子夜》式的社會經濟分析中來,「黃金案」究竟意味著什麼就成為一個值得注意的問題。

眾所周知,《清明前後》是基於 1945 年 3 月末發生於重慶的「黃金案」創作的。關於這一事件,《茅盾全集》中有注釋作了說明:

一九四五年三月下旬,國民黨財政部宣布黃金自每兩二萬元提價到三萬五千元,事先獲得消息的主管人員及官僚政客即乘機搶購以獲暴利。案發後輿論譁然,國民黨當局為搪塞輿論,查辦幾個有牽連的銀行小職員,作為官僚政客營私舞弊的犧牲品。〔註8〕

需要說明的是,國民政府對洩密一事的處置並不是如劇本所寫只是「查辦幾個有牽連的銀行小職員」。據現存史料,中央銀行業務局長郭景琨、財政部總務司長王紹齋、中央信託局主任胡仁山等經濟界高級官員因「黃金案」在1945 年 7 月 4 日被以貪污罪起訴〔註9〕,同時被起訴的交通銀行、金城銀行相關人員也是襄理級別的管理者,最終都確實受到了懲處〔註10〕。當然這並不是說國民政府對本案的處理就十分公正,而是側面印證了有著巨大社會影響的「黃金案」並非幾個小職員所能替罪。從文學上看,「黃金案」所波及的也不止《清明前後》,與之同期的同題之作還有張恨水的長篇小說《紙醉金迷》和徐昌霖的五幕劇《黃金潮》。那麼,這段醜聞為何能夠如此強烈地刺激到大眾的敏感點?即便對今日的民眾而言,現代金融系統也並非人人所能理解的存在,當年在黃金官價問題上發生的腐敗為何會受到如此大範圍關注?

這得從抗戰中後期大後方所發生的惡性通貨膨脹和戰爭投機風潮談起。

〔註6〕段從學:《〈子夜〉的敘事倫理與吳蓀甫的「悲劇」》,《南京師範大學文學院學報》2015 年第 2 期。

〔註7〕侍桁:《〈子夜〉的藝術,思想及人物》,《現代》第 4 卷 1 期,1933 年。

〔註8〕茅盾:《茅盾全集》(第 10 卷),人民文學出版社 1985 年版,第 148 頁。

〔註9〕洪葭管編著:《中央銀行史料 1928.11～1949.5》(下卷),中國金融出版社 2005 年版,第 846～847 頁。

〔註10〕於鳳坡:《1945 年重慶法院審理黃金儲蓄案內幕》,見全國政協文史和學習委員會編:《回憶法幣、金圓券與黃金風潮》,中國文史出版社 2015 年版,第 209～213 頁。

如今，當我們回顧戰時大後方的經濟亂象，常常在「官僚資本」「四大家族」「剝削」等概念切割下，將其簡化為腐敗問題所致。不過，近年來國內經濟史學界已「不再使用財政搜刮、金融壟斷、官僚資本等批判意味極強的字眼」〔註11〕，而通常把抗戰時期大後方所發生的惡性通貨膨脹理解為戰爭的自然後果。它起因於日本的侵略，「當日本人蹂躪上海和其他沿海城市時，這些稅收來源大量喪失。政府戰時支出的約 75%靠印製新紙幣來彌補。」〔註12〕之所以國民政府能夠通過印製紙幣的方式汲取資源補充抗戰經費，是基於1935 年建立的法幣體系，在這一現代貨幣體系下，由國家信用擔保且不能與貴金屬自由兌換的現代紙幣開始在中國流通。由於法幣不能像傳統鈔票一樣自由兌換金銀，一旦管理失控，就有完全淪為廢紙的風險，造成的通貨膨脹烈度極高，帶來傳統經濟機制中不曾發生過的劇烈社會震盪。不幸的是，國民政府財政金融管理能力遠達不到現代貨幣體系所要求的水準，潘多拉的盒子被打開——惡性通貨膨脹的後果是螺旋上升的，超量的貨幣供應之外，戰爭和經濟封鎖帶來的物資短缺，也加劇了物價上漲的程度，而「通貨膨脹本身便導致了投機活動，連一般消費者們為了防止其手中的貨幣繼續貶值，也要進行商品儲藏」〔註13〕，貨幣的貶值降低了人民對貨幣的信心，「從 1940 年起，通貨膨脹的最重要的非金融性原因大概不是商品短缺，而是公眾對貨幣缺乏信任」〔註14〕，大量的商品囤積又使得貨幣進一步貶值，經濟陷入了惡性循環。

惡性通貨膨脹對於社會財富的分配做了一次大洗牌，由於嚴重依賴於法幣支付薪水維持生計，公教人員也即文化人群體成為這一洗牌中境遇變化最大的階層，跌落至社會底層。巴金的《寒夜》、陳瘦竹的《聲價》、駱賓基的《一九四四年的事件》和茅盾自己的短篇小說《過年》都是抗戰大後方文學中描寫這一問題的名作。此外，通貨膨脹的壓力是全社會性的，也因此異化出了種種獲利空間，在抗戰時期產生了「一個發國難財的特殊階級」〔註15〕，這個階級

〔註11〕 尹倩：《近年來抗戰時期國統區經濟研究綜述》，《學術探索》2004 年第 9 期。
〔註12〕 〔美〕費正清，費維愷編：《劍橋中華民國史》（下卷），中國社會科學出版社1994 年版，第 581 頁。
〔註13〕 〔美〕張公權：《中國通貨膨脹史 1937～1949》，文史資料出版社 1986 年版，第 41 頁。
〔註14〕 〔美〕費正清，費維愷編：《劍橋中華民國史》（下卷），中國社會科學出版社1994 年版，第 583 頁。
〔註15〕 〔美〕張公權：《中國通貨膨脹史 1937～1949》，文史資料出版社 1986 年版，第 45 頁。

包括腐敗官員，包括城市裏的投機商人和在鄉村搞糧食囤積的士紳，無疑，也包含新參與進來的大量普通民眾。其中一部分正是被生活所逼而力圖自保、加入「國難財」的公教人員，張恨水長篇小說《牛馬走》、《第二條路》，李劼人長篇小說《天魔舞》和袁俊戲劇《山城故事》等就以這一有趣的「改行」元素為情節核心單元。簡而言之，因戰爭而起的惡性通貨膨脹，導致了後方嚴重的、社會性的投機風潮。腐敗問題不是風潮的起因，而是風潮的一個組成部分。

以此觀之，「黃金案」之所以受到關注，不在其本身腐敗現象的嚴重與否，而在它涉及到了全社會極其敏感的投機風潮問題，觸及並共鳴了戰時經濟的核心——惡性通貨膨脹——所帶來的種種時代焦慮。

《清明前後》「先行」搭建的底層結構，正是要剖析戰時經濟中的惡性通貨膨脹問題。

在 2006 年出版的《茅盾全集補遺》中，《清明前後》的手稿大綱得以面世。最早的大綱一原名《黃金潮》，所涉及到的工業家就有甲乙丙三人，甲為織布廠主，乙為紗廠主，丙為鋼廠主，都面臨著生產上的困境，因此參與了投機，結局是眾人黃金夢的結束，「鋼鐵雖不及黃金吃香，但能解決問題者仍是鋼鐵」〔註16〕。這一故事的原始形態，無論從更有經濟色彩的題目，還是類似《子夜》的多種細化的工業家人物類型設置，都顯然著重於對惡性通貨膨脹下的戰爭投機問題的剖析書寫。在更為接近成文的大綱二中，庚（對應成文裏的陳克明教授）更是在對話中道出了投機風的真相，「卑之無甚高論，今天我也不反對投機，上自達官貴人，下至販夫走卒，這已經成為一種風氣」〔註17〕，這就顯然不止於「官僚政客營私舞弊」了。當然，在成文的《清明前後》中，我們很容易將注意力集中到政治批判，而忽略全社會性的投機風潮長期存在的事實，這得益於茅盾的處理。但即便在成文的《清明前後》中，引發投機風潮的惡性通貨膨脹亦像魔影一般在故事之後若隱若現。

值得注意的是，林永清的機器廠之所以陷入困境、需要依賴借款度日，是抗戰時期工業中常見的「虛盈」現象。表面上看來工廠取得了高額的利潤，但一個生產流程完成後，貨幣貶值已經抵消了盈餘，要再購買原料維持生產都很困難。惡性通貨膨脹帶來投機空間而摧毀實體經濟，這即便在二十一世紀的今天都是非常常見的現象。小職員李維勤之所以每月薪水還不上結婚時所借之

〔註16〕茅盾：《茅盾全集補遺》（上冊），人民文學出版社 2006 年版，第 92 頁。
〔註17〕茅盾：《茅盾全集補遺》（上冊），人民文學出版社 2006 年版，第 127 頁。

債的利息，正是不斷上漲的物價（相應帶來利率的飆升）遠超並不上漲的薪水的結果。至於在第三幕聚集在嚴幹臣公館下的難民群，顯然代表著受到物價逼迫陷於赤貧的廣大底層人民。從第三幕起，《清明前後》將同為惡性通貨膨脹受害者的工業家林永清、小職員李維勤（由其妻子唐文君代表）和難民串聯在一起，形成了與既得利益階層的對峙。這種對峙正如作為背景音的船工勞動呼號所映襯出的，是一種生產勞動與非生產性投機活動的對峙。《清明前後》剖析了戰時經濟中的核心問題：惡性通貨膨脹所帶來的社會撕裂。

當然這並不是說《清明前後》所批判的就只是惡性通貨膨脹本身，與所謂的「官僚資本及其爪牙」全然無關。林永清在自述工廠困境時，並未過多涉及到物價對工業的逼迫，而是將重點落在「統制管制」、「官價限價」上。同時，另一個常常被忽略的事實是，「黃金案」所發生的基礎，即國民政府 1944 年開辦的黃金儲蓄存款，本意是為了利用出售黃金回籠法幣控制通脹。不論是「統制管制」、「官價限價」還是黃金儲蓄存款本身，其實都是社會所期許的政府對惡性通貨膨脹的調控手段。作社會經濟剖析的《清明前後》相比同期其他作品更進一步之處在於：不但揭示著惡性通貨膨脹的惡果，也批判了政府控制通貨膨脹的措施。這正應和了使「黃金案」成為大醜聞的社會心理基礎──希望再一次落空，政府對通脹的調控不但沒有起到效果，反而在執行中異化出更大的投機空間，這意味著經濟的徹底失控。

正是基於這樣的剖析和判斷，在最後一幕，林永清才喊出了「政治不民主，工業就沒有出路」的時代強音，作為困境的解決方案。自「兩個話劇的座談」以來到現在，始終有論者認為這個結尾過於突兀，「一轉而大談政治，則未免是作家操之過急，越俎代庖了」〔註18〕，「林永清當下最現實的困境⋯⋯也絲毫不會因民主意識的覺悟而瞬間消解」〔註19〕。但放回到戰時經濟的社會剖析視野中卻不難理解──既然通貨膨脹本身墮入惡性循環，而政府的調控手段又絲毫不見成效，從上到下的整個經濟鏈條都被投機風潮捲入、已然爛透，除了召喚整體意義上的政治革命，還有什麼出路？

懸置「暴露與諷刺」、「官僚資本」等前見，《清明前後》確實承續了《子夜》開創的社會剖析傳統，對戰時經濟中的惡性通貨膨脹問題之關注是它的底

〔註18〕陳平原：《清明前後──小說化的戲劇》，《茅盾研究》1984 年第 1 輯。
〔註19〕江棘：《〈清明前後〉：從大綱到成文的敘述者位置》，《文藝理論與批評》2010年第 6 期。

層結構。它所揭示的不僅是「官僚資本及其爪牙的卑劣與無恥」，還有惡性通貨膨脹所導致的層層困局；它所批判的不僅在某部分「舔刀口上的鮮血的人們」，也在經濟大環境黑洞似的捲入效應。之所以長期以來這層社會經濟剖析層面意義會被忽略，既是因為茅盾在寫作中逐漸將這一維度隱匿了起來，也與《清明前後》作為戲劇情節過於集中有關，如在「兩個話劇的座談」上被指出的「工業家的痛苦沒有具體的寫出來，如不民主的實際情形，政府的統制管制政策怎樣摧殘工業等等，在這裡都沒有具體表現」[註20]。其實，這一部分內容並非沒有被「表現」，正如《子夜》的鄉鎮農村部分某種意義上可以從《林家鋪子》《春蠶》中找到，我們應該注意到在《清明前後》寫作前後的另一個高度關聯文本——茅盾「幫助」宋霖寫成的長篇小說《灘》。對照《灘》，《清明前後》與戰時經濟的相關問題才能更鮮明的浮現。

二

1945 年 9 月，在寫完《清明前後》等待排演期間，茅盾在重慶《大公報》撰文，對一部「反映了大後方經濟動態的文學作品」[註21]作了推薦，這就是宋霖的長篇小說《灘》。大半年後，茅盾再次發文評論了《灘》，認為小說的成功是「告訴我們，為什麼政治不民主，工業就不能發展」[註22]。將《清明前後》中那句極其關鍵的臺詞賦予這部小說，既是相當高的評價，也顯示了兩部作品的關聯，在晚年的回憶錄中，茅盾也談到在在修改《灘》時產生了再寫一部同題材作品的想法[註23]，即後來的《清明前後》。如此看來，《灘》不止是郁茹《遙遠的愛》那種受到茅盾提攜的作品，它的成文過程還有著茅盾非同一般的幫助。

宋霖原名胡子嬰（1909～1982），是著名的婦女運動組織者、企業家、民主人士。1944 年春，她登門拜訪居住在重慶唐家沱的茅盾，談到要寫一部關於工業家在戰爭中面臨困境的長篇小說。根據八十年代胡子嬰所撰《回憶茅盾同志二三事》和茅盾回憶錄中兩相契合的描述，《灘》的創作得到了茅盾的幾

〔註20〕《〈清明前後〉與〈芳草天涯〉兩個話劇的座談會》，《新華日報》1945 年 11 月 28 日。

〔註21〕茅盾：《讀宋霖的小說〈灘〉》，《大公報》（重慶）1945 年 9 月 16 日。

〔註22〕茅盾：《〈灘〉——戰時民族工業受難的記錄》，《文匯報》（上海）1946 年 8 月 16 日。

〔註23〕茅盾：《走在民主運動的行列中——回憶錄（三十一）》，《新文學史料》1986 年第 2 期。

次幫助：一，初次拜訪時胡子嬰在茅盾家中住了兩晚一天，兩人進行了關於構思的長談；二，寫完初稿後，胡子嬰交回茅盾處，茅盾建議重寫，並做了詳細的審讀，寫了幾十頁的修改意見；三，胡子嬰根據修改意見重寫一稿後，茅盾又在手稿上做了許多文字修改，直接交予開明書店出版〔註24〕。可以看出，茅盾對《灘》的指導、修改，已經超過了瞿秋白當年對《子夜》提綱的干預。甚至在目前看到的小說中，許多部分就是茅盾的原文——「改寫和增加的部分，有的我順手寫上一段草稿供她採用」〔註25〕，「我像批改作文卷子似的在子嬰的原稿上作了細密的文字修飾」〔註26〕，只是《灘》的手稿恐已不存，無從辨識。總之，茅盾完全可以稱之為這本小說的「第二作者」，而《灘》所寫的內容，正是《清明前後》中僅僅停留在林永清和趙自芳口頭上的戰時工業經濟之困境。

《灘》講述了建成鋼鐵公司總經理蕭鶴聲滿懷實業救國熱情，最終卻在各方壓力中失敗、轉賣工廠的故事。蕭鶴聲是一個性格強硬的企業家，「要又替國家做事，同時也替自己做事」〔註27〕是他的信條，開辦強大的重工業工廠是他的抱負。通過與大成銀行的合作，他成為建成鋼鐵公司的總經理，但經管理念的不合，一開始就埋下了投資方和管理者之間的矛盾——大成銀行正如《清明前後》中的金澹庵所打算的，辦廠的目的是要利用其進行投機，而蕭鶴聲卻是一個實業救國的單純信仰者。結果，戰時經濟的殘酷現實使蕭鶴聲的實業計劃腹背受敵——嚴重的通貨膨脹造成了企業收入「虛盈」，地方關卡腐敗嚴重、阻礙著貨物和原材料的流通，大成銀行見蕭鶴聲不聽指揮、背後在資金融通上斷絕支持甚至暗中搗亂，地主進行糧食囤積、造成工人嚴重的生活困難，工人和職員待遇低下便消極怠工……最終，身陷重重困境中建成鋼鐵公司只得轉賣給了「XX 部」，大成銀行或多或少收回了成本，蕭鶴聲的事業卻失敗了，發出這樣這樣的感慨——「這不是我的失敗，這是中國的失敗！中國沒有把買辦、地主、官僚、投機家消滅，工業就不能生存。」〔註28〕是為全書的核心意象、擱淺蕭鶴聲雄心壯志的「灘」之所在。

〔註24〕 參見胡子嬰《回憶茅盾同志二三事》，見胡子嬰《灘》，花城出版社 1982 年版；
　　　　 茅盾《霧重慶的生活——回憶錄（三十）》，《新文學史料》1986 年第 1 期。
〔註25〕 茅盾：《霧重慶的生活——回憶錄（三十）》，《新文學史料》1986 年第 1 期。
〔註26〕 茅盾：《霧重慶的生活——回憶錄（三十）》，《新文學史料》1986 年第 1 期。
〔註27〕 宋霖：《灘》，開明書店 1945 年版，第 9 頁。
〔註28〕 宋霖：《灘》，開明書店 1945 年版，第 163 頁。

相比《清明前後》,《灘》可謂帶有更明顯的社會剖析派色彩。這既得益於胡子嬰身處工商界中的一手經驗,也無可否認蘊含著茅盾對戰時經濟的思考脈絡。從這個意義上說,《灘》是《清明前後》的「前傳」,也正因為「前傳」完成了細密的剖析,《清明前後》才能集中地批判。不過,《灘》與《清明前後》還是有著顯著的文本差異,這並非相似的一句「政治不民主,工業就不能發展」所能掩蓋,茅盾本人對這個自己「幫助」別人寫成的「前傳」也不完全滿意。無疑,《清明前後》在《灘》的基礎上做了很大改進,正是這些改進使得其社會經濟剖析的底層結構相對地隱匿起來。

首先,《清明前後》與《灘》雖同樣涉及到投機問題,卻改進了《灘》中對投機風潮的認識和批判。《灘》演繹了抗戰時期工業界遭遇投機風潮後公私義利之間的衝突,將批判對準了私而忘公的全體,而將失敗英雄的角色只留給了近乎瘋狂的蕭鶴聲。由於將「灘」構造為一個幾乎覆蓋全社會(銀行家、基層貪腐官員、地主以及職員、工人)的存在,小說的批判效果無疑被削弱了,正如當年的論者渥丹所指出的,「一般的讀者結果是同情更少於憎恨」〔註29〕。這個被「自私自利」牽連起來的、覆蓋面極廣的「灘」,實在難以找到明確的責任人,更何況經濟體系運行的前提本來立足於「私」,如此看來即便最主要的責任方大成銀行的「經營之私」也有其經濟邏輯存在〔註30〕,因而並不能在讀者處產生足夠的「憎恨」效果。但在《清明前後》中,投機風潮問題隱退幕後,明確批判的是黃金案醜聞和控制物價失敗、反而傷害民族工業的「統制管制,官價限價」,簡而言之,腐敗問題。反派人物金澹庵和嚴幹臣根本不是在大環境中無可奈何的「經濟人」,而是腐敗利益團體的代表。情有可原的「經營之私」化為罪無可赦的「腐敗之私」,倫理上的曖昧得以廓清,批判性便建立了起來。

其二,《清明前後》相比《灘》塑造了投機風潮受害者共同體,凝聚了更為廣泛的社會認同。《灘》中的蕭鶴聲是一個失敗英雄的形象,他的失敗當然也指涉著戰時工業的困境,但這一社會性的命題卻始終因為蕭鶴聲剛愎自用的性格帶有了一層個人恩怨色彩,其失敗也只是理想受挫的個人層面失敗,這也才能解釋為何工廠最終只是賣給了「XX 部」,並未破產停業甚至略有資金

〔註29〕 渥丹:《評宋霖底〈灘〉》,《文聯》第 1 卷第 6 期,1946 年。
〔註30〕 《灘》中虛構的大成銀行作為一個私營商業銀行,為了使資產不被通貨膨脹無情吞噬,以工業營投機本是一種被迫的「保值經營」方式,詳見賀水金《論1937～1949 年通貨膨脹對中國商業銀行的影響》,《社會科學》2017 年第 9 期。

盈餘，卻仍然是一種失敗。蕭鶴聲固然值得同情，但全書中除他以外，幾乎所有人物都共同構成了阻礙工業發展的「灘」，這其中還包括通常是作為弱者書寫的工人和小職員。這樣的情節設置或許更符合經濟史實，但對普通讀者而言，就難以產生共鳴了。當然，如前文所述，《清明前後》大綱二中，也有庚（陳克明）關於「上至達官貴人，下至販夫走卒」的投機風的表述，但在成文中卻將這句本已詳細寫出的話刪去（這是較為少見的，大綱二中大部分被寫出的對話都最終得以保留）。這正體現了《清明前後》的重要改動——縮小打擊面，團結更大範圍的力量。於是，本是作為黃金投機參與者的工業家林永清、小職員李維勤與難民和船工結成為了受害者共同體。這乍看起來有些矛盾的共同體，因為茅盾反覆使用逼上梁山式的被迫元素而完成了同情的塑造——林永清是在工廠實在舉步維艱、又被余為民反覆勸說的情況下，才最終同意買黃金，李維勤則被利息所逼，連一個孩子都養不起。那看似游離於全劇外的第二幕中對李維勤困境和情緒的細膩書寫，以及江棘指出的林永清形象修改中「理想人格和理想氣質」〔註31〕的賦予等等無疑是《清明前後》產生重大社會影響的關鍵手筆。

通過以上兩個層面的改進，《灘》中多重因素構成的經濟場域、錯綜複雜的投機風潮、工廠經營的具體困境，在《清明前後》中被縮減了篇幅，而對特殊利益群體的腐敗問題之揭露和批判成為該劇的主要元素。從經濟主題出發的《清明前後》放棄了從經濟層面尋求答案，也就不會陷入《灘》的困境——在《灘》的結尾，蕭鶴聲拋棄髮妻，只能近乎瘋狂地抱怨「中國沒有辦工業的條件」，而林永清卻可以在喊出「政治不民主，工業就沒有出路」的結論後與妻子擁抱、同歸於好，出路已經顯現。

那麼，這種改進是否意味著從《灘》到《清明前後》，又是一次政治立場對豐富現實的切割簡化？是否意味著茅盾相比胡子嬰，因為預設視點的干擾，反而遠離了社會剖析的本意？並非如此。《灘》不是胡子嬰獨立完成的作品，其中那足以作為經濟史、文化史研究材料的細膩寫實，那對戰時經濟現場的出色復刻，不能說沒有茅盾的功勞。更何況，在1941年所作的系列散文《見聞雜記》中，茅盾早就體現出對戰時經濟問題的敏銳，也同樣記錄下了紛繁複雜的細節。他記錄了戰時寶雞、蘭州、貴陽、重慶等後方城市的商業繁榮，記錄

〔註31〕江棘：《〈清明前後〉：從大綱到成文的敘述者位置》，《文藝理論與批評》2010年第6期。

了投機風潮中新近崛起的人們——手裏捏著三萬擔棉花的旅館長客（《「戰時景氣」的寵兒——寶雞》）、素業水電包工、兩年之間儼然發了四五萬的浙籍某（《「霧重慶」拾零》）、富裕得在兩處有兩個老婆的司機（《司機生活片斷》）——記錄了普通民眾中流傳的囤洋釘發財數倍的故事（後據沙汀回憶，這個故事是他講給茅盾的），也記錄了通貨膨脹帶來的社會變遷，小飯店中短衫朋友大塊吃肉大碗喝酒，而中山裝的公務員或爛洋服的文化人則戰戰兢兢（《「霧重慶」拾零》）。當然，在這些經濟現象的速寫中也能看到茅盾一貫的對腐敗的警惕，如在《蘭州雜碎》中，他便記下「在特種機關裏混事的小傢伙」所說的一個包運包銷的特權走私組織。《見聞雜記》顯現了茅盾作為一個社會剖析派作家的銳利眼光，而《清明前後》是他從豐富的材料基礎上推演的結果。前文已述，劇中看似歸因於政治黑暗的部分，如「黃金案」和民族工業的「統制管制」等問題，也有深刻的經濟背景，茅盾精準打擊著國民政府控制通貨膨脹之手段，這種選擇也體現著他對經濟問題的敏感。

總之，茅盾對戰時經濟問題確實有著豐富的材料積累、長期的思考判斷。從《灘》到《清明前後》，通過改進對投機風潮的批判和塑造投機風潮受害者共同體，經濟一維逐漸隱匿，但這不是一種無知的「不見」，而是有意識的配置輕重。我們不妨將《灘》和《清明前後》看成一種組合式的存在，正如《子夜》與《林家鋪子》、「春蠶三部曲」等高度關聯的文本群一樣。在戰時經濟問題上，《灘》對投機風潮的形成及其危害作剖析，用小說文體作儘量寬泛的掃描，重點在「具體而生動的反映了的經濟動態」〔註32〕，《清明前後》用戲劇的文體優勢作集中批判，並對《灘》中提出的問題作更深入的回答，同時，《灘》中已寫過的問題就不再細述。這也許是茅盾在《清明前後》公演前後兩次撰文談到《灘》的原因，在這兩篇文章中，他始終稱讚《灘》對經濟生態的寫實，並試圖把《灘》的主題往《清明前後》上靠。因此，如果批評《清明前後》中社會剖析色彩不濃、政治意識過於強烈，進而疑惑茅盾對四十年代經濟亂局的解析能力，就如同只見《殘冬》而不見整個「春蠶三部曲」一樣。只有將《灘》和《清明前後》聯繫起來看，才能更全面地理解茅盾對戰時經濟的感觸與書寫。

三

從《灘》到《清明前後》，經濟一維逐漸隱匿，強烈的批判性已然成立。

〔註32〕茅盾：《讀宋霖的小說〈灘〉》，《大公報》（重慶）1945 年 9 月 16 日。

該劇公演的巨大成功，顯示著一種文學中的「陰謀式國難財」模式得以建立並已植根於人們的共同想像中，這是大後方文學史上的重要現象。

何謂「陰謀式國難財」？它基於這樣一種認識：戰時經濟生活中的種種困難，是某個隱藏在高層的特殊利益群體的陰謀所致，他們借戰爭斂財，使普通人一貧如洗，自身卻積累了天文數字般的財富，盡享榮華富貴。茅盾在談論《清明前後》時反覆提到的「官僚資本」，即對這一特殊利益群體的指稱。「官僚資本」一說是否切實，並非本文所能論斷，但前文已述，近年來確實有許多近現代史和經濟史學者不再使用這一概念。將現代經濟運行機制中的複雜問題歸因於某部分人的貪腐，或許在今天看來過於簡單，但也不可否認的是在抗戰接近尾聲時，「官僚資本」（或某個高層群體）是惡性通貨膨脹、投機風潮之禍首的社會意識已經廣泛存在，如西南聯大伍啟元編輯的《昆明九教授對於物價及經濟問題的呼籲》（1945）一書，就使用「既得利益集團」概念來批判政府的財政政策，毛澤東的《論聯合政府》（1945）亦將「利用抗戰發國難財，官吏即商人，貪污成風，廉恥掃地」〔註33〕作為「國民黨區域的特色之一」，此後，陳伯達的《中國四大家族》（1946）一書更是將「官僚資本」具象化為「四大家族官僚資本」。直到今天，「陰謀式國難財」仍是我們談論「國難財」時腦海中自然浮現的刻板印象。

《清明前後》正是歷史現場中關於「陰謀式國難財」最有影響力的文學作品。

它在社會經濟剖析的基礎上嫁接了《腐蝕》的揭秘式情節走向，通過敘述技巧上對陰謀氛圍進行塑造。這首先表現在抽絲剝繭、逐步揭秘的情節安排，《清明前後》在前四幕都暗示著存有一套「幕後」情節——第一幕以趙自芳對林永清男女關係的猜疑為懸念引出故事，「幕後」是林永清在困境中那遮遮掩掩的交易；第二幕一邊正面寫李維勤、唐文君夫婦的困苦生活，一邊寫「幕後」李維勤正在參與的挪用公款投機；第三幕、第四幕看上去發生在嚴幹臣的公館、一個尋常的社交聚會上，「幕後」卻是黃金投機失敗、利益集團試圖吞併民營工業、營救被捕進步青年等等激烈的鬥爭；直到第五幕，「幕後」隱匿，林永清大聲喊出的時代強音終於迴蕩在舞臺中央。前四幕的這種處理有一種讓接受者參與進來、追問「幕後」的努力，它構成推動情節的懸念，即黃夢英

〔註33〕毛澤東：《論聯合政府》，見《毛澤東選集》（第3卷），人民出版社1991年版，第1048頁。

身份到底為何、林永清是否會與利益集團合作，到第五幕，「幕後」退出，懸念解除，陰謀暴露，答案得出，觀眾也便進入了從發現陰謀到痛恨陰謀的情緒中。

其二，《清明前後》對反面人物的塑造也頗具匠心。「某半官事業駐渝辦事處主任」嚴幹臣在第三幕出場，卻並未給人深刻印象，作者想呈現的是這樣的效果：臺前的人並不重要，真正的危險的是那個沒有身份、也不知「天上下來的或是地獄裏鑽出來的」金澹庵。他遲自第三幕結尾處的登場便是一幅怪異甚至恐怖的景象——「這時，一個滿面紅光，精神飽滿的肥腦袋，從石級上升。這就是金澹庵。」〔註 34〕這段描寫是茅盾的小說筆法，也是對舞臺效果的指示，金澹庵的出現不是一個人從某個門外走來，而是一個腦袋從地下逐漸上升到地面，這樣的登場方式對應著前文的「從地獄裏鑽出來」，也是「官僚資本及其爪牙」的顯形。登場後，金澹庵第一句臺詞便是嘲笑黃金投機者，「有些想吃天鵝肉的人兒這回可真真落了一句老話：羊肉沒上口，先惹了一身騷」〔註 35〕，他並未參與「黃金案」，因為真正隱藏在暗處的「陰謀」遠比明面上的追逐黃金差價更為隱蔽與邪惡。金澹庵這個既沒有身份，也似乎沒有身體的「肥腦袋」，實為陰謀製造者（即茅盾所說的「官僚資本及其爪牙」）的絕佳形象。

此外，戲劇場景的選擇亦幫助塑造了陰謀氛圍。《清明前後》五幕發生在三個場景，林永清家、嚴幹臣公館各兩幕，李維勤職員宿舍一幕，皆是適於交談與謀劃的私人空間，其中情節核心衝突則發生在三四幕的嚴幹臣公館——

> 這公館地勢頗高，且在江邊，隔江山岡，歷歷在目；到了晚間，山上層層燈火，人家說香港之美亦無以復加，不過白天去看，既無樹木，也沒有白牆紅瓦的高大建築，實在不見得怎樣漂亮。這公館高踞於一群矮小、湫仄而污穢的，茅草其頂而竹笆其壁的貧民住宅之上，出路之不大雅觀，是美中不足。但好在公館裏一切都很「合理」。〔註 36〕

如果說張恨水《紙醉金迷》中的「黃金案」發生在銀行門口大街上排起的長隊裏，徐昌霖《黃金潮》中的「黃金案」發生在嘈雜的下等旅館的幾個房間

〔註 34〕 茅盾：《清明前後》，開明書店 1945 年版，第 125 頁。
〔註 35〕 茅盾：《清明前後》，開明書店 1945 年版，第 125 頁。
〔註 36〕 茅盾：《清明前後》，開明書店 1945 年版，第 82 頁。

裏，《清明前後》的「黃金案」則發生在雲裏霧裏的半空中。地勢頗高的嚴公館高踞於貧民住宅之上，無疑是「陰謀式國難財」的最佳發生場所。

　　總之，《清明前後》以社會剖析底色觸及了大眾所敏感的戰時經濟問題，又將充滿灰色空間的經濟一維隱匿起來、集中批判焦點，塑造了「陰謀式國難財」的文學想像。當然，這一文學想像並非天然的存在，在它之前，「國難財」書寫還存有其他面相：在「陰謀式國難財」的對立面，有國民黨官辦劇團的創作建構著另一種國難財想像，本文稱為「奸商式國難財」。區隔於兩者，還有許多作家在憑藉自身實在經驗書寫著投機風潮，即文學中的「民間國難財」。那麼，《清明前後》的「陰謀式國難財」為何能從中脫穎而出，取得極大的社會影響呢？

　　其實，抗戰文學中但凡涉及到戰時經濟問題，更多作品都屬於作家基於自身實在經驗寫作的「民間國難財」一類，例如前文提到的張恨水的《紙醉金迷》，同樣寫「黃金案」，出場的卻主要是民間的投機商人和有發財之心的小市民，銀行門口排起長長的購金隊伍。他在同期的《牛馬走》、《第二條路》和《八十一夢》中的部分篇目，寫公務員、教師、學者改行做生意，其中的道德判斷就非常模糊，因為作者所寫皆是日常生活中的普通人，在物價飛漲的壓迫下不得不跑跑黑市、做做囤積，以求亂世自保，行為雖不高尚，但也稱不上作惡。沙汀的《淘金記》雖自問世以來就多被闡釋進「暴露國統區黑暗一角」的框架裏，但它所展現的實為一個封閉的鄉土世界，裏面北斗鎮的種種勢力——在朝的、在野的、袍哥、糧紳——自有一套行事邏輯，以後證前的眼光去將其闡釋為剝削階級的狗咬狗、國民黨基層勢力的腐敗等等是不合適的。「淘金比不過囤積」作為《淘金記》的核心反諷，顯示出這部小說與其是在批判什麼具體的人事〔註37〕，不如說是在捕捉、再現抽象的通貨膨脹給人們心中刻下的荒誕與騷動。「民間國難財」的文學想像常常從作者經驗出發，寫整個社會經濟亂象中的一角，而因為經濟亂象本身激發了人性的灰色空間，所以這一角也常常是灰色的、道德曖昧的，也難以從這一角上升到整體、給出關於時勢的什麼答案，難於形成批判力量。即便是已經對經濟各個鏈條做了剖析的《灘》，仍因經濟亂象本身的複雜性而顯得批判性不足。通貨膨脹所

〔註37〕事實上，《淘金記》在出版後確實被詬病的「陰暗的氣息」「客觀主義」，正是文本批判性不足的一個標誌。詳見陳思廣《糾偏與審美：1944～2011 年沙汀長篇小說接受研究》，《江南大學學報》2012 年第 4 期。

引起的亂象難於把握，這種作家的惶惑感正如穆旦在《通貨膨脹》（1945）一詩中所寫：

> 無主的命案，未曾提防的
>
> 叛變，最遠的鄉村都捲進，
>
> 我們的英雄還擊而不見對手，
>
> 他們受辱而死：卻由於你的陰影。

詩人將通貨膨脹本身作為敵人批判，但通貨膨脹畢竟是一個抽象概念，批判也就淪為「還擊而不見對手」。抗戰文學中的「民間國難財」想像的最大發現和最大問題就在此處，那些優秀的文本敏銳地呈現了現代經濟紊亂的結構性缺陷，套用漢娜·阿倫特分析納粹罪惡時所使用的「平庸的惡」概念——每個試圖在物價飛漲中自保的個體似乎並應不擔負多少責任，但整個惡性通貨膨脹的經濟體系合成了巨大的不公、造成了嚴重的社會悲劇，那麼誰來為此負責？是發動戰爭的日本人嗎？但參與投機的卻是實實在在的中國人。是國民政府嗎？但通貨膨脹的源起卻是為了負擔抗戰經費。無法清楚找到責任人，無法形成批判性，使這一類文本的始終無法與大眾產生共鳴並紓解人們心中的憤懣情緒。於是，有官方色彩的「奸商式國難財」和《清明前後》的「陰謀式國難財」就試圖解決這個問題。

國民黨官辦劇團相關人士創作的懲治奸商劇，以王平陵出版於1942年的《維他命》為代表。這部獲得國民政府1942年度推薦優秀劇作的作品，寫商會會長金達權和紳士唐懷寶開米行進行囤積，而其子女唐文清和金素華身為國家工作人員與之進行了堅決的鬥爭，在這一過程中，金達權的漢奸身份暴露，最終奸商被繩之以法、處以死刑，「法」戰勝了「情」。一年後，王平陵又將此劇修訂為《情盲》，再次獲得1943年的優秀劇作。《維他命》之所以成為符合官方期許的作品，主要就在於它將惡性通貨膨脹、「國難財」等戰時經濟亂象，完全歸因於商人階層的操縱，如他在該劇「扉言」中所述：「我總覺得作為現階段糧食飛漲的主因，還是在囤積……因此，便歸結到如何厲行法治的問題上來了。」〔註38〕劇中塑造的兩個年輕公務員，也持有同樣的觀點：亂象來自民間，政府毫無干係，頂多是「法治不嚴」。金素華認為「各位必須承認，我們的糧食並不缺少」〔註39〕，掩飾戰時確實存在的物資緊缺，唐文清說「奸

〔註38〕王平陵：《維他命》，青年出版社1942年版，第4頁。

〔註39〕王平陵：《維他命》，青年出版社1942年版，第74頁。

商就是漢奸」〔註40〕，利用民族情緒給商人定罪，此後情節的發展果然坐實囤積者是日本間諜收買故意擾亂後方經濟的，因此，王平陵正是《清明前後》中痛斥的「統制管制」的支持者。將通貨膨脹的責任加之於商人階層，將「國難財」的主體塑造為商人階層，並以漢奸嫌疑召喚全社會懲治奸商的民族情緒，無疑是國民黨官方所期許的「國難財」想像。除《維他命》、《情盲》外，魯覺吾的《黃金萬兩》（1944）也是類似的作品，這被左翼戲劇界人士稱作「冒牌暴露」〔註41〕。

《清明前後》和官辦劇團的懲治奸商劇有著相似之處：都要找到大後方糟糕經濟狀況的責任人，只是一個定位在高層特殊利益群體，一個則將焦點集中於奸商（漢奸+商人）群體。以目前的經濟史學界研究來看，雙方各抓住了一部分事實。國民黨官僚系統在通貨膨脹的衝擊下確實發生了嚴重腐敗，早在1941 年就發生了孔家「飛機洋狗事件」等社會影響巨大的醜聞。在民國時期現代市場經濟制度並未完全建立的情況下，大商人與官僚常常是勾結的，不可能像懲治奸商劇所顯示的那樣截然分開。但法幣的幣值跌落也並非「官僚資本」剝奪人民的陰謀，而是戰爭狀態下的財政困境所造成的，此外，日方用印製假鈔等手段與法幣大打貨幣戰〔註42〕，甚至派遣漢奸潛入後方破壞經濟，也是造成惡性通貨膨脹的原因。社會中下層大大小小的商人乃至普通人的投機和囤積又進一步放大了通貨膨脹惡果，這並非《清明前後》中的對李維勤和林永清塑造同情的「逼上梁山」模式所能開脫的。不過，雖然兩種文學都只是對歷史現場中的一部分事實進行藝術加工，《清明前後》畢竟更多抓住了要害：對於治下的嚴重經濟紊亂，國民政府不可能完全擺脫責任，即便通貨膨脹是戰爭期間的正常現象，即便是為了籌集抗日經費而開濫發鈔票的先河，政府都必須對人民生活的苦難負責，雖然這種責任並不一定是因為高層就存在掌控經濟全局的陰謀團體。「陰謀式國難財」的想像或有誇張，但倫理上的正義性已經具備。相反，《維他命》為代表的懲治奸商劇雖然在「奸商」的塑造上頗為聰明的把日方引入進來，從而具有了讓日方承擔通脹責任並獲得倫理正義的可能，但其處理卻十分幼稚，如劇中金達權的漢奸身份之所以暴露，居然是公

〔註40〕 王平陵：《維他命》，青年出版社 1942 年版，第 73 頁。
〔註41〕 田進：《抗戰八年來的戲劇創作——一個統計資料》，《新華日報》1946 年 1 月 16 日。
〔註42〕 關於日軍對大後方的「貨幣戰」，詳見戴建兵《金錢與戰爭——抗戰時期的貨幣》第五章、第六章，廣西師範大學出版社 1995 年版，第 179～245 頁。

文包中藏有日方的密信，信的結尾還大大方方的署名「信田義一郎」。而在存有文化審查制度的時代裏，「為政府隱」的傾向，注定了懲治奸商劇的失敗，也注定了挑戰這一秩序的《清明前後》贏得人心。

總之，《清明前後》並非茅盾從個人實在經驗出發對戰時經濟亂象某一點面做勾勒的作品，那樣的材料積累早在《見聞雜記》中就已完成，隨後在其作為第二作者的《灘》中又做了大範圍的剖析和展示，而《清明前後》無疑是一部總結性的作品。茅盾在本作裏試圖從全景、從整體上的把握時代並給出答案——《清明前後》使惡性通貨膨脹、投機風潮、「國難財」這一曖昧的存在變得可以為人們理解，凝聚了廣泛的社會認同，獲得了清晰的倫理正義，將「陰謀式國難財」深深植根於人們的共同想像中。這正是文學史意義上「國難財」的顯形。

四

1946 年，李健吾在評論文章中寫下被《清明前後》觸發的感慨：

> 變了，變了，年月變灰了我們的心，不，不那樣簡單，心隨著物質的環境（越來越壞了）在悠久的歲時之下變了。那個老解差說的對，「人心大變。」活在這動盪的大時代，取巧的，投機的，改行的，執掌操縱之權的，一個一個成了寵兒，只有那執著的，迂闊的，抱著書生之見的，心理上有著幻覺（信心和正義之感就在這裡面）的，淪落在苦悶無告的階段。這是一個銷毀人性的大鍋爐，這是一個精神和物質析離的鋌而走險的騷亂生涯，原來要犧牲小我為了成全大我的，漸漸在自私自利的放縱過程中改換心思。〔註43〕

能引起民國時期最敏銳的自由批評家如此深刻的而飽含情緒的共鳴，足以說明該劇不僅是一個「暴露黑暗」的政治工具，亦有著對時代氛圍、情緒、精神的精準把握。《清明前後》關於惡性通貨膨脹的時代，通過社會經濟剖析的底層結構來把握這個時代，雖然在成文過程中經濟一維被隱匿起來，但強烈的時代感仍能被敏銳的批評家讀出——通貨膨脹帶來的人心大變，誘惑、荒誕與惶惑。隱匿起來的元素，通過從《灘》到《清明前後》的組合式存在能夠更完整的看清，於是我們明白《清明前後》是茅盾思考戰時經濟問題的作品序列中一個需要作出總結、得出答案的文本，這能解釋它被詬病的單調和「集中」。

〔註43〕劉西渭：《清明前後》，《文藝復興》第 1 卷第 1 期，1946 年。

無疑，《清明前後》在藝術形式上不夠完美，但它對文學中「陰謀式國難財」模式的開創，確立起了徹底的現實批判性，更重要的是，這種模式既存有倫理正義，又對紛繁複雜的現代經濟亂象作了祛魅，使人們能夠以「戰時軍前半死生，美人帳下猶歌舞」式的傳統思路來理解大後方發生的一切經濟亂象，使全社會在經濟動盪中鬱結已久的情緒得以發洩，也使《清明前後》成為文學史中關於「國難財」最重要的作品。《清明前後》文本內外折射出的社會經濟背景是其重要的意義來源，返回歷史現場，抗戰大後方文學的「暴露與諷刺」也能變得層次豐富起來。

第二節　惡性通脹的文學顯形與民族國家的必要性
——重讀沙汀長篇小說《淘金記》

　　《淘金記》，一部不太起眼的中國現代文學經典，自問世以來，雖也挑起過短暫的論爭，但在今天，常被作為一部平平無奇的「鄉土—地域文化」小說來讀。關於它的新研究越來越少，偶有一些書中的段落，涉及茶館的、袍哥的，被用作歷史學界的材料⋯⋯不過，筆者卻認為，《淘金記》是獨特的，這種獨特不僅是地域文化維度的獨特，也不僅是「暴露與諷刺」維度的獨特。《淘金記》涉及到抗戰時期大後方的惡性通貨膨脹問題，又與民族國家意識息息相關。

　　不妨從《淘金記》接受史中的一個問題說起。自 1943 年問世之後，《淘金記》的寫實技巧得到各方論者一致認同，但也有一個常被談及的「瑕疵」。部分左翼批評家認為小說缺乏對出路的展示，過於「客觀主義」〔註44〕、甚至「作者對他所描寫的人沒有充足的感情，因之也就不可能把他所認識的來感染讀者」〔註45〕。一些態度平和的論者也常常在稱許了小說的成就後，對之有「自然主義的陰暗的氣息」〔註46〕之感。在 1950 年代的三本現代文學史著中，王瑤、丁易、劉綏松都以此作為《淘金記》的不足之處來論述〔註47〕。改革開放

〔註44〕冰菱：《〈淘金記〉》，《希望》第 1 卷第 4 期，1946 年。

〔註45〕鵬溪：《〈淘金記〉讀後》，《抗戰文藝》第 9 卷第 1、2 期合刊，1944 年。

〔註46〕石懷池：《評沙汀底〈淘金記〉》，《群眾》第 10 卷第 10 期，1945 年。蘆薾在 1947 年談《困獸記》的文章中，也順帶談到《淘金記》的「自然主義的陰暗氣息」，參見蘆薾《沙汀的〈困獸記〉》，《文藝復興》第 3 卷第 5 期，1947 年。

〔註47〕參見陳思廣《糾偏與審美——1944～2011 年沙汀長篇小說接受研究》，《江南大學學報》2012 年第 4 期。

以來，這一問題也被許多學者注意到，並嘗試為沙汀那冷靜的敘述方式正名，
王曉明、萬書元的文章就是其中有代表性的兩篇〔註48〕。不過，一部帶有批判
性的小說，其敘述的冷靜與否只是風格問題，本文並無意在技巧上為《淘金記》
再一次正名，真正值得注意的問題出現在這部小說與歷史現場的對話關係中。
為什麼在小說問世之初，其冷靜的敘述方式和「陰暗的氣息」會給各方論者或
多或少的不適之感？這背後基於怎樣的歷史情境？如果左翼文壇內部的人事
糾葛〔註49〕不能完全解釋這一問題，我們就不妨在文史對話中重讀文本，並首
先弄清楚，《淘金記》到底寫了一個什麼故事，「陰暗的氣息」又來自何處？

一

　　《淘金記》問世之初在接受場域中激起的那小小「不適」，歸根結底出自
論者對文本批判性的懷疑——冷靜的敘述被懷疑不是風格的體現，而是作者
冷漠態度的流露。否則，小說帶有「陰暗的氣息」就不可能是一種瑕疵，而是
一種成功的藝術效果。顯然，在歷史語境中，《淘金記》承受著某種較高的道
德壓力，今天看來並無不妥的作品，讓當時的評論者感覺到了或多或少的不
適。「陰暗的氣息」不是一個藝術技巧問題，而是一個歷史問題——可以推論，
《淘金記》所觸及的那個作為情節核心的現實，是一個讓許多同時代評論者難
以忍受、難免作出過度反應的現實。

　　回到引言處的問題，《淘金記》究竟寫了什麼現實、「陰暗的氣息」又來自
何處？引入抗戰時期大後方發生惡性通貨膨脹這一歷史事實，有助於理解這
一問題。

〔註48〕　參見王曉明《論〈淘金記〉》，《新文學論叢》1982 年第 3 期，萬書元《〈淘金
　　　　記〉的敘述體態和語言風格》，《文學評論》1987 年第 4 期。關於《淘金記》
　　　　的「陰暗氣息」，王曉明認為問題在於讀者，「有些理解較弱的讀者很可能因為
　　　　害怕陷入陰鬱情緒，而不敢細察沙汀描寫的世界，自然也就無法深入領會作
　　　　者的暗示」，萬書元則指出，小說中有兩種敘述語言，其中有一種是「灼熱的、
　　　　直露的、嘲弄的」，作者並非那麼不合時宜的「客觀冷靜」。
〔註49〕　《淘金記》被扣上「客觀主義」的帽子，有被七月派借為靶子用以操演「主觀
　　　　論」的因素。在「主觀戰鬥精神」的燭照下，即便是尋常的作品也會顯得「客
　　　　觀主義」。這背後還可能隱含著對沙汀生活選擇的指責。「客觀主義」「自然主
　　　　義」有缺乏立場態度的意思，似乎暗示著沙汀在抗戰時期離開延安和重慶後
　　　　長期避居家鄉安縣，是對革命的逃避和旁觀。沙汀在 1980 年代回顧《淘金記》
　　　　時，還對路翎當年的批評耿耿於懷。不過，單從這一層面考慮，並不能解釋為
　　　　何許多非左翼的評論者也對小說有「陰暗」之感。

　　《淘金記》講了一個爭奪金礦開採權的故事，但參與爭奪的兩方又都並非金礦所在地燒箕背的主人，這構成了情節的張力。真正的主人試圖維護祖墳的風水，最終被強力所擊敗，又被外力所挽救。小說以三股力量的衝突編織成故事，一是白醬丹、彭胖、聯保主任龍哥組成的利益聯盟，是鎮上的「在朝派」，最終成為爭奪燒箕背金礦開採權的勝利方。二是林麼長子及其手下，即北斗鎮的「在野派」，是爭奪中的失敗方。第三方是燒箕背的土地所有人，何寡母及其兒子何人種，最後被迫讓出了金礦開採權。以抽離出的故事概要來看，《淘金記》確實可謂「圍繞著開採北斗鎮筲箕背金礦的線索，展開了四川農村惡霸、糧紳、地主間為發國難財而掀起的內訌」〔註50〕。若是對《淘金記》的理解止步於此，它也就真是一部平平無奇的「鄉土—地域文化」小說，但以上的故事概要在簡化中遺落了小說的情節發展動力——惡性通貨膨脹。事實上，圍繞燒箕背金礦開採權的爭奪，不是靜態的鄉土社會中的利益衝突，而來自現代性侵入後所引發的劇烈變動。

　　通貨膨脹是推動《淘金記》情節發展的動力。在小說一開始，北斗鎮就處於一種並不平靜的氛圍中，看似無關緊要的地方風物描寫，道出了原因：「除開棉花、玉米和沙金，烏藥和城巴也是北斗鎮一帶山域地區的特產。但是從前一般人並不怎樣重視，誰也想不到它們會在抗戰中大出風頭，因此繁榮了市面。而且脹飽了一批批腰包，許多人都因為它們發了財了。」〔註51〕烏藥和城巴能「大出風頭」，脹飽「許多人」的腰包，其中固然有戰時物資短缺的因素，卻更是通貨膨脹的直接後果。關於戰時大後方的通貨膨脹（即法幣嚴重貶值現象），簡單地說，起源於國民政府維持戰爭開銷的需要。當沿海工業地帶相繼淪陷、稅源大量喪失，又棲身於並無牢靠政治基礎的大後方省份，除了借外債，國民政府也只能通過超量發行貨幣來汲取社會資源〔註52〕。在起初，超

〔註50〕錢理群、溫儒敏、吳福輝：《中國現代文學三十年（修定本）》，北京大學出版社 1998 年版，第 497 頁。《淘金記》在新中國成立後經過修改，地名「燒箕背」改為「筲箕背」，本文基於《淘金記》較早的版本進行研究，故仍稱為「燒箕背」。

〔註51〕沙汀：《淘金記》，文化生活出版社 1947 年版，第 6 頁。

〔註52〕關於抗戰時期惡性通貨膨脹的具體機制，民國時期曾任中央銀行行長的張嘉璈（張公權）所著《通脹螺旋》（又譯《中國通貨膨脹史 1937～1949》）一書是經濟史學界繞不過去的一本著作，該書第一至五章中對此有清晰簡明的闡釋。參見張嘉璈《通脹螺旋：中國貨幣經濟全面崩潰的十年》，於傑譯，中信出版社 2018 年版，第 1～117 頁。

量發行貨幣可謂是一種隱蔽的稅收，具有支持抗戰的正當性，但在 1940 年前後（這也正是《淘金記》中故事發生的時間），物價開始失控，通貨膨脹進入惡性循環的狀態，一直到新中國成立後，才得到控制。除了國民政府方面的原因，日方破壞法幣信用的「經濟戰」手段，也為物價上漲推波助瀾〔註53〕。可以說，通貨膨脹所造成的經濟災難，亦是日本的戰爭罪行之一。

在通貨膨脹循環上升的背景下，北斗鎮那些看上去脹飽了的腰包，並不能高枕無憂，因為法幣也在持續不斷地貶值。僅僅幾頁之後，《淘金記》中便出現了這樣的句子：「因為生活過高，現在通不興玩漂亮了。」〔註54〕通貨膨脹造成的物價畸形上漲，異化出許多如烏藥和城巴一樣的獲利空間，這對於有產者而言，既是獲得暴利的誘惑，又是財產貶值的壓迫。不管是淘金業在北斗鎮的興盛，還是白醬丹和林麼長子的「起心」，都基於通貨膨脹所造成的情節動力，「生活還在上漲，金價已經爬到百換以上，他是無論如何也不會對燒箕背斷念頭的」〔註55〕。隨著故事時間的推移，隱藏在背後的物價也隨著小說頁碼的增長而增長，不過，經濟邏輯很快遭遇了鄉土倫理的阻礙——何家雖然也做囤積，也參與到通貨膨脹的遊戲中去，但實在不能接受在自家祖墳所在地開挖金礦。林麼長子使出流氓作派先斬後奏，白醬丹一方也趁機加入進去，被何寡母通過請求長老議事的方式賠款了結。此後，白醬丹仍不死心，找到何家侄兒丘娃子，以分家為名進城打官司，最終借助政治強力壓服了何寡母。歸根結底，是通貨膨脹所激起的獲利欲望和物價持續上漲的壓迫，推動著白醬丹處心積慮地謀劃，因為他「一輩子就是吃了金錢的虧」〔註56〕，而這又是唯一「可以解救他的困窘的機會」〔註57〕。荒誕的是，在小說的最後，白醬丹的努力最終被證明是白費，燒箕背還是被保了下來——由於糧食價格的持續高漲，淘金的成本已大幅增加，在「沒有百分之百的錢賺，任何買賣便都不能說是買賣」〔註58〕的新形勢下已失去了吸引力。《淘金記》中，最「足智多謀」的白醬丹亦不是能主宰自己命運的人，他被惡性通貨膨脹所擺佈。

〔註53〕關於抗戰時期日方破壞中國金融系統的種種手段，參見齊春風《沒有硝煙的戰爭——抗戰時期的中日經濟戰》，湖南師範大學出版社 2015 年版。

〔註54〕沙汀：《淘金記》，文化生活出版社 1947 年版，第 12 頁。

〔註55〕沙汀：《淘金記》，文化生活出版社 1947 年版，第 113 頁。

〔註56〕沙汀：《淘金記》，文化生活出版社 1947 年版，第 28 頁。

〔註57〕沙汀：《淘金記》，文化生活出版社 1947 年版，第 232 頁。

〔註58〕沙汀：《淘金記》，文化生活出版社 1947 年版，第 319 頁。

　　《淘金記》被同時代評論者所讀出的「陰暗的氣息」，正是通貨膨脹中的生存體驗。眾所周知，抗戰時期文人的生活境況普遍窘迫，「文協」為此還曾發起過一個「保障作家生活運動」，教師、小公務員也淪為低收入階層。過去認為這是戰時物資短缺造成的普遍困境，其實不然。善於社會剖析的茅盾就在散文中記載過，在戰時飯館裏，「常見有短衫朋友高踞座頭，居然大塊吃肉大碗喝酒。中山裝之公務員或爛洋服之文化人，則戰戰兢兢，豬油菜飯一客而已」〔註59〕。從通貨膨脹的角度看，由於文人階層一般不接觸生產經營活動，長期依賴貨幣形式的薪水生活，當物價上漲時，其收入無法自然「水漲船高」，因此成為受衝擊最大的階層。歷史上作為四民之首的「士」，在抗戰時期淪落到與底層人民相同甚至更悲慘的生活境況中，精神上所受的衝擊是極大的〔註60〕。因抗戰受窮的文人，面對因抗戰而求富的群體，心中有著強烈的不滿，是再正常不過的了。《淘金記》以通貨膨脹為情節動力，所講的又正是人們在抗戰中求富的故事，戳中了同時代評論者的敏感點，因而承受著強大的道德壓力。其實細究起來，《淘金記》的故事談不上「陰暗」或「黑暗」，雖說白醬丹行事陰險狡詐、龍哥和林麼長子大耍流氓作派，最後不也通通沒有得逞？既然「陰暗」的人最終失敗，整個故事又有何「陰暗」可言？可行的解釋是，評論者對故事的氛圍——也就是那通貨膨脹的大環境感到「陰暗」。這與其說是小說的「陰暗」，倒不如說是小說激發了他們日常生活中的陰暗體驗。

　　《淘金記》真正所寫，並不止於「鄉土—地域文化」層面的民間爭鬥，而是在故事表層之下另有其物。王曉明教授對此有所察覺，他曾寫道：「這部小說的全部描寫都是為了引出這個主宰一切的宙斯，他的名字叫做歷史，封建地主階級已經失去存在的最後一點合理性，應該把它送進墳墓了——這就是他向讀者說出的話」〔註61〕。如今看來，這段論述帶有當年再舉反封建大旗的時代色彩，但在《淘金記》的故事深層結構中，確實隱含著「主宰一切的宙斯」——通貨膨脹。《淘金記》的真正主角，是通貨膨脹。

〔註59〕茅盾：《「霧重慶」拾零》，見《茅盾全集》（第12卷），人民文學出版社1986年版，第67頁。

〔註60〕參見嚴海建《抗戰後期的通貨膨脹與大後方知識分子的轉變——以大後方的教授學者群體為論述中心》，《重慶社會科學》2006年第8期。

〔註61〕王曉明：《論〈淘金記〉》，黃曼君、馬光裕編：《沙汀研究資料》，中國社會科學出版社1986年版，第422頁。

這麼說，難免給人故作驚人之語的感覺。通貨膨脹是社會現象之下的深層次經濟問題，是個抽象概念，映像在戰時生活中只是陽光、空氣一般的存在，作者何以能把握這樣的存在，它又如何能成為小說的「主角」？或許，我們不必如《淘金記》的同時代人那樣，過於關注小說中的人物和事件、「黏住和局限在現實裏」〔註62〕，不妨搬出幾年後在地球另一端問世的《鼠疫》作對照。我們看加繆的《鼠疫》，難道僅僅滿足於奧蘭城中人們抗擊鼠疫的英勇行動嗎？《鼠疫》的主角不是里厄、格魯、科塔爾，而就是「鼠疫」本身，《鼠疫》寫的是「鼠疫」的氛圍，以及人們與「鼠疫」的互動關係。當然，這並不是說《淘金記》就是一部現代主義小說，而是說，它不是僅僅滿足於塑造典型人物形象的現實主義小說，它也如《鼠疫》一般，試圖表現某種超越故事表象的存在、某種環境和氛圍。這裡，我們還可以聯繫沙汀在《淘金記》創作過程中所寫的短篇《三斗小麥》（1942）來看。《三斗小麥》基於與《淘金記》相近的生活材料寫成，可稱為某種意義上的「伴隨文本」。小說講了劉述之為還賭債，在是否賣掉囤積的三斗小麥問題上與姐姐發生衝突又和好的故事。劉述之受不了又離不開那「長姐如母」的羈絆，可以說就是《淘金記》中何人種與何寡母關係的翻版。但《三斗小麥》並非觀照家庭關係的小說，最後姐弟倆的和好完全是因為糧食價格的數倍上漲，讓姐姐家長式的霸道作風獲得了被經濟利益驗證的正當性。如果只看《三斗小麥》人物層面的故事，會覺得平淡乏味，但如果理解這部小說真正的主宰者是通貨膨脹，看出作者是在以小見大地對時代進行「寫意」，其藝術感染力便增加了。以《三斗小麥》觀《淘金記》，《淘金記》的價值也不僅在那些表面的人事，而在發現了作為氛圍和環境的經濟主體——通貨膨脹。

1980 年代，沙汀在回憶錄中寫道：

「茅公對我講述的當時四川一些社會現象，倒相當感興趣。我記得，我曾向他擺談過這樣一個故事：由於物價不斷上漲，一位略有存款的財主，眼疾手快，趕緊把它拿去買了一箱洋釘囤積起來。很快，洋釘一再漲價，他就把這箱洋釘拿到一家銀行作壓，借了一筆較大的款項，買了兩箱洋釘。一轉眼，洋釘價錢又上漲了，於是他又拿自己囤積的洋釘去抵押借款，搶購到更多洋釘。而如此循環往復下去，兩三年來，他大發『國難財』，變成暴發戶了。茅公聽

〔註62〕卞之琳：《讀沙汀〈淘金記〉》，《文哨》第 1 卷第 2 期，1945 年。

罷哈哈大笑，隨即摸來了個小本子，把它記上。我不知道這個小故事他後來利用沒有，但它卻是我爾後寫作《淘金記》的因由之一。」〔註63〕

茅盾的「相當感興趣」，顯示了社會剖析派作家的敏銳，在 1941 年初，他將沙汀所講的這個故事寫進散文《「霧重慶」拾零》。同是社會剖析派出身的沙汀，在戰時雖長期身居邊緣地帶，也敏銳地感覺到了從潘多拉魔盒中被放出的那看不見摸不著的現代怪物。正如風的被看見只能通過樹的被彎曲，沙汀看似在寫北斗鎮戰時生活中的趣事，實則將那抽象的現代怪物用文學顯形出來。

二

「作者卻僅僅走到現象為止，在現象底結構上撥弄著他底人物」〔註64〕，這是路翎在《淘金記》問世之初寫下的印象。有趣的是，這篇有名的批評文章為《淘金記》戴上「客觀主義」帽子，恰恰不是因為作者，而是因為論者的眼光「僅僅走到現象為止」。但路翎對小說人物的感覺卻是敏銳的，《淘金記》中的人物，似乎受著作者的「撥弄」。卞之琳對此也有同感：「他們的心機複雜得簡直不下於道格拉斯飛機廠裏的新機器，而得心應手的作者，卻跟高懸在這些可惡的可憐蟲上邊的一個命運似的，穩穩的作了他們的主人。」〔註65〕這麼說當然沒錯，但按本文的觀點，更準確的說法應是：作者所發現並顯形的通貨膨脹，像撥弄棋子一樣撥弄著小說中的人。

由於小說聚焦於顯形通貨膨脹這一經濟主體，可以說，《淘金記》中並沒有作為主體的「人」，只有被經濟主體擺佈的「人們」。比起白醬丹、林麼長子、龍哥、何寡母這些顯而易見的人物，《淘金記》的敘述者還常常使用一個不是人物的人物——「人們」。小說這樣開篇：「一九三九年冬天。早晨一到，整個市鎮的生活又開始了。人們已經從被窩裏鑽了出來。」〔註66〕

如果說從被窩裏鑽出來的「人們」是小說的第一個人物，當然有些荒唐，這也許只是一段平平無奇的背景描寫而已。但「人們」在整個文本中出現了

〔註63〕 沙汀：《皖南事變前後——四十年代在國統區的生活概述之一（節選）》，《中國現代文學研究叢刊》1986 年第 1 期。

〔註64〕 冰菱：《〈淘金記〉》，《希望》第 1 卷第 4 期，1946 年。

〔註65〕 卞之琳：《讀沙汀〈淘金記〉》，《文哨》第 1 卷第 2 期，1945 年。

〔註66〕 沙汀：《淘金記》，文化生活出版社 1947 年版，第 1 頁。

39 次〔註67〕之多，發表著許多有趣的看法，又與惡性通貨膨脹息息相關，就值得細細觀察一番了。這裡試舉三例：

淘金的，是「人們」——

「最近的一個時期始於七七前後。起初的措詞也一樣，因為剛才遭了荒年，但隨著抗戰的開展，礦洞增多，最顯著的是黃金價格的高漲，舊的藉口講起來要紅臉了。同時，人們也似乎變質樸了，他們坦然地流露出對於黃金本身的迷戀。但卻又立刻來了新的口實：他們是開發資源，是在抗戰建國了。他們於是大挖特挖。」〔註68〕

做生意的，也是「人們」——

「但是時間是一件治療任何心病的妙藥，到了臘月間，不管是局內人，局外人，大家都似乎把燒箕背的事件丟冷淡了。而且，一切生意又都那麼好做，彷彿變戲法一樣，任何東西過一道手就漲價了，所以人們全都沉沒在各種各樣買賣裏面，財富和法幣的追求裏面，一切閒事都被遺忘所淹沒了。」〔註69〕

評議北斗鎮時事的，也是「人們」——

「他們都暫時擱下寶經牌經，買賣上的商討以及對於生的怨嗟，專為這個新鮮的話題而努力了，他們打開記憶之門，而且非常勇敢的鑽進所有當事人的靈魂裏去，以便翻撿對於自己的論斷有利的材料。就連舉人老爺也被提談到了。一直到第三天上，所有的舌頭上才又轉動著別的新的話題。因為現在並非平時，生活太緊張了，變動也太快了，太大意了就會逃走一筆大的利益，或者給生活添上窟窿。所以有錢的都要忙錢，沒有錢的那就更不必說了。那些還在口上心上念念難忘的，只有少數懶蟲，以及有著特別利害關係的人們。」〔註70〕

「人們」自然是茶館裏的人們，由於市鎮上的人幾乎都去茶館，也就代表了北斗鎮共同體。「人們」的看法、「人們」的感受，又展示了北斗鎮共同體在通貨膨脹環境中的種種體驗。不管是白醬丹、林麼長子還是何寡母、何人種，

〔註67〕根據本文所用的《淘金記》1947年滬版統計而來。本統計已排除了無效的「客人們」「女人們」等詞。因是人工統計，或有不準確之處，但大致可以看出，《淘金記》作為全文僅十萬字出頭小說，確實多次出現了代表北斗鎮共同體的「人們」一詞。

〔註68〕沙汀：《淘金記》，文化生活出版社1947年版，第14頁。

〔註69〕沙汀：《淘金記》，文化生活出版社1947年版，第234頁。

〔註70〕沙汀：《淘金記》，文化生活出版社1947年版，第316頁。

都是「人們」中的一員。一個有趣的現象是，在《淘金記》中，「人們」常常出現在章節靠前的位置，「人們」出場後，才有林麼長子、白醬丹的空間，他們似乎是從「人們」中顯影出來，既是「人們」的談論對象，也是「人們」的具象化。總之，「人們」就是沙汀在 1942 年的信中談到的「一批士紳」〔註71〕和「一批惡棍」〔註72〕。但對故事中的市鎮而言，卻不是「一批」，而是大多數，如沙汀所說，「抗戰在後方把人們的私欲，更扇旺了」〔註73〕。「人們」是被通貨膨脹擺佈的人們，「人們」的行動和感受顯示了通貨膨脹的無處不在。

當然，大篇幅地呈現「人們」在《淘金記》中的重要性，並不是說小說的人物形象塑造不鮮活、不成功，而是說，被塑造的白醬丹、林麼長子等人不是充滿主體性的人，只是典型的「經濟人」。「經濟人」是一種被簡化的人，古典經濟學得以成立，就是基於「經濟人假設」。「經濟人」被假設為理性的、追求自身利益最大化的人，每當環境的「激勵」有所改變，「經濟人」就會運用理性調整自己的行為。白醬丹、林麼長子還有市鎮上那些做著各種生意、追逐通脹浪潮的人們，就是典型的「經濟人」。龍哥、彭胖等人因為糧價上漲而放棄到手的燒箕背開採權、造成白醬丹功虧一簣，在袍哥的江湖倫理中，可謂是背信棄義的行為，但從經濟學角度看，卻是典型的「經濟人」決策。而看上去為了「祖墳」這一鄉土文化符號堅決對抗經濟利益的何寡母，實則也是因為迷信「發墳」，認為破壞了風水，家道便會中落。因此燒箕背之爭是典型的實利之爭，沒有太多非理性、信仰層面的東西。「經濟人」的行為具有可預見性，只要外部環境的「激勵」發生變化，人自然就隨之而動。《淘金記》中的人們，只是附著在通貨膨脹上的一種存在，物價怎麼變，他們的行為就隨之改變，猶如風中之草、皮上之毛。正因為這種極高的可預見性，「經濟人」談不上自由意志和主體性，如果人活成了徹底的「經濟人」，那就是不完整的人。套用蘇格拉底解析人性的「激情、理性、欲望」古典三分法〔註74〕，「經濟人」就是缺失了「激情」、只剩下理性和欲望的人。在西方哲學體系中，「激情」雖有失

〔註71〕沙汀：《關於〈淘金記〉的通信》，《沙汀文集》（第 7 卷），上海文藝出版社 1992年版，第 59 頁。

〔註72〕沙汀：《關於〈淘金記〉的通信》，《沙汀文集》（第 7 卷），上海文藝出版社 1992年版，第 60 頁。

〔註73〕沙汀：《關於〈淘金記〉的通信》，《沙汀文集》（第 7 卷），上海文藝出版社 1992年版，第 59 頁。

〔註74〕關於「激情、理性、欲望」的人性古典三分法，參見柏拉圖《理想國》，郭斌和、張竹明譯，商務印書館 1986 年版，第 156～176 頁。

控的危險，但又常常是勇敢和高尚行為的源頭。缺失了「激情」的人，是尼采
所說的「末人」，也是錢理群所說的「精緻的利己主義者」。在《淘金記》中，
主要人物的命名方式也頗有考究。從角力的三方看，白醬丹是一味爛藥之名，
隱喻性地替代了白三老爺的本名，林麼長子和何寡母的稱呼則是身材（「長子」
即四川方言中的高個子）和身份的提喻。三方最重要的人物連本名都隱而不
現，喻示了其主體性的殘缺。唯一以本名出場的重要人物是何人種，但這名字
可謂是反諷——何人種懦弱無能，長期被母親關在家裏抽大煙，沒有任何做決
定的自由，用現在的話說是典型的巨嬰，既難稱人，也沒有種。

　　小說中人物的主體性殘缺再一次說明，在觀念和結構的層面上，通貨膨
脹才是《淘金記》的主角。由於通貨膨脹的強勢在場，這部看上去十分寫實
的小說，具有了一定的現代主義色彩，它不僅是在講述北斗鎮的故事，也在
看似冷靜的敘述態度中後退一步以觀全貌，試圖摹寫現代經濟紊亂中獨特的
生存狀態和困境。如果說，「用另一種囚禁狀況表現某種囚禁狀況」的《鼠
疫》以隱喻為核心表意方式，反諷（irony）則是《淘金記》中值得注意的表
意方式。

　　自然，《淘金記》中的人們是主體性殘缺又缺乏道德的，套用諾思羅普·弗
萊在《批評的解剖》中的劃分方式，無疑是一部反諷型的作品。但本文所關注
的反諷並不止在《淘金記》中某些語句修辭層面，而是關於整部作品表意機制
層面的反諷，即趙毅衡所稱的「大局面反諷」〔註75〕。吳曉東曾精彩地論述過
駱賓基《北望園的春天》中的反諷——「它不僅僅是敘事的姿態和調子，還與
作者的戰時認知和體察世界的方式相關聯，也是一種認知方式和美學態度，最
終有望生成一種與戰時文化語境相適應的小說美學」〔註76〕，這也從整部作品
的表意機制層面講的。作為同時期作品，《淘金記》並沒有《北望園的春天》
那樣獨特的不可靠敘述者和彌漫全篇的意義空無感，它的反諷是因顯形通貨
膨脹而生。

　　抗戰時期大後方的通貨膨脹並非古已有之的社會現象，而是基於現代信
用貨幣體系的現代怪物。在傳統社會中，雖也有王朝「行鈔」（即發行紙幣）
以汲取社會資源，但畢竟受到貴金屬貨幣的牽制，古代紙幣也多能與金銀兌

〔註75〕趙毅衡：《反諷：表意形式的演化與新生》，《文藝研究》2011年第1期。
〔註76〕吳曉東：《戰時文化語境與20世紀40年代小說的反諷模式——以駱賓基的
　　　　〈北望園的春天〉為中心》，《文藝研究》2017年第7期。

現。但 1935 年改革之後的法幣，是一種由國家信用擔保的、不可與金銀兌現的紙幣，一旦管理不善，造成的就是劇烈、迅速、難以想像的現代災難。如果說劇烈變動的速度是現代性的一個特徵，惡性通貨膨脹及其連帶反應就體現了這種現代速度推演到極端後的情況，用小說最後一章開頭的話來說，「那速度，用句鄉下人的話說，是套起草鞋也趕不上的」，「其間的變動，卻頗相當於我們祖父輩一生的經歷」〔註77〕。從祖父輩的「從前慢」，到通貨膨脹中的「套起草鞋也趕不上」，正是一種典型的現代體驗。複雜的現代體驗適合以反諷來表達，因為反諷最基本的特徵是表面意義和深層意義的背離，「是思想複雜性的標誌，是對任何簡單化的嘲弄」〔註78〕。惡性通貨膨脹的現代速度，衝擊著處於邊緣地帶的北斗鎮，產生了複雜的現代現象，寫實的《淘金記》因之而生出反諷，主要體現在以下情節中：

其一體現在喜劇性的結局上。在燒箕背金礦的開發問題上，白醬丹與何寡母鬥智鬥勇，用盡各種手段，其意圖雖是陰險的，但「謀略」卻不得不說是高明的。但這一切努力都被證明是白費，白醬丹的「謀略」完全敗給了不講理的通貨膨脹環境。此後，他也做上不必動腦筋的囤積生意，倒是小有收穫。白醬丹可謂是書中最「機智」的人，卻因「機智」而失敗，因放棄「機智」、隨大流而成功。白醬丹被戲耍是一場喜劇，而書中的人物幾乎都在小說中得償所願，更是皆大歡喜。不但市鎮上的「人們」在囤積中獲得了極大收益，即使是佃農們，在何寡母看來也是「每個人掣出來就是五元十元的票子，比我們這些人還漂亮」〔註79〕。這雖然有出自地主眼光的誇張成分，但也確實顯示了糧價上漲暫時改善了貧苦農民生活的經濟史事實。表面上看來，小說中充滿著喜慶氣氛，但背後映像出的卻是通貨膨脹更趨嚴重的社會形勢，這就是「陰暗的氣息」。

其二是挖祖墳事件在文化意義上體現出的反諷。楊義曾經敏銳地指出，「《淘金記》寫的是現世的黃金追逐對祖宗鬼魂崇拜的欺凌和侵蝕」〔註80〕。確實，爭奪燒箕背事件的實質是現代性對封建傳統的衝擊。挖祖墳在北斗鎮這樣的傳統社會中畢竟是極其惡劣的行為，更何況白醬丹和林麼長子都還或多或少與何家有親戚關係。之所以能幹出這樣的事，既是接受了現代觀念洗禮

〔註77〕沙汀：《淘金記》，文化生活出版社 1947 年版，第 366 頁。
〔註78〕趙毅衡：《反諷：表意形式的演化與新生》，《文藝研究》2011 年第 1 期。
〔註79〕沙汀：《淘金記》，文化生活出版社 1947 年版，第 100 頁。
〔註80〕楊義：《中國現代小說史》（中卷），人民出版社 1998 年版，第 469 頁。

的結果，如白醬丹所說，「現在不興這一套了，──迷信！」〔註81〕，也是由於在通貨膨脹的引誘和壓力下人慾的膨脹。在第一回合中，何寡母請求葉二大爺以袍哥議事的方式暫時守衛了祖墳，可謂是以傳統對抗現代性。第二回合，白醬丹使出去縣上打官司的手段、邀請國家政權以「抗戰建國」的名義介入，終於壓倒了民間的「迷信」。表面上看，通貨膨脹這一現代怪物衝擊著鄉土社會，傳統觀念倉促應戰，最終不敵。但故事發展到最後，從深層意義上說，又是通貨膨脹守衛了何家祖墳，現代怪物守衛了傳統。

其三是對「抗戰建國」的反諷。小說一開頭就寫到，北斗鎮的人們在金價高漲的形勢下大肆淘金，以「抗戰建國」為名。後來，白醬丹在縣上的官司之所以能打贏，也是借了「抗戰建國」之名。乍看起來，這種借用是不光彩的，但從深層意義上說，對抗戰時期缺少黃金儲備的中國而言，開發金礦又確實是典型的「抗戰建國」之舉，這並不因動機而轉移。白醬丹、林麼長子試圖開發燒箕背金礦的行為雖動機不純，但用古典經濟學鼻祖亞當·斯密的話說，是受到「看不見的手」的指引，從而實現了私利與公益的高度統一。表面上看，白醬丹、林麼長子是不顧抗戰大局、只顧個人私利的小人，但從深層意義上說，其試圖打破「迷信」、開採金礦，恰恰又是在為「抗戰建國」作貢獻。這樣的「實業救國」最後失敗了，從某種意義上說，白醬丹竟成了吳蓀甫式的悲劇英雄，這也難怪當時有論者讀出了這樣的意味：「故事中清楚地提示了抗戰過程中整個工業生產減縮的嚴重現象」〔註82〕。

整部作品表意機制層面的反諷造成意義的複雜化，並不意味著敘述者面對通貨膨脹的曖昧態度，它只是通貨膨脹成為小說「主角」的結果。沙汀以豐富的經驗、敏銳的感覺，將通貨膨脹所引起的現代亂象和現代體驗凝聚在文本中，自然形成了意義的複雜化。《淘金記》並非典型的現代主義小說，但反諷的存在使其或多或少帶上了現代主義色彩，這也是其問世之初在接受場域中遭遇那小小「不適」的原因之一。不過，《淘金記》反諷的表意方式在深層意義上又蘊含著強烈的批判性，它呈現了主體性殘缺的「經濟人」被作為主體的通貨膨脹所擺佈的狀態，雖然故事發生在「前現代」的北斗鎮，卻又像極了現代經濟紊亂中人的普遍境遇。從更現實的層面看，它還體現出對地方「獨立王國」與抗戰時代格格不入的深刻憂慮。

〔註81〕沙汀：《淘金記》，文化生活出版社1947年版，第19頁。
〔註82〕鷗溪：《〈淘金記〉讀後》，《抗戰文藝》第9卷第1、2期合刊，1944年。

三

《淘金記》中的一個看上去與情節主線無關的小情節，隱含著小說的政治關切。故事中，1940 年新年，北斗鎮照例應該舉辦一些玩龍舞獅的傳統民俗活動，但這畢竟又屬於娛樂消遣，似乎與抗戰時期一切從簡的時代氛圍不符。這時，白醬丹想出了變通之計：

> 「他提議龍燈可以不玩，至於獅子，倘若改成麒麟，那就絲毫沒問題了。這是一個舊瓶子裝新酒的辦法。太陽不就是日本麼？那麼獅子若果變成麒麟，還就不是娛樂，而是宣傳抗戰的好東西了。這不僅贏得了委員們的承認，便是龍哥以及別的大紳也用少有的歡欣接受了它，放了比往年更多的花和鞭炮。」〔註83〕

自然，這一插曲可以幫助塑造白醬丹詭計多端的性格，但這個「獅子變麒麟」的故事又正是抗戰時期北斗鎮存在狀態的寓言。北斗鎮，一個川西小鎮，處於中國人文地理中十分邊緣的地帶，彷彿一個雷打不動、油鹽不進的「獨立王國」，即便是相距並不遙遠的省會，也無法管轄，如一位茶客所言，「成都是成都，它還管不到北斗鎮來！」〔註84〕全面抗戰爆發，國民政府內遷，帶來的影響無非是物價飛漲刺激了北斗鎮「人們」的神經。抗戰的時代浪潮傳遞到這邊地，不過是「獅子變麒麟」、「舊瓶裝新酒」，什麼也沒有改變——那象徵著傳統秩序的何家祖墳雖然受到威脅，最終仍安然無恙。當然，正如何家祖墳至少在一段時間內被威脅，通貨膨脹作為獨特的現代現象、法幣作為國家經濟現代性的象徵，也似乎要衝擊改變那獨立王國的種種秩序，將其與國民政府聯繫起來。但最終，新的經濟秩序融合進了舊有的地方秩序，「夜壺還是夜壺」〔註85〕。《淘金記》反諷、嘲弄著地方無法被有效整合進「現代中國」的現狀，這種民族國家意識的彰顯，使它成為典型的「抗戰文學」。

對抗戰時期的大後方而言，「抗戰建國」是時代主潮。當然，如張中良先生所言，將「建國」理解為建構現代民族國家是「想當然」〔註86〕的，在當時的語境中，應是「建設國家」的意思。若是「中華民國」並不存在、尚待建構，又何來抗戰的合法政府？但這也並不意味著建構現代民族國家不是抗戰時期的一個重要問題。國民黨政權，如易勞逸所論，「以當代西方的國家觀念來衡

〔註83〕沙汀：《淘金記》，文化生活出版社 1947 年版，第 236 頁。
〔註84〕沙汀：《淘金記》，文化生活出版社 1947 年版，第 83 頁。
〔註85〕沙汀：《淘金記》，文化生活出版社 1947 年版，第 130 頁。
〔註86〕張中良：《中國現代文學的民族國家問題》，《文學評論》2014 年第 4 期。

量，國民黨中國同同時代的歐洲國家相比，並不能算是一個現代的民族國家」〔註87〕。這是因為國民政府對大後方省份的實際控制十分薄弱，一個與現代文學相關的例子是，龍雲所控制的雲南省屢次與重慶政府分庭抗禮，這才在對抗結構中造就了昆明知識分子和作家群體相對寬鬆的言論環境。在基層社會，國民黨政權的控制力也十分不足。傳統社會素來「皇權不下縣」，1939 年，國民黨政權雖開始推行「新縣制」，試圖把政權延伸到縣下的區，但實際效果卻並不明顯，「區政權本為國家權力的延伸和加強，其結果卻成為土劣藉以自豪自雄的工具」〔註88〕。《淘金記》中的聯保主任龍哥，自然就是這樣一位土豪劣紳，他原是匪徒出身，權力的基礎完全來自暴力。龍哥不是國民黨官員的代表，而是一個「山大王」式的角色。在這個意義上，北斗鎮與其說是國民黨統治區域的代表，倒不如說是「國民黨不能統治的區域」的代表。

《淘金記》之所以能被作為一部「鄉土—地域文化」小說來讀，也正是因為塑造了北斗鎮這樣與外部相區隔的文學空間。在這個獨立王國裏，袍哥主持著社會秩序，舉人的後代已不再吃香、成為被爭搶的肥肉，甚至袍哥內部還有鄙視鏈〔註89〕，真是自成體系。在新中國成立後的版本中，作者曾作出幾處修改，試圖聯結起北斗鎮和國民黨政權的關係，如 1947 年版第 10 頁的「那個代表一個銀行收買金子的委員」被改為「那個代表國家銀行收買金子的委員」，第 238 頁龍哥曾受過「社訓」〔註90〕被改為「到成都受過國民黨一個月的訓練」。這種事後聯結北斗鎮與國家政權的努力，恰恰證明了在初始的文本中，北斗鎮是一個若即若離的存在。

《淘金記》的批判性不止指向白醬丹等人的利己之私，更指向地方不能被整合進民族國家有機體的地方之私。這種針對「私」的雙重批判，觸及到通貨膨脹時代的新問題。1935 年國民黨政權所建立的法幣體系，是具有進步性的

〔註87〕〔美〕易勞逸：《毀滅的種子：戰爭與革命中的國民黨中國（1937～1949）》，王建朗、王賢知、賈維譯，江蘇人民出版社 2009 年版，第 1 頁。

〔註88〕王奇生：《革命與反革命：社會文化視野下的民國政治》，社會科學文獻出版社 2010 年，第 415 頁。

〔註89〕在《淘金記》中，白醬丹作為破落紳士，是「紳糧班子」，對林麼長子這樣「賭棍或出身不明的人總多少感到一點厭惡」，但他又偏偏是依靠著匪徒出身的龍哥而維持在鎮上的地位。

〔註90〕「社訓」是軍閥劉湘主政四川時期所開辦的面向基層政權參與者的訓練班，與國民黨關係不大。參見於笙陔《劉湘主川開辦的「七訓」》，《四川文史資料選輯》第 36 輯，四川人民出版社 1987 年版。

現代民族國家經濟整合機制，全面抗戰時期的北斗鎮能受到法幣幣值波動的影響，是其從經濟上與現代國家和統一市場有了連接的標誌。但正如前文所述，法幣是由國家信用背書的信用貨幣，全面抗戰中期通貨膨脹轉向惡性，法幣劇烈貶值，事實上就是國家合法性的貶值。通貨膨脹的無法控制，意味著政治衰敗。因此，《淘金記》揭示出歷史情境中嚴峻的問題：北斗鎮被那纖細的法幣紐帶象徵性地繫在「現代中國」上，但又因幣值的不斷跌落，越來越回到國家不在場的自然狀態。

通貨膨脹狀態給北斗鎮「人們」帶來的頗具現代意味的流動感、刺激、焦慮，已在《淘金記》中多處傳達。嚴重的通貨膨脹，表面上看起來繁榮了市場，實則破壞著市場規則，造成霍布斯所說的「人人相互為敵」〔註91〕的狀態。如前文所論，白醬丹試圖組織開採金礦，若在正常的市場秩序中，本是將私利和公益結合的雙贏之舉。這種被市場造就的雙贏，以及由此驅動的技術創新，正是近代以來世界經濟能夠持續增長的秘密。但惡性通貨膨脹的持續壓迫，最終取消了雙贏的可能性。當物價持續上漲、貨幣持續貶值、市場秩序不復存在的時候，人們只得選擇持有實物而非貨幣，於是貨幣信用進一步下降，通貨膨脹更趨嚴重。在小說的結尾，龍哥、彭胖不願拿出現金入股白醬丹組織的金礦開發，是因為他們要將現金換成能抵禦通脹的糧食，通脹讓曾經的合作夥伴分道揚鑣。這揭示出大環境的殘酷性：人人在囤積中看似是自保，實則是互害，但如果不囤積，就只能被害。在《淘金記》的結尾，每個人看似都獲得了收益，但局外人一眼可知，這收益是虛幻的，隨時會被物價的上漲再次淹沒，而大環境已經到了崩盤的邊緣。這正是敏銳的詩人卞之琳所讀出的意味：

> 「事實上，《淘金記》到臨了也未嘗不令人有出路之感，有如悲劇在叫人流了眼淚以後或者喜劇叫人笑出眼淚以後所給的朗靜、輕鬆、健康、明白。一場亂攪在一起的人慾的全武行。不管勝者敗者，由於連淘金也不行，遠不如囤積別種更有關國計民生的東西更來得容易發財……大家走在自殺的路上，大勢所趨，任他翻得多高，還是遲早都同歸於盡。」〔註92〕

卞之琳所說的「出路之感」，也許就是《淘金記》這部以通貨膨脹為「主角」的小說所內蘊的政治關切：要結束通貨膨脹造成的國家不在場的、「人人

〔註91〕〔英〕霍布斯：《利維坦》，黎思復、黎廷弼譯，商務印書館1985年版，第94頁。
〔註92〕卞之琳：《讀沙汀〈淘金記〉》，《文哨》第1卷第2期，1945年。

相互為敵」的自然狀態。它從反面確認了能夠維持經濟秩序、保障人民生活的利維坦——真正的現代民族國家的必要性，而這在如此嚴峻的形勢下，除了推倒重來的革命，似乎別無他法。

沙汀對大後方通貨膨脹的敏感及試圖將其顯形在小說中的努力，使《淘金記》成為一部獨特的作品。小說對現代經濟紊亂中生存體驗的表達精細入微，揭示了人身處其中退化為「經濟人」、喪失了主體性的境遇，也因精細寫實現代亂象而使得整部作品呈現表意機制層面的反諷，帶上一些現代主義色彩。在文化政治上，《淘金記》對通貨膨脹狀態中地方的整合問題表達了憂慮，內蘊著民族國家意識，這使它成為典型的抗戰文學作品。由對通貨膨脹中人人相互為敵的自然狀態的展示，《淘金記》又從反面證實了革命以建立真正的現代民族國家的必要性。這樣的深層政治關切，使它並非如看上去那麼「客觀主義」。

第三節　戰時生活之霧——宋之的劇作《霧重慶》新論

眾所周知，抗戰時期的重慶，常有「霧重慶」之稱。這當然不是讚美霧都風景，而是指代著戰時首都在國民黨治下黑暗的政治環境。「霧重慶」這一文化符號的誕生，可以追溯到 1940 年 12 月在渝公演並取得轟動效應的五幕話劇《霧重慶》，一個月後，「皖南事變」發生，茅盾在等待撤往香港的間際，寫下一篇名為《「霧重慶」拾零》的散文〔註93〕，是對該符號的首次徵用。此後，「霧重慶」在抗戰中後期逐漸成為流行的說法。

有趣的是，這影響深遠的劇名「霧重慶」，卻並非來自作者的深思熟慮，而是劇團出於商業利益考慮所改。1940 年 12 月同步出版的劇本單行本名為《鞭》，這也是宋之的寫作時所擬定的名字。有論者考證，「該劇專為中萬而寫，是繼《國家至上》、《浪淘沙》、《未婚夫妻》、《夜上海》之後，中萬上演的第五個戲，排演時正值中萬公演于伶的《夜上海》，於是把原劇名《鞭》相應地改為《霧重慶》」〔註94〕。原來，「霧重慶」是為了與「夜上海」配套售賣而生，如此強烈的政治符號竟起源於商業運作，不得不讓人疑惑，該劇是否真有那樣強烈的政治性？另一方面，目前學界對《霧重慶》的研究多停留在綜論中一帶

〔註93〕此文描繪作者在重慶見到的種種社會現象，以惡性通貨膨脹發生後的新變化為主，並非對《霧重慶》一劇的評論。

〔註94〕馬俊山：《重返市民社會，建設市民戲劇——論 40 年代的話劇創作》，《中國現代文學研究叢刊》2003 年第 2 期。

而過，很少見到專門的研究，似乎該劇要麼是抗戰時期「暴露與諷刺」的又一個注腳、是「戰時首都重慶形象及重要地位扭曲化」〔註95〕的代表作品，要麼就是標誌著「以抗戰時期市民生活為題材的劇本即將成為職業劇團的首要選擇」〔註96〕的起點性作品。那麼，《霧重慶》到底寫了什麼、作者又怎樣在市民生活的書寫中安置著政治性？本節試圖回到歷史情境中重讀該劇，問題意識即起源於此。

一

作為劇作的《霧重慶》和作為文化符號的「霧重慶」，當然是兩回事，後者雖脫胎於前者，但並不意味著前者本身具有那麼強烈的政治色彩──尤其是批判國民黨政權的色彩。與通常的印象不符，《霧重慶》最初是由國民黨官辦劇團中國萬歲劇團排演，也是一部獲得各地市場認可的作品。

正如劇團為之改名時所期許的，《霧重慶》在重慶公演取得了極大的商業成功，從當時的一條報導可窺一二：「重慶最大的劇院國泰大劇院也在這時翻建一新，而第一次營業就是話劇，宋之的編劇，應雲衛等導演的《霧重慶》……一共是演了兩個多禮拜，每場都滿座，臨到最後一場的時候，還有五六百人站在門外面購不著票」〔註97〕。此後，大後方多地劇團排演了《霧重慶》（包括陝西、福建、廣西、湖南〔註98〕等地），並未有過被查禁的記錄。

其實，《霧重慶》在國民黨政權看來，應該是一部意識形態上相對安全的作品，它的故事始終立足於戰時大後方「生活」。在抗戰時期擔任國民政府中央圖書雜誌審查委員會委員並負責劇本審查的魯覺吾，在1940年初的一篇文章中就提出，劇本題材應擴大範圍，「不僅限於農村、戰地、及都市社會，所謂上流人士的生活，亦可採用」〔註99〕。因此，《霧重慶》寫「生活」可謂是恰好符合了審查大員的期許。此外，《霧重慶》還近似家庭倫理劇，以男女關係的變動作為結局──在開場時候，沙大千、林卷妤，苔莉、袁慕容各是一對，

〔註95〕靳明全：《深化國統區抗戰文學研究之我見》，《文學評論》2009年第5期。

〔註96〕段麗：《失衡的隱患──論「抗戰」時期官辦劇團「百人大戲」的儀式性場面》，《戲劇》2014年第6期。

〔註97〕《〈霧重慶〉上演盛況》，《中國藝壇日報》第18期，1941年。

〔註98〕參見《文化點滴：陝政劇團公演〈霧重慶〉》，《黃河月刊》第2卷第3期，1941年；何光炯《〈霧重慶〉在湖南演出》，《青年戲劇通訊》第13期，1941年；陳大文《〈霧重慶〉給予我們的啟示》，《大公報》（桂林）1941年3月26日。

〔註99〕魯覺吾：《怎樣編「抗戰劇」》，《青年戲劇通訊》第1期，1940年。

到第五幕，林卷好似乎要跟著袁慕容出走，沙大千又向苔莉提出一起生活的請求。人物關係中的伴侶交換，可謂是相當迎合市民趣味的情節設計，這讓人想起楊邨人的劇作《新鴛鴦譜》（1943），該劇寫了四對男女在戰時生活中交換伴侶的故事，讓人大開眼界。值得注意的是，無論是《霧重慶》還是《新鴛鴦譜》，男女關係發生變動的動力機制，都是來自戰時生活中一些深層結構的變化，即通貨膨脹在大後方的蔓延。

眾所周知，國民黨政權的崩潰與其貨幣制度的崩盤是具有高度相關性的，但法幣的貶值並不是解放戰爭時期的新現象，而是自全面抗戰爆發以來就一直在發生。法幣的貶值，以最簡化的模式來理解，根源於政府財政的吃緊。1937 年之後，喪失了大部分富庶地帶（稅源）的國民政府，要籌集龐大的戰爭經費，除了對外借款之外，便只能對內徵收。超量發行紙幣，強行貶值貨幣，就是一種最簡單、最不易引起反抗的徵收方式，也是國民黨政權在其缺乏基層控制能力的大後方唯一所能倚重的徵收方式。在抗戰初期，通貨膨脹還比較溫和，這樣的模式尚能維持，但 1940 年前後，終於難以為濟，通貨膨脹開始螺旋上升〔註 100〕，演變為惡性，反映在戰時生活中，就是物價不斷地、以超越傳統中國人想像的速度高漲。

惡性通貨膨脹與大後方戰時生活是高度相關的。宋之的在《霧重慶》上演並取得轟動之後的 1941 年元旦發表感言，談到自己的創作時說，「生活在後方，所選材料，恐怕還是偏重於一般的社會問題」〔註 101〕。什麼是「一般的社會問題」？宋之的在這篇感言中自然流露了對經濟生活的關切，「雖然也很想吃得好一點，使自己的身體得到充分的營養，但決不會去做囤積生意，也決不會去拿自己勞動以外的錢」〔註 102〕。宋之的作為對生意一竅不通的文人，也表示「決不會去做囤積生意」，這顯示的是當時囤積行為的低門檻和普遍性——囤積物資就是抵抗物價變動最簡單的手段。前文提過的那篇茅盾的散文《「霧重慶」拾零》中也記載了這樣的情形：

重慶市到處可見很大的標語：「藏鈔危險，儲蓄安全。」不錯，

〔註 100〕關於抗戰時期惡性通貨膨脹的具體機制，曾任民國時期中央銀行行長的張嘉璈所著《通脹螺旋》一書是經濟史學界繞不過去的一本名著，該書第一至五章中對此有清晰簡明的闡釋。參見〔美〕張嘉璈：《通脹螺旋：中國貨幣經濟全面崩潰的十年》，於傑譯，中信出版社 2018 年版。

〔註 101〕宋之的：《我的 1941 年》，《新蜀報》元旦增刊 1941 年 1 月 1 日。

〔註 102〕宋之的：《我的 1941 年》，《新蜀報》元旦增刊 1941 年 1 月 1 日。

藏鈔的確「危險」，昨天一塊錢可以買一包二十枝裝的「神童牌」，
今天不行了，這「危險」之處，是連小孩子也懂得的；然而有辦法
的人們卻並不相信「儲蓄安全」，因為這是另一方式的「藏」。他們
知道囤積最安全，而且這是由鐵的事實證明了的〔註103〕。

在惡性通貨膨脹狀態中，連小孩子也懂得紙幣的「危險」，甚至戰時語境
中的「生活」一詞，常常就是物價的同義詞，在沙汀的《淘金記》中有「生活
好高」〔註104〕的說法，生活高，就是物價高。這也無怪乎在一篇名為《〈霧重
慶〉在湖南演出》的通訊中，有這樣的主題概述：「……取了活生生的現實題
材、描寫大後方的智識份子在生活程度□□下的苦悶，用輕柔的筆調，反映出
社會的背影，的確是一部優美的劇作」〔註105〕。

顯然，《霧重慶》故事情節所立足的戰時生活，與惡性通貨膨脹存在高度
相關性。要分析該劇如何在市民趣味與抗戰文化之間取得平衡，作者如何處理
物價飛漲帶來的人心變遷和生活體驗就成為一個關鍵問題。

二

《霧重慶》是一個典型的惡性通貨膨脹時代的故事，惡性通貨膨脹不但構
成戰時生活的背景，亦是推動情節發展的關鍵所在。

以最簡化的方式描述，《霧重慶》寫了沙大千、林卷妤、老艾、苔莉（徐
曼）等幾位曾是救亡青年的老同學，在大後方的中心重慶，關係破裂、各自
「墮落」的故事。故事的核心人物是沙大千、林卷妤夫婦，而「墮落」主要是
指在救亡圖存的大背景下，幾位曾經的熱血青年都遠離了抗戰工作。這一切
的源頭都來自沙大千、林卷妤因失業、孩子夭折，開了一間小飯館。按理說，
即便是開小飯館，在大量難民湧入的後方，也是滿足社會需求的、有意義的
事務，相比那找也找不到的救亡工作，絕無等而下之的道理，但這卻成為情節
發展的催化劑。

開小飯館，對於那個時代的大學生而言，當然是某種意義上的大材小用。
但抗戰時期的大後方隨著難民大量湧入，也確實並無那麼多的工作崗位可以

〔註103〕茅盾：《「霧重慶」拾零》，見《茅盾全集》（第12卷），人民文學出版社1985
年版，第67頁。

〔註104〕沙汀：《淘金記》，文化生活出版社1947年版，第116頁。

〔註105〕何光炯：《〈霧重慶〉在湖南演出》，《青年戲劇通訊》第13期，1941年。方
塊符號處原文不清。

提供，既然沙大千、林卷好夫婦窮困潦倒，先養活自己也不失為一種腳踏實地的態度。不過，那個啟示者式的老同學老艾早早提出了警告：「不過有一點，是要特別注意的，萬一要賺了錢，不要為了錢，忘了工作就好了！」〔註106〕果然，惡性通貨膨脹中的經濟環境不同於尋常，餐飲是關聯著實際物資（糧食）的行當，物資價格上漲可以輕鬆通過漲價轉嫁給消費者，再加上抗戰以來後方人口密集、需求旺盛，到第二幕，短短五個月間，沙大千夫婦就掙了一大筆錢，感歎道，「真不得了，怪不得人人都想改行做生意了！」〔註107〕此後緊接一段沙大千與顧客吵架的情節，而從林卷好口中間接可知，店裏發生這種爭吵是家常便飯，在這樣的經營態度下居然能賺這麼多錢，可見發財有多麼容易。惡性通貨膨脹常常異化出獲利空間，沙大千夫婦的成功就是源於偶然趕上的「風口」。此時，林卷好也體會到了有錢的好處，當她那從前線回來的妹妹林家棣對她提出告誡時，她興奮地答道：

> 「怎麼？自然！這樣好的機會，我們再不去利用，那不是傻瓜嗎？反正我們不做，別人也還是要做的。別人賺了錢，是為私人享受，我們卻為了自己的工作。要是成了功，我馬上去開一個傷兵醫院，你跟苔莉，也許還能夠結婚呢！」〔註108〕

此後，恰逢與老同學苔莉交好的官員袁慕容提出和沙大千一起去做從香港輸入貨物到內地的貿易，稱有對本利可圖，沙大千初步嘗到了錢的魅力，自然沒有不從的道理。後半段的矛盾也都因此而起——卷好的妹妹林家棣再次從前線歸來，使卷好意識到當下的生活已經脫離了救亡的崇高理想，但沙大千的想法也已改變，執迷於掙錢，認為卷好對抗戰的熱心，無非是「害的時髦病」〔註109〕，又以賺錢是為了以後辦民族工業為自己辯護。此後，沙大千不但開始從事非法生意——走私軍需品汽油（也即是說，之前的生意還是合法的），又染上梅毒並傳染給卷好，終於沙、林夫婦分道揚鑣，老艾病死、苔莉作為交際花的處境仍無改變。一切正如林卷好反思的，「我後悔我不該開那個小飯館，不該慫恿他到香港去，更不該賺了這麼多的錢！生活一安定，特別是有了錢，人就慢慢地變壞了，變傻了！」〔註110〕

〔註106〕宋之的：《霧重慶》，中國戲劇出版社1957年版，第22頁。
〔註107〕宋之的：《霧重慶》，中國戲劇出版社1957年版，第30頁。
〔註108〕宋之的：《霧重慶》，中國戲劇出版社1957年版，第44頁。
〔註109〕宋之的：《霧重慶》，中國戲劇出版社1957年版，第60頁。
〔註110〕宋之的：《霧重慶》，中國戲劇出版社1957年版，第71頁。

通過以上的情節梳理可以看出，惡性通貨膨脹中的戰時生活變遷，是《霧重慶》的情節核心元素。如果不是在物價飛漲中生活越來越難，如果開小飯館不會突然賺了那麼多錢，沙大千很可能就不會被金錢衝昏頭腦，也就談不上墮落。《霧重慶》中滲透了身處通貨膨脹亂象中真切的生存體驗，傳遞出身處這一現代性紊亂中強烈的震驚和誘惑。僅僅是開一個小飯館，就能獲得暴利，物價的變動又如此頻繁劇烈，為了守住既得利益，沙大千實在很難抵抗參與長距離貿易獲得更多收益的誘惑，連林卷好在一段時間內也支持了沙大千進一步的經營活動。《霧重慶》中第二三幕之所以情節最為緊湊、并備受稱讚——「因受生活壓迫而做生意，因做生意而想發財，以致於不自覺地做了國家的罪人，都很入情入理，無懈可擊」〔註111〕——正是因為其中傳遞出的每人都能感同身受的時代體驗。惡性通貨膨脹造成物價不斷上漲，要麼置身事外，陷入越來越貧困的生活，要麼參與進去，被綁架於其中——在物價上漲的壓力中猶如逆水行舟，要保住自己的所得，只能不斷地繼續賺錢，自保的需求與欲望形成共振，螺旋放大了人性之惡。個人利益和民族大義的衝突可謂是推動全劇情節發展的主要動力，但如果不是第二三幕對沙大千轉向商業經營的描寫「入情入理」，如果全劇沒有表現出惡性通貨膨脹那黑洞般的捲入機制，《霧重慶》不會在市民中產生這樣的轟動效應。

此外，通過沙大千們從被損害者轉為獲益者的過程，《霧重慶》初步勾勒出惡性通貨膨脹這張大網所串聯的社會階層，從無業的流亡青年、窮困的教書先生，到小飯館經營有所得的小商販、富人家分享了利益的僕人，再到以權謀私的官員以及與之合作的大商人。這裡不得不談一談作為配角的趙肅夫婦和袁慕容。趙肅夫婦在來到重慶之前，也是讀書人階層，因與沙大千夫婦做鄰居而相識。趙肅夫婦通過幫忙的方式，參與了小飯館的經營，後來，趙肅因為受不了沙大千將其視為下人的屈辱，跑到四川某個小縣城當教書先生，妻子趙氏則留在了沙大千夫婦身邊，逐漸成了沙家的僕人。結果，選擇氣節的趙肅，教書不但收入微薄，還幾個月拿不到工資，欠了一屁股債，不得不重新回到沙家，央求一個僕人的職位，還遭到妻子趙氏的嘲笑。讀書人階層由於不掌握

〔註111〕 孫晉三：《鞭——霧重慶》，《星期評論》（重慶）第 13 期，1941 年。孫晉三此文是《霧重慶》出版、公演後少有的主要從藝術形式方來進行探討的評論，他認為《霧重慶》存在較多情節結構、藝術技巧上的缺陷，浪費了良好的題材，唯一稱讚的便是作者對二三幕的處理。

實際物質，完全依賴薪水生活，受惡性通貨膨脹衝擊最大，教書的收入還遠不如僕人。趙肅這一配角的塑造，體現出知識分子不得不為五斗米折腰的現狀，可謂是出自作者物傷其類之感。另一個配角袁慕容出場不多，但可知是一個什麼「主任」，他有著打通各個物流環節的關係，但他因何有必要與沙大千這樣的飯館老闆合作搞貿易，是劇本沒有交代清楚的。看上去，好像袁慕容施捨給了沙大千做走私貿易的機會，後來又謊稱貨物被炸試圖搞垮沙大千，行為邏輯莫名其妙。或許，袁慕容是作者為推動情節走向更強烈戲劇衝突而設計的一個棋子，同時，他的出場也體現了對官僚階層借助特權發「國難財」的批判。總之，《霧重慶》呈現出惡性通貨膨脹中的一面經濟網絡，有官員借助物價發財、有商人與官員的勾結、有小飯館主人這樣的得小利者，也有依靠主人分一杯羹的僕人、交際花和窮困潦倒的教書先生、因貧致死的流亡青年，對大後方戰時社會階層、經濟生活做了比較寬闊的掃描。也正因為這種比較寬闊的掃描，該劇才撐得起「霧重慶」之名。

單從文本上看，《霧重慶》作為政治鬥爭工具的屬性並不強，它所反映的社會問題，也是惡性通貨膨脹時代的常見病、金錢使人墮落的老生常談。雖然劇中有官員袁慕容這麼一個角色，但對其描寫又比較簡略，沙大千改行經商也還主要是自己的主意，並非袁慕容所拉攏，況且，沙大千作為一個飯館小老闆，對「主任」袁慕容而言哪有什麼利用價值？當《霧重慶》在重慶上演之後不久，最早的一篇評論文章中便將作品的意義闡釋為作者「向青年宣戰」而不是對社會（或政權）的抨擊，認為作品「暴露了時代青年嚴重易犯的動搖性」、「他們是為了生活而忘記生活的意義了」〔註 112〕。也正因此，同為左翼劇作家的田漢甚至認為該劇是對知識分子的冒犯，在一次座談會上發表了激烈的批評意見：

> 關於《霧重慶》，寫的是知識分子的醜劇，作者自己是知識分子，可是寫起知識分子來，卻很不正確。而事實上，在蘇聯對於中國的知識分子卻非常尊敬，他們說中國的知識分子自抗戰以來有很大的貢獻，事實上也是如此。人家這樣的尊敬我們，而我們卻自己菲薄了自己……我們的作者卻硬要把責任推到我們這些可憐的知識分子身上，把廣大民眾的反對對象轉移到知識分子身上，替人家卸責任，這是很不正確的。作家們反映今天的現實固然有許多困難，當時，

〔註 112〕 李棪：《關於〈霧重慶〉》，《國民公報》1941 年 2 月 2 日。

因之而有意歪曲現實也是不對的。〔註113〕

這至少說明，《霧重慶》在當時的語境中並沒有後世看來那樣強烈的政治性。它的商業成功，來自於將視線從前線轉回後方、深描惡性通貨膨脹環境中戰時生活體驗──通貨膨脹螺旋上升對於人心黑洞式的捲入效應。戰時生活成為作者平衡市民趣味與抗戰文化的著力點，「霧重慶」之「霧」在文本誕生之初，與其說是政治黑暗的隱喻，倒不如說是惡性通貨膨脹造成的戰時生活之「霧」。

三

《霧重慶》原名《鞭》，意味著該劇帶有強烈的現實批判性。問題是，「鞭」揮向何處？籠統地說，抗戰文化氛圍中所批判的，自然是阻礙抗戰之物。按前文所述田漢的讀解，《霧重慶》批判的是沙大千夫婦的「墮落」、批判著青年知識分子的軟弱、批判發「國難財」的行為，如果循著這樣的理解路徑，《霧重慶》無疑是一部標準的抗戰戲劇，稱為官方所期許的「民族主義文學」也未嘗不可，並無多少左翼色彩。

但《霧重慶》的批判性並不止於此。前文已述，作者對惡性通貨膨脹中那黑洞式的捲入效應，在第二三幕中做了「入情入理」的表現，也正因為這種戰時生活邏輯的展現，使得全劇結尾處那陳義甚高的批判，變得不近人情且欠缺說服力。這種聖徒式的道德要求似乎讓抗戰與戰時生活構成對立關係，如果說「霧」是惡性通貨膨脹所造就的戰時生活之霧，「鞭」就像打在「霧」中、打在「無物之陣」裏。

《霧重慶》中的老艾是沙大千、林卷好夫婦的老同學，一個懷才不遇的作家，身體不好，專以旁觀和批判見長。代替作者發出批判聲音的也是這個老艾，他總結到，大家從以往的參與學生運動的愛國青年墮落到今天，歸根結底是「撿了輕便的路子」，因為──

> 「抗戰需要我們吃草根、樹皮！假使人人都像你，都因循苟且，
> 投機取巧，去吃燕窩、魚翅，我們的仗是沒法打的。自然，社會上這
> 樣的人很多，但不該是我們，我們是誰？我們是青年……」〔註114〕

老艾顯然是作者意圖的顯現，在全劇中，多處滲透著作者這種苛刻的「青年道德觀」，比如在第一幕中、開小飯館之前的抉擇裏，就通過對話構築著「工

〔註113〕 田漢語，見《1941年文藝運動的檢討──座談記錄》，《文藝生活》第1卷第5期，1942年。

〔註114〕 宋之的：《霧重慶》，中國戲劇出版社1957年版，第91頁。

作」與「生活」的對立關係，似乎二者完全不能調和。那麼，在遠離戰線的後方，什麼是「工作」呢？開小飯館顯然不在其列，在第三、四幕中，林卷好所從事的參加社會團體、為抗戰籌款等等，才是作者認為的正經「工作」，問題是，這樣的「工作」哪能解決「生活」的需要？所以才有老艾所說的「吃草根、樹皮」，這雖然是個比喻，但顯示出作者對前線和後方的混淆，似乎作者的意思是，由於前方正在打仗，那麼後方連正常的生活也不能維持，必須全民擰成一股繩、通通直接參與到戰爭中去，正如劇中第二幕布景的一副對聯所示——「吃飯不忘救國，飲酒常思殺敵」〔註115〕。連在後方自謀職業、解決生計，都是「撿了輕便的路子」、都是「青年」的墮落。其實，即使在後方開小飯館、做長途貿易能掙很多錢，只要是符合法律法規的，也是繁榮了後方經濟、壯大了後方抗戰的基礎，個人利益和民族大義並不矛盾，賺錢並不是罪惡，怎麼就不能算是「工作」？但該劇傳達出的意思卻是，只要動了一點私心，就必定步步墮落、違法，因此只有上前線如林家棣的人物形象，才具有道德完整性，照此要求，生活在大後方都是一種不道德。作者對「青年」提出這樣高的道德要求，背後是一種線性的進步觀念，「青年／老年」的二分法實質就是「進步／落後」的二分法，取代了傳統文化中以「君子／小人」區分的不同道德標準。問題是，古代的「君子」處於經濟社會中的優越地位，受到更多的道德約束也是順理成章，抗戰中的「青年」尤其是後方青年知識分子，本就是在惡性通貨膨脹中的「被損害者」，再被加以這種苛刻的道德標準，就顯得雖然正確，但不近人情了。

因此，作者苛刻地對青年提出高的道德要求，觀眾和評論者卻自然會因為「墮落」的「入情入理」，更重視環境的因素對人的影響，來減輕負在主人公身上、也是負在身在大後方的觀眾身上的道德壓力。於是，對該劇的解讀，有了從「個人墮落」向「環境墮落」的意義滑動。可以說，《霧重慶》問世後，抗戰時期的所有評論文章，都不外乎是在「個人墮落」和「環境墮落」中擇其一作主題闡釋。

有意思的是，即便按「環境墮落」闡釋本劇的批判意義，至少在表面看來，並不構成對國民黨政權的挑戰。《中國國民黨抗戰建國綱領》第二十四條正是「嚴禁奸商壟斷居奇、投機操縱，實施物品平價制度」〔註116〕，1940年前後，

〔註115〕 宋之的：《霧重慶》，中國戲劇出版社1957年版，第28頁。
〔註116〕 《中國國民黨抗戰建國綱領》，見徐辰編著：《憲制道路與中國命運——中國近代憲法文獻選編1840～1949》（下冊），中央編譯出版社2017年版，第128頁。

控制物價、打擊投機商，也是國民政府的政策所在，自成都因囤積而發生「搶米事件」後，還槍斃了成都市長以儆效尤。批判社會上投機發財的風氣和環境，在官方看來，也許不但不是對自身統治合法性的質疑，反倒是在配合政策。事實上，在抗戰中後期，有官方背景的文人確實也寫了許多「反奸商」的劇本，如王平陵《維他命》《情盲》、魯覺吾《黃金萬兩》、楊雲慧《小事情》等等。但國民政府，畢竟又是大後方社會環境的最終責任人，惡性通貨膨脹發生，不論在起源上有多麼情有可原，但長期無法得到控制還愈演愈烈，始終是政府的責任。揮向「環境墮落」的「鞭」不可能止於「霧」、止於「無物之陣」，批判沒有責任人，是無法成立的。於是，無力控制環境的政權，就自然得擔起責任。

1941 年 9 月，《霧重慶》在香港公演。當時在港的左翼文人有力地配合了這部作品的上演。尚在排演中的 8 月 30 日，《華商報晚刊》便登出預告，9 月 6 日又登出于伶所作的《〈霧重慶〉獻辭》和署名「克柔」的《〈霧重慶〉排演參觀記》。待 9 月 12 日正式上演時，《華商報晚刊》更是用了整版的篇幅發表了夏衍、茅盾、陸浮、以群、戈寶權、鋼鳴的六篇文章，為其造勢。再之後的上演過程中，《華商報晚刊》還分別在 13 日、27 日登出消息或評論，延續其熱度。《華商報晚刊》是一份有著鮮明左翼背景的報紙，是「在中國共產黨領導下創辦的愛國統一戰線報紙」〔註 117〕，在「皖南事變」後的特殊時期、在香港的特殊環境下對《霧重慶》的力推，不可否認帶有政治鬥爭的意味。在左翼批評家的這一組評論中，「光明／黑暗」、「前進／動搖」、「進步／腐化」等二元對立的概念開始頻繁出現，「環境墮落」的「霧重慶」，自然佔據著貶義詞一方。茅盾寫道，「對於一般市民，《霧重慶》或不免仍有陳義過高之處」〔註 118〕，這「陳義過高」之處，暗指著該劇的政治批判性。以群的文章中則挑明了環境問題，並將惡性通貨膨脹中的戰時普遍生存處境，安置到實實在在的地理重慶中：

> 「要解答這一點，我們不能不想到他們所處的環境。在周圍的人均發國難財的環境中，而我獨不思發財；在周圍的人均荒淫無恥的環境中，而我獨堅定不移——那只有具備特殊的根底的人才可以做到；

〔註 117〕 張挺，王海勇編：《中國紅色報刊圖史》，山西經濟出版社 2011 年版，第 138頁。

〔註 118〕 茅盾：《為了〈霧重慶〉的演出》，《華商報・晚刊》1941 年 9 月 12 日。

一般的軟弱的青年是做不到的。於是，我們希望觀眾不要對劇中的人

物責備得太苛，因為他們都是生活在『霧重慶』的人呀！」〔註119〕

左翼文化人的這一組評論可謂是在霧中祛魅，將原劇中苛刻的民族主義「人物墮落」批判轉換為「環境墮落」批判，並暗示出位於戰時首都重慶的國民黨政權的墮落。可以說，正是在這次集中評論中，「霧重慶」作為國統區「政治黑暗」的符號意義得到錨定。

《霧重慶》書寫了惡性通貨膨脹中的戰時生活體驗，激起了市民階層的共鳴，因此獲得成功。但作者以苛刻的「青年道德」貶斥戰時生活，反倒讓人物顯得身不由己而凸顯了環境的問題。《霧重慶》的問世與「霧重慶」符號的問世並非一回事，這也再一次說明了「鞭」揮向何處、「霧」隱喻什麼，不僅在於文本，更在於文本在文學場域中的旅行。

第四節 「戰時經濟生活」視野中的「未完成」文本
——論李劼人長篇小說《天魔舞》

相比已基本進入中國現代長篇小說經典序列的「大河三部曲」，李劼人四十年代中後期創作的長篇小說《天魔舞》在文學研究界受到的關注度並不高。這部 1947～1948 年間在成都《新民報》連載的作品，遲至 1981 年才作為《李劼人選集·第三卷》出版單行本，很可能出於作者本人的不滿意。在 1956 年所作的《自傳》一文中，李劼人將《天魔舞》稱作「未完成的」，認為「寫得並不精練」，並「準備以後有空重新寫過」〔註120〕。當然，李劼人 1956 年的文章能多大程度上真實代表他對這部作品的看法是一個問題，比如文中「這部小說是描寫國民黨時期買辦資本家的腐朽和特務們的橫行」的表述，顯然與現在見到的小說情節相去甚遠。《天魔舞》中並無資本家與特務的蹤跡，而若是如此政治正確的主題，又怎會遲遲未能修改完成出版？因此依據作者本人在特定時代的說法來構建小說的接受視野，認為其成就不高加以忽視，便過於草率了。畢竟，《天魔舞》是李劼人完成三部曲後的唯一一部長篇，是李劼人唯一一部在寫作時試圖關注現實的長篇，也是四十年代中國現代長篇小說成熟期湧現的一部名家之作，它是否真是一部「暴露與諷刺」國統區黑暗現實的單

〔註119〕 以群：《關於〈霧重慶〉中的人》，《華商報·晚刊》1941 年 9 月 12 日。
〔註120〕 李劼人：《自傳》，見《李劼人選集》（第 1 卷），四川人民出版社 1980 年版，
　　　　 第 13 頁。

純政治主題作品，又是否帶有一些李劼人在計劃修改時感到為難的特質？它在哪些地方「寫得並不精練」，又在何種意義上「未完成」？如何評價它的文學成就？本節試圖對以上問題進行探討。

一

《天魔舞》以抗戰後期經歷著惡性通貨膨脹的成都為背景，寫了兩對男女在經濟紊亂中的聚散離合，通常被當作一部平庸的「暴露與諷刺」之作。1981 年由四川人民出版社出版單行本後，當時的研究界基本延續了李劼人1956 年《自傳》中的視閾——「生動地反映了抗戰時期國統區社會生活本質的一些方面：四大家族及其爪牙消極抗日，積極反共反人民，大發國難財，和敵偽勾勾搭搭」〔註 121〕，「暴露出人民頭上有一張怎樣龐大、狠毒的吸血網，其罪魁禍首就是四大家族」〔註 122〕，「揭露國民黨反動派假抗戰、反人民的醜惡本質」〔註 123〕。將《天魔舞》綁定在政治批判意義上，不但窄化了文本的釋意空間，也更凸顯出小說的種種「缺陷」——以一部政治批判小說的標準看，《天魔舞》無疑太鬆散、太多離題，正如研究者所指出，「作品在描寫兩雙男女的悲歡離合時，缺乏嚴密的交織，二者的意識取向又不甚統一，相互映襯的作用較為薄弱，這就使得許多精彩的片斷難以組合成一種集中的氣勢和完整的意境」〔註 124〕。不過，「難以集中完整」或許並不意味著小說藝術的必然失敗，反倒說明作品「另一面」的存在，以及對其進行闡釋的必要。近年來的研究，對重新認識這部小說的價值已有了一些推進，張義奇將《天魔舞》視為與《寒夜》齊平的作品，稱之為「大後方文學的雙城記」〔註 125〕，洪亮認為《天魔舞》是「一部諷刺傑作」，同時使用了「人性—人慾」的視野來進行闡釋，從而使天魔舞的批判對象從高層政治轉移到民間，認為「這就使它超越了一般的政治批判作品，而具有了更加豐富的內涵」〔註 126〕。看到小說中在

〔註121〕 洪鐘：《試析李劼人的〈天魔舞〉》，《社會科學研究》1982 年第 6 期。

〔註122〕 李士文：《評李劼人長篇小說〈天魔舞〉》，見重慶地區中國抗戰文藝研究會等編《國統區抗戰文藝研究論文集》，重慶出版社 1984 年版，第 213 頁。

〔註123〕 鄧經武：《群魔亂舞的抗戰大後方社會寫照——讀〈天魔舞〉》，《四川師院學報》1983 年第 2 期。

〔註124〕 楊義：《中國現代小說史》（第 2 卷），人民文學出版社 1988 年版，第 440 頁。

〔註125〕 張義奇：《大後方文學的雙城記——〈寒夜〉與〈天魔舞〉異質同構的悲劇敘事》，《當代文壇》2011 年增刊 1 期。

〔註126〕 洪亮：《惡濁的時局，人慾的亂舞——讀李劼人的〈天魔舞〉》，《廣播電視大學學報》2013 年第 2 期。

政治之外的人性是視野上的一大新拓，但這對於小說結構上的失衡問題、總體的「未完成」問題，以及《天魔舞》與 40 年代綿延大後方的惡性通貨膨脹之間的關係，還有可待深入探討的空間。

如果「暴露黑暗」和「人慾的批判」並不足以概括《天魔舞》的主題，那就需要重回歷史事實中進行考察。將戰時大後方的惡性通貨膨脹產生的「戰時經濟生活」作為視野，不難看出，《天魔舞》是一部獨特的、以「經濟關係／經濟生活」為基底構建故事，試圖志錄成都抗戰後期的社會風貌和文化心理、同時精細刻畫出人性在通貨膨脹和投機空間雙重逼迫下的嬗變的小說，而這也正是它的獨特性所在。

正如柄谷行人在《日本現代文學的起源》中頗有穿透力的提出「風景」的發現，中國現代文學中「經濟」的發現亦是現代性的重要表現。傳統的、農耕時代也有經濟關係，但那種碎片式的、小規模的經濟想像，與現代民族國家確立後文學對整體經濟關係的發現，不可同日而語。三十年代，蔓延國際的經濟大蕭條引起了國內經濟的一系列後果，從而使得「一種潛隱的、原本只能靠理性把握的經濟運行機制終於成為具體可感的社會經濟現象，它所引發的一系列轟動性事件也開始作為『題材』為作家所關注和選擇」〔註 127〕。在左翼作家的一系列社會剖析小說中，如《春蠶》、《子夜》、《林家鋪子》等，就初步出現了這樣的經濟想像——將鄉村、城鎮、都市視為經濟組織上的鏈條，推演到對經濟關係的整體把握。四十年代因抗戰的需要，稅源淪陷的國民政府採用了超量發行法幣的通貨膨脹政策籌措軍費，卻因管理不善而造成了嚴重的惡性通貨膨脹，物價飛漲的同時又異化出了種種投機空間，這對後方社會生活的衝擊是巨大的，從而構成了《天魔舞》的故事發生背景。《天魔舞》之所以在「暴露與諷刺」視閾中顯得若即若離，最重要的就是它是以惡性通貨膨脹中開始凸顯的「經濟關係——經濟生活」作為內核來結構整部小說。

「經濟關係／經濟生活」內核在全文中最明顯的體現，是它作為了全文兩條線索（後文稱為陳登雲線和白知時線）的最終交匯點。《天魔舞》是一部雙線敘事的長篇小說，這本身並不奇特，外國文學中遠自托爾斯泰《安娜卡列妮娜》、近到村上春樹《1Q84》都採用這種形式，中國文學裏，「花開兩朵，各表一枝」在白話通俗小說亦比比皆是。復線敘述的小說，最考驗作者功力、也最

〔註 127〕 李哲：《經濟‧文學‧歷史——〈春蠶〉文本的三個維度》，《文學評論》2012年第 3 期。

意味深長的部分常常發生在情節線交匯點。《天魔舞》前半段,小說兩線並未發生真正意義上的交匯,僅有一些偶遇式的接觸——如第一章陳登雲在躲警報時正好遇見了自己曾經的老師白知時,卻未上前相認,第十章經過鬧市時陳登雲又看見了勸阻槍殺逃兵的白知時,第十九章陳登雲去飛機場接貨的時候遇見了白知時的內侄黃敬旃,以上的這些偶遇或為草灰蛇線的布置,或為轉換情節線的節點,缺乏可傳遞的意義。真正意義上的雙線交匯發生在小說的倒數第二章「錦繡前程」。在這一章裏,白知時、唐淑貞夫婦並未與另一對陳登雲、陳莉華相遇,而是通過了這樣一種頗有意味的經濟關係連接起來——1945 年初,日本人在豫湘桂戰役中取得突破,直逼貴陽,成都市面一片驚恐。八達號在「大老闆」的指令下結束,準備搬遷前往西昌,陳登雲和陳莉華因資金周轉不靈,不得不折價轉讓囤積已久的貨物,而在新婚妻子唐淑貞說服下決定改行的白知時,毅然判斷形勢不會轉向惡劣、日本人不會打到成都,因此在人心惶惶、市面降價的此刻,正是抄底的時機。於是,通過偶然的中間人搭橋,白知時、唐淑貞夫婦買下了陳登雲和陳莉華囤積貨物的大半。昔日的學生、老師關係,如今在不自知的情況下連接為買方、賣方的交易關係,掛靠神秘「大老闆」(顯然隱射著國民政府高層官員)發財的寄生階層與民間抵禦物價上漲而做生意的平民也通過經濟關係聯繫在了一起。同時,這場交易成為新婚的白知時夫婦的第一筆生意,也成為陳登雲和陳莉華姘居關係最後解體的鑰匙,故事以此作為雙線的交匯和小說的結束,有著絕妙的反諷和深厚的意義。「經濟關係」在這個節點的出現,點題了整部小說的核心——「天魔舞」,不是字面上理解的什麼魔鬼的舞蹈,不是要抨擊哪一部分人的窮奢極欲,而是更接近它在歷史中的意思,亡國之音。「經濟關係/經濟生活」的失控之後整個社會面臨崩潰之情勢,正是作者所試圖記錄、呈現的。

除了這個意味深長的交匯點,作者在情節雙線上也做了許多近似交響樂上「對位法」的安排,而「經濟關係/經濟生活」也滲透於「對位」中的方方面面。兩條線情節,兩對情節,各自代表著一個對立項——陳登雲和陳莉華代表著更靠近高層、借助政治力量的經濟投機者,白知時和唐淑貞則是更貼近民間的、跑黑市的經濟投機者,一上一下是為對位;陳登雲和陳莉華是由故事開始之初的姘居關係走向破裂,而白知時和唐淑貞是由房東房客關係走向結合,一分一合是為對位;陳登雲和陳莉華、白知時和唐淑貞關係,雖都有李式小說中常見的「女強男弱」構造,但婚姻經濟基礎上,前者是女靠

男，即陳莉華依託八達號副經理陳登雲的資源，後者是男靠女，即白知時向唐淑貞學習跑黑市的經驗，仍是對位。這種對位一方面有著結構上的對稱考慮，形成了一種環狀效果，另一面則是反映出作者全景式的、環狀包容的企圖——正如符號二分所意味著的封閉結構，寫清楚對立分節的兩面，就似乎把握了經濟與生活的全局。更有趣的是兩對情人的結合過程，也或多或少在自然的生活邏輯下，有著「經濟關係／經濟生活」的影子。陳登雲本是一個學生，在重慶工作無所事事，又追求漂亮女同事失敗，趕時髦準備取道成都去陝北，途中與同行的龐興國先生認識，進而陰差陽錯借住到他家中。陳登雲的借住某種意義上帶給了龐先生經濟效益，特別是龐先生東施效顰發國難財（囤積雞蛋）失敗後，是靠著陳登雲二哥（陳起雲利用戰爭中的政治投機，此時已成為「大老闆」身邊的紅人）的關係介紹到重慶去任職的。而在家中已有勾搭的陳莉華，之所以勾搭陳登雲，某種意義上也是看中了陳登雲圈子裏的社交紅利和經濟機會。普通的、原始生命力的人慾和經濟關係，天衣無縫地融合在一起成為人物行動的動機。此後，陳莉華和陳登雲既是姘居關係，也是合夥做生意的夥伴關係。也正因此，八達號接到結束成都業務、遷往西昌的指令後，才會令二人的關係發生致命的危機，因為兩人的姘居本身就不是一種預備結婚的婚戀關係，而是摻雜了濃厚的經濟考慮在內，於是，當兩人共同囤積的貨物賣完之後，兩人的關係也走到了盡頭。另一條情節線，白知時與唐淑貞的再結合中，也滲透著不少經濟層面的考慮——白知時在面臨唐淑貞的追求時，經濟情況已較為惡劣，教書多年的積蓄被通貨膨脹剝奪得所剩無幾，若不是靠著幫唐淑貞的兒子補習功課，幾乎連房租也無法負擔。由此，拒絕唐淑貞的提議，幾乎就將斷送白知時在成都的生存基礎，但畢竟唐淑貞是個抽鴉片又沒有文化的女人，這讓白知時頗有些猶豫。這裡，唐淑貞的經濟優勢不但使白知時在現實考慮層面難以回絕，也使他難以痛快答應——經濟實力上的女強男弱在傳統倫理中有著揮之不去的「入贅」嫌疑。對唐淑貞而言，選擇白知時作為結婚對象，固然也知道彼此性格上的差異，但從現實層面考慮，白知時的老實、有文化，也有其長處。這裡，唐淑貞的考慮仍是一種屬於「經濟人」的理性權衡，白知時雖然缺乏經濟實力，但在她的期望中能被改造為做生意的助手，最大限度增進未來幸福的可能，而後白知時被說服轉行做生意後所顯出的經濟頭腦，也令唐淑貞欣喜。經濟關係作為背景和底色或隱或現地出現在兩性關係中，在今天這個市場高度發達的時

代看來，本平淡無奇，但在惡性通貨膨脹蔓延的四十年代，李劼人的書寫確實顯現出經濟壓力對世道人心的形塑。

作為本作的女主角之一，陳莉華儘管仍與《死水微瀾》中的鄧麼姑、《大波》中的龍蘭君一樣，屬於李劼人作品中的「不安分女性」譜系，但也已經有了新的變化——清末民初的鄧麼姑、龍蘭君的強勢中，出於個人情慾的因素更強，而陳莉華則顯然有更多經濟層面的考慮——直到小說最後，準備去樂山回歸家庭，在等車時的陳莉華，還羨慕著羅羅作為交際花的地位和經濟權力，而不願讓人知道她回到沒有本事的丈夫龐興國身邊的決定——簡而言之，正如小說中所議論到的，抗戰時期的特殊經濟環境、尤其是現代意義上的大規模匯幣貶值異化出的投機空間和切實逼近的生存壓力，使「商業意識」、「經濟邏輯」在人們心中發現、生長、膨脹，對經濟實利考量或許並不能以「唯利是圖」一言概之，但確實廣泛入侵到社會文化層面，由此引發的私欲膨脹和道德解體與陳莉華身上原本的「不安分女性」靈魂相對話、相塑造，可以說，陳莉華是四十年代的鄧麼姑、龍蘭君，是更為現代版本的鄧麼姑、龍蘭君。

「經濟關係／經濟生活」作為小說內核由四十年代的李劼人寫出，其實再自然不過的。寫作《天魔舞》之前的整個抗戰時期，李劼人除參加文協成都分會的活動外，主要是作為樂山嘉樂紙廠的董事長而工作。在嚴酷的戰時經濟壓力下，在為工廠的生存而思索、奔走、決策中，李劼人對「經濟關係／經濟生活」可謂感受深刻〔註128〕。有研究者將李劼人的身份定位為「非正統的現代雜家」〔註129〕，確實，李劼人的情況與在三十年代率先發現「經濟」的茅盾相似，跨界帶來的出位之思使「經濟」在文學中清晰地出現，不同的是，《春蠶》三部曲到《子夜》中的經濟想像依託於茅盾對左翼社會科學知識的學習，通過情節對原理進行重述和演繹，而《天魔舞》的經濟想像則來自作者自身對社會的、自成一家的觀照和體驗。不是暴露國民黨統治的黑暗統治，而是「經濟關係／經濟生活」才是《天魔舞》的內核，也正是這一內核使得這部小說不得不「未完成」。

〔註128〕《李劼人全集》中，現存的四十年代李劼人書信，多是就嘉樂紙廠的經營進行調度和決策，細細讀來，李劼人作為精明企業家的形象不難被發現。參見李劼人《李劼人全集》（第十卷），四川文藝出版社 2011 年版。另可參見冀靜染《李劼人往事（1925～1952）》，商務印書館 2021 年版。

〔註129〕馮勤：《「獨特」的背後：非正統的現代雜家——關於李劼人思想建構特點的一種解析》，《四川師範大學學報》2005 年第 4 期。

二

雖然李劼人在 1956 年的《自傳》中將《天魔舞》稱為「未完成」，但目前見到的從報載收集而來的小說其實是完整的，那麼這裡的「未完成」所指的，就並非小說未寫完，而是作者認為還存在可修改或重寫的空間。李劼人本是一位精益求精的作家，在 40 年代時他就對一些譯本進行了重譯，50 年代對「大河三部曲」的修改和重寫雖被視為受到新的文化氛圍的壓力，但也不能說完全沒有藝術上的考慮。同樣，對《天魔舞》的修改或重寫計劃，在 1956 年後確實被納入了李劼人的日程，《自傳》提到「準備以後有空重新寫過」，1957 年發表的《談創作經驗》也說「將來還可修改」〔註 130〕，而在《讀書月報》1958 年第 8 期的《著作消息》欄中，更有消息稱李劼人「還在做一部長篇小說「天魔舞」（暫名）的創作計劃。這部小說是反映從抗戰勝利到全國解放前夕這一時期，四川在反動統治和美帝國主義經濟侵略下，天怒人怨、民心解體的故事」。這裡對小說情節的概述與目前看到的文本仍不符合，《天魔舞》故事發生在抗戰後期，並無美帝國主義經濟侵略一事，不過結合 1956、1957 和 1958 年的這三條材料，可推測 50 年代作者確有修改或重寫《天魔舞》的計劃，但至 1962 年作者病逝，這項工作還未見展開。當然，這也許是因為李劼人將它排在寫完新版《大波》之後再進行，也許是因為《天魔舞》的修改更有難度，畢竟涉及政治性更強的題材，但不論未完成的原因是什麼，在五十年代，《天魔舞》都面臨著雙重意義上的「未完成」，一是小說雖以報載形式面世，但作者對其結構和藝術還有不滿之處，仍需打磨修改，所以未出單行本，「未完成」；二是小說在新的時代下已不合時宜，故原先的報載發表不被視為發表，而僅被當成是「保留了許多素材」，必須進行重寫。

《天魔舞》在藝術上的和思想上的雙重「未完成」，都與作品以「經濟關係／經濟生活」建構故事有著密不可分的關係。

首先，作為一部將故事的時間地點設定為抗戰時期大後方的作品，在 1950 年代語境中，只有「暴露與諷刺」的路徑可選。張恨水以戰時首都重慶為故事發生場所的一系列小說，如《魍魎世界》、《八十一夢》等一般意義上的通俗小說能在 50 年代得到再版，正是基於此原因，不過，出版後還難免要加上這樣的說明，「雖然我對抗戰時期中國民黨反動派的醜惡罪行暴露還很不夠，究竟讀者

〔註130〕李劼人：《李劼人全集》（第 9 卷），四川文藝出版社 2011 年版，第 248 頁。

是可以從這裡面知道一些」〔註131〕。當然,《天魔舞》以「暴露與諷刺」視野進行闡釋並不存在難度,李劼人在《自傳》中的表述,正是有意將作品的思想意義往這個方向引導。但《天魔舞》作為一部「暴露與諷刺」作品,在五十年代嚴酷的批評環境中,極有可能受到批判——這正是它的「經濟關係/經濟生活」內核所埋下的隱患。《天魔舞》寫了顯然與國民政府高層有著某種聯繫的神秘商業組織「八達號」,但圍繞「八達號」所發生的情節卻寥寥無幾,僅是背景描寫式的描繪出許多談話的斷片,如小說第八章、第九章,第十四章、第十九章的部分內容,隻言片語中透露出檢查隊的私貨交易、飛機場接貨等內容,大量的篇幅用於談話,幾乎沒有推動情節向前發展,正可謂「寫得不精練」。陳登雲線的主要情節波動卻在他與陳莉華之私情的發生、發展、崩壞上。賦予壞人以色情色彩,或許可為這樣的情節進行辯解,但「沒有反映出主要矛盾」、「沒有直接揭露出官僚資本大發國難財的罪惡」等指責,顯然不易避免。而對於「本質」的書寫、「光明」的嚮往,在《天魔舞》中也是缺位的,同樣涉及到大後方經濟事件的茅盾戲劇《清明前後》,就最終由民族資本家代表林永清之口響亮地喊出了「政治不民主,工業就沒有出路」的強音。《天魔舞》的氛圍或許可稱壓抑陰暗,但後半部尤其是白知時被捕和轉行後的情節,卻帶有那麼些荒誕的喜劇味,以及揮之不去的民間生存倫理。這似乎顯得白知時的轉行經商不但不是一種「知識分子在黑暗現實下的墮落」,反倒是一種自然而然的、合情合理的選擇,這與1950年代的主流觀念更無疑是相牴觸的。當然,即便是李劼人重寫過的《大波》,在十七年文學中也是異類,但遙遠的歷史題材顯然比1940年代的大後方題材安全,《天魔舞》在這一層面的「未完成」,幾乎是必然的。

其次,如果跳出1950年代的主流觀念,以今天的眼光看,《天魔舞》仍舊存在藝術上的一些「未完成」。最核心的問題便是小說敘述時間的節奏錯亂和情節線分配的嚴重失衡。尤其是作者設計的、涉及到官僚資本發「國難財」相關內容的陳登雲線。該線情節停滯不前,小說缺乏推進的動力。與之相比,另一條白知時線,故事結構上卻相當完整,它從「問題」始,以如何解決「問題」為發展,以「問題」的最終解決為結束,是一個創意寫作學上經典的「衝突——行動——結局」〔註132〕式結構。兩條本身用來對位的線索,情節控制、

〔註131〕 張恨水:《〈八十一夢〉前記》,見張占國、魏守忠《張恨水研究資料》,天津人民出版社1986年版,第257頁。

〔註132〕 〔美〕傑里・克利弗:《小說寫作教程:虛構文學速成全攻略》,王著定譯,中國人民大學出版社2011年版,第50頁。

敘述時間上都大不相同,確實容易給人缺乏交織、不一致之感。而陳登雲線情節上的種種問題,細究起來正是以「經濟關係/經濟生活」為核心構建故事,又未能較好處兩個問題所致:一是作家自身的經濟生活體驗與政治批判預設間的糾纏,二是李劼人一貫的方志意識在面臨複雜經濟問題上的糾纏。

前文已述,李劼人在抗戰時期作為嘉樂紙廠的董事長參與過經營活動,對戰時的經濟、商業、投機伎倆有一定瞭解,但故事中的陳登雲線牽涉到的八達號,是一個某高層官員遠程控制的商業投機機構,對這種帶有陰謀性的「國難財」組織的想像在戰時普遍存在,但既然該組織帶有秘密性,作者又非內部人士,對它的具體活動的描述就或多或少存在困難。《天魔舞》直到第十章轉入白知時線,之前皆是陳登雲線的情節,但整整十章,近全書三分之一的規模,故事時間卻只發生在一兩天內,即陳登雲和陳莉華躲警報一路上的見聞和陳登雲在八達號半天的「工作」,一個一個場面流水帳式的鋪排,登場人物超過十個,小說卻只是剛剛完成了「介紹人物」的基本步驟,只能算是剛開了頭。顯然這個長達十章的開頭,占全書三分之一規模,本應承載一個更宏偉壯闊的故事。只有一個長度和廣度接近《大波》的小說,才會使用一個如此鋪排準備著的開頭,令一般讀者頗有些難以進入。許許多多的情節沒有展開,比如八達號老金和夫人丁丁的故事,羅羅、愛娜等交際花的故事,八達號日常經營的更多細節,車夫趙少清、周安和傭人王媽的故事等等,作者都有所準備,但由於第十章後敘述節奏突然加快,只得蜻蜓點水一般略過,後面的情節篇幅並未沿著這些線索發展。之後,陳登雲線的情節立足當下的只有去飛機場接貨的部分,隨後就是最後兩三章的日本人進逼,八達號成都分號結束工作,陳莉華和陳登雲的關係也隨之結束。頗為怪異的是,這一線較為完整的情節竟然是十六、十七、十八三章「回憶」,即陳登雲回憶自己抗戰以來的經歷,如何加入八達號,如何與陳莉華發展出情人關係等等。那麼,為何會有這種「頭重腳輕」「一盤散沙」的現象出現?當然,這裡並不是說一定要以衡量更通俗作品的故事性、情節完整度等標準來要求《天魔舞》,或許也可以這麼闡釋——陳登雲線「回憶」之外的情節如此散亂、停滯、無趣,本身就是對借用官僚勢力發「國難財」的寄生階層實際生活狀態的素描和隱喻,他們整日跳跳舞、打打牌的生活或許本就那麼散亂、停滯、無趣。但更可能的情況是作者的政治批判預設促使他決定寫一條高層官員腐敗參與「國難財」的線索,但陰謀式的、秘密的商業操縱對作者而言又不很熟悉,如此一來,應該細寫的部分囿於經驗無法寫

出，只呈現出一個個斷裂的信息點，無法連綴成情節，而在作者一貫擅長的部分（如陳登雲和陳莉華私情的產生、白知時的再婚困擾等）又寫得流暢易讀，讀者觀之產生不協調的感覺就不足為奇了。

李劼人的所有長篇小說都帶有強烈的方志意識，「大河三部曲」中對成都風俗人情的精細描繪、對本地歷史的精確志錄已成典範，《天魔舞》也不例外，是一部試圖志錄抗戰後期成都社會風貌和市民文化心理的作品。這也正好可以理解作品的「經濟關係／經濟生活」內核，因為抗戰中後期的後方大城市，通貨膨脹造成的物價飛漲和投機風潮確實是社會生活中關乎每個人衣食住行的存在，此次發生於現代貨幣制度下的惡性通脹，是傳統中國人的首次現代經濟紊亂體驗。有著敏銳歷史感覺的李劼人當然捕捉到了這一點，也試圖用小說加以志錄，但將經濟這一本體作為核心進行藝術轉化本身存在困難。人類社會產生以來，經濟活動便如影隨形，但縱觀文學史，真正直接描寫經濟活動（而不是以某個經濟事件作為背景）成為經典的作品屈指可數。這其實不難理解，固然，經濟活動中也有對抗性、也能折射出人性的曲折微妙、也能產生微妙而豐富的故事，但一來作家作為知識分子群體，對工商業活動本不熟悉，二來近代以來的經濟運作愈加複雜，普通讀者如若缺乏相關知識，會存在接受的障礙，茅盾《子夜》中直接描寫公債市場等經濟活動的篇章成為許多讀者讀不懂、不感興趣的內容，就是一個典型的例證，十七年時期工業小說過於以「生產」為中心，執著於在小說情節中探討一些專業技術問題，以至於擠壓了生活和人性的書寫空間，被視為「成就不高」，也是一例。簡而言之，將「經濟」本體直接進行藝術轉化，是文學上一貫的難題。因此，許多看似與經濟相關的成功作品，並非是對此進行「正面強攻」，而是在時代經濟的大背景中，在經濟生活的包裹下書寫「人」的故事，在同樣的戰時經濟生活大背景下，巴金的《寒夜》、張恨水的《紙醉金迷》、陳瘦竹的中篇小說《聲價》便是嘗試此種路徑並取得藝術成就的作品。《天魔舞》其實也走著這一路子，雙線中的白知時線如果單列出來，也是一部真切觸碰到戰時經濟生活的好小說，但陳登雲線之所以失敗，正是由於李劼人在志史和寫人的兩種路徑間游移——是試圖志錄戰時經濟活動中的「真實」，盡量凸顯看不見摸不著的「經濟關係」、並對官僚階層的「國難財」行徑進行批判，還是圍繞「經濟生活」作文章，寫民間人情人性人生中的那些「常規」故事，換言之，在志錄歷史中的「經濟關係」還是歷史「經濟生活」中的人之間，作家未能很好地取捨。這樣觀之小說，陳登雲線分

成了兩部分，一部分是陳莉華和陳登雲的情史，這段情史幾乎與八達號成都分號的興起與撤銷對位和共振，也是讀者相對能完整把握住的「故事情節」。但作者又認為，光寫情史是不夠的，試想，如若刨去陳登雲的半官方投機者身份，刨去唐淑貞和改行後的白知時的民間黑市投機者的身份，小說所寫的無非是戰時的愛情，而根本沒有觸及到戰時那獨特的現代經濟紊亂，這與作者一向強烈的方志意識不符。於是，李劼人加入了另一部分是陳登雲和陳莉華的活動所串起的關於戰時經濟的細節的志錄，或曰敘述學上的「標記」，比如二人躲警報時，聽到的關於小商人的抱怨，陳莉華去農家上廁所時，聽到的農人的經濟困境，比如陳登雲去八達號「辦公」時、去機場接貨時，交談和議論中聽到的各種消息，以及作者作為敘述者親自出場，擺出的各種從經濟到文化的「龍門陣」，有論者統計，「差不多能占到全書篇幅的十分之一」〔註133〕。可以看到，李劼人有以經濟為力點，志錄整個成都抗戰後期社會文化歷史的意圖，但四十年代現代通貨膨脹所造成整個社會的複雜經濟關係和人性嬗變，遠比《死水微瀾》中教民與袍哥勢力的消長、《暴風雨前》里革命派與改良的衝突、《大波》中的保路運動等等更為難以把握，尤其是在未能拉開歷史距離的情況下。如穆旦寫於 1945 年的《通貨膨脹》一詩中將現代經濟紊亂描繪為「無主的命案」、「我們的英雄還擊而不見對手」，《天魔舞》中所插入的戰時經濟生活的方方面面也未能與情節有機融合在一起，只呈現出一幅斷裂的「魔影」，「史」的意圖與「小說」的意圖、演繹世間百態的意圖，在《天魔舞》文本中奇怪的混合。

如何將無形卻繁雜的「經濟關係」化入關乎人的「經濟生活」的故事中，是所有試圖把握現代經濟的小說所面臨的挑戰。在這一普遍意義上，只完成了一條情節線索的《天魔舞》確實是一個初稿式的「未完成」的文本。

用文學誌錄戰時成都經濟生活的變異是《天魔舞》的宏大企圖，但目前看到的文本呈現出大規模開頭之後草草收場、情節雙線失衡等等形式上的問題，歸結起來正如李劼人自述的「寫得不精練」和「未完成」。這種「不精練」和「未完成」，既是對 1950 年代主流文化期待的政治批判的離題所造成，也有著創作上的原因，如作家自身的經濟生活體驗與政治批判預設間的糾纏、傾向志錄的方志意識與書寫經濟生活中人的糾纏等等。不過，《天魔舞》作為少有的以「經濟關係／經濟生活」為內核構建故事的長篇小說，敏銳捕捉到了上世紀

〔註133〕洪亮：《惡濁的時局，人慾的亂舞——讀李劼人的〈天魔舞〉》，《廣播電視大學學報》2013 年第 2 期。

四十年代嚴重惡性通貨膨脹對世道人心的形塑，並試圖對之進行呈現，雖然「未完成」，但在白知時線情節中對戰時經濟生活中知識分子的「階層分化」和「改行抉擇」兩個複雜面都進行了勾勒，展現出寫實的、真正屬於現實主義的魅力，讀者能從中真切地看到戰時經濟生活中的時代之病，並發現極端的經濟紊亂、巨大的經濟壓力之下的人性變異和道德灰色地帶。如果《天魔舞》在近幾年的幾次再版不完全出於偶然，或許可以說，在每個人都被深深捲入「經濟」中的當下，這部處處試圖追問「經濟」、試圖以經濟關係建構出紊亂時代中的生活圖景，並映像出永恆的義利之辨的小說確有可觀之處。

結論　作為抗戰文學轉向之「中間物」的經濟生活體驗與「國難財」書寫

　　研究抗戰文學中的「國難財」書寫，歸根結底屬於題材研究，那麼這個題材何以值得深究就成為不可迴避的問題。通過上文四章的探討，我們已經知道「國難財」書寫背後關聯著惡性通貨膨脹這一影響深遠的歷史事實，其中凝聚著作家的種種複雜生活體驗，同時它又是一種可用於批判的寫作資源，對「國難財」問題的闡釋涉及到國共兩黨對意識形態「大問題」的回答，而從「國難財」出發，能對一些著名作品作出新解。不過，以上部分主要是對這一「文史對話」中新創的概念從宏觀到中觀到微觀、從外部到內部的描述和闡釋，是就「國難財」談「國難財」，除此之外，「國難財」書寫作為「抗戰文學」的一部分，對其進行研究能對抗戰文學中的一些更大的問題產生哪些新認識呢？這是前文或多或少有所觸碰，但尚未論及的部分，也正是本節試圖深拓之處。

一

　　首先需要說明的是，「國難財」何以被視為一個與抗戰有關的題材、「國難財」書寫何以作為「抗戰文學」？這自然涉及到對「抗戰文學」概念的界定，本文所用的「抗戰文學」，並非過於寬泛的「抗戰題材的文學」，也不是最狹義的「抗戰時期產生的戰爭文學」，而比較接近「抗戰時期的文學」這一目前學界較為廣泛的用法。之所以說接近，是因為「抗戰時期的文學」也還有不夠準確之處，即便是當卜使用著這一意義上的「抗戰文學」的學者們，也不會將《北

極風情畫》、《霜葉紅似二月花》、《傾城之戀》等「抗戰時期的文學」作為「抗戰文學」來探討。即便現在使用著的「抗戰文學」一詞已經從必須與戰爭、前線有關的狹窄定義中解脫，但也不代表它是一個完全基於時間意義的概念，它仍然要求作品所寫的內容與抗戰有著某種聯繫。這樣的「抗戰文學」自然有著採用戰時的現實元素、思考探討戰時的現實問題、凝聚戰時的生活體驗的內部規定性。以此標準衡量，「國難財」也即戰時經濟題材，是與抗戰時代確切相關的——惡性通貨膨脹發生於日軍侵略帶來的政府財政困境和物資損失，其惡化也與日本的「經濟戰」、「貨幣戰」、貿易封鎖等直接相關，從經濟鏈條上看，後方的經濟處境與戰爭全局緊緊鎖合在一起。同時，經濟問題又關聯著後方的日常生活，物價飛漲、囤積居奇與流亡、空襲、徵兵一樣，都是戰時社會生活中的常見現象。「國難財」書寫作為對抗戰時期戰時經濟與後方生活問題的文學表現，屬於抗戰文學應無疑義，又因為惡性通貨膨脹及其社會性連鎖反應主要發生在國民政府統治區域，故「國難財」書寫也主要歸入抗戰大後方文學的範疇內。

那麼「國難財」相關作品與其他以大後方社會生活現象作為題材（如空襲題材、兵役題材、內遷題材等）的作品相比，對整個抗戰文學而言，到底有何特殊意義？本文認為，除了作為惡性通貨膨脹這一特殊卻又至關重要歷史事實在文學上的對應物外，「國難財」之文學書寫還可視為抗戰文學轉向的一個「中間物」。它關聯著從抗戰初期激進的民族主義話語到抗戰末期已然浮現的爭取民主的階級話語，以它為觀察點，可以更明晰地看到這一時代潮流的轉換如何發生發展，以它為觀察點，也可以看到四十年代文學集體話語和個人話語此消彼長的脈絡。

正如本節開頭的探討，抗戰文學究竟是什麼？本研究將其界定為抗戰時期（和此後作為歷史延長線的幾年）產生的、與抗戰有關的文學。顯然，即便單以國民政府統治區域的抗戰文學而論，它也不是一個鐵板一塊的、本質性的概念，而是一個包容性的複合體，它既包含前期更為主流的通俗化、工具化、充滿著民族話語的文學，也包含後期逐漸增多的新文學式的、知識分子批判傳統的、匯入爭取民主的鬥爭的文學，而且這一轉向也顯然不可能在某個時間點一蹴而就，即便在戰後配合爭取民主的鬥爭的文學中，民族話語也是常見的（如把反對國民黨政權的鬥爭同時視為反對美帝國主義侵略的鬥爭）。因此，無論是以民族精神的發揚還是以「暴露與諷刺」「國民黨黑暗統治」作為抗戰

文學總的價值座標，都因沒有認識到抗戰文學作為一個複合體存在而顯得粗疏。

　　我們先從抗戰大後方文學的民族話語談起。民族主義是國民黨黨派文學自誕生以來就一直試圖構建的意識形態核心領域，甚至在許多時候，談到「民族主義文學」、「民族主義文藝」，自然就會讓人想到國民黨黨派文學。但這並不意味著民族主義文學就是國民黨官方文人的專有領地。三十年代中期之後，左翼文學就已經開始了由階級話語向民族話語的轉型〔註1〕，抗戰文學由於有著抗日救亡的時代規定性，不論是否採用「愛國主義」這類迴避的表達，總體其實也屬於民族主義色彩濃厚的文學。初期的抗戰文學就更是一種典型的、帶有極強民族主義色彩的文學，其實質特徵是放棄自身獨立性，以抗日救亡、爭取民族解放為最終目的，成為配合戰爭的工具性存在。在這一時期的文學中，民族主義、大眾化、功利性這三個因素是集合在一起的，民族救亡圖存的大目標召喚出功利性的文學觀，而功利性的文學觀又與大眾化本就只有一線之隔——工具的有效性要以傚果來衡量，那麼發動更大數量的人、起到更好的效果就必然有大眾化的要求。此外，民族主義本來就意味著對民族的認同，而按照安德森的說法，認同一個民族要將自己與許多素未謀面的人想像為一個共同體，即要有一種精神凝聚的力量，文學作為承擔這一職責的工具，自然會在內容上存在、形式上期待大眾的認同。

　　於是，中華全國文藝界抗敵協會大力推動通俗文藝、戰地文藝運動，「文章入伍，文章下鄉」，文學形態轉向標語化、口號化、通訊化、通俗化便是自然而然的了。由於這種形態距離「純文學」概念已相當遙遠，學界將其稱為抗戰文學的「時段性」品格，以示其異樣。具有「時段性」的初期抗戰文學帶有強烈的民族主義的集團戰鬥色彩，所謂「國家至上，民族至上」，「儘量鼓起民眾抗戰的情緒，喚起民族意識，鼓吹民族氣節，描敘抗戰實況」〔註2〕。至於「純文學」意義上的文學存在與否並非頭等大事，要「與抗戰無關」那更是不能容忍，用老舍當時的話說就是：「我們必先對得起民族與國家；有了國家，才有文藝者，才有文藝，國亡，縱有莎士比亞與歌德，依然是奴隸。」〔註3〕這聽上去確實可謂「救亡壓倒啟蒙」，但以此判定抗戰文學成就有限就過於粗

〔註1〕參見張武軍《從階級話語到民族話語——抗戰與左翼文學話語轉型》，中華書局 2013 年版。
〔註2〕張申府：《抗戰以來文藝的展望》，《自由中國》第 2 號，1938 年。
〔註3〕老舍：《努力，努力，再努力！》，《大公報》（重慶）1939 年 4 月 9 日。

疏了。很快，1940 年前後，戰爭初期那種特殊形態的抗戰文學便終結了，所以反駁抗戰文學「凋零論」時，可以在 1940 年之後舉出足夠多的例子。

這也就是眾所周知的抗戰文學的轉向。轉向後，被描述出的前後兩階段的抗戰文學已經不像同一種存在，那種「高度重視宣傳功能、以通俗文學和短小通訊報告為主要藝術形式、集中描寫和反映前線生活」〔註4〕的「抗戰文藝」逐漸式微乃至「終結」〔註5〕。在前一階段信奉「有了國家，才有文藝」的老舍，此時也認為抗戰文藝不應是「幾句空洞的標語口號」〔註6〕了。這樣的轉換自然意味著作家們從「寫什麼」重新開始關注起「怎麼寫」，換言之，文學中民族主義的集團戰鬥色彩被削弱，屬於個人的、文學性的追求又重新浮現。也正是在這樣的轉換發生後，最先起於左翼內部不同意見的「暴露與諷刺」論爭才能達成共識——正是在作家們普遍不再狂熱於「國家至上，民族至上」、不再迷信集體主義的「集中」後，現實批判才能重新獲得空間。1940～1942 年，帶有極端民族主義色彩的「戰國策派」及其主張遭到進步文藝界的抵制、批判，這放置在 1938～1939 年的文學環境中幾乎是不可能的，不論其移植的尼采思想資源是多麼的不及物，但畢竟「民族意識」、「意志集中，力量集中」的核心主張與戰爭初期的民族情緒是符合的，此時遭到批判顯然是環境發生了顛倒性的變化，此後如荊有麟的《間諜夫人》這類「為國獻身」題材的作品卻被批判為色情文學〔註7〕，也可見出民族主義的意識形態支配地位已經動搖。按朱棟霖主編的《中國現代文學史》的表述，正是「從凸現民族、大眾到強調民主，表現出國統區文學思潮在發展過程中，其對象主體由民族範疇向階級範疇轉換的歷史軌跡」〔註8〕。那麼，這一切是如何發生的？抗戰初期文學界中彌散的那種「民族至上」以至于連文學性也完全顧不上的熱烈情緒，是如何煙消雲散的？

〔註4〕段從學：《「抗戰文藝」的歷史特徵及其終結——從文協同人的檢討和反思說起》，《南京師範大學文學院學報》2011 年第 3 期。

〔註5〕段從學：《「抗戰文藝」的歷史特徵及其終結——從文協同人的檢討和反思說起》，《南京師範大學文學院學報》2011 年第 3 期。

〔註6〕老舍語，見《一九四一年文學趨向的展望（會報座談會）》，《抗戰文藝》第 7 卷第 1 期，1941 年。

〔註7〕陳思廣：《「被色情」的小說——談荊有麟的〈間諜夫人〉》，陳思廣《中國現代長篇小說史話》，武漢出版社 2014 年版，第 84～86 頁。

〔註8〕朱棟霖、朱曉進、龍泉明主編：《中國現代文學史 1917～2000》（上冊），北京大學出版社 2007 年版，第 278 頁。

通行的說法是抗戰進入相持階段後、特別是皖南事變後，政治大環境的變化導致了抗戰文學的轉向，如吳野、文天行主編的《大後方文學史》所述：「皖南事變後，白色恐怖日甚一日，大後方抗戰文學陷入了極其險惡的政治狂濤之中。進步作家遭到迫害，優秀文學作品不能獲得出版的機會，為抗日、民主而吶喊的文學報刊橫遭查禁。」〔註9〕確實，要解釋如此迅速的轉換，「白色恐怖」式的暴政是有說服力的，但這樣留有特定時代意識形態色彩的論述，或多或少受到了近年來更細化研究的挑戰〔註10〕，事實上抗戰時期的大後方確實沒有出現如「左聯五烈士」式的血案，雖有書報檢查制度，但許多批判性的作品仍舊有辦法出版，否則便不會存在將中後期大後方文學作為「暴露與諷刺」的、爭取民主的鬥爭來闡釋的材料。或許，抗戰文學的轉向（也即分期問題）是在多重因素作用下發生的，「皖南事變說」能描述問題的一方面，近年來出現的「夏季大轟炸說」〔註11〕也對戲劇活動、文學期刊生態有解釋力。不過，以上分期方式對於作家的心態究竟怎麼轉變，如老舍所說「大家對於戰時生活更習慣了，對於抗戰的一切更清楚了」〔註12〕到底意味著什麼等問題，還欠缺更細緻的理解，我認為，在此處要重新回到 1940 年前後通貨膨脹陡然惡化、物價急速上漲，以及「國難財」書寫的出現上來看，民族主義的集體性意識形態如何消失，便能得到解釋。

不妨這樣來理解這一過程，所謂抗戰文學的轉向主要發生在兩方面：首先是在文學形式上，五四新文學重新取得了合法性，而抗戰初期的通俗文學式的一系列短平快的體裁，逐漸在後方文壇的檢討反思中，成為了歷史性的存在；其二，五四新文學重新取得主流地位，意味著一切配合民族救亡的高昂的民族主義情緒的落潮，被組織進民族共同體、民族精神裏的個人意識開始重新回歸。

〔註9〕 吳野，文天行主編：《大後方文學史》，四川教育出版社 1993 年版，第 11～12
頁。
〔註10〕 如段從學《夏季大轟炸與大後方文學轉型——從抗戰文學史的分期說起》一
文考證，所謂皖南事變之後的政治迫害遠未到達這樣的程度，與其說國民黨
政權是在迫害作家，不如是通過「利誘」在和中國共產黨在爭奪文人資源。詳
見段從學《夏季大轟炸與大後方文學轉型——從抗戰文學史的分期說起》，《中
國現代文學研究叢刊》2011 年第 7 期。
〔註11〕 段從學：《夏季大轟炸與大後方文學轉型——從抗戰文學史的分期說起》，《中
國現代文學研究叢刊》2011 年第 7 期。
〔註12〕 老舍語，見《一九四一年文學趨向的展望（會報座談會）》，《抗戰文藝》第 7
卷第 1 期，1941 年版。

個人意識的回歸，意味著在這一時期出現了一個對民族主義集體化傾向的一個反作用力，一種普遍的「解集體化」體驗。個人意識復歸，個人話語比重上升，這才使得文學界普遍的文學觀從極端功利化重新向五四新文學的路徑回歸。

二

個人意識復歸的「解集體化」過程，正與 1939～1940 年前後的通貨膨脹惡化、物價急速上漲在時間上合拍，是否可能是惡性通貨膨脹時期的戰時生活體驗讓作家重新將關注的目光重新移回生活，進而產生了關於個人生活、個人利益的「國難財」書寫，促成了抗戰文學的轉向？

第一章第三節已論及，「國難財」書寫的發生與抗戰文學的轉向是同步的，1940 年是中華全國文藝界抗敵協會開始對抗戰文學進行總結反思的年份，是暴露與諷刺論爭結束的年份，也是「保障作家生活運動」開始發動的年份，這一年在夏季大轟炸三年的中間一年，也距離皖南事件的發生不遠，更是通貨膨脹在後方陡然惡化、知識分子的生活水平急劇下降的一年。在生活水平的急劇下降中，知識分子開始「發現生活」，於是開啟了「國難財」書寫。這裡需要更進一步說明的是，知識分子在「發現生活」、將關注的目光從前線移回後方後，還發現了使得民族主義的集體意識瓦解的現象——惡性通貨膨脹中特殊利益群體的出現，即發「國難財」的群體。正是在這種群體的出現提醒了作家，所謂「民族」並不是像躲進防空洞時那樣人人平等，集團化的民族意識開始出現裂隙，對照自身經濟情況上的困窘，便有新的、屬於個人的憤懣開始需要得到抒發。這種憤懣並不完全等同於政治上的壓迫感，當作家普遍窮困以致需要「文協」發起保障作家生活運動時，皖南事變尚未發生，後來的事實證明，也並不只有「進步作家」的創作才出現了轉向。

這種體驗在張恨水戰後幾年內所寫的《寫作生涯回憶》中被表述為：「抗戰是全中國人謀求生存，但求每日的日子怎樣度過，這又是前後方的人民所迫切感受的生活問題。沒有眼前的生活。也就難於爭取永久的生存了。」〔註13〕從全中國人謀生存，到個人謀生活，原先在抗戰的時代熱情下似乎不值一提的生活問題在人們的意識中為何變得重要起來？與其說這是由於熱情的消退進

〔註13〕張恨水：《寫作生涯回憶》，見張占國、魏守忠編《張恨水研究資料》，天津人民出版社 1986 年版，第 75 頁。

而發現了生活，倒不如說是物價的飛漲、生活的艱難消耗了人們的熱情。於是，在撤退階段曾計劃回家鄉打游擊的張恨水，也終於從生存到生活，也正是因為這樣想，張恨水也將小說創作的重心，從抗戰初期的描寫戰場，轉換到了後方生活題材，利用在報社接觸到的社會生活材料，寫了幾部關於戰時經濟生活的重要小說，即《八十一夢》《牛馬走》《第二條路》《紙醉金迷》。

之所以在這裡重新談到張恨水，是因為他的表述是比較典型的代表了一些作家的心理，或許有的作家並沒有這樣表述，但顯然這種「解集體化」、重新回到個人的思想在 1940 年前後，在許多作家那裏出現過，生活問題的困窘而導致對政治失望，常常被籠統判斷為對黑暗政治的反應。當然，這種心態轉換也不是驟然的，畢竟大敵當前的威脅還未解除，因此在此後的作品中，我們常常看見多種主題的並存，既有初期抗戰文學式的高昂的激情和民族意識，也有個人話語在這一過程中的時隱時現，這被《現代文學三十年》論述為「這意味著在作家的觀察與描寫視野中，『民族命運』仍然處於前景地位，但『社會』與『個人』都從不被注目的後景成為前景中不可或缺的層次」〔註 14〕。這種複雜性，正表現為第三章第一節所論述的批判性問題中的倫理光譜，發「國難財」本是一種「解集體化」的行為，因此書寫「國難財」的批判意味自然是符合民族主義時代主潮的，但到了民間的、個人生活的層面，對於個人生活苦難的控訴、個人權利的主張卻又是常見的、被同情的，但這種同情實質上又是「解集體化」的，在一切服從抗戰、後方支持前線的語境下，在失控的價格中無法明確劃分出「自保」與「謀利」的界限時，對個人生活的保障要求實質上與追求個人財富的「國難財」行徑有著較高的相似性。所以在越貼近民間的「國難財」書寫中，「灰色空間」越常見。

在此我們在此回到「國難財」書寫的發軔之作《霧重慶》來看看隱含其中的個人話語與「解集體化」傾向。

《霧重慶》本質上講的是青年墮落的故事，而青年墮落被有的評論稱為「為了生活而忘記生活的意義」〔註 15〕，也就是說遠離了民族主義的時代主題。固然，如果把《霧重慶》看作是對青年的批判，其主題就與前期抗戰文學一致，具有較為鮮明的民族主義的集體化傾向，即對「解集體化」的青年

〔註 14〕錢理群、溫儒敏、吳福輝：《中國現代文學三十年（修訂本）》，北京大學出版社 1998 年版，第 449 頁。
〔註 15〕李榕：《關於〈霧重慶〉》，《國民公報》（重慶）1941 年 2 月 2 日。

出於個人命運的考慮作出批判，進而以林家棣這種從前線歸來的青年作為正面人物，反襯墮落者的可悲。但問題是，如果這樣理解，《霧重慶》也就與後來國民黨背景文人推出的戲劇（如《維他命》《小事情》《生意經》）的主導意識形態並無二致，只是少了點「為政府隱」的傾向而已。但實質上《霧重慶》之所以能火爆，正是因為很多人，尤其是此時的左翼或進步文學界，已經開始從其他的角度解讀這一問題：即墮落之不得已。如以群所寫，「我們希望觀眾不要對劇中的人物責備得太苛，因為他們都是生活在『霧重慶』的人呀！」〔註16〕事實上從初名《鞭》到定名《霧重慶》，題目改變已經體現了作者試圖控制的釋義方向：強調的不是批判之「鞭」，而是中性的環境名，「鞭」不是抽向青年，而是「霧重慶」，問題不在青年，而在後方病態的社會。何以病態？最核心的問題便是在異化的經濟環境中獲利的極其容易，以及毫無約束的權力腐敗上（這一點通過劇中的袁慕容暗示），對通貨膨脹中社會問題的敏銳表現引發了觀眾的共鳴，恐怕才是《霧重慶》真正流行和獲得高傳播度的原因。

從人物上看，《霧重慶》中，沙大千、林卷好、老艾、苔莉等幾個人都是有個性的，並且墮落都是情有可原的，相反，代表著光明的、抗戰前期式的「集團化」傾向的林家棣反而是最無個性，使當時的接受者感到不真實，恰恰說明了問題，即《霧重慶》中已經存在的對民族主義集體化傾向的偏離。當時評論界的某些解讀還留有抗戰初期過於強烈的民族意識影子（如署名李榕的那篇），而此後，許多闡釋又把它做了另一種集團化的解讀——當1941年下半年《霧重慶》在香港上演時，左翼作家集體為其造勢，將「霧重慶」所暗示的國統區黑暗印象固化，作皖南事變後的文化鬥爭，再之後，「霧重慶」果然成了戰時陪都的代稱，而文學史中的《霧重慶》也常被作為「暴露與諷刺」作品、作為國統區鬥爭的素材敘述了。

從民族集體化話語中解脫出來，不久進入了另一種集體化話語之中，個人再一次被淹沒無形，這是「國難財」書寫的命運，也是1940年代文學總體的命運。

那麼，「國難財」書寫在表面的民族主義話語下隱含了個人話語、實現了「解集體化」後，又是如何再次被整合進民主鬥爭的階級話語中的？

〔註16〕以群：《關於〈霧重慶〉中的人》，《華商報·晚刊》（香港）1941 年 9 月 12日。

三

　　個人話語借由惡性通貨膨脹中的生存、生活問題的復歸，是對民族主義整合的一種破壞和消解，正是在消解了想像的整合性的民族主體之後，才能看到民族內部各個階層之間的差異，進而生發出民主革命的時代需求。在這個意義上，惡性通貨膨脹的戰時生活體驗及其產生的「國難財」書寫，可謂是抗戰文學思潮轉向的「中間物」。同時，從另一個意義上講，它又是國統區文學在四十年代末期接受並走向大眾化的「中間物」——這是指，惡性通貨膨脹中的種種體驗促成了知識分子的「走向民間」，建立了接受階級式的文學大眾化話語的心理基礎。

　　這裡的問題是，抗戰初期的大後方文學不就是大眾化的嗎？確實，往更遠處說，大眾化是新文學自產生以來就有的追求，抗戰時期的文學乃至其延長線的整個四十年代文學，普遍也被認為有著「走向民間」的總趨勢——從抗戰初期「文章入伍，文章下鄉」的通俗文學實踐，理論上的「民族形式論爭」，再到延安文學的大眾化實踐，再到抗戰勝利後、第二次國共內戰時期國統區對延安文學的接受。總體而言，從大趨勢上看，抗戰文學確實也是相當大眾化的文學，因此在談到這一趨勢時，論者常常會舉出初期抗戰文學的通俗實踐時期的例證，或者用內遷時期、初到大後方的「走出象牙塔」體驗來說明作家向大眾化方向轉型，其實這是不準確的。因為，由延安文藝座談會召開後而來的「為工農兵服務」的大眾化，與抗戰文學初期大後方那種民族主義的大眾化並非同一個大眾化。

　　兩種文學大眾化雖然都帶有一定的集體化、功利化色彩，即要求降低作家的主體性、文學的獨立性，為某個更大的目標服務，但抗戰初期國統區的文學大眾化，其目的是團結全民族與日本人作戰，而後一種由延安傳來的文學大眾化，則有更深的階級和革命色彩——文學大眾化自然要求文學製造某種凝聚力，前者所要求凝聚的是國家民族內的所有人，而後者所要求凝聚的則是工農兵群眾、代表工農兵利益的革命者及統一戰線內的民主力量。前一種文學大眾化實現的心理基礎，可以用戰爭初期的戰地慰問、內遷經歷、空襲遭遇等因素帶給作家的體驗加以解釋，後一種文學大眾化的實現，就需要使用惡性通貨膨脹給知識分子帶來的靈魂衝擊來說明了。

　　第一章第二節、第二章第一節已述，惡性通貨膨脹極大地惡化了知識階層的經濟情況，使之成為與戰前相比，生活境況差異最為明顯的一群人，這首先

帶來的是震驚和惶惑的體驗。在作家的筆下，一些獵奇式的書寫開始出現，代表性的是對底層翻身的強調：茅盾在散文中記錄下了小飯店中公教階層的慘狀和短衫客人的豪放，林如斯在《重慶風光》中為轎夫的收入比教師高而欣慰，認為實現了「勞工神聖」，列躬射的短篇小說《吃了一頓白米飯》中，作家的稿費收入竟比不上排字工，陳瘦竹的《聲價》中，公務員在婚姻市場上完敗於新近發財的雜貨店主，張恨水的小說中此類情節更是不勝枚舉。另一個常見現象是許多「國難商人」被描寫為擁有窮困的過去。當然，底層翻身式的書不是要強調這個時代給勞苦人民帶來的幸福，而主要是反襯知識分子的震驚，作家們不敢相信自身地位的翻轉，顧構建出這樣充滿獵奇色彩的情節。但震驚總是短暫的，很快就逐漸消逝，作家們開始思考，誰應該為經濟亂象負責，直觀可見的當然是商人，國民黨官方文人也有試圖以此解釋問題的努力，但持續的物價上漲終於推翻了這一想像——若是商人操縱市場，怎會有連續數年不得平息之理？由於惡性通貨膨脹中貶值的法幣，事實上是現代信用貨幣，信用貨幣由國家政府信用擔保，於是在這一過程中，貶值的就再是法幣，也是政府的信用。隨著知識階層生活的日漸困苦，對政府的不滿自然日漸積累，同時，自身作為讀書人的尊嚴也逐漸消磨。當文人的生活水準已與勞動階層無異甚至更低時，原有的「士農工商」等級意識和現代教育帶來的優越感便完全消散，認同感就逐漸產生。這時他們發現，惡性通貨膨脹所帶來的財富分配中，底層翻身畢竟是少數，大多數勞動人民仍然限於艱苦之中，而闊人飛馳的汽車、飛機運載養狗的醜聞又是那樣的觸目驚心。

1943 年，羅斯福在演講中將「免於匱乏的自由」作為第四自由提出，在大後方知識界引發反響，倡導經濟平等的社會民主主義思潮廣為傳播，此後成為戰後中間黨派的主要思想資源。連國民黨負責戲劇審查的魯覺吾都在抗戰末期出版了自己呼喚第四自由的劇本《自由萬歲》。臧克家的詩歌《給他們一條自由的路》（1944）可以作為個人意識重新凝結成小團體意識的那麼一個樣本。這首追求「民主自由」的詩歌，指出的途徑卻是再一次集體化，「中國的作家，屬於全世界最英勇／同時也是最可憐的一群／他們有眼睛，卻並不近視自身的窮苦，／而向著一個遠景，／苦，苦死了也不抱怨，／這不是抱怨的時候。／他們是鐵，在一隻神聖的錘子下，／錘鍊，發光，煉到了國家民族的整體上／成了不可分的一個！」〔註17〕。再到 1945 年茅盾影響廣大的劇本《清

〔註17〕臧克家：《給他們一條自由的路》，《當代文藝》第 4 期，1944 年。

明前後》，社會下中層聯合在一起反對上層特殊既得利益集團的情節出現並獲
得認可。在《清明前後》的故事中，下層小職員李維勤作為替罪羊被捕、妻子
唐文君變瘋。當唐文君被從難民群中帶到嚴幹臣公館的客廳，此時實業家林永
清等人也正面臨某個神秘利益集團的代表金澹庵的折磨，社會從最底層到中
層結成了被害的共同體，最後林永清高呼出的「政治不民主，工業就沒有出路」
也顯然不單指代著工業，更暗示著被惡性通貨膨脹折磨已久的國民經濟。如第
四章第一節所述，這種將少數特殊利益團體作為經濟亂象責任人的「陰謀式國
難財」想像，產生了巨大的說服力，也凝聚起了廣大階層的共識。對於戰後初
期的文學而言，此時的知識界確立了官僚資本作為作為亂象的始作俑者，如當
時的一篇文章所寫，「中國經過了這幾年的戰難，文人們卻幾乎沒有一個不『左
傾』了……在目前，『左傾』是什麼？是主張『和平、民主、團結』，反對『內
戰、專政、分裂』；是主張經濟民主，反對官僚資本；是主張鞏固國際友誼，
反對挑撥戰爭」〔註18〕。因此文學自然有著配合形成統一戰線，推翻共同敵人
的意圖和再次被集體化、功利化的傾向。正是在這種廣大的被害階層的共識
中，延安文學的大眾化實踐才在國統區得到了最順暢的接受。

在抗戰文學思潮從民族救亡的民族話語到民主鬥爭的階級話語轉換過程
中，戰時經濟生活體驗作為「中間物」，其「解集體化」作用是造成轉換的心
理基礎，「國難財」書寫因此也成為抗戰文學中獨特的暗含個人話語存在。此
後，戰爭文化規範的慣性和嚴酷的時代環境，使得這種個人話語很快被再一次
集體化。或許這樣的邏輯可以簡化成「民族——個人——階級」三段式線索，
這當然過於粗疏，但有趣的是，這也正對位了作為國統區抗戰文學組織中心的
「文協」的「配合官方抗戰——保障作家生活——左翼領導、推動民主運動」
三個發展階段〔註19〕。如果說保障作家生活運動時期的文協最像一個民眾團
體，是從官方背景到被左翼文化力量控制的「中間物」狀態，與保障作家生活
相連的惡性通貨膨脹體驗及其「國難財」書寫，也正是這樣的「中間物」。

總之，惡性通貨膨脹的戰時經濟生活體驗起到了情感基礎上的兩層作用，
先是「破」，與民族集體化情感分解開來，後是「聚」，與受通貨膨脹之害的廣
大人群結成了情感上的同盟。一破，一聚，作為「中間物」聯結起了抗戰文學
的前後兩段兩個主題——民族抗戰和民主進步，也使得個人話語、個人意識在

〔註18〕 耀：《文人與左傾》，《新文學》（上海）第3號，1946年。
〔註19〕 段從學：《「文協」與抗戰時期文藝運動》，北京大學出版社2012年版，第83頁。

時代中的短暫閃現。也許可以這樣解釋，當惡性通貨膨脹瓦解了新文學的市場機制，作家無依無靠時，他只能在情感上加入一個又一個「集體」（不論是整體性的大還是階級的小）。所以我們可以看到大部分所謂的抗戰文學成功超越之作，恰恰是在戰後的文學市場經濟逐步恢復時誕生，大部分的所謂豐富探索（如西南聯大文學等），恰恰是與這些主潮關係淡薄的某種所在。主潮歸根結底是消融著個人意識，而客觀上的原因則是惡性通貨膨脹摧毀了保障個人尊嚴的生活基礎、保障文學獨立的生產市場，也造成了足以形成內部鬥爭的嚴重階級分化。不過，隨著時代主潮走向爭取民主，隨著《清明前後》成功和「陰謀式國難財」模式的建立，答案給出之後，這一現代亂象所帶給作家的震驚與惶惑、書寫中個人話語與民族話語所產生的裂隙不復存在，「國難財」書寫也就走向終結。

參考文獻

一、文學作品類

1. 艾蕪《故鄉》，上海：自強出版社，1947 年。
2. 巴金《寒夜》，上海：晨光出版公司，1947 年。
3. 曹禺《曹禺全集》，第三卷，石家莊：花山文藝出版社，1996 年。
4. 陳瘦竹《聲價》，重慶：國民圖書出版社，1944 年。
5. 甘永柏《暗流》，上海：文光書局，1946 年。
6. 華林《巴山閒話》，上海：華林書屋，1945 年。
7. 李劼人《天魔舞》，成都：四川文藝出版社，1985 年。
8. 李魯子《重慶內幕》，重慶：江東出版社，1945 年。
9. 林如斯等《戰時重慶風光》，重慶：重慶出版社，1986 年。
10. 魯覺吾《黃金萬兩》，重慶：美學出版社，1944 年。
11. 魯覺吾《自由萬歲》，重慶：說文社出版部，1945 年。
12. 茅盾《見聞雜記》，桂林：文光書店，1943 年。
13. 茅盾《茅盾全集補遺》，北京：人民文學出版社，2006 年。
14. 茅盾《清明前後》，重慶：開明書店，1945 年。
15. 沙汀《淘金記》，上海：文化生活出版社，1947 年。
16. 沉浮《金玉滿堂》，成都：華西晚報出版部，1942 年。
17. 沉浮《重慶二十四小時》，重慶：聯友出版社，1943 年。
18. 司馬訏《重慶客》，重慶：重慶出版社，1983 年。
19. 宋霖《灘》，重慶：開明書店，1945 年。

20. 宋之的《宋之的劇作選》，北京：人民文學出版社，1958 年。

21. 王平陵《嬌喘》，上海：百新書店，1946 年。

22. 王平陵《情盲》，重慶：商務印書館，1943 年。

23. 王平陵《維他命》，重慶：青年出版社，1942 年。

24. 吳鐵翼《河山春曉》，上海：文信書局，1948 年。

25. 吳鐵翼《生意經》，重慶：國民圖書出版社，1944 年。

26. 徐昌霖《黃金潮》，重慶：大陸出版公司，1945 年。

27. 徐昌霖《重慶屋簷下》，重慶：大陸圖書雜誌出版公司，1944 年。

28. 楊邨人《新鴛鴦譜》，重慶：獨立出版社，1943 年。

29. 楊雲慧《小事情》，重慶：國民圖書出版社，1942 年。

30. 姚亞影《浪淘沙》，重慶：華中圖書公司，1941 年。

31. 袁俊《山城故事》，重慶：文化生活出版社，1944 年。

32. 袁俊《萬世師表》，上海：文化生活出版社，1946 年。

33. 張恨水《傲霜花》，上海：百新書店，1947 年。

34. 張恨水《八十一夢》，南京：南京新民報出版社，1946 年。

35. 張恨水《牛馬走》，北京：團結出版社，2006 年。

36. 張恨水《上下古今談》，太原：北嶽文藝出版社，1993 年。

37. 張恨水《真假寶玉》，太原：北嶽文藝出版社，1993 年。

38. 張恨水《紙醉金迷》，北京：人民文學出版社，2008 年。

39. 張恨水《最後關頭》，太原：北嶽文藝出版社，1993 年。

40. 張英《春到人間》，成都：戲劇文學出版社，1947 年。

二、研究著作類

1. 〔德〕克勞塞維茨《戰爭論》（第一卷），中國人民解放軍軍事科學院譯，北京：商務印書館，1982 年。

2. 〔美〕漢娜‧阿倫特《艾希曼在耶路撒冷——一份關於平庸的惡的報告》，安尼譯，南京：譯林出版社，2017 年。

3. 〔美〕勒內‧韋勒克《批評的諸種概念》，羅鋼、王馨缽、楊德友、曹雷雨譯，上海：上海人民出版社，2015 年。

4. 〔美〕易勞逸《毀滅的種子——戰爭與革命中的國民黨中國（1937～1949)》，南京：江蘇人民出版社，2010 年。

5. 〔美〕阿爾伯特・赫希曼《欲望與利益——資本主義走向勝利前的政治爭論》，杭州：浙江大學出版社，2015 年。

6. 〔美〕費正清、費維愷編《劍橋中華民國史》，下卷，北京，中國社會科學出版社，1994 年。

7. 〔美〕費正清《費正清對華回憶錄》，北京：知識出版社，1991 年。

8. 〔美〕傑里・克利弗《小說寫作教程：虛構文學速成全攻略》，王著定譯，北京：中國人民大學出版社，2011 年。

9. 〔美〕曼昆《經濟學原理：微觀經濟學分冊》，梁小民、梁礫譯，北京：北京大學出版社，2009 年。

10. 〔美〕泰勒・考恩《商業文化禮讚》，北京：商務印書館，2005 年。

11. 〔美〕夏志清《中國現代小說史》，劉紹銘等譯，桂林：廣西師範大學出版社 2014 年版。

12. 〔美〕張公權《中國通貨膨脹史 1937～1949》，楊志信譯，北京：文史資料出版社，1986 年。

13. 〔美〕張嘉璈《通脹螺旋——中國貨幣經濟全面崩潰的十年：1939～1949》，於傑譯，北京：中信出版社，2018 年。

14. 〔美〕周錫瑞、李皓天主編《1943：中國在十字路口》，陳驍譯，北京：社會科學文獻出版社，2016 年。

15. 〔日〕城山智子《大蕭條時期的中國——市場、國家與世界經濟 1929～1937》，孟凡禮、尚國敏譯，南京：江蘇人民出版社，2010 年。

16. 〔蘇聯〕巴赫金《陀思妥耶夫斯基詩學問題》，白春仁、顧亞玲譯，北京：三聯書店，1988 年。

17. 〔英〕安東尼・吉登斯《現代性的後果》，田禾譯，南京：譯林出版社，2000 年。

18. 陳明遠《文化人的經濟生活》，上海：文匯出版社，2005 年。

19. 陳思廣《四川抗戰小說史（1931～1949）》，北京：中國文聯出版社，2015 年。

20. 陳思廣《中國現代長篇小說史話》，武漢：武漢出版社，2014 年。

21. 戴建兵《金錢與戰爭——抗戰時期的貨幣》，桂林：廣西師範大學出版社，1995 年。

22. 段從學《「文協」與抗戰時期文藝運動》，北京：北京大學出版社，2012 年。

23. 段從學《中國‧四川抗戰新詩史》，北京：中國文聯出版社，2015 年。

24. 房福賢《中國抗日戰爭小說史論》，濟南：黃河出版社，1999 年。

25. 傅錡華、張力校注《傅秉常日記》，北京：社會科學文獻出版社，2017 年。

26. 藍海《中國抗戰文藝史》，北京：現代出版社，1947 年。

27. 李怡《作為方法的「民國」》，濟南：山東文藝出版社，2015 年。

28. 廖全京《大後方戲劇論稿》，成都：四川教育出版社，1988 年。

29. 劉守剛編著《中國財政史十六講——基於財政政治學的歷史重撰》，上海：復旦大學出版社，2017 年。

30. 毛澤東《毛澤東選集》，第三卷，北京：人民出版社，1991 年。

31. 石柏林《淒風苦雨中的民國經濟》，鄭州：河南人民出版社，1993 年。

32. 四川省中國經濟史學會、《中國經濟史研究論叢》編輯委員會編《抗戰時期的大後方經濟》，成都：四川大學出版社，1989 年。

33. 蘇光文《大後方文學論稿》，重慶：西南師範大學出版社，1994 年。

34. 王曉明《沙汀艾蕪的小說世界》，上海：上海文藝出版社，1987 年。

35. 王學振《抗戰時期大後方文學片論》，北京：中國社會科學出版社，2013 年。

36. 溫儒敏、陳曉明等《現代文學新傳統及其當代闡釋》，北京：北京大學出版社，2010 年。

37. 溫儒敏《新文學現實主義的流變》，北京：北京大學出版社，1988 年。

38. 文天行《國統區抗戰文學運動史稿》，成都：四川教育出版社，1988 年。

39. 文天行《火熱的小說世界》，成都：四川教育出版社，1992 年。

40. 文天行《周恩來與國統區抗戰文藝》，成都：四川省社會科學院出版社，1985 年。

41. 吳野、文天行主編《大後方文學史》，成都：四川教育出版社，1993 年。

42. 薛兆豐《經濟學通識》，北京：同心出版社，2009 年。

43. 楊培新編著《舊中國的通貨膨脹》，北京：生活‧讀書‧新知三聯書店，1963 年。

44. 楊義《中國現代小說史》，第二卷，北京：人民文學出版社，1988 年。

45. 尹雪曼《抗戰時期的現代小說》，臺北：成文出版社，1980 年。

46. 張武軍《從階級話語到民族話語——抗戰與左翼文學話語轉型》，北京：中華書局，2013 年。

47. 張中良《抗戰文學與正面戰場》,北京:社會科學文獻出版社,2014 年。

48. 趙毅衡《當說者被說的時候——比較敘述學導論》,成都:四川文藝出版社,2013 年。

49. 趙毅衡《廣義敘述學》,成都:四川大學出版社,2013 年。

50. 中央財政金融學院財政教研室編《中國財政簡史》,北京:財政經濟出版社,1980 年。

三、期刊文獻類

1. 〔韓〕白永吉《「暴露與諷刺」論爭中的郭沫若和茅盾》,載《郭沫若學刊》2005 年第 3 期。

2. 〔日〕杉本達夫《關於抗戰時期在大後方的作家生活保障運動》,載《重慶師範大學學報》2009 年第 1 期。

3. 陳明遠《40 年代文教界的經濟生活(下)》,載《社會科學論壇》2000 年第 11 期。

4. 陳思廣、劉安琪《抗戰時期的「蔣夫人文學獎金」徵文》,載《新文學史料》2017 年第 1 期。

5. 陳思廣《低徊與復興——1938～1949 年代國統區現代長篇小說創作論》,載《青海社會科學》2018 年第 3 期。

6. 陳思和《簡論抗戰為文學史分界的兩個問題》,載《社會科學》2005 年第 8 期。

7. 崔宜明《市場經濟及其倫理原則——論亞當斯密的「合宜感」》,載《上海師範大學學報》2001 年第 2 期。

8. 董長芝《論國民政府抗戰時期的金融體制》,載《抗日戰爭研究》1997 年第 4 期。

9. 段從學《「抗戰文藝」的歷史特徵及其終結——從文協同人的檢討和反思說起》,載《南京師範大學文學院學報》2011 年第 3 期。

10. 段從學《《子夜》的敘事倫理與吳蓀甫的「悲劇」》,載《南京師範大學文學院學報》2015 年第 2 期。

11. 段從學《夏季大轟炸與大後方文學轉型——從抗戰文學史的分期說起》,載《中國現代文學研究叢刊》2011 年第 7 期。

12. 段麗《失衡的隱患——論「抗戰」時期官辦劇團「百人大戲」的儀式性場面》,載《戲劇》2014 年第 6 期。

13. 房福賢《從抗戰文學大國到抗戰文學強國——簡論中國抗戰文學的自我突破》，載《山西大學學報》2014 年第 5 期。

14. 馮勤《「獨特」的背後：非正統的現代雜家——關於李劼人思想建構特點的一種解析》，載《四川師範大學學報》2005 年第 4 期。

15. 馮憲龍《抗戰時期國民政府通貨膨脹政策評析》，載《社會科學輯刊》1997 年第 3 期。

16. 賀水金《論 1937～1949 年通貨膨脹對中國商業銀行的影響》，載《社會科學》2017 年第 9 期。

17. 洪亮《惡濁的時局，人慾的亂舞——讀李劼人的〈天魔舞〉》，載《廣播電視大學學報》2013 年第 2 期。

18. 黃萬華《戰爭人生的心靈體驗》，載《山西大學學報》2005 年第 4 期。

19. 江棘：《〈清明前後〉：從大綱到成文的敘述者位置》，載《文藝理論與批評》2010 年第 6 期。

20. 姜義華《中華天下國家責任倫理與辛亥革命》，載《社會科學》2011 年第 9 期。

21. 金宏宇《文學的經濟關懷——中國 30 年代破產題材小說綜論》，載《武漢大學學報》1998 年第 1 期。

22. 靳明全《深化國統區抗戰文學研究之我見》，載《文學評論》2009 年第 5 期。

23. 李承貴、賴虹《中國傳統倫理思想的「公」、「私」關係論》，載《江西師範大學學報》2007 年第 5 期。

24. 李少兵、王莉《20 世紀 40 年代以來中國大陸「四大家族官僚資本」問題研究》，載《史學月刊》2005 年第 3 期。

25. 李怡《「民國文學」與「民國機制」的三個追問》，載《理論學刊》2013 年第 5 期。

26. 李怡《文史對話與中國現當代文學研究》，載《中國社會科學》2016 年第 3 期。

27. 李怡《戰時複雜生態與中國現代文學的成熟——現代「大文學」史觀之一》，載《北京師範大學學報》2014 年第 3 期。

28. 李怡《中國抗戰文學研究的新的可能》，載《西南師範大學學報》2006 年第 6 期。

29. 李哲《經濟‧文學‧歷史——〈春蠶〉文本的三個維度》，載《文學評論》2012 年第 3 期。

30. 劉守剛、劉雪梅《義利觀轉換與公有制興起的思想基礎》，載《學術交流》2012 年第 3 期。

31. 錢理群《關於 20 世紀 40 年代大文學史研究的斷想》，載《中國現代文學研究叢刊》2005 年第 1 期。

32. 秦弓《抗戰文學研究的概況與問題》，載《抗日戰爭研究》2007 年第 4 期。

33. 石畢凡《抗戰勝利後中間黨派對民主的詮釋：以經濟民主為中心》，載《安徽史學》2003 年第 6 期。

34. 蘇光文《「暴露與諷刺」論爭仍舊需要——關於〈華威先生〉所引起的論爭》，載《重慶師範學院學報》1981 年第 3 期。

35. 汪暉《我們如何成為「現代的」？》，載《中國現代文學研究叢刊》1996 年第 1 期。

36. 王琦《逃亡即抗爭——立體戰與〈火〉三部曲的日常生活書寫》，載《中國現代文學研究叢刊》2018 年第 5 期。

37. 王學振《再論抗戰文學中的重慶城市形象塑造》，載《文學評論》2010 年第 2 期。

38. 王真《論抗戰時期日本削弱中國國力的經濟戰略》，載《日本研究》1999 年第 3 期。

39. 吳福輝《抗戰文學概念正在文學史中悄悄延展》，載《理論學科》2011 年第 2 期。

40. 吳敏超《馬寅初被捕前後：一個經濟學家的政治選擇》，載《近代史研究》2014 年第 5 期。

41. 吳曉東《戰時文化語境與 20 世紀 40 年代小說的反諷模式——以駱賓基的〈北望園的春天〉為中心》，載《文藝研究》2017 年第 7 期。

42. 許德風《賭博的法律規制》，載《中國社會科學》2016 年第 3 期。

43. 嚴海建《抗戰後期的通貨膨脹與大後方知識分子的轉變——以大後方的教授學者群體為論述中心》，載《重慶社會科學》2006 年第 8 期。

44. 嚴海建《抗戰後期國統區的經濟危機及其連鎖反應——基於國民黨高層個人記述的觀察》，載《日本侵華南京大屠殺研究》2018 年第 2 期。

45. 楊菁《試論抗戰時期的通貨膨脹》，載《抗日戰爭研究》1999 年第 4 期。

46. 葉寧《「囤積居奇」與「日食之需」：抗戰前期成都糧食投機治理中的制度缺失》，載《民國研究》2018 年第 1 期（總第 33 輯）。

47. 尹倩《近年來抗戰時期國統區經濟研究綜述》，載《學術探索》2004 年第 9 期。

48. 張武軍《〈中央日報〉、〈新華日報〉副刊與抗戰文學的發生》，載《首都師範大學學報》2015 年第 3 期。

49. 張武軍《新史料的發掘與抗戰文學史觀之變革》，載《中國現代文學研究叢刊》2010 年第 2 期。

50. 張武軍《重慶霧與中國抗戰文學》，載《西南大學學報》2009 年第 2 期。

51. 張義奇《大後方文學的雙城記──〈寒夜〉與〈天魔舞〉異質同構的悲劇敘事》，載《當代文壇》2011 年增刊 1 期。

52. 張兆茹、張怡梅《抗戰時期國民政府的財金政策研究》，載《河北師範大學學報》1996 年第 3 期。

53. 趙毅衡《反諷：表意形式的演化與新生》，載《文藝研究》2011 年第 1 期。

54. 周憲《現代性的張力──現代主義的一種解讀》，載《文學評論》1999 年第 1 期。

後　記

　　2017 年春，我開始寫一篇名為《戰時經濟生活與抗戰文學的「國難財」書寫》的小論文。寫著寫著，1940 年代惡性通貨膨脹環境下的經濟生活，讓我著迷起來。2017，正是全國房價普漲、咄咄逼人的年頭，這份研究自然與生命體驗形成了共鳴。後來，它拓展成為我的博士學位論文，本書便是在此基礎上略作字句修改而成。

　　當然，本書在觀點和表達方式上，有不少幼稚之處，修訂書稿時，我卻並未作大的變動。1940 年代文學與文化研究還有許多值得挖掘的地方，但呈現新的觀點，就需要論述框架的更新，有待另一本書來完成。本書的論述集中在「國難財」的文學書寫這個小切口上，也算具有它的特色。寫到這裡，尤其得感謝我的導師陳思廣教授和李怡教授，二位對於這一研究幫助甚大。如果本書有一些可觀之處，當歸功於他們。